KB261164

역사에 대한 불만과 문학

역사에 대한 불만과 문학

역사에 대한 불만과 문학

이상섭 평론집

문학동네

책머리에

1975년에 첫 평론집 『말의 질서』(민음사)를 내고 1980년에 두번째 평론집 『언어와 상상』(문학과지성사)을 내고, 1988년에 세번째 평론집 『자세히 읽기로서의 비평』(문학과지성사)을 내고 이제 2002년에야 네번째 평론집 『역사에 대한 불만과 문학』을 낸다.

이 책에 들어 있는 글은 대부분 1990년대 초에 씌어진 것들이다. 90년대에 접어들면서 나는 오래 꿈꾸어오던 우리말 사전 편찬에 본격적으로 뛰어들었고 1998년 10월 9일에 『연세 한국어사전』(2140쪽)을 내고는 이어서 지금까지 『연세 초등국어사전』을 편찬하였다. 동시에 내 나름대로 영문학자로서의 본분을 지키기 위하여 1990년부터 1996년까지 『영미비평사』 제2권(낭만주의에서 심미주의까지, 1800~1900)을 쓰느라고 좀 고생했다.(『영미비평사』 전3권은 1985년부터 민음사에서 나오기 시작했다.) 그 두 가지 일을 한꺼번에 하느라고 어쩔 수 없이 실제 비평활동을 거의 접을 수밖에 없었다.

본시 나의 실제 비평활동은 1972년 가을 동아일보에 '소설 월평'을 쓰면서 시작되었다. 그전에는 영문학 관련 논문과 문학이론에 관한 논문 비슷한 평문과 『문학연구의 방법』『문학의 이해』같은 개론서를 썼는데 당시 동아일보 문화부에 있던 김병익씨가 소설 월평을 맡기는 바람에 얼떨결에 평론가 노릇을 시작하게 되었다. 당시 다달이 발표되는 단편, 중편 소설작품을 찾아 읽을 수 있는 대로 읽었는데 수고스럽긴 해도 아주 재미있는 일이었다. 여러 신문, 잡지에 이러저러한 평문을 써달라는 청탁을 받기 시작했고 소설 월평뿐 아니라 얼마 뒤부터는 시 월평도 썼다. 그즈음에 이어령씨의 부탁으로 『문학사상』의 편집위원이 되어 이후 거의 60차례 주로 권두 칼럼을 썼다. 말하자면 문학 저널리즘에 뛰어든 셈이었다. 그 동안 평론집을 세 차례 내면서 서평이나 월평이나 칼럼에 썼던 글은 거의 싣지 않았는데 이번에는 그런 글 중에서도 몇 편을 골라 싣는다.

보시는 분은 곧 눈치채실 터이지만, 나는 본시 문학의 말씨에 관심이 깊다. 나의 그런 점은 과거의 내 평론집의 제호들에도 드러나 있다. 나는 미국의 뉴크리티시즘에 접하기 전부터 문학의 운율, 말씨, 비유 따위에 세게 끌리었다. 그후 뉴크리티시즘의 방식을 알게 되자 이를 우리 문학 읽기에 적용해보면서 큰 즐거움을 맛보았다. 문학의 말씨에 대한 내 관심은 저절로 우리말 자체에 대한 관심으로 이어졌고, 국어학에 문외한임이 분명하면서도 오늘날 우리가 쓰고 있는 말과 글을 생생하게 다루는 진짜 국어사전을 만들겠다고 덤벼들었다. 그만큼 기존 국어사전들에 대한 불만이 견딜 수 없는 지경에 이르렀던 것이다. 1986년부터 시작한 일인데, 이제는 내 평생의 일거리로 되어 있다. 국어 처리 사업은 오늘의 정보화시대에 이르러 저절로 국어정보학으로 이어지고 있는데 그 대부분 내게는 캄캄할 뿐이다.

80년대 말에서 90년대 초에 세계는 정치 경제 이념 면에서 크나큰 변화를 겪었다. 그 형세를 반영하여 나도 낡은 전체주의적 문학관에 대한 비판을 여러 번 썼다. 최근에도 썼다. 나는 포퍼의 이론에 따라 그런 문학관을 '역사주의'라고 부르기로 했다. 다시금 읽어보니 나 자신도 놀랄 만큼 비슷한 논조를 여러 차례 반복하고 있다. 나는 루카치의 몇몇 책을 국내의 대다수 추종자들에 앞서서 60년대에 읽고는 금방 '안 될 소리'라고 결론지었다. 나는 영국비평사를 전공 영역으로 삼고 있는데, 나의 꽤 오랜 서양비평사의 연구는 헤겔이나 루카치의 엄숙하고도 위협적인 전체주의적 도식에 꿰어맞출 수 없다는 신념을 굳혀주었다. 신고전주의와 모더니즘을 제외해야만 성립될 수 있는 문학관이라면 그 자체가 큰 문제를 내포하고 있다고 보아야 한다. 나는 언제나 포괄의 편이고 제외의 편이 아니다.

서양비평사에 대한 연구는 저절로 아리스토텔레스의 『시학』에 대한 깊은 관심으로 이어졌다. 내 비평사나 문학이론의 여러 글에서 나는 거듭하여 이 유명한 책을 언급했다. 여기 모은 글들에도 아리스토텔레스는 자꾸 나타난다. 서양문학론은 아리스토텔레스를 잘 모르면 닻 없는 배처럼 표류하기 쉬운데, 표류하는 사람은 자기가 표류하고 있다는 사실도 모르는 예를 자주 보았다. 헬라어를 모르는 사람이라 좀 망설인 끝에 내 오랜 비평사 연구의 결말처럼 『아리스토텔레스의 '시학' 연구』를 썼다. 번역, 주석, 해설, 고전비평선이 들어 있는 책이다.

내가 조금은 심각하고자 하는 기독교인이라는 사실이 곧 드러날 것이다. 영국 시인 엘리엇에 대한 나의 평생 존경은 근본적으로 그의 기독교 정신에 대한 존경에서 오는 것이다. 한국의 문학비평이 기독교는 물론이고 어떤 종교에 대해서도 그다지 관심이 없다는 것을 잘 알므로 나는 지금까지 대체로 내 종교를 말하지 않았지만 아마도 마지막이 될 이 평론 모음에서 그 사실을 밝혀 드러내는 바이다. 한 편의 글이 문학인지 아닌지는 문학적 기준에 의하여 결정될 일이나 그것의 '위대성'은 확실한 윤리적 신학적 관점에서의 비평에 의하여 밝혀진다고 한 엘리엇의 말을 나는 지지한다.

경제의 모든 부면이 어렵다는 시기에 문학동네가 이 책을 맡아 출판하여준 일에 어찌 다 감사하랴!

2002년 1월
이상섭

차례

제1부 사실에 대한 불만과 문학

제1부 사실에 대한 불만과 문학

신춘문예, 새 일꾼 기다리기

80년대를 어둠과 추위 속에 마감하고 우리는 90년대의 아직도 몹시 추운 이른 봄과 몹시 어두운 이른 아침을 맞고 있다. 이른바 '신춘 원단'이다. '신춘 원단'과 아울러 우리는 대부분의 일간지 새해 첫 면에서 '신춘문예' 당선작품들을 만난다. 일반 독자들은 대개 그냥 지나칠 것이지만, 수천, 어쩌면 수만의 젊은 문학 지망생들은 호기심과 부러움을 가지고 읽어볼 것이다.

해마다 문예작품을 공모하고 그 당선작품을 새해 첫 지면에 발표하는 일은 전 세계적으로 별로 유례가 없는 우리나라 일간지의 자랑할 만한 큰 행사이다. 일반적으로 말해서 언론이 극도로 발전됐다는 서유럽에서는 신문과 문학예술은 서로 관계를 끊은 지 오래다. 적어도 그 점에서만은 우리 신문은 서양 신문들이 절대로 따라올 수 없을 만큼 문화적 사명을 다하고 있다.

근년에 이르러 일간지나 문예지 이외에도 문인으로 입신할 수 있는 길이 다양하게 열리어 큰 다행이지만, 일간지의 '신춘문예' 는 여전히 문인들의 중요한 등용문임에 틀림없다. 각 신문사마다 특색 있는 부문을 새로 개척한 것도 아주 잘한 일이다. 다만 그처럼 어려운 관문을 통과하여 등단한 젊은 문인들이 계속 발표할 수 있는 기회를 마련하는 방법도 신문과 문예지들이 적극적으로 고안해야 할 것이다.

어떤 이들은 일간지의 신춘문예나 문예지의 추천이 가장 자유로워야 할 문학예술 창작의 제도를 고착시킨다고 염려하기도 한다. 그러나 창작하겠다고 나서는 모든 사람의 창작물을 다 좋은 창작물로 인정할 수는 없으므로, 무슨 종류의 선발이든 선발은 반드시 있어야 하며, 지금까지 공인된 언론매체의 선발 능력이 우수하면 우수했지 범상하다든가 졸렬했다는 평은 할 수 없다. 소수 집단이 관여하는 출판 기관도 상업적이든, 관념적이든, 정치적이든 선택이라는 과정을 거친다. 그것도 공식적 제도임에 틀림없다.

여하튼 우리는 여러 일간지의 '신춘문예' 로 인하여 수천 수만의 열렬한 문학 지망생들이 한꺼번에 큰 에너지를 발휘한다는 사실을 귀중히 여겨야 한다. 창작열의 분출은 부동산 가격이나 국회의원 선거처럼 가시적인 사회의 움직임으로 나타나지는 않으나 한국인의 정신의 보이지 않는 큰 움직임으로 잠재한다는 것은 사실이다. 더욱이 그것은 정치경제적 이득과 관계가 없는 순수한 창작 의욕이니 얼마나 귀중한가!

필자는 새해의 아침을 '신춘문예' 로 시작하는 우리의 오랜 전통의 상징성에 주목하게 된다. 사실을 따지자면 1월 초는 일 년 중 가장 혹독히 추운 때인데, 이를 우리는 새봄, '신춘' 이라고 부른다. 이것은 자정을 넘기자마자 아침 인사를 해대기 시작하는 서양인들의 관습과 아마 같은 인간적 동기에서 생긴 관습일 것이다. 그들이 속히 어둠이 물러가고 어서 아침이 오기를 고대하는 마음에서 한밤중인데도 아침 인사를 시작하듯, 우리는 추위가 가장 기승을 부리는 깊은 겨울의 한복판에서 추위가 다 물러간 봄을 말로만으로라도 미리 앞당기려고 한다. 봄 또는 아침이 어서 오기를 열렬히 기다리는 마음을 봄 또는 아침이 이미 와 있다는 뜻의 말로 표현함으로써 추위와 어둠을 이겨내고자 하는 것이다. 어떤 시인은 "겨울이 닥쳐왔으니 봄이 어찌 멀리요!" 하고 겨울도 오기 전에 미리 봄이 올 것을 희구하여 부르짖기도 하였다.

심동(深冬)을 봄이라, 자정을 아침이라 부른다고 해도 봄과 아침이 미리 앞당겨지는 것은 아니다. 그러나 한겨울을 봄이라고 한밤중을 아침이라고 부를 때, 추위와 어둠은 곧 물러갈 것이라는 미래지향적 희망이 솟아난다. 미래에 실현될 희망으로써 현재의 어려움을 극복하는 것은 가장 인간다운 정신적 행동이다. 추울수록, 어두울수록 봄과 아침에 대한 희망은 더욱 열렬해지고 그 열렬한 기운이 지금의 추위를 녹이고 어둠을 밝힌다.

지금 우리는 추운 날씨 못지않게 여러 가지 이유로 '불만의 겨울'을 보내고 있다. 확실히 지금 당장의 문학은 춥다. 말은 작열하듯 뜨거운 것 같으면서도 훈훈하지도, 환하지도 못하다. 차갑다. 어둡다. 스산하다. 무슨 후끈한 바람이 불어야겠다. 지구의 저쪽에서는 꽁꽁 얼어붙었던 담을 일시에 녹여버리는 열풍이 불고 있다. 엄중히 지키기를 수십 년이나 한 것이었지만 녹아서 없어지기는 순식간이었다.

그런데 우리를 그냥 얼어붙게 하고 있는 것은 무엇인가? 높은 담으로 겹겹이 둘러싸여 있는 저 밀폐된 동토에 언제 열풍이 밀어닥칠 것인가? 언제부터인가 우리는 기막힌 자책의 미덕을 내세워 우리가 먼저 완전히 따뜻해지기 전에는 저 동토더러 녹아내리라고 요청할 권리가 없다고 스스로 움츠러들고 있다. 이것은 소박한 미덕인가, 아니면 미덕의 위장인가?

우리의 '추위'를 도덕적 자책감으로 얼버무리지 말고 그것이 저 동토의 기후로 말미암아 생긴 것임을 시인하고 나서 우리의 책임 소재를 따져도 늦지는 않는다. 이것은 단순한 체제 우위론이 아니다. 단순한 체제 우위론이야말로 추위를 몰아오고 심하게 하는 세력이다. 그것을 '냉'전이라 하지 않는가! 이는 너무나 자연스러운 상식이다. 자책의 미덕만으로 동토의 추위를 외면할 수 없고 더더구나 막아낼 수는 없다.

그런 까닭에 한겨울 추위를 무릅쓰는 훈훈한 문예창작의 열기, '신춘문예'의 상징적 의미가 주목되는 것이다. 깊이 생각해보면, 문학은 언제나 냉엄한 현실에 '봄'을 재촉하는 기운이었다. 다시 말하면 문학은 언제나 '신춘' 문예였다. 문학이 '불만의 겨울'이라는 현실에 저항하지 못하고 스스로 움츠러들든가 외면하여 겨울을 더욱 깊어지게 하는 것은 그 고유한 구실을 포기하는 짓이다. '신춘문예'의 열기로 끓어오르는 수천수만의 자유로운 창작 의욕은 확실히 추운 겨울에 봄을 재촉하는 세력이다. 이 세력이 몇 겹의 높은 담이라도 뛰어넘을 수 있는 거침없는 힘이 되도록 1990년은 한국문예의 '신춘'의 원년이 되기를 간절히 희망한다. 기괴한 궤변으로 겨울을 겨울이라 하지 못하는 정신의 추위가 가시기를 소원한다. 그것이 해방, 곧 자유이다.

'신춘문예'는 비범한 뜻을 가지고 있다. 신춘문예에 응모한 이 땅의 모든 자유로운 문학 지망생들은 봄을 재촉하는 일꾼들이다. 어두운 겨울을 속히 보내고 밝고 따뜻한 봄을 재촉하는 '신춘'의 문학이 그들에 의하여 거침없이 창작되기를 '신춘 원단'에 기원한다.

(『문학사상』 1990년 1월호)

'셰익스피어 미신'과 국수 가닥

셰익스피어는 대학 문전에도 가보지 못했음에도 불구하고 타고난 재능의 덕으로, 또는 당시 사회의 취향에 교묘히 영합하여, 또는 다른 문인들의 작품을 기막히게 잘 모방하여, 또는 자신의 기구한 인생 경험 덕분에 세계 최고의 문인이 되었다는 속설이 아직도 떠돌고 있다. 요컨대 그는 재능과 인생 경험 이외에는 자기 자신의 것은 없이 교묘히 남의 덕을 보았다는 것인데, 이것이 이른바 '셰익스피어 미신'이다.

이 미신의 형성에는 두 가지 상반된 관념이 작용했다. 첫째는 시골에서 무작정 상경하여 극장 주변에 빌붙어 지내던 무식한 사람은 기껏 유행을 따르거나 남의 흉내를 낼 수 있을 뿐인데 참으로 운좋게도 그게 잘 맞아떨어졌다는 다소 질투심 섞인 관념이다. 그래서 그 놀라운 작품들을 남긴 사람은 이류 배우 셰익스피어가 아니라 무슨 피치 못할 이유로 그의 이름을 빌려야 했던 다른 우수한 문인이나 사상가였을 거라는 또다른 미신도 생겼었다.

둘째는 셰익스피어가 인위적인 학문의 도움을 받지 않고 순수한 천부적 재능의 힘으로 명작을 써냈다는 낭만적 천재주의의 관념이다. "그는 세상을 알기 위하여 책이라는 안경을 필요로 하지 않았다. 자기 자신의 마음을 들여다보니 거기에 온 세상이 다 들어 있어서 그걸 척척 끄집어내기만 하면 되었다"고 후세의 한 비평가는 그의 천재의 순수성을 고창했는바, 이 역시 셰익스피어 숭배라는 미신의 일단이었다.

그의 행운을 부러워하든 그의 천재를 찬양하든, 이 두 미신적 관념은 셰익스피어 스스로 노력은 별로 하지 않았다고 전제하는 점에서 공통된다.

이 미신이 타파되기 시작한 것은 실증주의 문학사의 방법이 적극적으로 개발된 19세기 후반이었다. 세밀한 고증적 연구 결과 셰익스피어는 당시로서는 우수한 중등교육을 받았을 뿐 아니라 당시에 출판되는 책을 거의 다 읽고 소화한 왕성한 지식욕을 가지고 있었다는 것이 드러났다. 그의 재능이란 그가 읽은 책의 내용과 자신의 경험(그의 생애는 보통 사람의 그것에 불과했지만)을 그의 작품 제작에 지극히 창조적으로 사용한 데에 나타날 뿐이다. 실상, 천재란 배우지 않고서도 아는 자가 아니라(그건 불가능하다) 어려운 것을 마다 않고 오히려 즐겁게 배우고 배운 것을 창조적으로 응용할 줄 아는 자이다. 예컨대 셰익스피어가 읽은 식물학 책은 뒤에 「햄릿」의 오필리아의 노래에 나오는 여러 가지 꽃과 나무의 이름들을 제공해주었다. 그가 즐겨 흡수했던 식물학 지식이 비극의 한 장면에서 적절히 쓰였던 것이다.

여기에 셰익스피어의 예를 길게 거론하는 필자 나름의 이유가 있다. 오늘날 우리들은 우리 문인들에 대하여 그 비슷한 '미신'을 갖고 있지는 않은가? 몇 질의 대하소설을 국수 뽑듯 술술 뽑아내는 작가들을 아마 기껏 신문이나 텔레비전쯤만 볼 뿐 다른 책 공부는 하지 않아도 마음속에 무한한 이야기 창고를 가지고 있는 천재들이라고 보지는 않는가? 우수한 능력의 보유자에게 으레 따라다니는 것이 그런 종류의 미신인 까닭에 우리는 좀 깊이 생각해보아야 한다. 우리들 독자들은 문학적 천재들인 그들에게 근거없는 환상을 가지지 않아야 하겠다.

그러나 비슷한 이야기를 길게 늘여대는 재간 이외에, 다시 말하면 원고지를 계속 메우는 '놀라운' 기능 이외에, 이질적인 내용을 소화 흡수하려는 노력은 별로 없는 작가가 없지 않다면 독자들은 작가의 천재성에 대한 확증을 얻는 것인가, 또는 어떤 환상에서 깨어나는 것인가?

필자의 소견으로는 오늘날 줄줄이 뽑아져나오는 이른바 대하소설들 가운데에는 국수 가닥처럼 앞이야기와 뒷이야기가 그야말로 수미일관 비슷한 것의 반복이라는 인상을 지우기 어려운 것들이 적지 않다. 거의 모두가 기구한 한국현대사의 틈서리에서 살아오는 사람들의 이야기를 자서전적으로 뽑아내는 것인데, 소재가 비슷하다는 것은 모두들 한 곳으로부터 '반죽'(소재)을 얻어다가 쓴다는 말이 되고 자서전식이라는 것은 모두들 자기 속의 틀에서 뽑아낸다는 말이 된다. 국수는 앞이나 뒤나 꼭 같은 것의 연속인데, 다만 판매방법상 적당한 길이로 자를 뿐이다. 마찬가지로 대하소설이라는 국수식 이야기도 유통이 가능한 지점에서 끊어 놓은 것 같기도 하다. 대하소설이 아닌 낱권 소설 중에서도 짧은 이야기를 길게 늘여놓은 것이거나, 긴 이야기를 우선 짧게 잘라놓고 뒤에 다시 뭔가 이어놓겠다는 암시가 붙은 것도 적지 않다.

어쨌든 일반 독자들은 문예 저널리즘을 통하여 분량 위주의 이른바 대하소설들이 출판 뉴스를 만들고 있음을 전해듣고 막연한 경외감마저 느끼게 되지만, 그 속을 무엇이 메우고 있는지는 반도 확인하려 하지 않는다는 사실을 오늘의 '대하' 작가들은 명심해야 할 것이다. 들어가는 것이 없으면 나올 것은 더 없는 법이다. 비슷한 것이 비슷한 틀에 들어가면 비슷한 것만이 나온다. 지금 우리 상황이 좀 그런 것이 아닌가?

셰익스피어는 25세 이후에 이름이 알려지기 시작했는데, 당시로서는 이른 것이 아니었다. 사실 오늘날에도 25세는 아주 젊은 것이 아니다. 오히려 늦은 감도 있다. 지금은 20세 전후에 혜성처럼 등단하여 25세쯤이면 대하소설밖에는 쓸 것이 없을 만큼 '중후' 해지는 것을 바라기까지 하는 시대가 아닌가?

　셰익스피어는 물론 당시의 일반적 취향을 예민하게 파악하여 적절히 대처하고, 선배와 동료뿐 아니라 후배 작가들의 기량에서 본뜰 만한 것을 솜씨 좋게 찾아내는, 작가라면 누구나 부러워해야 할 장인 기질을 가졌을 뿐 아니라, 가장 중요하게는 왕성한 지식욕을 은퇴할 때까지 발휘하여 끊임없이 온갖 종류의 책을 탐독하였다. 바로 이 지식욕의 계속적인 유지와 지속적인 충족의 노력이 오늘의 젊은 대하소설가들에게 모자란다는 말이다. 대하소설이라는 장르가 문제가 있는 것이 아니라, 비슷한 소리로 원고지만 계속 메우는 정력밖에는 본질적인 자기 충실의 노력이 별로 없다는 것이 문제이다.

　한국의 작가 수업이 당장의 국내 동시대 작가들의 글만을 읽어보고는 경쟁적 상호모방으로 강훈(이 스포츠 용어가 잘 어울린다)하는 것에 그치고 동서고금의 낯선 글을 많이 왕성하게 소화해내는 훈련은 포함하지 않는다면, 오직 대하소설이라는 이름만으로 광고 효과를 올리는 일부 출판업자가 사업 정책을 바꾸는 즉시, 한국의 소설 문단은 크게 무너져내리는 부분이 있을 것이다.(비슷한 말을 일부 시인들에게도 할 수 있을 것이다.) 젊은 작가들 중에 교과서 수준 이외에는 도스토예프스키는 물론이고 이광수도 채만식도 읽어보지 않은 사람이 적지 않다는 말을 전해듣고, 찜찜한 환상에서 깨어난 독자로서 이렇게 쓴다.

(『문학사상』 1990년 2월호)

저조한 문학의 저조한 평론

18세기의 영국 시인 알렉산더 포프는 "운문 멍청이 하나가 산문 멍청이 열을 낳는다"는 재담을 했다. 무슨 뜻인가 하면, 시인 한 사람이 작품을 내자마자 평론 쓰는 산문가 열 명이 들러붙어 그 작품이 이래서 잘 됐다 저래서 못 됐다 하는데 원작이나 평론이나 모두 신통치 않음을 꼬집은 것이다. 일종의 바보 대행진이 벌어진다는 것이다. 이는 당대의 최고 시인이었던 포프가 동시대의 평론계를 조롱하느라고 한 말이었지만, 우리 시대에도 어쩌면 해당되는 것 같아 안됐다.

한 작가가 작품을 내놓으면 모든 독자는 실질적으로 그 작품을 평하게 되는데 그중 자천, 타천에 의해 평론가라는 직함이 부여된 사람들이 공식적으로 그 작품에 대한 '평론'을 발표한다. 당연하게 열이면 열이 다 다른 의견을 발표하지만 당사자인 작가가 보기에는 모두 좀씩 틀리고 아주 엉뚱하게 틀린 것도 있을 것이다. 작가 편에서 보면 칭찬을 받았다고 해도, 한편으로는 기분이 좋으면서 내심으로는 잘못 짚었다 싶은 구석이 보일 것이다. 결국 자기 작품이 본의 아니게 바보 대행진을 일으킨 형국일 것이다. 그런데 그 작품마저 그런 바보 축에 끼는 것이라면 처음부터 끝까지 바보들만의 행렬을 이룰 것이다.

이것은 문학 창작이 저조한 시대에 생기는 일종의 문화적 병리 현상이다. 창작이 저조할 때엔 평론도 저조하기 십상인데 창작과 평론이 저조하다고 해서 그 생산마저 반드시 저조한 것은 아니다. 이 현상은 산업생산과는 정반대로서, 문학이 저조한 시대에도 저조한 작품, 저조한 평론은 양산되는 것이 보통이다. 특히 창작이 저조할 경우, 저조한 평론이 생산력에서는 왕성할 때가 적지 않다. 이는 우리의 짧은 현대문학사를 되짚어보아도 쉽게 확인할 수 있는 사실이다.

바로 우리 시대가 그러한 평론의 생리를 가장 잘 발휘하고 있지 않나 하는 느낌이 든다. '역사를 끝내주었다'는 동구권의 몰락에 이어 우리의 '문민 시대'에 창작이 저조하다는 말이 많다. 평론도 저조한데 평론가가 줄어서가 아니라 저조한 창작에 대하여, 또는 저조한 문학문제에 대하여 저조한 산문을 양산해내고 있어서이다. 이것은 전 세계적 현상인 것 같기도 한데, 인류는 지금 '저조문학' 시대를 앓고 있는 것인가?

앞에서 '저조문학 시대'에 문학은 양산된다고 했다. 텔레비전, 라디오, 신문에 몇십만 몇백만 부가 팔린다는 책의 과대광고가 나타나기 시작하면서 우리 문학은 헤어날 길 없는 저조문학의 수렁에 빠진 듯하다. 아이스크림과 소화제처럼 대중매체의 광고 방식을 그대로 따서 비싼 선전비 덕택에 대량 판매되는 문학은 전적으로 평론의 영역을 떠나 상술이라는 별다른 영역을 차지했다. 이 영역에 평론가는 전혀 영향력을 미치지 못한다. 그 말 많은 평론가는 다 어디 가고 말이 없는가?

여느 상품과 나란히 경쟁적으로 큰 지면을 차지한 책 광고를 보면서 착잡한 느낌을 가지는 평론가가 없지 않을 것이다. 저것들은 아무리 멍청하더라도 평론가가 한번 뭐라고 말하기도 전에 오직 출판업자의 투자 능력과 카피라이터의 선전 문구만으로 일반 독자들과 직거래를 트고 있

는 것이다. 실상 카피라이터가 평론가를 완전히 대체했다고 해도 과언이
아니다. 그것도 직업적 카피라이터가 아니라 출판업자 자신이기 쉽다.
그런 문학에서는 평론은 완전히 죽었다고 하겠다.

일반적으로 말하여 우리에게는 '서평문화'가 온존한 날이 없었다. 『출
판저널』 등 소수의 신간 안내 전문지가 있기는 하나 일반 독자의 독서물
선택에 얼마나 영향을 주는지 의심스럽다. 더구나 외국작품의 번역에 대
해서는 우리의 말 많은 평론가들이 전적으로 함구하기로 되어 있다. 외
국만화, 비디오, 영화 등과 함께 외국문학의 번역물은 정식으로 평가를
받아보지 않고 소비자들에게 직배되고 있다. 신문과 잡지에도 이른바 서
평이 때때로 실리기도 하지만 대체로 새로 나온 책에 대하여 으레 좋은
말을 해주는 것이 우리의 미풍양속이므로 서평자는 대개 무골호인 노릇
을 해야 한다.

서평이란 으레 그런 것이냐 하면, 다른 나라의 예를 보니 안 그렇기도
하다. 예컨대 서평문화가 극도로 발달되었던 19세기 중엽의 영국을 보면
조금 중요한 작품에 대하여 이삼십 쪽의 중후한 평론(리뷰)이 여러 편 발
표되곤 했다. 번역에 대해서도 그랬다. 모두 명문이었다. 평론가들은 글
쓰는 일로 대개 괜찮은 생활을 했다. 독자들은 문학작품만이 아니라 평
론지들을 많이 구독했다고 한다. 이 전통이 지금은 좀 약해졌는지 모르
나 아직도 『런던 타임스』 보유판 같은 기관에 의해 지속되고 있다.

우리 문학계에서 오늘의 작품 중 평론의 대상이 되는 작품은 많지 않
다. 자체적으로 작품 선별 능력을 갖추고 있다고 자부하는 몇몇 출판사
에서 기획해서 낸 작품들에 대하여 평론가들이 소수의 계간지에 길지 않
은 서평을 쓰고 있다. 그러나 이 문민 시대에 계간지는 독자가 많이 줄어
들었다고 한다. 월간 문예지의 전성기도 오래 전에 지나갔다. 따라서 문
예지의 평론란에 나오는 작품평이 일반 독자의 책 선택에 의미 있는 영
향을 미치기를 기대하기는 어렵다.

그 대신 문예지, 특히 계간 문예지에는 오늘의 한국문학과는 거의 관

계 없는 기이한 이론적 '담론'이 가득 실린다. 이러한 '담론'(최근에 우리 지성계에 수입된 외국 개념이다)에서 거론되는 작품은 한국 독자에게는 생소한 외국작품일 경우가 대부분이고 그에 대한 이론적 논술은 기이하고도 기발하기 이를 데 없는데다가 그 문체도 순한 우리 글투가 아니라 일부러 꾸민 듯한, 그러나 실상은 그렇게밖에는 쓸 줄 몰라서 그러는 듯한 번역투 내지 '외국문학 이론투'이어서 우리와는 상관하지 않겠다는 투이다. 그런데 외국의 문학이론가들도 이론의 세련화에만 전심하므로 그들이 다루는 실제 작품은 오늘의 작품이 아니라 자기들이 예전에 한번 읽었음직한 소수의 작품뿐이고 현재의 작품에 대해서는 역시 함구한다. 그들이 가장 쉽게 접근하는 글은 작품이 아니라 다른 이론가의 글이다. '비평을 위한 비평'이란 말을 듣는 이유가 명백하다. 그들이 어쩌다 현대문학에 대한 말을 하면, 그처럼 어눌할 수가 없다.

그런 어눌함을 우리 이론가들까지 닮으려고 노력한다니 걱정이 되는 것이다. 얼마 전 한 기이한 작품이 나타났을 때 기다렸다는 듯이 기이한 평론이 쏟아져나와서 일간 신문에서도 문화적 화제로 취급하기에 이르렀는데 그것들의 기하학적 도식성과 현학성에도 불구하고 어눌함에 있어서는 대동소이했던 것으로 기억된다. 서두에서 인용한 포프의 재담이 다시금 생각난다. 못난 작품 하나에 못난 평론 열이 생기고 있다. 창작도 저조하고 평론도 저조하다.

문학을 위해 정작 일거리는 많은데 모두들 한 모퉁이에서만 옹송그리고 있는 듯하여 안쓰럽다. 큰일 아닌가!

(『문학사상』 1993년 8월호)

권력형 문학이론의 반성

문학은 언필칭 진실을 말한다. 문학뿐 아니라 철학 역사 과학도 모두 진실을 말하는 것이 그 존재 이유로 되어 있다. 인류문화사 자체를 진실 탐구의 역사로 보아도 될 두드러진 면모를 보인다.

그런데 "진실, 진실 하는데, 도대체 진실이 무엇이냐"고, 기원후 1세기 유대의 로마 총독 본디오 빌라도는 예수에게 질문하고는 대답을 기다리지 않고 손을 씻으러 나가버렸다.

이처럼 한편에서는 진실에 대한 고뇌가 이어지고 다른 한편에서는 그런 고뇌에 대한 경멸과 냉소도 끈질기게 이어지고 있다. 이러한 경멸, 냉소는 진실 탐구의 오랜 노력이 궁극적 절대적 진실에는 도달하지 못했다는 의식에서 주로 오는 것이다. 실상 진실 발견 노력의 역사는 진실이라고 내세워졌던 것의 계속적인 대폭 수정, 또는 와해, 또는 요샛말로 해체의 역사이기도 한 것이다.

19세기 중엽 이래 진실들의 계속적인 와해에 민감하게 된 사상가들은 진실이란 '발견' 되는 것이 아니라 '발명' 되는 것이라는 견해를 갖게 되었다. 진실은 자연의 한 갈피 속에 고스란히 숨겨져 있다가 총명한 사람에게 '발견' 되는 것이 아니라 한 시대의 지적 수준을 총괄할 수 있는 한 사람의 정신 속에서 '발명' 되는 것이라는 말이다. 시대마다 총명한 사람의 정신 내용은 다르다. 따라서 진실은 언제나 다른 형상으로 '발명' 된다. 진실은 일단 '발견' 되면 불변하는 고정된 물건이 아니라, 언제나 대폭 수정, 와해, 해체, 폐기되고 다시금 '발명' 되어야 하는, 아슬아슬한 상태에 놓여 있는, 유동적인 사항이다. 이렇게 보면 인류 역사는 진실 발견의 역사가 아니라 진실 발명, 진실 형성의 역사라고 하겠다.

이 사상에 따르자면, 진실이란 가설 또는 이론으로서, 많은 사람들이 문제로 삼고 있는 어떤 것을 임시로나마 해결하려는 것이다. 모든 가설, 이론에 대해서는 반드시 그것을 의심하는 사람이 생기므로, 그것에 대한 비판, 반론, 논박이 있게 마련이다. 그런 비판, 반론, 논박에 견디지 못하는 가설, 이론은 마침내 대폭 수정되거나 와해, 해체된다. 지금까지 이렇게 비판, 반론, 논박에 의하여 와해되지 않은 가설, 이론은 없고 지금 '진실' 로 통용되고 있는 것들도 모두 가설, 이론인 만큼 역시 비판, 반론, 논박의 대상이 되어 있고, 결국은 새로운 '발명' 들에 의하여 대치될 것이다.

이 사상은 "진실은 존재하지 않는다" 는, 이른바 상대주의를 낳는 것으로 보통 이해되고 있지만 반드시 그런 것만은 아니다. 인간의 진실 탐구 노력이 진실의 와해의 연속을 대가로 받았다고 해서, 진실은 전적으로 상대적이라는 결론만이 가능한 것은 아니다. 사람의 노력 끝에 세운 가설, 이론이 객관적 사실과 관련이 없다고만 할 수는 없다. 진실의 발명은 부분적이고 또한 많은 오류의 요소들을 내포하고 있으나 '발견' 의 양상도 없지 않다고 보지 못할 이유가 없다. 순전한 공상은 아닌 것이다.

그러나 어쨌든 한 가설이나 이론이 진실로서 통용되는 기간에는 거의 절대적 권위를 누린다. 진실에 따라 그것의 권위 향수의 기간이 길어지기도 하고 짧아지기도 하지만, 그것이 비교적 긴 경우에는 정치적 권위까지 부여받아, 즉 권력화되어 그 권역 안에 있는 사람들을 복속시키는 일이 벌어진다. 이런 경우에 이론은 국가적 계획에 의하여 교육과 선전을 통하여 관제화되는 것이다. 이른바 '관제이론'이 되는 것이다. 나치즘과 같은 국가적 이론의 권력화의 예를 우리는 금방 떠올릴 수 있다.

그런 세계적 권력형 이론말고도, 학술적 이론이 그 추종자들 사이에서 권력화되는 예를 볼 수도 있다. 1939년에 죽은 프로이트의 저작물이나 원고 중 정통파 프로이디어니즘에 부정적 영향을 미칠 것으로 생각되는 것들은 2039년에야 공개키로 되어 있다고 하는데, 그 동안 그의 정통파 추종자들은 자기들이 형성한, 즉 '발명'한 프로이디어니즘을 반대파를 이단으로 몰아 추방하기 위한 권력으로 사용하고 있다고 한다. 언어학자 촘스키도 그의 이론을 언어에 대한 불변의 진실로 내세우고서 그것에 이의를 제기하는 추종자들을 그의 위대한 사상에 대한 이단자로 낙인찍어 축출한다고 한다. 언어학 같은 '얌전한' 학문도 그 해당 권역에서 권력화될 수 있다. 그러나 대체로 자연과학에서는, 이제는 가설이나 이론은 언제라도 반대, 반박될 수 있는 것으로 받아들여진다.

오늘날 우리 전부의 정신적 현실적 생활에 큰 그림자를 드리우고 있는 권력형 이론은 마르크스 레닌주의이다. 19세기 중엽에 당시의 상황을 깊고 넓게 참조하여 '발명'된 이 이론은 근세 이래 인류 역사상 최대의 권력을 집결시켰었다. 이 이론이 기왕의 모든 가설과 이론의 와해의 역사를 완전히 정지시키고 다시는 변함이 없는 절대적 진실로 남기 위하여 휘두른 폭력을 우리는 너무나도 잘 안다. 마르크스, 레닌, 마오쩌둥, 김일성 등이 그 절대적 진실의 무오류의 실천자임을 인정하지 않는 자들을 당당하게 박해한 사실을 세상 모두가 알고 있다.

문학에 관한 이론은 기실 대단히 얌전하고 대체로는 겸손하다. 따라서 그것은 권력화되기가 쉽지 않다. 그럼에도 불구하고 마르크스 레닌주의는 다른 모든 이론과 함께 그것마저도 권력화하였다. 권력이란 반드시 현실적 정치 세력에 합세하여 얻은 힘만을 뜻하는 것이 아니라, 타인의 비판 반대 반박에 대하여 극도의 편협성을 노출하면서 그것을 완력으로 저지 배제하고 자체를 변함없이 수호하기 위하여 가능한 모든 힘의 수단을 강구하는 것을 뜻한다.

마르크스 레닌주의라는 권력형 이론이 정치와 경제 분야에서 퇴조하면서 완전한 와해를 모면하려고 대폭 수정이라는, 그 본성에 잘 맞지 않는 힘겨운 노력을 하고 있는 인간적인, 너무나도 인간적인 모습을 보이고 있다. 이런 상황하에서 우리 시대의 일부 이론가들이 계속 마르크스와 그의 충실한 문학적 대변자인 루카치 등의 권력형 이론을 고수하느라고 힘을 쏟고 있는 것을 보기가 안쓰러울 정도이다. 무척 부자연스럽고, 따라서 부자유하게 보인다. 모든 이론은 애초에는 문제의 해결이라는 자유를 주는 것 같다가 나중에는 그 자체를 수호해야 하는 부자유에 속박되는 속성을 가지고 있다.

우리 주변에서 신물날 정도로 반복되고 있는 리얼리즘 논쟁을 보면서, 그것이 1930년대에 루카치 등이 규정한 권력형 이론에 뿌리박고 있음을 간파할 때 한심스럽다. 루카치는 전체성(흔히 총체성이라 번역되지만)의 명목하에 배제 배격하고자 하는 모든 문학을 모더니즘이라고 하였는데, 오늘날에도 우리 중 일부는 리얼리즘 대 모더니즘이라는 흑백 이분법의 권력형 이론틀에 매여 있는 것이다. 거기에 매여 있는 한, 자유분방해야 할 리얼리즘은 관용성이 모자라는 편협한, 따라서 벗어나야 할 속박적 이론으로 남는다.

90년대에 들어서면서 깊이 반성할 사항이다.

(『문학사상』 1991년 2월호)

역사주의의 반성

얼마 전 소련을 비롯한 동유럽권의 정통적 사회주의가 결정적으로 퇴조하기 시작하자 한 미국 기관의 연구원이 이를 '역사의 종말'이라 불러 논란을 일으킨 적이 있다. 근대의 세계 역사는 궁극적으로 자유주의와 전체주의의 투쟁의 역사였는데 전체주의의 가장 강력한 형태인 사회주의가 종말을 고함으로써 그 역사도 종말을 고했다는 것이었다. 문제는 그것을 자유주의와 전체주의의 투쟁 역사의 종말로만 본 것이 아니라 역사 자체와, 또는 근세사의 종말로 보는 듯했다는 데에 있다.

분명한 사실은, 적어도 우리 세대에서는, 레닌 마오쩌둥 김일성 등이 꿈꾸고 실천했던 사회주의의 역사는 끝장났다는 것이다. 그러나 그것을 '역사의 종말'이라 할 수 있는 근거가 무엇인가? 시간이라는 현상이 계속되고 이 지구상에 사람이 계속 살아남는 한 상식적인 의미의 역사는 그냥 계속될 수밖에 없다. 그런 의미에서 역사의 종말이란 핵폭발, 환경의 파멸, 지구와 다른 별과의 대충돌과 같은 결정적 사건으로 인류가 멸

절하는 경우 이외에는 있을 수 없다.

그러나 자유주의와 사회주의의 갈등의 역사를 근세사 자체로 보는 것은 하나의 중요한 역사관을 나타낸다. 이는 두말할 것도 없이 사회주의의 역사관이다. 자유주의와 전체주의, 공산주의자들은 자본주의와 공산주의는 투쟁할 수밖에 없고 가까운 장래에 공산주의가 절대적으로 승리하여 이상적인 공산적 전체주의 사회가 성립되는 동시에 '역사'는 끝난다고 주장하여왔던 것이다. 공산주의 사회 이후에 있을 사회에 대하여 저들은 함구했을 뿐 아니라 그것을 입에 올리기만 해도 무자비하게 숙청했다는 사실을 우리는 잘 안다. 공산주의 사회 이후란 절대로 생각할 수 없는 것이었다. 사람은 계속 나고 죽고 새 기술이 옛 기술을 대치하는 일은 계속되어도 일단 성립된 공산주의 사회는 변함없이 존속될 것이라는 지극히 동화적인 세계관을 엄숙히 고수하였다. 다시 말하면, '역사의 종말'이라는 매력적인 문구는 서두에서 언급된 미국 정부 기관의 연구원이 발명한 것이 아니고 바로 저들이 얼마 전까지 스스럼없이 써왔던 것이다. 서로 투쟁하던 두 주체 중 하나가 항복하였으니 투쟁의 종말이 온 것은 분명한데, 마르크스주의자들의 각본과는 정반대로 끝나버렸지만 어쨌든 근세사를 떠들썩하게 하던 그 '역사'는 종말을 고한 것이라 보아도 되겠다.

정통 마르크스주의자들은 역사는 저들의 손에 쥐어져 있다고 주장하였다. 필자는 소년 시절에 『역사는 우리 편이다』라는 한 외국 책의 제목만 보고 매력을 느낀 적이 있는데, 나중에 알고 보니 그것은 영국의 한 저명한 마르크시스트의 책이었다. 철학자 칼 포퍼는 역사의 비밀을 독점적 배타적으로 알고 있다고 주장하는 태도를 '역사주의'라고 명명하고 그러한 역사의식이 필연적으로 전체주의 체제를 강요한다고 말하고 있다. 그에 의하면 배타적 합리성이 지배하는 순수한 전체주의 국가의 모형을 매력적으로 제시한 플라톤이야말로 '역사주의'의 제일세 황제였다. 실상 플라톤은 상식적인 의미의 역사 ― 저 영욕이 뒤섞여 흐르는 무질서한 듯한 인간사의 흐름—를 혐오하여 그것을 종식시킬 그 나름의 이상적인 국가를 상정하였다. 즉 그는 무(無)역사 또는 초역사적인 사회를 꿈꾸었는데, 바로 그 때문에 그에게 '역사주의자'라는 이름이 주어졌으니 일견 아이러니컬하다. 이처럼 현실적 역사를 종식시킬 전체주의적 국가 모형을 강압적으로 제시하는 모든 사상과 실천은 '역사주의'이다.

상식적인 논의에서 역사주의는 옛것은 옛 사람의 관점에서 보아야 하며 그러기 위해서는 옛것에 대한 객관적인 지식이 필요하다는 주장을 뜻한다. 그러나 마르크시즘을 비롯한 '역사주의'에서는 '역사의 종말'을 위하여 지저분하고 불만스럽고 부당한 과거 및 현재를 결정적으로 부정, 변혁해야 한다고 주장한다. 근세에 '역사주의'의 본격적 도래 이후에 '역사의 창조'라는 역시 매력적인 문구가 유행하여 너나없이 즐겨 쓰고 있는바, 이는 바람직한 미래를 위하여 면밀히 계획하고 열심히 실천하는 것을 비유적으로 나타내는 말이다. 하도 많이 써서 이제는 진부하게 느껴지는 구호처럼 되었지만, '역사주의자'에게 그 말은 결코 비유적인 표현이 아니라 가장 중요한 실천강령이다. 그는 역사의 종말을 가져오기 위하여 역사는 새로 만들어야 하는 것이라고 믿는다. 역사의 창조는 역사의 종말과 더불어 시작될 무역사 또는 초역사의 상태를 만들어내는 일이다. 즉 문자 그대로 '절대적' 변혁이다. 따라서 현존하는 모든 것을 종말에 이르게 하는 것, 즉 파괴는 '역사'의 창조가 되는 것이다. 창조를 위한 파괴라는 말도 그래서 흔히 듣는 말이 되어 있다.

그런데 인류가 수천 년간 구질구질하고 지저분하게 살아오면서 경험으로 확인한 확실한 사실 가운데 하나는 파괴는 계획하고 기대한 것 이상으로 철저하게 실행되는 적이 많지만 창조는 생각했던 만큼 잘 되는 경우가 아주 적다는 사실이다. 아마 바로 이 사실 때문에 역사는 언제나 불만스럽게 그냥 계속되는가보다. 그러나 '역사주의자'는 이 수천 년 반복되어온 경험적 사실을 받아들이려 하지 않는다. 그런 경험에 종지부를 찍으려 하는 것이 바로 '역사주의'이기도 하다. 그래서 그들은 파괴를 창조가 있기 위한 전 단계가 아니라 창조 자체라고 강변하기도 한다. 그리하여 파괴를 위한 파괴도 정당화할 수가 있는 것이다.

창조란 없던 것을 있게 하는 것이다. 있던 것을 없게 하는 것이 파괴이니 그 둘은 서로 정반대이지만 서로 무척 가깝다. 그래서 파괴와 창조를 동일시할 수 있는 문맥을 꾸며내기란 어렵지 않다. '역사주의자'의 사실 왜곡(왜곡은 물론 파괴의 일종이다)은 잘 알려져 있다. 일부 '역사주의자'들은 세종 임금이 한글을 제정한 사실을 부정(부정 역시 파괴이다)하고 민중이 스스로 창조한 것이라고, 한글을 '창조'했다고 주장한다. 다시 말하면 꾸며내는 것을 일러 창조라고 하는 것이다. 여기서 우리는 파괴가 '조작'으로 직결되는 예를 볼 수 있다. 우리 민족의 근대사를 어느 김 씨 일문이 창조해오고 있다는 엄숙한 교리 아닌 교리가 수천만의 생령을 지배하고 있기도 하다. 결국 '역사주의자'의 역사 창조란 역사의 파괴— 조작이다. 역사를 자기 편으로 만들기 위하여서는 그런 조작이 절대 필요하기 때문이다. 그 목적은 진실에 도달하고자 하는 것이 아니라 특정 인이나 집단의 권력을 절대화하려는 것이다.

소설은 허구이다. 즉 역사(또는 사실)처럼 보이게 꾸며낸 이야기이다. '역사주의'에서는 꾸며낸 이야기를 역사라고 주장한다. 둘은 어딘가 엇비슷한 데가 있다. 둘은 서로 혼동될 소지가 있다는 것이 확실하다. 그러나 보통 소설가들은 둘을 혼동하지 않으며 또한 일반 독자가 혼동하지 않도록 배려한다. 그런 배려의 기술이 소설가의 특수한 능력이다. 소설 책을 역사책이나 진짜 사실들의 기록으로 읽는다면 그런 독자는 무자격 독자든지, 그렇게 만든 작가는 능력 부족이든지 둘 중 하나일 것이다. (그러나 소설은 사실의 기록은 아니면서 사실에 대한 어떤 의식을 형성시킴에 있어 역사책과는 다른 차원에서 매우 능란하다. 이에 대하여서는 여기서 논의하지 않는다.)

문제는 '역사주의자' 또는 '역사주의적' 성향을 가진 사람이 소설을 썼을 때에 발생한다. 그들은 자기들이 의도적으로 꾸며낸 이야기를 '역사'로 받아들이기를 요청한다. '역사주의적' 사회에서는 엄격히 말하여 역사가와 소설가의 구별이 무의미하지만, 일반 사회에 살면서 '역사주의적' 성향을 강하게 가진 사람은 자기의 소설을 '역사'로 읽어주기를 강력히 바라는 경향이 있다.

필자는 최근 한 대학원생이 바로 그런 '역사주의적' 소설의 내용을 당시의 신문이나 역사 기록이나 역사적 자료와 똑같이 거리낌없이 받아들이는 것을 보고 적잖은 충격을 받았다. 소설과 역사의 구별이 무의미한, 아니 소설도 역사도 없고 오직 '역사'만 있는 정신 풍토가 위험하다고 보는 것을 반동적이라고 해도 어쩔 수 없다.

그런데 바로 그 '역사'가 종말을 고한다고 하니 '역사주의적' 성향을 가진 작가나 독자는 또다른 종류의 '역사'를 '창조'하여야 할 시기에 당도하여 있는 것일까?

(『문학사상』 1991년 8월호)

문학과 역사

인간의 지적 노력은 예부터 문학 역사 철학의 세 갈래로 나뉘어 전개되어오고 있다. 사람의 정신작용의 필요상 그런 갈래가 생겼으므로 그 셋은 각각 주어진 영역을 가지고 있으면서 대체로는 평화 공존을 유지하는 것으로 보인다. 그러나 애초에 세 영역을 분할한 원칙이 절대적인 것은 아닌 듯하다. 따라서 영역 간의 경계선이 대체로 모호하여 '영토 분쟁'이 일어날 소지가 적지 않다.

동양에서는 문(文), 사(史), 철(哲)의 정립은 당연한 이치로 받아들여져서, 그 각각을 대표하는 세 개의 경전, 곧 『시경』 『서경』 『역경』(『주역』)은 동등한 권위를 누리면서 전수되어왔다. 다른 고전들과 더불어 그 세 경전은 한 지식인이 꼭 같이 공경하고 익혀야 했다. 따라서 동양에서는 적어도 약 백년 전까지는, 문 사 철의 영토 분쟁은 없었다고 하겠다. 그런데 서양에서는 일찌감치 서양 학문의 본격적 태동기인 고대 헬라(그리스) 시대에 그 셋이 서로 우위 다툼을 시작하여 지금까지 인간 지성의 내전상태를 계속할 뿐 아니라 평화롭던 동양에까지 분쟁을 전파하여 부추기고 있다. 공자나 맹자나 주자가 시는 철학보다 못하다든지 역사보다는 낫다든지 하는 말을 하지 않았음에 반하여 플라톤과 아리스토텔레스는 시는 철학보다 말할 나위 없이 저열하다, 역사보다는 좀 낫다는 등등의 논쟁을 불러일으켰던 것이다. 근본에 있어 서양의 문학론은 그 논쟁의 계속으로 보아도 좋다.

우리는 여기서 서양의 문학 논쟁 상황 전부를 다루려는 것은 아니다. 우리는 그중의 주요 부분인 역사와 문학의 관련성에 대한 논란이 특히 우리 시대에 어떤 양상을 빚어내고 있는가를 잠시 살펴보고자 하는 것이다.

아리스토텔레스는 문학을 여지없이 공박한 그의 스승 플라톤에게 반대하여, 문학은 사람의 감정을 순화시킬 뿐 아니라 "역사보다 더 철학적"이라고 했다. 문학이 사람의 감정에 좋든 나쁘든 큰 영향을 미친다는 것은 누구나 시인할 터이지만(플라톤 자신도 문학이 나쁜 감정적 영향을 미친다고 해서 반대했다), 문학이 역사보다 더 철학적이라는 말은 자연히 그 둘의 추종자들 사이에 마찰을 불러일으킬 만한 관점이었다.

아리스토텔레스는 문학과 역사가 사람의 행위를 모방함에 있어서(즉 '누가 무슨 일을 했다' 는 이야기를 할 때) 서로 비슷한 일을 한다고 보았다. 여기서 그가 말하는 문학이란 물론 서사시와 연극 같은 이야기문학을 뜻하고 동양에서처럼 개인의 감정을 표현하는 서정시를 뜻하지 않았다는 것을 우리는 잘 알고 있다. 문학을 그 서사성에 귀착시킬 때에는 반드시 역사와의 관계가 문제가 된다.

플라톤은 사람이 감각으로 지각할 수 있는 일체의 사물을 무가치한 것으로 보았다. 역사는 그러한 사물들이 빚는 사건들의 연속이니까 무가치하다고 볼 수밖에 없다. 오직 변함없는 관념의 세계만이 진실인바, 사물들은 그런 관념의 희미한 그림자에 불과하다. 그러나 관념을 희미하게나마 반영하는 그림자이니까, 그런 사물들을 그려놓을 뿐인 그림보다는 훨씬 가치가 있다고 할 수 있다. 그러니까 사건들을 있는 그대로 서술한 역사가, 전적으로 꾸며낸 사건이거나 실제 사건에다 마음 내키는 대로 가필을 하여 만들어낸 사건을 서술한 문학보다는 관념적 진실에 훨씬 더 가깝다고 하겠다. 즉 플라톤은 역사와 문학 모두를 시답잖게 보았으나 그래도 둘의 우열을 가리자면 역사가 문학보다 훨씬 가치 있는 것으로 보았을 것이다. 즉 호메로스의 『일리아스』보다 헤로도토스의 역사서가 더 진실 내포 가능성이 높다고 보았을 것이란 말이다.

그러나 구체적인 사물들을 관찰하는 데에서 출발하여 자연의 보편적 법칙을 찾고자 한 아리스토텔레스에게 역사는 단 한 번만 발생한 사건들의 나열로만 보였고, 어떤 보편성에의 지향을 가지고 있지 못하다고 느꼈던 모양이다. 그래서 실제로 발생하지 않은 꾸며낸 사건이라 할지라도 사람의 행동에 관한 보편적인 이치를 드러내든가 암시하는 문학(연극 또는 서사시)이 역사보다 더 '심각하다'고 보았던 것이다. 그러나 우리가 주의할 것은 철학자인 그가 문학이 철학과 같다든가 철학보다 우위에 있다고는 절대로 생각하지 않았다는 사실이다. 문학은 역사보다 상대적으로 철학이 하는 일에 더 가깝다고 했을 뿐이다.

이렇게 하여 문학과 역사는 철학이라는 심판자의 눈 밑에서 서로 누가 더 철학에 가까운지를 경쟁하게 되었던 것이다. 문학은 꾸며낸 이야기, 그러나 충분히 인간적인 사실에 기초한 이야기를 통하여 보편적 진실을 드러낸다고 주장하고, 역사는 사실에 대한 정확한 진실을 말함으로써 과장과 축소가 없는, 있는 그대로의 사람을 보여준다고 주장한다. 이 상충되는 주장이 서양문학론의 주요 쟁점인 것이다.

플라톤 사상이 우세했던 르네상스 시대에 문학론자들은 완전성의 관념에 비추어볼 때 무척이나 불완전한 인간의 행위를 있는 그대로 전달할 수밖에 없는 역사의 필연적 결함을 지적하고, 문학은 절대적 진실에 부합되도록 불완전한 인간의 사실(역사)을 수정한다고 하였다. 즉 미운 현실을 예쁜 이상적 형상으로 변화시킨다는 것이었다. 그래서 역사는 완벽한 영웅을 생산하지 못하지만 문학은 그것을 생산하여 불완전한 사람들에게 완벽한 영웅의 모습을 실감 있게 보여준다고 하였다.

사실주의 시대에 와서는 그러한 이상주의 문학관이 쇠퇴하고, 있는 그대로의 사실을 자세하게 보여주는 것이 인간에 대한 진실을 보여주는 것이고, 이상화된 인간상은 허위일 뿐이라는 사상이 우세하게 되어, 결과적으로 문학은 역사와 또다른 차원에서 영역 다툼을 하게 되었다. 이상주의 문학관은 역사를 경멸했지만, 사실주의 문학관은 스스로를 역사보다도 더 진실하게 역사적이라고 자처한 것이다. 그리하여 사실주의 문학관의 흥성과 더불어 문학과 역사의 관계는 복잡하게 뒤얽히는 것을 볼 수 있다.

일찍이 르네상스 시대에 혁신적인 영국 사상가 베이컨은 문학, 역사, 철학이 각각 사람의 상상, 기억, 이성의 산물이라고 주장한 바 있다. 그에 의하면 문학은 '꾸며낸 역사'인데, 역사를 꾸며내기까지 하는 이유는 실제의 역사가 사람의 욕망을 다 만족시킬 수 없기 때문이다. 이것은 이상주의 문학관과 달리 인간 심성에 대한 통찰에 기초한 새로운 문학관이다. 그러니까 문학적 상상력은 현실에 대한 불만을 해소하고자 하는 욕망에 근거하고 있다는 말이 된다. 현실에 대한 불만이 사람의 상상력을 자극하여 역사를 꾸며내게 하는데 그 결과가 문학이라는 것이다.

사실주의자들은 이상주의 문학의 인위적인 인간 미화를 반대했지만, 있는 그대로의 사실, 즉 역사 그 자체에 만족했던 것은 아니다. 역사를 그대로 서술하는 것에 만족했다면 역사가이지 문학가는 아닐 것이다. 그들 역시 역사에 대하여 강렬한 불만이 있었고 그 불만을 해소하고자 하는 욕망에서 '유사 역사', 즉 역사를 꾸며냈던 것이다. 단, 꾸며냈다는 인상을 주지 않도록 용의주도한 기술을 최고도로 발휘하였다. 다시 말하자면 현혹 또는 착각을 유발하는 기술을 극단적으로 세련시켰던 것이다.

그러나 이상주의든 사실주의든, 문학은 상상력에 의한 창작물이고, 상상력은 오늘의 관점에서 보자면, 관념적 이상을 지향한다기보다는 욕망의 부추김을 받는 것이다. 근래에 언어 자체가 이성의 산물이기보다는 욕망의 산물이라는 관점이 우세해지고 있다. 역사적 사실에 대한 불만에 문학, 특히 서사문학이 뿌리를 박고 있다고 볼 만한 충분한 근거가 있다. 즉 문학은 현실 역사에 대한 불만을 그대로 토로하든가 또는 교묘히 위장하면서 '꾸며낸' 또는 재구성한 역사인 것이다. 따라서 그것은 결코 역사 자체는 아니다.

그러나 그 교묘한 위장술과 능란한 수사법으로 말미암아 일부 사실주의 문학은 수다한 독자 대중에게 역사적 사실의 기록 자체로 받아들여지고 있다.(바로 그 이유로 플라톤은 문학을 진실한 삶의 가장 큰 적으로 간주했던 것이다.) 역사의 그 무미건조한 기술 방식은 자연히 대중의 염오감 내지 혐오감을 일으킨다. 중국의 주요 역사서인 『삼국지』는 그것을 기초로 하여 꾸며낸 『삼국지연의』에 비하여 읽기가 훨씬 수월치 않은 것은 사실이나, 문제는 『삼국지』 아닌 『삼국지연의』만을 읽은 수많은 독자 대중이 중국의 삼국 시대에 대하여 정확히 잘 알고 있다고 자부하기 쉽다는 데에 있다. 즉 사실주의적인 소설을 역사서 자체로 착각하는 경향이 강하다는 말이다.

마찬가지로 오늘날 한국인이 한국 역사에 대하여 알고 있다고 자부하고 있는 내용의 대부분은 신문에 으레 연재되는 역사소설과 우연히 읽은 한 시대를 다룬 시대소설 따위에서 부담없이 재미있게 저절로 얻은 '유사 지식'이기 쉽다. 역사소설, 시대소설뿐만이 아니다. 60년대, 70년대, 80년대의 사실이라고 믿는 내용의 상당한 부분도 부담없이, 아주 감동적으로 읽은 소설에서 얻은 것일 수 있다. 육칠십년대를 직접 경험하지 못한 젊은 세대들은 불과 일이십 년 전의 역사도 텔레비전의 대하 드라마나 그 시대를 배경으로 한 소설을 통하여 알게 된 것이 대부분일 것이다. 그러나 그것은 역사적 사실에 대한 지식이 아니라 소설이라는 교묘히 '꾸며낸 역사'에 담긴 지식인 것이다. 그 지식은 문학작품의 내용에 대한 지식은 되지만, 역사 그 자체에 대한 지식은 아니다. 그러나 이 사실을 바로 알고 있는 독자는 드물다. 책임 있는 독자라는 평론가까지 포함해서 그렇다.

이처럼 우리가 과거에 대하여 가지고 있는 지식, 우리가 머릿속에 그려보는 과거의 심상은 사실을 기술하려고 애쓴 역사서에 근거하고 있는 것이 아니라 주로 소설이나 영상매체에 근거하고 있는 까닭에, 과거의 한 시대를 다룬 소설(또는 텔레비전 드라마 — 여기서 텔레비전은 논외로 한다)을 보고는 그 시대를 정확히 재현했다, 반영했다, 그 시대상과 정확히 부합된다 등등의 칭찬을 하고 감동한다.

그러나 이것의 실상은 자가당착이다. 소설을 통하여 알고 있던 역사적 사실이 바로 한 소설에 정확히 반영되는 것을 보고 감탄하는 것이다. 그 것은 당연하지 않은가! 초상화만 보고 그 주인공의 외모를 잘 아는 것으로 자부하는 사람이 또다른 초상화를 보고는 그 주인공과 꼭 닮았다고 하는 것이나 마찬가지이다. 이리하여 역사에 대한 현혹은 끊임없이 재생산된다. 젊은 세대가 알고 있는 6·25, 4·19, 5·18 등등은 거의 다 소설 또는 소설적 기법을 원용한 다른 매체들에서 얻은 것이므로 어렵고도 재미없는 역사적 기록에서 얻은 것은 적을 수밖에 없다. 소설가 자신들도 역사적 기록에서보다는 다른 소설에서 배운 것이 더 많을 것이다.

이런 말을 왜 이렇게 길게 하는가 하면, 문인들이 반드시 한번쯤 깊이 생각해보아야 할 것이 문학과 역사의 관련성이기 때문이다. 문학은 역사를 대치하든가 적대시해야만 하는 것은 아니다. 문학은 역사에 대한 불만과 관계가 있다. 그러나 역사도 문학에 대하여 불만을 가질 수 있다는 사실이 중요하다. 사람의 지적 노력들은 서로 다른 것에 대한 불만 때문에 여러 갈래로 나뉘는 것이라고 할 수 있다. 문학은 철학에 대하여서도 불만이 있지만 철학이 문학에 대하여 불만뿐 아니라 경멸까지 가지고 있다는 것은 앞서 언급했듯이 잘 알려진 사실이다.

사실주의의 발흥 이후, 문학은 너무나 안가(安暇)하게 역사를 정확히 재현한다고 자부해왔다. 사실에의 박진감을 높이는 기술을 개발한 나머지, 역사에 대한 애초의 불만과 그 불만을 해소코자 했던 욕망의 상상력이 원동력이 되고 있다는 사실조차 스스로 잊고서 사실 그 자체를 기록

한다는, 즉 역사를 기술하고 있다는 착각에 그 스스로 빠져들었으니, 독자 대중의 착각은 말할 것도 없다.

소설가는 소설을 창작하는 순간 역사의 모든 것을 다 알고 미래까지 점칠 수 있는 도통한 도사로 자처하기가 무척 쉽다. 한편 일부 역사가는 사실주의 문학의 그 굉장한 성공을 부러워한 나머지 소설가 이상으로 역사에 대한 간섭을 자행한다. 사람의 제한된 능력상, 과거의 완전한 재현은 불가능하지만, 역사가의 사명은 과거의 사실을 되도록 정확하게 기술하는 일이다. 역사가 개인의 관점이 완전히 배제될 수는 없다고 해서, 개인의 관점을 자유롭게 개입시키라는 것은 아닐 터인데, 역사에 대한 불만을 서슴지 않고 토로하면서 그것을 역사적 서술이라고 내놓는 경우가 드물지 않다. 또는 그런 불만조차 교묘히 위장하여 '꾸며낸 역사'를 진짜 역사로 둔갑시키기도 한다. 소설이 역사로, 역사가 소설로, 현혹과 착각이 계속 재생산되는 형국이다. 이것은 일종의 혼돈이다.

역사에 대한 문학의 불만은 역사와 문학을 엄밀히 구별해야만 제대로 확인될 수 있다. 역사는 역사대로 문학에 대한 불만을 확인해야 한다. 그것이 확인될 때에 비로소 역사와는 다른 문학의 고유한 영역이 드러나고 그것이 명확히 밝혀질 때 독자 대중은 문학에의 올바른 기대를 가지게 되며 작가는 착각에서 해방될 수 있다.

(『동서문학』1990년 4월호)

사실에 대한 불만과 문학

문학이 보편적 진실을 다룸에 반하여 역사는 개별적 사실들을 다루는 까닭에 문학은 역사보다 더 철학적이고 심각하다고 한 아리스토텔레스의 말은 서양문학 사상의 가장 중요한 명제의 하나로서 추앙받고 있다. 이 말의 출전인 아리스토텔레스의 저서 『시학』은 16세기에 와서야 처음으로 세상에 널리 알려진 것이니, 역사에 대한 문학의 우위론은 실상 5백 년 미만의 역사를 가지고 있을 뿐이다.

서양비평사를 보면 시대마다 이 명제에 대한 해석이 조금씩 달라진 것을 알 수 있다. 『시학』이 처음 재발굴된 르네상스 시대에는 잘 알려진 바와 같이 기독교 휴머니즘과 플라톤 사상의 영향으로 타락한 현세의 사실들을 시간의 순서에 따라 기록한 것일 뿐인 역사에 대한 강한 불만과 함께 고상한 정신의 힘으로 창조해낸 이상적인 세계의 아름다운 이야기와 노래인 문학에 대하여 최고의 예찬이 주어졌다.

그러한 이상주의적 문인의 한 사람이었던 영국의 필립 시드니는 "세상의 모든 학문이 주어진 그대로의 이 세상, 즉 자연을 알아보려고 하는 노력임에 비하여 문학만은 자연을 초월한 완전한 세계의 형상을 그려낸다"고 주장하였다. 당시의 지배적 세계관인 기독교 휴머니즘–플라톤 사상에 의하면 자연, 즉 있는 그대로의 이 세상은 아담의 타락 이래 불완전한 상태에 머물러 있는 것이었다. 그 불완전을 초극하기 위하여 종교가 필요하고, 또한 문학이라는 친숙하고 즐거운 방법의 보조도 필요하다고 믿었던 것이다. 문학에 대한 이러한 신뢰가 바로 그들의 휴머니즘의 일단이었다.

이상주의의 관점에서 보아 불완전하고 불만스럽기 짝이 없는 현실적 역사는, 그런 완전하고 만족스러운 이상적인 인간과 세계를 구현하기 위한 기초 자료를 제공해준다고 믿었다. 현실적 역사에 종속되어 어쩔 수 없이 불완전했지만 그래도 얼마쯤 훌륭한 생애를 산 실제의 인물을 바탕으로 하여, 불완전 불만의 소지를 모두 없애고 완전무결하고 만족스러운 영웅으로 만들어내는 것은 우수한 시인의 '성스럽기까지 한' 능력이라고 당시의 휴머니스트(인문학자)들은 믿었던 것이다.

그런데 기이한 사실은, 르네상스는 현실의 세상을 경멸하고 천상의 세계를 동경하기만 했다는 중세를 청산하고 현실주의적 세계관이 자리잡은 극히 '세속적인' 시대로 알려져 있다는 것이다. 지식인들은 적극적으로 현실 역사에 뛰어들어 한몫 단단히 하려는 야심으로 가득했다. 온갖 새로운 지식의 탐구와 새 세상으로의 탐험은 그래서 생겨났던 것이다. 이러한 현실지향적 세계관에서 어떻게 이상주의적 문학관이 개화, 만발했는지 언뜻 이해하기 곤란하다. 필립 시드니 자신도 현실 정치에 적극 개입했던 외교관이자 야심 있는 군인이었다. 그러나 현실의 불완전함에 대한 불만을 그의 종교적 신앙으로 달래고 문학으로 표현한 것을 보면 한편으로는 세속적인 삶과 이상적인 꿈이 빚는 아이러니를 깊이 체험한 근대 지식인 특유의 심성을 지닌 사람이었고, 그런 의미에서 그는 르네상스뿐 아니라 근대인의 전형이라고 간주할 수도 있다. 역사에 대한 불만이 역사를 아예 등지게 한다면 현실과 이상의 엄연한 괴리, 그러면서도 그 불가분의 관계를 짐짓 외면하게 될 것이다. 현실지향성이 큰 만큼 이상 추구의 열의도 컸기 때문에 서양인들은 르네상스를 그리도 높이 예찬하는 것이다.

18세기 합리주의 계몽주의 시대의 지식인들은 역사에 대한 불만이 그 전 시대 지식인들의 불만만큼 극렬하지 않은 것을 발견하게 된다. 현실 역사는 인간의 근본적 불완전(즉 인간의 힘으로 극복될 수 없는 원죄 같은 것) 때문에 불만스럽게 되는 것이 아니라 인간이 타고난 이성의 능력을 제대로 발휘하지 못하기 때문에 자주 우스꽝스럽게 된다고 그들은 보았다. 이성에 의한 합리성의 줄기찬 발휘는 가능하며 그것은 인간의 완전성을 보장한다고 보았던 것이다. 따라서 끊임없는 계몽이 필요하다고 믿고 당시 지식인들은 그 일에 대한 사회적 책임을 떠맡았다. 현실 역사의 불완전은 이성적 판단이 그릇되어 생긴 것이므로 무지몽매함을 타파하기만 하면 된다고 믿었던 것이다. 그러므로 현실 역사의 불완전을 보고 불만을 느낀 나머지 불안해하거나 절망하여 역사를 초월한 세계를 추구하는 것은 합리적 지식인답지 않은 태도일 뿐이었다.

그렇다면 현실의 불완전함을 어떻게 다룰 것인가? 당시 지식인들은 그것을 불만이나 절망의 대상으로서가 아니라 합리성이 결여된 행위로 보아, 합리의 입장에서 적절히 효과적으로 공격하는 것이 합당하다고 보았다. 남의 비합리적 행위를 가장 적절히 효과적으로 공격하는 방법은 바로 풍자라고 당시 문인들은 믿어 의심치 않았다. 풍자는 제3의 인물의 비합리적 행위를 나와 이웃이 함께 비웃는 것이다. 즉 저자와 독자가 합세하여 제3자의 못남을 화제로 삼아 공격의 즐거움을 나누는 것이다. 잘 알려진 대로 서양의 18세기는 풍자문학의 전성기였다. 그러니까 계몽주의 시대에는, 문학은 역사에 대한 불만을 풍자로써 해소하려 한 셈이다. 실상, "존재하는 것은 다 옳다(Whatever is is right)"고 믿는 그들에게 인간의 역사가 근본적으로 결함이 있다는 생각은 있을 수 없었다.

우리는 유럽의 낭만주의가 그 전 시대의 합리주의에 반발하여 일어난 사조라는 것을 잘 알고 있다. 18세기적 합리주의 계몽주의에 대한 반발은, 사회관계가 크게 변화된 세계에서 당연했다고 볼 수 있다. 그러나 합리주의 계몽주의에 대한 반발 배격과 함께 이성 자체도 배격하고, 현실 역사에 대한 강한 불만을 이성이 아닌 감정을 통하여 토로함으로써 문학을 매우 유동적인 인간 심성의 표현으로 국한시켰다. 서양 낭만주의의 감정적 주관주의는 세계정신사상 매우 특이한 것이다. 합리적 사고에 의하여 정치 경제 교육 등 현실적 사실들이 진행되고 있는데, 문학은 그것들에서 스스로를 소외한 셈이 되었다.

잘 알려진 바와 같이 사실주의는 감정적 주관주의의 극복을 위한 노력이었다. 그러나 사실주의 문학 역시 현실 역사에 대하여 불만을 가지는 문학의 본질적 생리를 가지고 있었다. 그러나 전 시대의 방법에서 탈피하여, 현실적 사실들을 적절히 다룸으로써 불만을 직접 드러내지는 않으면서 불만을 간접적으로 해소하거나 또는 해소의 인상을 주는 방법을 개발하였다. 이 놀라운 방법의 개발에는 당시의 실증적 역사 기술 방법이 적잖이 기여했다. 실증적 역사 기술은 주로 왕조사나 소수의 위인을 중심으로 한 전통적 역사 기술 방법에서 벗어나 잡다한 사실들의 확인과 원인 결과를 규명하는 방법을 발전시켰는데, 주로 왕후 장상의 일대기들의 연속보다도 많은 사람들이 서로 얽혀살며 일으키는 사실들의 기술이 오히려 흥미롭게 느껴졌다. 여기서 이에 대한 정신사적 설명은 생략하는 바이나, 자질구레한 사실들이 서로 치밀하게 연쇄되어 이루는 한 덩어리의 전체 그림은 놀라운 효과를 냈다. 그 그림은 역사적 사실에 대한 불만이 역사 밖에서 해소될 성질의 것이 아니라 사실들의 치밀한 구조화에 의하여 저도 모르게 소멸되는 것 같은 만족스러운 인상을 조성했다.

이 지점에서 실증적 역사와 문학은 다시금 서로 갈라지면서 역사에 대한 문학의 우위론은 더욱 고창된다. 우리가 잘 알거니와 정통 사실주의 문학은 사실들의 실증적 규명에 골몰하고 있는 역사를 초극하여, 사실들의 치밀한 조직으로써 한 사회의 '총체성'을 구현한다는 인상을 줄 수 있다. 실증주의가 최고의 금과옥조로 삼고 있는 객관적 사실들은 어쩔 수 없이 파편들의 우연한 집합을 이룰 뿐이나, 사실주의 문학은 사실들 사이를 거의 숙명적이라 할 만큼 긴밀히 연결시켜 '총체성'을 이루었다. 객관적 사실에 대한 열렬한 관심을 보인다는 점에서 역사와 문학은 일시 같은 일을 하고 있는 듯한 인상마저 주었으나, 둘은 금방 갈라져서 역사에 대한 문학의 우위를 다시 강조하는 계기를 발견한 것이다.

앞에서 보았듯이, 문학이 역사보다 우월하다는 신념은, 그 둘이 동일한 목적을 이루려고 하는 서로 다른 경쟁적 방법이라는 전제가 있지 않다면 성립될 수 없다. 아리스토텔레스는 역사나 문학이 다같이 인생에 대한 지식을 전달하는 것이 그 목적이라고 전제하였다. 그는 문학이 '보편을 다루므로' 역사보다 더 '철학적'이라고 하였다. 둘은 같은 목적을 가지고 있으나 그중 문학이 비교 우위에 있다고 한 것이다. 본업이 철학자였던 아리스토텔레스는 평소 역사책보다는 소포클레스 등의 연극과 호메로스의 서사시를 더 즐겼던 것 같다. 그런데 유의할 점은 그가 문학이 역사보다 더 철학적이라고 했지, 철학보다 더 철학적이라고 하지는 않았다는 점이다. 철학자인 그에게 철학이 최고 우위를 점할 것은 당연하다. 문학과 역사는 둘 다 철학에 가깝게 가기 위한 경쟁을 하는 것으로 그는 보았던 것이다. 여하튼 그는 철학자의 권위를 가지고 문학의 비교 우위를 확정지었다. 역사의 개별 사실 나열주의보다는 문학의 개별 사실들의 전체적 구조로 말미암아 생기는 보편적 지식의 획득을 높이 보았던 것이다.

19세기 중엽부터 유럽인들은 역사라는 낱말을 별나게 이해했다는 사실을 우리는 알고 있다. 관념적 정치철학에서는 실증주의적 역사관을 배격하고 역사 전개 또는 발전의 유목적적, 법칙적 성격을 주장하였다. 헤겔의 정신주의적 역사관은 유물사관으로 아주 쉽게 전환되어, 역사란 유물론적 전개 이외 다른 것이 아니라는, 다른 것이 되어서는 안 된다는 당위론과 숙명론이 한데 어울리는 양상을 띠었다. 역사를 합리적 지성이 보기에 불만스럽더라도 어쩔 수 없이 존재하는 사실로 받아들인 것이 아니라 바로 그러한 불만이 해소될 공간과 기회를 제공하는 것으로 생각했던 것이다.

이렇게 되면 역사적 사실에 대한 불만 때문에 문학이라는 해소책을 찾을 수밖에 없다는 종래의 통설은 무의미하게 된다. 혁명적 역사가 오히려 불만을 완전히 해소시켜줄 것을 약속하므로 종래의 임시적 해소 방편 대신 그러한 놀라운 역사에 의존하는 것이 당연하다. 그리하여 결국에는 사실에 대한 불만을 근본적으로 해소할 뿐 아니라 영원히 그런 불만이 있을 수 없는 새로운 역사의 실현에, 문학을 포함한 모든 지적 육체적 노력이 총동원된다. 모든 불만을 영원히 추방해버리는 이런 역사는 본질상 사실적이 아니라 정확한 의미로 '문학적'이다. 간단히 말해서 역사는 문학과 구별될 수 없다. 조금 경사지게 말한다면 그런 역사는 문학의 기본 속성인 허구성을 강렬히 띨 수밖에 없다.

이제 알 듯하다. 문학과 역사의 비교 우위론의 긴 줄다리기 끝에 주로 유물사관을 주장하는 지성인들이 불만 요소를 말끔히 제거한 역사를 창안함으로써, 문학에 대한 절대 우위를 확보하였을 뿐 아니라 문학을 흡수해버리고 말았다. 역사에 불만 해소 능력, 즉 허구의 자유를 부여함으로써 문학은 실상 없어도 되게 되었다. 이른바 사실적 실증적 역사라는 것은 저절로 소멸하고 말았다.

아득한 원시 시대에 사람들은 세상을 살아온 이야기, 즉 역사를 불만의 해소 내지는 해석(해소나 해석이나 근본적으로 동질의 것이다)의 방책으로 이용하였다고 한다. 그 결과는 신화의 형성이었다. 그런데 수천 년 후, 일단의 지식인들이 역사를 다시금 신화로 만든 것이다. 예전에도 그런 신화는 종교적 신앙의 대상으로 강요되었는데, 오늘날의 신화도 그 절대성의 대한 믿음을 강요하고 있다. 사람은 별로 변하지 않는다는 사실이 이로써 증명되는 것 같다.

19세기 후반 이래 모든 유물사관론자들은 당연히 당위론적 숙명론적 역사가들이 되었다. 유물론자는 역사가일 수밖에 없도록 되었다. 그런데 지금에 와서 무척 의아스러운 것은 유물사관의 도래 이후·사실주의적 소설가들도 의식 무의식중에 역사가로서 자처하고 있다는 사실이다. 불만 해소의 역사관이 정립되고 나서 불만 해소의 소설가들이 제 스스로 역사가를 자처하게 되었다는 것이 어찌 보면 자연스럽기도 하다. 본시 이야기꾼–소설가는 신화 만드는 자가 아닌가!

1930년대 독일인의 역사에 대한 불만은 그러한 불만 해소의 역사적 기술 방법을 동원한 나치 선동자들에 의하여 해소되었다는 것을 우리는 잘 안다. 마찬가지로 스탈린은 불만스러운 역사적 사실들을 모두 만족스러운 허구로 바꾸어넣은 설화를 사실적 역사인 양 제시하여 국민에게 소화시켰다. 무솔리니도, 마오쩌둥도 그런 일에 능수였다는 것을 우리는 잘 안다.

아마 가장 큰 수완을 보인 집단은 북한의 권력 집단일 것이다. 요즈음도 국가적 사업으로, 김 아무개가 어렸을 때 일본 지도를 건드리니까 일본에 지진이 나더라는 신화를 창조하여 이를 사실로 받아들이게끔 운동하고 있다. 이런 일에는 물론 허구의 명수인 소설가들이 능란할 것이나, 사실상 이미 소설가와 역사가의 구별이 없어졌다고 할 사회에서 특별히 소설가가 필요하지도 않다. 플라톤이 그리도 바라 마지않던 대로 그들의 '공화국'에서 소설가는 저절로 추방된 셈이다.

그런데 사실에 대한 불만을 허구로써, 역사라는 이름의 허구로써, 또는 모든 역사는 허구일 수밖에 없다는 절망적인 해체론적 명제를 구실로 삼아서 해소하고 말 것인가? 불만스러운 사실이 허구에 의하여 완전히 해소되고 마는가?

사실 중에는 분명히 불만스러운 것이 있으며, 그것이 불만스러운 것이라는 절실한 의식도 없어지지 않는다. 실상, 바로 그러한 의식이 아프게 남아 있기에 그러한 불만 요소에 대한 반감과 초극의 의지가 생길 수 있고, 그로 말미암아 발전도 있을 수 있는 것이다.

그러므로 역사가는 사실을 밝혀내는 일 중에, 많은 불만스런 사실들을 들추어내는 작업을 포기할 수 없다. 아리스토텔레스가 뭐라고 해도 그 일은 중요한 일이다. 문학이 사실에 대한 불만에서 시작되었다고 해서 불만을 말끔히 씻어낼 수 있는 것은 아니라는 것은 엄연한 사실이다. 사실에 대한 불만을 배우는 것은 역사에서이다. 완전하게 불만이 해소된 조작된 역사에서 문학은 배울 것이 없으므로 스스로 할 일이 없어지고 만다. 바로 위에서 언급한 사실이다.

그런데 우리 사회에서 대체로 역사적 사실에서 불만 요소를 제거하고 소망 내용으로 대치하는 역사 조작은 국가적 사업으로 공공연히 지속적으로 전개되지는 못했다. 한때 사람들을 흥분시킨 한국고대사 논의가 한국인의 역사 불만의식을 해소하고자 했던 대표적인 노력이었던 것 같다. 단군 시대엔가 한국인의 영토가 지금의 중국 베이징 일대까지 뻗어 있었고 일본도 세력권 내에 들어 있었다는 주장을 일부 불만 해소주의 역사가들이 내세웠는데, 그것이 한국인의 뿌리깊은 역사에의 불만을 영구히 해소시키지는 못했다. 다만, 문제가 되는 것은 그러한 주장을 대하소설가가 한 것이 아니라, 역사가들이 했다는 사실이다. 우리 주변에는 해방 이후사나 제3공화국사는 철저히 연구되는 것 같지 않고, 오히려 사료가 거의 없다시피 한 아득한 옛 시절에 대해서는 아노라 하는 이가 적지 않은데, 이는 사실들이 드러나 있는 현대사보다는 사료가 없다시피 한 옛 세상 이야기가 소망적 사고를 얼마든지 받아들이기 때문일 것이다. 그것은 역사가가 벌받거나 욕먹지 않고 소설가를 겸할 수 있는 좋은 영역이다.

그러나 일부 역사가들의 허구를 탓할 것이 없다. 좀더 심각한 문제는 일부 소설가들이 허구의 창작이라는 고유 영역에서 떠나 스스로 역사적 사실을 재구성하고 있다고 자부하는 일이다. 세상에 아마추어 역사가처럼 많은 것도 드물 터이나, 일부 소설가들은 아예 전문적 역사가 행세를 하는 듯하다. 그러나 역시 행세를 하는 듯하는 것이니 아마추어로 남아 있게 된다. 아마추어 역사가의 기본 영역은 사실에 대한 불만 해소책 찾기이다.

역사가의 전통적 서술 방식이 주는 매력이 아직 일반 독자에게 크지 못한 것이 안타까운 사실이다. 독자는 소설가라는 아마추어 역사가의 이야기 솜씨에 매료되어 역사에 대한 불만의 해소를 맛본다. 좋은 일이다. 여기까지는 문학의 역사에 대한 우위를 입증하는 것 같다. 그러나 독자가 매력적인 아마추어 역사가—소설가의 이야기를 역사적 사실로서, 즉 사실에 대한 객관적 지식이나 정보로서 받아들이는 경우가 흔해지고 있다. 특히 우리나라 사람들의 민족운동, 민중운동에 관한 지식은 거의 전부 아마추어 역사가—소설가들이 잡다한 사실들이 주는 불만을 뛰어넘어 만족스럽게 이야기해놓은 소설—역사(또는 역사—소설)에서 얻은 것이다. 즉 불명확, 불만의 요소를 해소 또는 제거하고 창작적으로 구성한 내용을 진짜 일어났던 사실로 받아들이는 것이다. 항일운동이나 갑오농민운동에 대해서 역사가들마저 불만 해소주의적 이야기를 구성하려고 하는 판이니, 그런 일에는 도가 튼 소설가들의 허구적 창작이 훨씬 매력적이어서 독자는 만족감뿐 아니라 힘들이지 않고 객관적 지식—정보를 얻게 되었다고 자축하게 된다.

역사에 대한 문학, 아니 사실주의 문학, 아니 사회주의적 사실주의 문학의 절대 우위를 주장한 루카치의 문학론이 불만 해소의 역사—문학의 바탕이 되고 있음을 우리는 안다. 그의 『역사소설론』을 들여다보면 그가 청소년 시절에 독일어 번역본의 월터 스콧의 역사소설들을 얼마나 애독하였는지 알 수 있다. 근대적 역사소설을 창시한 스콧은 종래의 역사소설가와는 달리 역사상 이름이 알려진 왕, 장군, 귀족 등을 단지 역사적 사실감을 조성하기 위한 배경적 장치로서만 등장시키고 그가 꾸며낸 보통 사람들을 주인공으로 삼았다. 그 이후 이것이 역사소설의 정석적 방법이 되었는데, 그후 스콧을 능가하는 작품이 많이 나와 그의 명성은 줄어들 수밖에 없었다.

그러나 루카치는 『역사소설론』에서 스콧이 "진정한 서사시적 작가의 위대한 역사적 객관성"을 발휘하여 상충하는 세력들의 갈등이 첨예한 "역사적 과도기의 총체성"을 유감없이 제시하였다고 한다. 그는 스콧이 "역사적 박진성"으로 인물 심리의 정확성을 기했으므로 실제 역사적 사실과의 부합 여부는 문제가 안 된다고 한다. 더욱이 스콧이 사용한 언어는 거의 순전한 그 자신의 창작인데 이를 루카치는 "필요한 시대착오"라고 극력 옹호한다.

그는 18세기 초 스코틀랜드 사회의 모습을 스콧의 소설에서 배우고는 그 그림을 표준으로 삼고서 역사가가 고증을 통하여 제시하는 모습을 불만스럽다고 하고 나아가서는 부정확하다고 한다. 그는 "월터 스콧의 소설은 흄(당시 최고로 유명했던 『영국사』의 저자)보다 영국 역사의 정신을 더 박진하게 재생하곤 한다"는 하이네의 말에 적극적으로 찬성한다. 역사적 박진성이란 역사적 사실에의 닮음을 말한다. 그런데 한 허구적 소설이 한 시대를 "여실하게" 묘사했다는 평가를 하기 위해서는 그 시대에 대하여 구체적이고 자세한 지식, 즉 역사적 지식을 가지고 있어야 한다. 그러나 하이네나 루카치가(실은 스콧 자신도) 그런 철저한 지식의 기반 위에서 스콧의 소설이 그 시대를 정확히 묘사하고 있다는 찬사를 하고 있는 것은 아니다. 주로 스콧의 소설에서 얻은 지식을 가지고 다시 스콧의 소설을 보니 바로 그 모습이 그대로 전개되는 것이 아닌가! 이는 확실히 착각이지만 문학에 매혹된 사람의 착각으로 이해해줄 수는 있다. 그러나 역시 분명한 지적 나르시시즘이다.

이것은 역사와 문학의 오랜 경쟁사에서 문학을 낙점한 흔한 예의 하나로 볼 수 있다. 아리스토텔레스가 문학이 역사보다 진실을 더 잘 가르친다고 한 이래 문인들은 그 말에 의거하여 역사를 폄하했다. 마찬가지로 오늘날 설화학에서도 사건에 대한 진술은 필연적으로 이야기의 형식을 빌리고 이야기의 형식을 빌리면 그것은 허구일 수밖에 없다고 주장한다.

그럼에도 불구하고 사람은 왜 허구 아닌 사실 그 자체에 도달하고자

하는 노력도 포기하지 않는가? 역사는 역사이고 허구는 허구라는 구별
이 사람의 건전한 지적 생활에 필요하다는 것은 명백한 사실이다. 소설
은 분명히 역사는 아니다. 역사에 대한 불만이 허구로서의 문학을 낳았
다고 베이컨은 근세 초에 갈파했는바, 루카치는 불만스런 역사를 버리고
만족스런 허구를 택했을 뿐 아니라 그런 허구가 곧 사실이라는 나르시스
적 오류에 몰입했다.

　얼마나 우스운 혼동인가? 루카치는 스코틀랜드의 18세기 민란의 역사
를 직접 목격한 적이 없고 다만 스콧의 매력적인 허구만을 읽고 그 당시
의 인상을 머리에 그려가지고 있었을 뿐인데, 스콧이 그 당시를 있는 그
대로 그려냈다고 하고 있다. 당시 역사에 대한 그의 지식은 스콧의 허구
에서 얻은 것뿐임에도 불구하고 자기의 지식은 정확한 역사적 정보라고
믿고 있는 것이다. 확실히 나르시시즘이다.

　스콧의 동시대인인 제프리는 최고 권위의 평론지『에든버러 리뷰』를
창간한 지식인으로서 당대 문학에 대한 날카로운 비평을 썼는데 스콧에
대한 그의 평가는 음미할 만하다. 그에 따르면, 스콧은 자기가 아는 만큼
의 역사적 사실들을 이용하여 가공적 인물들의 성격과 특징들을 부각시
키려고 하였지, 당시의 역사 지식을 전달할 의도는 없었다. 역사서에서
는 큰 정치적 사건이 생기면 일반 민중의 삶이 전적인 영향을 입는 것으
로 기술되는데, 스콧은 그런 상황에서도 여전히 변함없이 사랑하고 미워
하고 돈 벌고 하는 보통 사람의 모습을 보여준다는 것이다. 그는 "삶의
조용한 저류는 그 표면을 뒤흔드는 폭풍에 거의 영향받지 않고 그 불변
하는 깊고 한결같은 물줄기를 따라 흐른다"고 하고, "어떤 의미에서는
삶의 그런 모습 보여주기가 역사의 가장 좋은 '문학적' 방법일 것"이라
고 한다. 결국 스콧은 왕조사나 정치사, 또는 '민중사'를 "재미있게 풀어
쓰기(演義)"한 것이 아니라 사람의 보편적 삶의 사실을 재치 있게 제시
한 보통 소설가라고 하겠다. 소설에서 인물은 보편적이고 역사적 배경은
가변적이라고 할 수 있는바, 이 사실을 역사소설 초창기에 이미 제프리

는 명쾌하게 간파했고, 루카치처럼 역사와 문학을 혼동하거나 역사를 문학에 흡수하는 것을 거부했던 것이다.

　루카치 같은 최고 지성인이 그런 착각에 빠져 있으니 평범한 독자들인 우리는 빨치산을, 갑오전쟁을, 진주민란을 소설책에서 재미있게 편한 마음으로 읽은 것 가지고 그 당시에 관한 정확한 지식을 가지고 있다고 자부할 만도 하다. 어차피 우리의 모든 지식이 그런 허구적 성질의 것이니 어쩔 수 없다고 냉소적으로 생각한다면 모를 일이지만, 불만스러워도 사실은 사실로 인정하려는 의지와의 관계에서 불만 해소의 문학도 입지가 강화되는 것이 아니겠는가!

(『현대문학』 1992년 5월호)

위기의식과 문학

위기의식이 팽배하고 있다. 지난 수십 년간 이 나라의 정치는 대체로 낙제감이었지만 경제만은 전 세계적으로 상당히 높은 점수를 받아왔는데 80년대가 저물어가고 있는 지금 그것마저 낙제권으로 추락하는 것이 아닌가 하는 두려움이 감돌고 있다. 정치와 더불어 경제까지 낙제를 하면 한국사회에는 남을 것이 별로 없으리라는 의식이 만연한 것 같다.

이러한 위기를 초래한 책임이 있다고 생각되는 기관이나 사람들에게 우리는 일제히 정죄의 목소리를 높이고 있다. 집권당이 욕을 먹고 있다. 각 정당의 영수들이 욕을 먹고 있다. 경제인 노동자 학생 들이 여러 가지 이유로 욕을 먹고 있다. 군인 교사 예술인 종교인 법조인 들이 욕을 먹기도 한다. 모든 정부 기관이 욕을 먹고, 교회 사찰 학교 병원 각종 단체 들이 번갈아 욕을 먹는다. 모두가 욕먹을 데가 있다고 믿어진다.

위기의식은 막연한 공포와 함께 피해의식과 타자에 대한 공격 심리를 유발한다. 모두들 초조하고 신경질적이 된다. 이러한 공격적 성향에 반비례하여 자기 반성과 남에 대한 관용이 극도로 줄어든다. 공격하는 자는 남을 정죄하는 유리한 입장에 있으므로 자신을 반성할 필요가 없으며 공격을 잠시라도 늦추면 오히려 공격을 받을 위험이 있으므로 계속 공격의 고삐를 팽팽하게 당긴다. 따라서 자신에게는 물론 남에 대한 관용을 보일 여유가 없다. 초조한 심리는 관용, 즉 너그러운 마음가짐이 부족한 현상이니, 위기의식은 남과 자기 자신 둘 다에게 괴로운 긴장감을 고조시킨다. 공격을 받는 자 역시 공격을 막아내기에 바빠서 자기 잘못에 대하여 반성할 여유가 없다. 오히려 자기 변명과 함께 반격과 역습의 기교를 세련시킬 따름이다.

아마도 이런 판국에서 가장 크게 염려해야 할 일은, 그러한 공격과 반격을 전개하는 동안에 자기들이 고안한 과장된 수사학과 허구적 논리의 유희를 스스로 사실이며 진실이라 믿어버리기 쉽다는 사실이다. 공격과 방어의 전략으로 지어냈던 과장, 왜곡, 비논리를 한참 사용하는 동안에 자기도 모르는 사이에 스스로 그것들을 만고의 진실로 확신하여버리는 것은 위기의식이 낳는 가장 심각한 병리 현상인 것이다. 이처럼 위기의식은 쉽사리 허위의식으로 옮겨간다. 이런 상황에서 대중 선동자가 생긴다는 것을 우리는 잘 알고 있다. "말세에 거짓 선지자가 많이 일어나리라"고 성서에 씌어 있다.

문학은 위기의 포착에 특수한 능력이 있는 것 같다. 문학은 어쩌면 인간의 역사를 언제나 위기의 연속으로 보는 것 같기도 하다. 진실은 언제나 왜곡되든가 왜곡될 위험에 놓여 있다고 보는 것 같다. 막연한 위기의식의 실체를 꿰뚫어보고, 위기의식에 편승하여 나타나는 허위의식, '거짓 선지자'의 위협적 또는 유혹적 변설에 의심과 비판의 눈초리를 보낸다. 만해의 「님의 침묵」, 셰익스피어의 「리어 왕」, 두보의 시편, 도스토예프스키의 『죄와 벌』은 모두 위기의식을 가지고 허위의식에 대한 천착에서 시작하여 삶의 진실을 깊이 추구한 기록들이다.

그러나 모든 문학이 다 진정한 위기의식에서 위기의 실체를 심각하게 통찰한 것은 아니다. 모든 문학이 진실을 표방하지만 모든 문학이 다 진실에 뿌리박고 있는 것은 아니다. 오히려 가짜가 훨씬 더 많다는 현실이 불후의 문학이 희귀하다는 사실을 반증하고 있다. 오늘의 우리 문학이 얼마만큼이나 진실한 위기의식의 문학인지 쉽게 단정할 수는 없으나 진짜보다는 가짜가 훨씬 더 많을 것임은 분명하다. 진실을 표방하되 허위, 과장, 왜곡, 비논리에 의존하는 것이 훨씬 더 많을 것이라는 말이다.

이 사실은 분명히 우리 문학 자체가 위기에 처하여 있음을 말한다. 위기에 대한 통찰력이 우수함을 자부하는 문학이 그 자체가 함몰되어 있는 위기를 깨닫지 못한다는 것이 바로 위기의 심각함을 말하는 것이다. 오늘의 우리 문학의 주류는 정치적 경제적 위기의식에 무반성적으로 편승하고 있지 않은가 하는 의혹을 쉽게 떨쳐버릴 수 없다. 앞서 언급했듯이 정치적 경제적 위기의식은 공격적으로 표현되는 것이 상례이고, 그 공격의 전략으로 과장된 수사법과 교묘히 위장된 허구적 논리를 발전시키는데, 오직 진실만을 표방하는 문학이 바로 그러한 수사법과 논리에 의존하는 경향이 짙어간다는 말이다.

80년대의 가장 큰 문학적 성과가 '분단문학'임을 많은 사람들이 시인할 것이다. 그런데 분단의 상황을 문학적으로 다루는 방식이 공격적 전략을 따르는 것밖에 없다면, 지금까지 애써 이룩한 성과에 더함이 되기보다는 동어반복의 무의미라는 부정적인 짐이 될 수밖에 없다. 오늘날 분단문학마저도 '유행성'을 띠면서 애초의 그 신선한 충격은 가시고 목청만 커지고 있다는 인상을 지울 수 없다.

이 시점에서 우리는 우리 문학이 위기에 대한 통찰력과 위기 '관리 능력'에서 여타의 지적 노력들보다 더 우수한지 심각히 반성해보아야 할 것이다. 정치 경제 종교 윤리 학문 교육에 대하여 우리 문학은 특별히 우수한 판단력을 소유하고 있는가, 또는 소유한 것으로 믿고 들어가는가, 또는 남들의 주장에 손쉽게 편승하는가? 우리 문학의 공격적 또는 방어적 전략들은 모두 신중하고 솔직한 위기의식에서 자체적으로 개발한 것인가, 아니면 남들이 고안한 것을 넘겨받아 무비판적으로 사용하는 것인가?

더 심각하게는, 동인지나 문예지에 별로 길지도 않은 작품이 실리기 시작하는 순간부터 그 작자는 사회의 모든 문제에 대하여 특수한 통찰력을 가진 '선지자'의 자격을 부여받은 듯이 행동하지는 않는가, 신문사의 신춘문예에 당선하는 젊은이들은 그 순간부터 위기 전문가가 되지는 않는가 등등의 의문을 갖게 된다. 젊은 그들은 하나같이 전문적 선지자의 말투와 몸짓을 보이니 말이다.

그런데 최근 우리 문학의 일각에서 유행성 문학에 대한 반성의 기운이 생기는 것 같다. 이것은 우리 문학이 처해 있는 위기에서 벗어나게 할 귀중한 기회가 될 수 있다. 길고 튼튼한 전통이라는 문학적 자생력을 가지고 있는 듯이 보인다.

80년대를 마감하면서 새로운 문학의 도약을 기대할 수 있을 것 같기도 하다. 문학은 그 자체의 위기부터 깊이 인식하여야 이웃의 위기를 통찰하고, 또 드물기는 하지만 위기를 관리할 힘마저도 얻을 수 있다.

(『문학사상』 1989년 12월호)

위대한 '역사' 의 유혹을 넘어서

엘리엇의 시 「지런션(Gerontion)」에 이런 말이 나오는 것을 기억하는
분들이 있을 것이다.

생각 좀 해보라.
역사는 교활한 통로와 교묘한 복도,
출구들을 수없이 갖추고 있어 야심을 속삭여 속이고,
허영심으로 우릴 끌어간다. 생각 좀 해보라.
우리가 한눈팔 때에 살짝 주고,
정작 준대도 혼란스레 뒤섞어놓으니
갈망하던 마음이 오히려 졸아버린다. 한참 뒤늦게
이미 믿지 않는 것이 돼버린 것, 믿는다 해도 기억 속에
지나간 열정의 추억이 돼버린 것을 줄 뿐. 너무 일찍
나약한 손에 덥석 안겨주어, 없어도 되겠다 싶어

사양하려 하면 오히려 험악한 공포심을 확산시킨다. 생각해보라.
공포도 용기도 우리를 구원하지 못한다.
끔찍한 악이 우리의 영웅심으로 인하여 자행되지 않는가.
우리 자신의 건방진 범죄가 우리에게 '미덕'을 강요하지 않는가.

서양 수사법에서 역사(Historia)는 종종 여성으로 의인화된다. 여기서 엘리엇도 그런 수사법에 따라 역사를 거대한 여인으로 제시하고 있다. '지런션'이란 기이한 이름을 가진 왜소한 노인은 '역사'라는 엄청나게 큰 여자 거인에게 인간이 꼼짝 못 하게 당한 꼴을 전율하면서 직시하고 있다.

근대 서양에서 이른바 합리주의-계몽주의가 대두하면서 '역사'는 과거 사실들의 기록이라는 통념을 벗어나 인간성의 합리적 전개과정을 담보하는 유일무이한 전거로 기림을 받기 시작했다. 즉 인본주의의 가장 중요한 바탕이 되었던 것이다. 인간의 행동을 고대에서처럼, 논리적으로 설명할 수 없는 운명에 좌우되는 것으로 보든가, 또는 중세에서처럼 신의 의지에 배반 또는 합일함에 따라 판단할 대상으로 보는 관점을 버리고, 오로지 합리성의 원칙으로 설명되고 따라서 정당화되는 과정으로 보았다. 계몽주의에서 합리적인 것은 필연적으로 도덕적이었다. 따라서 '역사'의 전개는 합리적인 동시에 도덕적이었으므로 역사에 참여하든가 복종하는 것은 합리적인 동시에 도덕적이었다. 헤겔의 이성절대주의의 구체적 모습은 그러한 역사가 실현되는 국가였다. 마르크시스트들이 끝끝내 자기들을 '과학적' 역사주의자들이라고 내세운 것은 바로 헤겔과 함께 합리주의-계몽주의에 뿌리박고 있음을 강조하기 위함이었다. 이른바 프롤레타리아 독재를 역사의 필연적, 따라서 합리적 귀결이라고 강변한 이유도 거기 있다.

근대 유럽 국가들의 모든 정치, 군사, 경제적 활동은 언제나 역사적 당위성의 이름으로 추구되었다. 지금 우리에게는 그 허위성이 너무나도 자명하지만 그들은 계급적 인종적 차별과 억압과 정복을 합리성과 당위성의 이름으로, 나아가서는 인류 발전을 위해 짊어진 지상 사명으로, 자못 엄숙하게 자행했다. 이른바 제국주의라는 것이다.

그런데 더 교묘한 것은 그러한 인본주의적 '역사'가 국가적 차원에서뿐 아니라 개인의 의식까지도 속속들이 파고들어 지배한 사실이다. 서양의 피곤한 지성을 상징하는 지런션은 '역사'의 그러한 성격을 완전히 간파하고 있다. '역사'는 인간의 유일무이한 합리적 도덕적 지도자가 아니라 철두철미하게 인간을 미혹하는 거대한 유혹자―'유혹녀'일 뿐이다. 유혹자인 역사는 합리성―도덕성의 표방과는 너무나 다르게 오직 혼란을 일으키기 위한 온갖 교묘한 장치들을 마련해놓고 사람을 이끌어들인다. 그것도 모자라 야망과 허영심으로 부추긴다. 좋은 기회는 채 준비가 되지 않을 때 너무 일찍 주어지는 것이든지 너무 늦게 주어지는 것이어서 언제나 한없는 회한의 대상이 될 뿐이며, 당장에 좋은 기회인 듯해도 온갖 유보 조건들이 엉켜 있어서 당혹스러울 뿐이며 갈망만을 더해주어 결국에는 갈망마저 시들어버리게 한다. 사실상 우리의 과거를 돌아보아도 모든 역사적 기회들은 너무 일찍 아니면 너무 늦게 주어졌었다. 그래서 회한밖에 남은 것이 없는 것 같다. 요컨대 역사는 합리성도, 도덕성도 없이 오로지 사람을 유혹하여 괴롭힐 뿐이다.

그러나 무엇보다도 역사는 적극적으로 악의가 있는 듯하다. 역사가 속삭여 부추기는 영웅적 야심이 도덕적 당위의 이름으로 저지른 죄악이 너무나도 많다. 역사의 명령을 수행한다며 동족상잔을 일으키지 않는가? 타종족은 물론 자기 종족까지도 거의 소멸시키지 않는가! 그러한 명명백백한 범죄행위를 뻔뻔스럽게 행하면서도 '역사적 사명'을 내세우는 '영웅'들은 스스로를 성자, 열사, 지도자, 어버이로 자처하지 않는가?

일찍이 1919년 제1차 세계대전의 폐허에서 엘리엇이 느꼈던 '역사'에 대한 배신감을 이제 새삼스레 새 천년의 초입에서 다시 느끼는 것은 무슨 이유에서인가? 서양정신사에서 '역사의 종말'을 고하고 새로운 패러

다임이 전개되기 시작하고도 한참이 지나서 우리는 이제 가까스로 극히 자연스런 인간적 필요에서 분단상태를 벗어나려고 애쓰는 중이다. 이제야 분단을 이토록 오래 지속시키는 요인이 바로 저 유혹자 '역사'라는 사실을 확인하게 된다. 그러나 모든 유혹자는 정직한 직시를 받으면 맥없이 사라지게 마련이다. 지금이야말로 "사탄아 물러가라"고 외칠 때다. 우리에게는 이제 더이상 역사적 사명 운운하는 영웅이 필요없고 오직 공동선을 함께 추구하는 겸허한 일꾼들이 필요하다.

이러한 상황에서 문학이 무슨 일을 할 수 있는가? 무엇보다도 서양 근대 합리주의-계몽주의의 산물인 '역사'의 유령을 우리의 글쓰기에서 걷어내어야 한다. 우리의 오랜 말버릇이 되었던 거창한 구호들을 차근차근 가려내어 버리는 작업 말이다. 실상은 정겨워야 할 '리얼리즘'이니 '민족주의'니 하는 말들이 '역사'의 유혹적 조작으로 말미암아 복종을 강요하는 구호로 변하여 다분히 공포를 조성하는 폭력적 세력이 되는 경향이 있었다. 쩍하면 파시즘 또는 보수주의라는 낙인을 찍곤 했다. 더욱이 생활에 충실하는 대다수의 시민을 '소시민' '프티 부르주아지'라고 아주 경멸적으로 부를 수 있는 권리를 스스로 독차지하였다.

'해방' '분단' '통일'이란 우리에게 한없이 뼈저린 말들이 그 어떤 기괴한 경로를 통하여(역사는 그런 통로가 많다고, 앞에서 지런선은 말한다) 우리의 의식을 주눅들게 만드는 폭력성의 개념들이 되어 우리 모두의 살가운 말이 되지 못하게 한 것도 그런 조작의 결과였다. 그런 말만 나와도 옷깃을 여미든가 주먹을 휘두르며 공격적이 되곤 하던 엄숙주의의 버릇에서 벗어나야 한다. 내가 꽤 오랜 글읽기에서 깨달은 대로 하자면 그런 엄숙주의는 남을 억압하기 위한 정치적 폭력 심리이며 대개는 위장이다. 위선자는 엄숙하게 군다.

이제 매우 급속하게 다가오는 듯한 분단의 해소 내지 통일은 우리 각자의 일상적 체험적 감정에 직결되어야 진정한 뜻을 가지게 된다. 이처럼 무거웠던, 또는 무서웠던 구호들이 하나씩 그 허울을 벗고 다시 원형을 회복하는 것을 보며 우리는 '역사'의 퇴각을 실감한다. 그런데 요즘 '역사적 영웅주의' 대신 '헤겔주의'라는 해괴한 말이 일각에서 나타나는 것은 유혹자 '역사'의 많은 교묘한 변신의 하나로 보고 경계해야 한다.

그리고 나서 해야 할 것은 '역사'가 거대한 인스피레이션을 넣어주기를 기다리지 않고 그냥 보통 글쓰기를 처음부터 다시 익히는 일이다. '역사'에 편승해서 온 마음이 편했던 사람들은 자기를 성찰하는 힘든 법을 다시 익혀야 한다. 그것은 글쓰기에서 구호로 부푼 거품을 걷어내고 남는 것이 무엇인지 확인하고 거기서 시작하는 일이다. 우리말을 허황되게 불려서 쓰지 않는 일을 다시 배우는 일이다. '수신제가치국평천하'를 '역사'의 이름으로 반대하여 '치국'에서 시작하여 '평천하'로 끝내자고 주장했던 이들이 있었는데 ─ 마오쩌둥이 바로 그런 말을 했다는 것은 나중에 들어 알았다 ─ 그들의 '수신제가' 하는 사생활에 대해서는 내가 무어라 할 처지는 못 되고 다만 그들의 글쓰기는 '수신제가' 하는 데에서 다시 시작하기를 기대한다.

아주 오래 전 필자의 소년 시절에 『역사는 우리 편이다』라는 서양 책의 저자를 단지 그 제목만 보고서 존경한 적이 있다. '역사'가 편을 들어주는 집단은 얼마나 행복할 터인가? 하고 방금 비참한 전쟁을 치르고 겨우 휴전이 된 이 나라의 소년은 부러워했다. 우리나라는 그 위대하신 역사님이 편을 들어주지 않는 나라로 생각되어 소년다운 비관에 빠지곤 하던 때였다. 소년은 그 책을 뒤적여보았으나 외국어로 된 어려운 책이라 잘 이해할 수는 없었다. 다만 저자가 위대한 '역사'와 한편이 되어서 아주 자신만만하다는 것을 짐작할 수 있었다. 알고 보니 그는 마르크시스트였다. 출신성분상, 기질상 마르크시스트가 될 수 없었던 소년은 못내 불만스럽고 또 불안했지만 당시에는 그게 마르크시스트의 피할 수 없는 기질적 주장이라는 것을 알 턱이 없었다.

한참 잊고 있던 그 책 제목이 요즘 갑자기 다시 생각나는 이유는 무엇일까? 그 저자가 지금도 살아 있다면 지런션처럼 역사가 갖은 아양을 떨

며 편들어주는 척하고 그를 농락한 것을 뼈저리게 한탄하든지 또는 우직
하게 조금 참고 있으면 역사가 다시 편들어주는 것을 목격하리라는 희망
을 버리지 않을지도 모른다. 그런데 기이하게도 나는 그가 역사의 배반
을 슬퍼하기보다는 그가 믿은 대로 역사가 최후 승리하리라는 희망 속에
서 죽기를(죽었기를?) 바란다. 또하나의 지런션보다는 그런 '비장한' 인
물이 우리 삶의 색깔을 다양하게 해주겠기 때문이다. 더 근본적으로는
우리 삶이 그런 '비장한' 개인들을 제외시키지 않고 포괄할 수 있음을
증명하겠기 때문이다.

(『동서문학』 2000년 가을호)

양심의 문학, 우리의 지적 풍토의 점검을 위하여

　양심과 문학은 당연히 같이 붙어다녀야 하는 짝일 수밖에 없다고 우리는 느낀다. 양심의 문제야말로 문학의 가장 심각한 주제가 아닌가!

　그런데 최근 나는 서양의 옛 문학을 다시금 생각하다가 헬라(그리스)와 로마의 문학에는 우리가 아는 대로의 '양심'이 심각한 주제로 다루어지는 예가 별로 없다는 사실에 주목하게 되었다. 용기, 지혜, 아량, 인내, 우정, 충성, 정직, 공평, 양보 등등의 덕목들이 예찬되고 그에 반대되는 비겁, 우둔, 편협, 조급, 이기심, 배반, 부정직, 부정, 교만 등등의 악덕이 조롱 또는 지탄을 받는 것을 『일리아스』『오디세이아』『아이네이스』의 도처에서 읽을 수 있다. 그러나 이 목록에서 '양심'과 그 반대항(그것이 무엇인지는 아래에서 논한다)이 빠져 있음을 여러분은 눈치챘을 것이다. 서양 사람들의 뇌리에 최고의 인간상으로 박혀 있는 영웅인 오디세우스(율리시즈로 더 잘 알려짐)는 위의 덕목들을 골고루 다 갖추었을 뿐 아니라 경우에 따라 그것들을 놀랍게 적절히 발휘한다. 그러나 그를 '양심적'이라고 하기는 매우 어색하다.

동양문학에서도 위에 열거한 덕목과 악덕 들이 모두『삼국지연의』와
『수호전』의 영웅들과 악한들에 의하여 실현된다. 서양의 헬레니즘과 동
양의 유교는 다같이 합리주의적 도덕관을 발전시켰는바, 위에 열거한 덕
목과 악덕은 모두 인간행위에 대한 합리적 판단에 근거하고 있다고 하겠
다. 본시 도덕은 합리주의의 소산이다. 그렇다면 양심은 합리주의적 도
덕률과는 구별되는 것이 아닐 수 없다.

이제 여기서 양심의 반대항을 생각해보기로 한다. '양심'의 반대항을
단순하게 '비양심'이라고 할 수는 없다. 정직, 공평, 정의 등 남과의 관계
에서 바르게 행하는 것을 '양심적'이라고 하고 그 반대를 '비양심적'이
라고 하지만, 그것들을 한데 묶어 '양심' 대 '비양심'이라고는 하지 않는
다는 것을 생각하면 양심 / 비양심은 그런 덕목과 악덕 들의 단순한 상위
개념이 아니라는 것이 분명하다.

'양심'이라는 말이 가장 절실히 쓰일 때는 단순히 '비양심적'인 행위
와 연관될 때라기보다는 '가책'을 받을 때이다. 양심은 무척 민감한 촉각
같은 것이어서 아주 작은 자극에도 '아프게 찔림'을 받는다. 그러므로
'양심'의 반대는 '가책' '죄책', 나아가서는 '죄'라고 할 수 있겠다. 단순
히 '비양심'이라는 반대항을 가지는 '양심'은 일반적인 도덕률에 관계된
것이고, 문학의 심각한 주제로서의 '양심'은 아니다. 이렇듯, 모든 중요
한 낱말들처럼 '양심'도 뜻이 적어도 두 가지는 된다.

통상적인 문학에서는 정직한 사람은 칭찬을 받고 부정직한('비양심
적'인) 사람은 지탄을 받는다. 문학의 교훈적 효용성이 거기 있다. 그러
나 양심과 죄를 다루는 문학에서는 양심을 찬양하고 죄를 지탄하는 공식
을 따르지 않는다. 이런 문학은 양심을 찬양하기보다는 죄의 문제를 깊
이 파고든다. 알기 쉬운 예를 들자면, 도스토예프스키의『죄와 벌』은 정
직, 부정직의 통상적 윤리문제를 다루지 않고 죄의 인식과 뉘우침을 다
루고 있다. 여기서 말하는 '죄'가 한 사회의 형법상의 범죄를 뜻하지 않

음은 물론이다. 죄는 궁극적으로 신과의 관계에서 빚어지는 종교적 개념이다. 『죄와 벌』에서 라스콜리니코프라는 지성적인 청년이 전당포 노파를 살해한 것은 형법상의 살인죄를 훨씬 초월하여 절대자에 대한 죄가 된다. 가족의 호구를 위하여 몸을 팔 수밖에 없는 순수한 여인 소냐는 혹시 매춘금지법이라는 실정법을 어긴 죄인일 수 있다. 그러나 그녀의 때묻지 않은 진실한 사랑에 감화를 받은 라스콜리니코프는 온갖 지적인 변명을 버리고 신에게 죄를 지었음을 고백하고 아프게 뉘우친다. 사회적 지탄이나 실정법에 의한 형벌의 문제는 이미 사소한 것이 되어버린다.

이렇듯 양심의 문학은 초개인적인 동시에 초사회적인 절대적 규범과 인간의 가장 내밀한 마음과의 순간적 만남에서 죄의 고백과 뼈아픈 뉘우침을 다룬다. 이 전통은 헬라와 로마의 전통은 아니며 더더구나 유교나 도교의 전통도 아니다.

이것이야말로 히브리-기독교 문학의 전통이다. 기원전 10세기 이스라엘의 왕이며 시인이었던 다윗은 권모술수로 죄를 지었다가 후에 뉘우치고 다음과 같은 시로 양심의 찔림을 부르짖었다.

하느님, 선한 이여, 나를 불쌍히 여기소서.
어지신 분이여, 내 죄를 없애주소서.(……)
내 죄 내가 알고 있사오며
내 잘못 항상 눈앞에 아른거리나이다.(……)
벌을 내리신들 할말이 있으리이까?
당신께서 내리신 선고 천번 만번 옳사옵니다.
이 몸은 죄 중에 태어났고,
모태에 있을 때부터 이미 죄인이었습니다.
그러나 당신은 마음속의 진실을 기뻐하시니
지혜의 심오함을 나에게 가르쳐주소서.

하나의 유능한 통치자로서 다윗의 특수한 자질은 '양심'을 신과 자신 사이의 접점으로 두었다는 것이다. 자기의 행동을 율법(오늘날의 법률) 이나 도덕률이나 관습에 의하여 규정하는 데 그치지 않고 더 나아가 '양심'으로 신과 마주했다. 양심은 그에게 절대적 규범이었다.

그는 또 이렇게 참회의 시를 쓰기도 하였다.

    하느님이여, 성내신 채로 내 죄를 캐지 마소서.

    화내시어 벌하지는 마소서.

    이 몸에 화살을 쏴대시니,

    큰 손으로 이다지도 짓누르시니,

    죄를 지은 이 몸은

    살 속까지 당신 노여움에 성한 데가 없습니다.

    정녕 내 잘못은 내 머리에 넘쳐

    무거운 짐처럼 나를 억누릅니다.

    곪아터진 상처에서 냄새가 납니다.

참회는 자기의 책임을 완전히 자기에게 돌리기 전에는 불가능하다. 양심은 냉혹하여 조그만큼의 자기 변명도 허락하지 않는다. 철저히 자기를 부인해야 한다. 죄에 대한 뼈저린 참회가 아니면 변명이 되는 것이다. 변명은 정당화, 곧 거짓의 시초가 된다.

그는 또한 떨쳐버릴 수 없는 양심 속에 신이 들어와 있음을 다음과 같이 표현했다. 양심이란 한 개인의 기능이 아니라 신, 곧 절대적 기준이 그 개인의 속을 점거하고 있는 상태이다. 양심을 속일 수 없는 까닭이 거기 있다.

    야훼여, 당신께서는 나를 환히 아십니다.

    내가 앉아도 아시고 서 있어도 아십니다.

    멀리 있어도 당신은 내 생각을 꿰뚫어보시고,

걸어갈 때나 누웠을 때나 환히 아시고,

내 모든 행실을 당신은 매양 아십니다.

입을 벌리기도 전에 무슨 소리 할지, 야훼께서는 다 아십니다.

당신 생각을 벗어나 어디로 가리이까?

하늘에 올라가도 거기 계시고

지하에 가서 자리 깔고 누워도 거기에도 계시며,

새벽의 날개로 동녘에 가도,

바다 끝 서쪽으로 가서 자리를 잡아보아도……

그러므로 신을 피하여 멀리 가버릴 수가 없다. 마음속으로 멀리 회피할 수도 없다. 그의 의식 자체가 신인 것이다. 손오공이 제아무리 빨리 멀리 날아갔어도 그것은 부처의 손바닥 위에서 움직인 것에 불과했다는 이야기를 우리가 다 읽고 신기해하였는데, 여기서 다윗은 바로 그 비슷한 메타포를 양심의 본질을 나타내는 데에 쓰고 있다. 양심은 피하려 할수록 더 가까이 있는 것이다. 지금부터 약 3천 년 전에 그런 양심을 뼈저리게 경험한 사람들은 히브리의 극소수 천재들뿐이었다.

기원후 4~5세기의 아우구스티누스는 양심의 찔림으로 인한 죄의 뉘우침을 고백한 『참회록』을 써서 참회의 기록으로서의 양심문학의 모범을 보여주었다. 양심문학은 참회를 포함한다. 죄의 아픈 뉘우침을 참회라고 하는데 참회록은 참회의 과정과 참회의 결과로 생기는 새로운 삶의 희열을 기록하는 것이 보통이다. 아우구스티누스는 "너무 늦게 그대를 사랑하게 되었도다. 영혼의 아름다움이여, 그대를 너무 늦게 사랑하게 되었도다"라고 새로운 삶의 아름다움을 뒤늦게 발견한 것을 못내 한탄한다. 이러한 참회의 전통이 유대교와 기독교로 하여금 완전한 이데올로기의 종교로 굳어버리는 것을 막았다고 할 수 있다.

루소의 『고백록』은 기독교적 참회의 형식을 이용한 세속적 인간의 위장된 고백으로서 무척 흥미롭다. 말하자면 이 이름난 책은 아우구스티누스의

『참회록』의 패러디인 셈이다. 이 책의 목적은 참회나 고백이 아니라 자기의 특수함, 잘남, 똑똑함의 온갖 면모를 드러내려는 것이다.(그러나 너무나도 인간적인 그의 면모에 우리는 무한한 흥미를 느낀다.) 어쨌든 양심문학의 전통에서 해석하지 않으면 이 책을 제대로 읽는 것이 아니다. 톨스토이의 『참회록』 역시 아우구스티누스의 전통을 이은 것이다. 그의 마지막 소설 『부활』은 우리가 잘 아는 대로 양심문학의 백미 중 하나이다. 그러나 이를 양심문학의 긴 전통에 비추어 읽을 줄 모르던 일본인들은 그것을 단지 '인도주의적'으로 감동적인 작품, 다시 말하면 일종의 도덕주의적 작품으로 읽고 말았고 신문학 초창기에 이광수도 그 수준에서 이해할 수밖에 없었다.(그는 실상 민감한 양심이 없었던 사람이었다는 것이 오늘의 평가이다.) 톨스토이의 작품은 양심의 문학이지 인도주의 문학으로 평가할 수 있는 게 아니다.

요즘 우리 사회에서는 '양심 선언'이 가끔 벌어지곤 한다. 이 경우의 '양심'은 주로 정치적 부정에 대한 용감한 고발로서 무척 고귀한 것임이 틀림없으나 앞에서 우리가 논의한 절대자와의 만남에서 우러나는 참회와는 전혀 다르다. 다시 말하면 그것은 사회적 정치적 행위이며, 그런 만큼 적에 대한 매우 날카로운 공격의 방법이다. 심리학적 사회경제학적 이데올로기적인 의미의 양심은 다른 말로 하면 정의감이다. 이러한 정의감은 고대 헬라와 로마의 견인주의의 덕이기도 했고 동양 정치사상의 최고 덕이기도 했다. 그러나 그러한 정의감은 다윗, 아우구스티누스, 도스토예프스키, 키에르케고르, 톨스토이, 그리고 아마도 카뮈가 두려움과 떨림으로 다뤘던 양심은 아니다.

오늘날 정의감의 문학이 아닌 정통적 양심문학에 대한 우리의 이해가 깊지 않은 것은 우리의 유교 전통 때문인가, 또는 세속적 이데올로기의 유행 때문인가?

깊은 성찰이 필요하다.

(『문학사상』 1991년 7월호, 2001년 개작)

상업 출판의 공략에서 독자를 보호하라

한국은 출판의 물량에서 세계 최상위권에 속한다고 한다. 그중 큰 부분은 입시 준비용이라고 하지만 그것도 한국인의 정보 취득 필요에 적극 부응하는 수단이니 단순히 경멸만 할 것은 아니다. 신문과 잡지의 물량도 세계적으로 상당한 수준이라고 하고, 소설 시 수필 평론 등의 출판도 세계적일 것이다. 적어도 물량 면에서 우리는 세계 최초로 인쇄술을 발명한 문화민족으로서의 긍지를 지닐 만하다.

여러 가지 문제점을 내포하면서도 우리의 출판문화가 대단한 양적 성장을 성취한 사실을 부정적으로만 볼 필요는 없는 것이다. 양적 팽창은 어떤 불가피한 한국적 상황에 기인한 것이었을 것이다. 이것은 칠팔십년대의 순 산술적인 '지엔피' 수치의 제고에만 힘써야 했던 상황의 일단일 것이다.

90년대에는 물량 위주 성장의 맹목적 추구에서 질적 향상으로 우리의 의식이 차차 전환될 것으로 기대된다. 이러한 큰 전환은 상당한 수준까지는 사회 전반의 무의식적 필요에 부응하여 천천히 이루어질 것이다. 그러나 일정한 수준을 넘어선 차원에서는 전문 지식과 실천 능력을 가진 사람들이 조직적으로, 또한 적극적으로 질에 대한 논의를 벌여, 다른 많은 사람들의 선택에 바람직한 도움을 주어야 한다. 전문 지식의 사회적 효용 가치가 바로 그런 것이다. 출판물의 경우, 각종 서적에 대한 전문적인 평가가 많은 사람의 신뢰를 얻어 그들의 서적 선택에 실질적인 도움을 줄 수 있을 때에 그 전문 지식은 가장 온당한 의미에서 사회 참여를 하는 것이 된다.

우리나라에는 수많은 분야에 수많은 전문가가 있어서 지식을 창출하고 전달하고 있지만, 그런 지식의 질 및 그 전달 방식의 질에 대한 평가는 낮은 수준에 머물러 있다고 아니할 수 없다. 전문가임을 자처하는 사람들이 저마다 책을 써내는데 그것들을 제대로 평가하여 독자들의 바른 선택을 돕는 전문가는 별로 없다. 요즈음 식품 전문가들은 우리가 먹고 마시는 식품에 대하여 단순히 열량의 수치만 따지던 분량주의의 관행에서 벗어나 품질, 안전성, 쾌적함 등 질적인 문제를 적극적으로 논의하여 일반인의 식품 선택에 실질적 영향을 미치고 있는 데 반하여, 언필칭 '마음의 양식' 이라는 책에 대해서는 기이하달 만큼 질적인 논의가 적다.

이런 형편인 까닭에 좋은 '마음의 양식' 을 얻고자 하는 선의의 독자는 어디에서 시작할지 난감할 수밖에 없다. 아마 책에 대한 소문은 주로 일간 신문의 책 광고에서 들을 것이다. 출판업자에게는 당연히 책은 많이 팔아야 하는 상품이다. 출판업자도 여느 상품 제조업자와 마찬가지로 '품질 관리' 를 할 터이지만 그의 품질 관리의 대상은 책의 내용이라기보다는 인쇄, 제본, 장정과 같은 외면적인 것이기 쉽다. 내용의 품질 관리를 제대로 할 만한 출판업자는 극소수일 것이다. 대체로 그들은 책이라는 상품을 각종 매체를 통하여 광고하는데, 광고에 따라 상품 판매고가 좌우되는 것이 현실이므로, 역시 여느 제조업자처럼 광고 전문가에게 광고 제작을 의뢰할 것이다. 출판업자 자신이 자기 상품의 광고를 제작한다면 그는 책 광고업을 겸하는 것이 된다.

우려해야 할 사실은 광고업자는 책의 질에는 별로 아랑곳하지 않는다는 것이다. 구매 의욕을 고취시키는 광고의 재치를 발휘하는 것으로 그의 임무는 끝난다. 한 신문 광고에 다음과 같은 문구들이 보인다.

"전 세계 독자들의 마음을 사로잡는 1990년 최신 장편소설."

(번역 소설을 선전하는 이 광고는 1990년 1월 9일자 신문에 났는데, 1990년도 외국작품을 어느새 계약, 수입, 번역, 인쇄, 출판, 광고까지 해냈다는 것인지? 그래도 그런 소리가 독자의 구매 충동을 잘 유발한다는 것을 아는 광고업자의 솜씨이다.)

"출간 즉시 최고 베스트셀러."

(출간 즉시 '가장 잘 팔리는 책' 임을 어떻게 알아냈는지 구매 충동을 받은 독자는 의심을 갖지 않는다.)

'18판' '36판' 또는 적어도 '중판' 은 되어야 하고, 아니면 '최신판' 이어야 책의 상품 가치가 높아진다. 독자의 군중심리와 새것에 대한 호기심을 파고드는 고전적 광고 전술이다. 저자의 이름은 상표 노릇을 한다. 최근 이름 날리는 몇 작가가 계속 뽑아내고 있는 소설들은 상표 가치의 최대 이용이라는 인상을 준다. 큰 물건은 좋은 물건일 거라는 물량주의적 기대에 영합하는 상품이 바로 요즈음의 일부 '대하소설' 이다.

크나큰 문제는 '작가 아무개' '최신판' '95판' '장장 10권의 대하' 같은 광고 구호 이외에는 독자들의 책 선택을 도와줄 길잡이가 별로 없다는 것이다. 이 글을 쓰는 필자도 광고가 요란한 책을 읽어본 적이 있다. 수십만 권 팔렸다는 책이었는데, 곰살스럽게 예쁜 이름에 장정은 더없이 매력적이었지만 그 내용은 물론 어처구니없이 싱거운 것이었다. 서양에서 언젠가 'Clean Nothing' 이란 제목의 예쁜 책이 나왔는데, 책장을 열면 첫 장부터 끝 장까지 깨끗한 백지 그대로였다. 실상은 공책으로 쓰라고 만든 것이었다. 공책 판매술로 고안된 것이었지만 잉크로 백지에 낙서한 것 같은 '더러운 공백' 들에 대한 신랄한 비판이기도 했다.

책 광고 중에는 "매스컴이 격찬한" 따위의 문구도 많다. 대중적 신문이나 잡지에 짧은 책 소개가 나기도 하는데, 개중에는 잘 쓴 것도 있지만 소문에 의지하여 쓴 것 같은 것이 많고 아예 상품 광고 같은 것도 있다. 성격상 그것들은 문화부 기자의 취재 기사이지 본격적인 평가는 아니다.

어떤 책은 다소 특수한 잡지에서 좀 길게 논의가 된다. 이른바 '서평'이라는 것이다. 그런 서평들이 일반적으로 공정한 것이냐는 차치하고, 그것들이 일반 독자의 선택에 얼마나 영향을 주는지 의심스럽다. 그런 글이 실리는 잡지는 일반 독자가 쉽게 구해볼 수 있는 것이 아니다. 서평 전문지도 나오고 있으나, 주로 학자나 문필가 들이 가끔 펴볼 뿐이어서 새 책에 대한 좋은 평가가 실려도 널리 알려지지 못한다. 본격적 서평이 일반인의 책 선택에 영향을 거의 못 주고 있다고 하겠다. 더욱이 앞서 말한 것 같은 예쁜 책이 백지에 잉크를 칠한 것이라는 사실을 그대로 폭로하는 서평은 우리나라에는 없다.

삶의 질을 높이려는 노력이 각 분야에서 벌어질(또는 벌어져야 할) 90년대에 출판물의 질적 평가가 대다수 독자의 선택을 적극적으로 도울 수 있도록 구체적 조치가 있어야 하겠다. 이 일은 정부가 간여해서는 '검열'이 될 위험이 다분하므로, 전문인의 자발적인 공동 노력이 바람직하다. 환경 공해를 고발하여 시민의 생활 방식 선택에 실질적 영향을 주는 시민의 활동처럼, 오염된 또는 칼로리가 선전보다 터무니없이 모자라는 불량품을 가려내고 진짜 '마음의 양식'을 찾아주는 공인된 활동이 있어야겠다.

이 일은 일반인에게 막강한 영향력을 행사하는 언론매체가 큰 몫을 감당해야 한다. 현학적이 아닌 친절한, 그러면서도 깊이가 있는 서평을 듬뿍 실어주기 바란다. 대중매체가 한국인의 삶의 질을 높이는 데에 진정 관심이 있다면 반드시 할 일이 그 일이다. 여기 더하여, 양심적인, 따라서 자신 있는 출판인들이 공동으로 서평 전문지를 만들어 무료로 대량 보급하는 방법도 생각해볼 만하다. 전문가들로부터 좋은 서평을 얻어내려면 돈이 많이 들겠지만, 아마 매스컴을 통해 광고하는 것보다는 훨씬 싸게 먹힐 것이다. 동시에 전문가들은 서평 잘 쓰는 훈련을 쌓아야 하고, 독자는 자기의 삶에 해를 끼칠 수 있는 과대, 허위 책 광고에 대하여 항의하고 손해배상까지도 요구할 수 있을 만큼 의식화되어야 한다.

(『언론과 비평』 1990년 3월호)

제2부 문학 교육의 반성

말의 가락의 중요성
—국어 교육의 혁신을 위하여

왜정이 우리나라에 이른바 보통학교를 세우고 신식 교과서에 의한 교육을 실시하던 초창기에도 이 나라 방방곡곡, 특히 시골에는 전통적인 서당이 남아 있어서 일반인의 자제가 한문 공부를 했다. 그러고 나서 사정이 허락하면 보통학교로 옮겨서 산수, 과학, 지리, 조선어, 국어(일본어) 따위를 배웠다. 오늘날에도 지방에서 출생, 성장한 사람으로 70여 세 되는 이들 가운데에는 그처럼 동네 글방에서 한문 공부를 얼마쯤 한 뒤에 읍내에 있는 보통학교(소학교)를 다닌 분들이 적지 않다. 그중의 소수는 중학교를 다니면서 영어 같은 서양말도 배웠고, 아주 극소수는 전문학교나 일본의 다이가쿠(대학)에 다니면서 법학 경제학 영문학 전기공학 따위를 '전공' 했다.

그런데 필자가 상당히 기이하게 여기는 것은 유년기 잠시 동안의 글방 경험을 가지고 그후 전문학교와 대학에서 무슨 'ㅇㅇ학'을 전공한 이들이 아득한 옛날 글방에서 외웠던 『동몽선습』이나 『명심보감』의 구절들을 아직도 기억하고 가끔 인용한다는 사실이다. 그들이 중학교에서 육 년이나 일본인 교사에게 매 맞으면서 힘겹게 배웠다는 영어는 단지 몇 마디의 단어와 간접화법, 직접화법, 목적어, 인칭대명사 같은 영문법 술어와 ‘This is a pencil’ 같은 맛없는 기초 문장 몇 개만이 기억될 뿐인데, 열 살도 되기 전에 잠시 배웠던 한문 구절들은 오히려 쉽게 기억된다는 것이다.

이처럼 경이롭기까지 한 사실의 원인을 한번 짚어볼 필요가 있다. 한문을 숭상하는 사람들 중의 일부는 아마 그것이 표의문자로서의 한자의 우수성에 있다고 주장할 것이다. 음절마다 명백한 뜻이 들어 있고 토씨나 끝바꿈 같은 것이 없으므로, 한문 문장은 짧으면서도 의미가 깊고 그러한 문장은 외우기가 쉬울 수밖에 없다고 그들은 간단히 믿을 것이다.

그러나 정말 그럴까? 대학 입시를 준비하는 학생들이 제일 짜증내는 국어문제는 오히려 짧으면서도 뜻이 너무나 깊은 한자성어들이라는 사실을 신중하게 따져보아야 할 것이다. ‘재삼지의(在三之義)’ 처럼 간단한 한자 네 개로 된 짧은 구절에 담긴 굉장한 뜻을 어찌 쉽게 기억할 수 있겠는가! 국어시험(그게 어떻게 ‘국어’ 시험이 되는지 모르겠으나)에나 어쩌다 나올 수 있을 뿐 오늘의 일상 언어생활에서는 전혀 쓰이지도 않는 것이다. 따라서 표의문자라는 단순한 사실만으로 어렸을 때 익힌 한자 문구나 구절이 기억에 오래 남는다는 사실을 설명할 수는 없다. 그것만이 이유가 된다면 중국 학생들은 그들의 소학교 교과서들을 모두 줄줄 외워야 할 것이다. 한자와 마찬가지로 한문도 저절로 외우기 쉬운 글은 절대로 아니다. 세상에 어느 나라 말도 다른 나라 말보다 외우기 쉬운, 또는 외우기 어려운 말은 없다.

그렇다면 언제, 어떻게, 어떤 글을 배웠느냐가 중요하달 수밖에 없다. 확실히 유소년기, 곧 말 배우기가 본격화되는 시기에 배우는 것이 중요하다. 한 학설에 의하면 사람은 열두어 살이 지나면 말을 쉽사리 배우지 못한다고 한다. 이는 그 나이보다 어린 아이들이 부모 따라 다른 나라에 가면 금방 그 나라 말을 배우는 데에 반하여, 그 부모나 나이가 든 동기들은 아무리 애를 써도 그 나라 말을 자연스레 하기가 어렵다는 사실을 보아도 알 수 있다. 그래서 외국어의 조기 교육이 거론되곤 하는 것이다. 실상 우리나라에서는 한문이라는 죽은 외국어의 조기 교육이 수백 년간 계속되어오고 있었다. 오늘의 칠순 노인 중에 한문 구절을 외우는 이가 있다면 그것은 글방에서 한문 조기 교육을 받은 덕택이다.(그러나 오늘날 외국어의 조기 교육이 한국의 문화 발전에 무슨 보탬이 될는지는 잘 따져봐야 한다.)

우리가 늘 쓰는 우리말도 실상은 조기 교육의 결과임을 우리는 잊기가 쉽다. 다만, 글방이나 학교에서 교과서를 통하여 엄격한 교사에게서 교육학적 방법에 따라 배운 것이 아니라, 어머니와 아버지를 비롯한 가족과 집 밖에서 동무들과의 자연스런 상호관계를 통하여 자기 자신도 모르는 사이에 얻어진 결과인 것이다. 세상에 나오자마자 내지르는 울음으로 시작하여 사람은 끊임없이 말공부를 하게 되는데, 다만 그것이 꼭 수행해야 하는 책임이라는 의식과는 관계없이 진행되는 까닭에, 국어 교과서를 통하여 국어를 배우는 것과는 달리 힘들게 느껴지지 않는다. 그러나 태어나서부터 말을 할 수 있게 될 때까지 걸리는 시간과 노력(무의식적이라 할지라도)은 엄청난 것이다.

그렇다면 아잇적에 배운 말은 장노년기에 모두 기억되는가? 물론 그렇지는 않다. 우리는 어릴 적에 우리가 무슨 말을 했는지 거의 기억하지 못한다. 그때 배운 말이 지금의 우리말의 바탕이 된 것은 확실하지만 그 말을 그대로 기억하지는 못하고 있다. 우리 기억에 비교적 소상히 남아 있는 것은 어렸을 때 부르던 노랫말이나 유희하면서 외우던 뜻 모를 소리 같은 것이다.

이러한 '말의 기억'은 어릴 적에 들었던 옛날이야기에 대한 기억과는 성격이 다르다. 이야기에 대한 기억은 내용, 곧 '뜻의 기억'이다. '뜻의 기억'은 말의 뜻을 지적으로 분석 처리한 결과이고, '말의 기억'은 청각적 심상의 재생이다. 청각은 사람이 바깥 세상과 직접 만나는 통로의 한

가지로서, 세상과의 만남의 경험이 나날이 새로워지는 유년기에 매우 예민하다. 이 시절에 자주 반복하여 듣던 소리는 평생토록 거의 변하지 않는 청각 심상으로 남는다.

할머니에게서 듣던 옛날이야기는 언제 들어도 좋았지만, 다시 들을 때마다 뜻(내용)은 같아도 말이 꼭 같지는 않았다. 뜻이 같다는 것을 인식하는 능력은 분석적 능력인데, 노랫말의 기억은 청각 심상의 재생이므로 분석적 능력과는 거리가 멀다. 청각적 심상에 대한 지적 반성, 곧 분석도 가능하지만, 그것은 훨씬 후에 행해지든가 부분적으로 일관성 없이 행해지는 것이 보통이다.

결국 유년기의 말의 기억은 청각적 심상을 재생하기에 적합한 말 토막, 다시 말해서 이야기처럼 분석적 기능의 발휘를 요구하지 않는, 발음하기 좋은 구절의 기억이다.

청각적 심상의 재생이 가장 쉬운 것은 일정한 운율과 가락이다. 더욱이 발성기관의 움직임과 함께 온몸의 근육이 따라 움직이기 쉬운 유년기에는 몸의 동작과 함께 익히는 율동 노래가 가장 잘 기억된다. 몸의 율동이 수반되지 않는 경우에라도 성대 근육의 율동이 일정할 경우에 청각적 심상의 재생은 훨씬 수월해진다. 물론 그러한 율동만이 잘 기억되고 말은 잊혀지는 경우도 적지 않다. 곡조는 기억나는데 가사가 생각나지 않는 경우를 우리는 흔히 경험하고 있다.

요컨대 수십 년 전 글방 시절의 한문 구절을 노인이 되어서도 외울 수 있는 것은 청각적 심상의 재생에 민감했던 유년 시절에 거의 그것들만 반복해서, 일정한 가락에 맞추어 외워 가락만 흥얼거려도 거기에 붙는 말이 쉽게 따라나오기 때문이다. 바꾸어 말하자면 청각적 심상은 글을 일정한 율동(가락)에 맞추어 반복하여 소리내어 읽기 전에는 기억으로 남지 않는다. 시각적 심상의 기억이 강한 사람이라도 전화번호부에 적힌 번호를 일정한 가락에 맞추어 몇 번 소리내어봐야 제대로 기억할 수 있다. 336-9648을 단순히 '삼삼육구륙사팔'로만 발음하는 것보다 '삼삼육에 구류사팔' 이라고 전화번호 특유의 가락을 붙이면 더 쉽게 기억된다. 만일 옛 글방에서 '천지현황우주홍황(天地玄黃宇宙洪荒)'을 아무 가락 없이 외우라고 했다면 우리 조상들 중에 『천자문』을 떼는 사람이 극히 드물었을 터이지만, '하늘천 따지 가물현 누르황, 집우 집주 넓을홍 거칠 황' 처럼 뜻만 푼 것이 아니라 흥겨운 가락과 함께 풀었기 때문에(사실 뜻은 오히려 막연했다) 글방 근처에 얼씬거려보지도 못한 오늘의 우리까지도 귀에 익을 만큼 누구의 입에서도 저절로 나오는 가락이 되어버렸다. 마찬가지로 『동몽선습』의 첫 구절인 '천지지간만물지중유인최귀(天地之間萬物之衆唯人最貴)'를 묵독하든가 저마다 마음대로 발음해서 외우라고 했다면 그 결과는 비참했을 터이지만, 실제로는 '천지지간 만물지중에 유인이 최귀하니'로 구절을 띄고 구절 끝에 우리말 토씨와 말끝을 붙였을 뿐만 아니라, 또 큰 소리로 훈장 어른이 불러주는 일정한 가락을 따라 읽었다. 곧, 뜻은 나중 애기고 우선은 가락을 외웠던 것이다. 『통감』 『명심보감』은 물론이고 『사서삼경』『고문진보』도 모두 큰 소리로 일정한 가락에 맞추어 낭송하는 것이었으니, 그 책들은 아주 중요한 의미의 '노래책' 들인 셈이었다. 노래는 유년기뿐 아니라 나이가 들어서도 따로 잘 외워진다. 이처럼 가락에 맞추어 글을 읽는 습관이 깊이 밴 노인들이 신문까지도 듣기 좋은 가락에 맞추어 큰 소리로 읽는 것을 지금도 간혹 들을 수 있다.

필자는 왜정 말기에 약 삼 개월쯤 궁벽한 산골에서 소학교를 다니다 말았지만, 그때 배운 일본 노래의 몇 구절을 아직도 뜻도 잘 모르는 채 흥얼거릴 수 있다. 광복 후에 그 산골 소학교에 다시 다니면서 배운 것 중에서도 노래만 생각나고, 그후 서울의 국민학교에서 배운 것 중에서도 말이 기억나는 것은 노래와 우리말의 자연스런 가락이 깃들여 있는 시조와 동시 몇 편이다. 국민학교를 다닌 한국인은 다들 시조의 가락을 잘 알고 있고, 그 가락에 맞춰 많은 시조를 외우고 있다. (시조의 창을 안다면 얼마나 더 즐거울까!) 필자는 잠시 글방을 다닌 형님으로부터 "백주는 홍

인면이요, 황금은 흑사심이라(白酒紅人面黃金黑士心)"는 멋진 한문 구절
을 주워듣고 지금까지 기억하고 있는데, 당시의 필자가 한자를 알아서도
아니요 뜻의 깊음을 알아보아서도 아니고 단지 형님이 흥얼거리는 가락
이 귀에 배어서이다. 뜻을 감상하게 된 것은 아마 중학생이 되어서였을
것이다.

그런데 필자는 아잇적에 외웠던 노래, 동요, 시조, 그리고 짤막하면서
도 뜻깊은 말씀(격언 속담 같은 것)이 훨씬 더 많았으면 얼마나 좋을까 하
는 생각을 자주 한다. 옛날 아이들은 『천자문』을 거꾸로도 옆으로도 외
우고 『논어』 『맹자』를 통째로 암송하고, 수백 편의 한시를 줄줄 외우기도
했다는데, 한글 세대인 우리는 겨우 몇 편의 동요, 시조, 속담을 부정확
하게 외우고 있을 뿐이다. 늘 듣고 부르는 애국가 1절을 정확히 적을 줄
아는 사람도 별로 없다고 한다('하느님'과 '보우하사'를 틀리게 쓴다고 한
다). 어느 조사에 의하면 한국의 대학생들이 가장 좋아하는 시는 윤동주
의 「서시」라고 하는데 외워보라고 하면 제대로 하는 학생은 하나도 없더
라고 한다. 지극히 아름답고 뜻이 깊을 뿐 아니라 길지도 않은 이 시가 더
없이 사랑을 받으면서도 외워지지 않는 가장 큰 이유는 그것을 낭송할 일
정한 가락이 없기 때문이다. 현대의 한국시가 정형을 벗어나면서 가락을
잃어버리고 주로 묵독의 대상이 된 것은 큰 손실이 아닐 수 없다. 그러나
대부분의 현대 한국시도 자꾸 소리내어 읽노라면 어떤 가락이 생길 수 있
으리라 믿는다. 독자보다도 시인 자신이 그 사실에 유의해야 할 것이다.

우리가 유년기로부터 기억하는 말이 줄어든 가장 중요한 이유는 왜정
의 식민지 교육이 도입된 이후, 실용성과 효율의 이름으로 말을 기억하
는 교육을 극소화하고 그 대신 단편적 지식의 교육을 극대화한 까닭이
다. 예나 이제나 기억력에 의존하는 주입식 교육은 변함없이 강력하게
실시되고 있다. 단편적 지식의 항목이 무한정 늘어남에 따라 학생이 기
억해야 할 내용은 사실상 옛날 학생들이 외우던 말의 분량을 훨씬 능가
할지도 모른다. 하여튼 옛 글방에서는 가락을 가진 말의 기억을 강요한

반면에 오늘의 학교에서는 가락이 없이 지식의 단편들을 대량으로 기억하게 한다.

오늘의 학교에서 가락을 붙여서 말 그대로 외우게 하는 것은 아마도 '구구단' 한 가지뿐일 것이다. 왜정 교육을 받은 이들의 대부분이 구구단만은 일본어로 외우는 것을 보면 유년기에 입에 붙은 가락이 좀처럼 잊혀지지 않음을 잘 입증한다.

실상 갑오개혁 이후 우리는 우리말, 우리 글을 정규 국민 교육의 언어로 사용하면서도 교육의 효율을 높일 수 있는 언어로는 가다듬지 못했다. 한글 보급에 지대한 역할을 한 독립신문과 한글 성경은 한글 전용과 띄어쓰기라는 크나큰 업적을 올려 모든 사람의 감사를 받아야 하지만 우리말의 가락을 살리는 데에는 충분히 유의하지 않았던 듯하다. 특히 경전을 소리내어 읽는 전통을 물려받은 한국인들에게 주로 외국인들에 의하여 번역된 성경은 우리말의 고유한 가락과는 거의 관계가 없는 구절들의 연속이다. '하나니라, 함이니이다, 함이로다, 하시는도다, 하시니이다' 등 장중함을 높이고자 하여 사용한 말투는, 지금은 더 말할 나위도 없지만 그 당시에도 자연스런 말의 가락에 어울리지 않았을 것이다. "이는 모든 선한 일을 행하기에 온전케 하려 함이니라"라는 구절을 발음하려면 한국인의 혀가 자연스럽게 돌아가지 않는다. 확실히 영어의 가락을 잘 살린 것으로 유명한 영국의 흠정판 성경 구절을 영국인이 외우는 것보다 우리말 성경을 한국인이 외우기가 훨씬 더 힘들다. 필자도 유년기에 교회학교에서 성경 구절깨나 외웠던 모범학생이었지만 지금까지도 외우고 있는 구절은 (죄스럽게도) 무척이나 적다. 일본의 성경은 무척 잘됐다는 평을 받는데, 모르긴 해도 일본어의 가락을 잘 살린 번역 때문일 것이다. 성경이 번역되던 19세기 말엽에 한국의 보통 사람들은 다음과 같은 글의 가락을 자연스럽게 여겼다.

대송 원풍(大宋元豊) 연간에 황주 도화동 사는 사람이 있으니, 성은 심이요 이름은 학규라. 누대(累代) 잠영세족(簪纓世族)으로 문벌이 혁혁하나 가운이 영체(零替)하여 이십에 안맹(眼盲)하니, 낙수청운(洛水青雲)에 발자취 끊어지고 금장자수(錦帳刺繡)에 공명이 비었으니, 향곡의 곤한 신세 강근(强近)한 친척이 없고 겸하여 안맹하니 뉘라서 대접할까마는, 본디 양반의 후예로서 행실이 청렴 정직하고 지개 고상하여 일동일정을 조금도 경솔히 아니하니, 그 동리 눈뜬 사람은 모두 칭찬하는 터이라.(「심청전」맨 앞)

위 인용에서 당시의 관례를 따라 멋을 부리려고 사용한 한자성어들만이 지금 우리 귀에 낯설게 느껴질 뿐이고 그 가락은 아직도 자연스러운 우리 가락으로 느껴진다. 이런 옛얘기 책을 줄줄 외우던 사람들에게 성경이 그 비슷한 가락으로 옮겨졌더라면 얼마나 외우는 즐거움이 컸을까! 기독교가 우리 민족에게 큰 혜택을 준 것이 사실인데, 성경이 우리 가락에 맞게 옮겨졌더라면 우리말의 문화에도 크게 더함이 될 뻔했다. 이는 앞으로 성경 번역하는 이들이 특별히 유의할 점이며 성경뿐 아니라 외국의 글, 특히 문학, 그중에서도 시를 번역할 때에 반드시 유의해야 할 점이다.

광복 후에는 국민학교 국어 교과서를 만든 사람들에게 말의 가락에 유의하여 우리말을 가르칠 생각이 없지 않았던 것 같다. 1950년대 초에 나온 국어책은 "바둑아 바둑아 이리 오너라"로 시작되었는데 당시에 국민학교 1학년을 다닌 사람들은 아마 이 가락이 잊혀지지 않을 것이다. 한국의 어린이들이 학교에 가서 처음 배우는 것이 하필이면 개를 부르는 소리냐고 비판하는 소리가 없지 않았으나, 그 가락은 우리말의 자연스런 가락을 얼마쯤 담고 있는 것이 사실이다. (그러나 바둑이 부르는 소리는 아무리 즐거운 가락에 붙여 배워도 개 부르는 소리에 지나지 않는다. 그것을 비판한 이들은 상당히 중요한 점을 지적했던 것이다.) 옛날 글방의 아이들이 외웠던 『천자문』은 실상 아이들 자신에게는 바둑이 부르는 소리만큼

이나 무의미하달 정도로 너무 어려운 내용이었지만(그것은 주요 한자의 뜻과 발음을 기억시키기 위한 교재였다) 그 다음에 배운『동몽선습』첫머리는 "오(嗚)라, 효어친(孝於親)한 연후(然後)에 충어군(忠於君)하고 제우형(弟于兄)한 연후(然後)에 경우장(敬于長)하니"(오, 어버이게 효도를 한 후에야 임금께 충성스럽고 동생은 형에게 공손한 연후에야 어른에게 공경스러우니)로 시작되는 뜻깊은 내용으로서 아이들은 가락에 맞추어 그 글을 외웠다. 물론 그 뜻도 완전히 이해하기는 어려웠겠지만 조금씩은 알아들었을 터이고, 더욱 중요한 것은 그들이 나이가 들면서 그 뜻을 점점 더 확실히 이해할 수 있게 되었다는 것이다.

그렇다. 유년기의 말글 교육이라고 해서 순전히 가락만을 익히게 하는 것으로 끝낼 수는 없다. 우리말의 자연스런 가락을 충분히 익히게 하는 것은 물론 중요하고도 중요하지만, 그런 가락에 어울리게 실린 뜻도 또한 중요하다. 여기서 뜻이란 반드시 경전의 말씀이나 옛 성현의 경구에 담긴 것 같은 심오한 내용만을 말하는 것이 아니라 좋은 느낌과 생각을 잘 어울리는 말로 나타낸 것도 말한다. 이것이 더 쓸모가 있다는 말을 하고 싶다.

'현대적' 이라는 거창한 이름 아래 도입된 일부 교육 사상으로 말미암아 초등학교의 국어 교육은, 아이들이 쉽게 알 수 있다고 어른들이 탁상 공론을 통하여 꾸며낸 유치하고 장난스런 말투와 내용을 다루는 것이 되어버렸는데, 외국의 어떤 연구 결과를 보면 열 살 이전의 아이들이 알아들을 수 있는 낱말이 무려 3만 마디나 된다. 날 때부터 텔레비전의 어엿한 시청자가 되는 오늘날의 한국 어린이들이 "바둑아 바둑아 이리 오너라" '나, 너, 우리' 수준에 머무른 국어 교과서와 그것을 심각하게 가르치는 교사들을 어떻게 볼는지 겁난다. 옛날의 아이들이 특별히 똑똑해서 '삼강오륜' 의 덕목을 설명한 한문 구절을 배운 것도 아니고, 오늘의 아이들이 갑자기 백치가 되었기 때문에 걸음마 아기의 말을 되뇌게 된 것도 아니다. 이는 아이들이 국어를 배우고 활용할 수 있는 능력을 너무도 낮게 잡은 어른들의 잘못 때문이다. 그리고 아이 시절에 익힌 말과 글의 사용 능력이 평생을 통하여 언어 사용 능력에 절대적인 영향을 미친다는 사실을 모르는 어른들의 무지 때문이다. "새 지식은 새 무식을 낳는다"는 격언이 이 경우에 딱 어울린다.

분명히 오늘의 청소년도 옛 청소년들이 배우던 『동몽선습』『논어』『맹자』『통감』『당음』『한시』에 해당되는 내용을 담은 말글 교육을 받을 능력이 있으며 또 권리도 있다. 물론 이것은 옛날 옛적의 한문 고전을 다시 가르치자는 말은 아니다. 따라서 국어 교육을 책임지고 있는 이들은 옛 글이나 오늘의 글을 잘 골라서 우리말의 가락에 맞도록 다듬어 되도록이면 듬뿍듬뿍 교과서에 실어주어야 할 것이다. 초등학교 아이들이 일상적으로 듣고 말하는 것보다 너무나도 적은 분량의 어휘가 교과서에 실리는 것도 문제인 것이다. 사람의 언어 능력은 놀라운 것이어서, 많이 듣고 말하고 읽고 쓸수록 거의 제한 없이 늘어날 수 있기에 바로 유년기 소년기에 그 능력을 최대한도로 발휘하게끔 해야 한다는 것이 오늘의 지배적인 학설이다. 우리 국어 교과서들은 분량적으로도 너무나 빈약하다.

서양의 초급 국어 교과서를 보면 옛날부터 오늘에 이르기까지의 이름난 문인, 사상가의 글이 많이 실려 있는데 그중 상당 부분은 우리나라 대학의 외국문학과의 전공 과목에서 배우는 것이다. 이것은 서양 아이들이 더 똑똑해서가 아니라는 것을 모를 사람이 없을 터이지만, 왜 우리 국어 책에는 우리 고전들이 듬뿍 실리지 못하는지를 문제삼는 이는 드물다.

물론 녹록지 않은 문제들이 있다. 유구한 민족문화를 자랑하는 우리임에도 불구하고 우리 선조들이 국어 교과서에 실을 만한 말씀을 정성껏 한글로 써놓은 것은 많지 않다. 위대한 사상가 문필가들인 퇴계, 율곡, 연암 등이 한글 산문 문장을 남기지 않은 것은 천만 유감스런 일이다. 15세기에 한글이 창제되었으니 그후 사오백 년 동안 한글 문장의 기술이 계속 발전했더라면 지금쯤 우리 국어 교과서에 들어갈 만한 좋은 우리 글이 넘쳐났을 것이다. 서양 근대국가의 문학 중에 15세기에 시작된 것이 많지 않다는 사실로 미루어볼 때, 본시 글 읽고 쓰는 전통이 오랫동안 뿌리박혀 있던 우리 민족이 15세기에 한글로 쓰기를 시작했더라면 우리는 지금쯤 크게 자랑할 만한 양과 질의 문화적 유산을 축적할 수 있었을 것이다.

그런데 우리는 별로 많이 남지도 않은 우리 글의 유산조차 향유하지 못하고 있다. 고등학교 교과서에 고문이라고 해서 조금씩 찢긴 채로 실린 우리 옛 글은, 즐겨 읽고 기억하기 위해서라기보다 옛 낱말과 옛 문법 항목을 외우기 위한 자료 구실을 하기 위해 들어 있다고 해도 과언이 아니다. 「춘향전」과 「홍길동전」이 그렇게 유명하다면서도 대학을 졸업하기까지 국문학과의 일부 학생들을 제외하고는 16년간의 교육과정에서 직접 대면하지 못하는 것이 지금의 국어 교육이다.

필자는 한글 문헌보다 훨씬 더 많이 축적된 한문 문헌을 적절한 번역을 통하여 초등 교육에서부터 학생들에게 제공해야 한다고 주장한다. 학생들은 역사시간에 원효, 퇴계, 율곡, 최제우 등의 글이 중요하다고 말로만 들을 뿐 실제로 어떤 것인지 확인할 기회는 기나긴 교육과정을 통하여 한 번도 얻지 못한다. 그것들은 한문으로 씌어져 있음에도 불구하고 우리나라의 옛 글방에서도 별로 읽힌 적이 없다. 글방에서도 학교에서도 계속 소외된 문화유산인 것이다. 한 민족의 문화유산에 대한 진정한 사랑과 자랑은 정규 교육을 통해서 그 뿌리가 튼튼히 박힌다. 한글 유산이 적은 우리 형편에서 선조들이 최고의 정신력을 발휘하여 쓴 한문 문헌을 내버려두는 것은 큰 낭비이다. 그것들을 극소수의 학자들만이 무슨 비밀처럼 쉬쉬해가며 읽지만 말고, 알아듣기 쉬운 우리말로 풀어서 초등학교 교과서에 싣기 시작하여 학생들이 대학의 교양국어 과목을 이수할 때쯤에는 한국의 대표적 사상의 진수를 다 만날 수 있게 해야 한다. 국어는 주로 문학을 다뤄야 한다는 통념이 있는데 보통 교육의 핵심인 국어 교육에서는 민족의 정신을 대표하는 모든 글을 가려 뽑아 되도록이면 광범위하게 다루어야 한다.

국어교육학자는 한국철학 연구자들과 함께 원효, 퇴계, 율곡의 글을 어떻게 하면 알맞게 옮겨서 초등학교 교과서에 실을 수 있을는지 정성껏 지혜롭게 노력해야 할 것이다. 앞에서도 말했지만, 열 살 전의 우리 아이들은 어른들이 자칫 그릇 생각하듯 그렇게 싱거운 멍청이들이 아니며, 놀라울 정도로 영리하고 이해심도 많으며 특히 새 말, 새 생각, 새 느낌에 대하여 순수한 호기심이 매우 강하다는 사실을 잊지 않아야 한다. 다시금 되풀이하거니와, 다소 어려운 내용이라도 우리말의 자연스런 가락에 어우러져서 어른이 되어서도 외울 수 있을 만큼 되어야 한다. 곧, 국어 교육은 평생 잊을 수 없는 내용과 구절들을 제공할 수 있어야 한다.

필자는 한국의 위대한 철학적 고전들에 대하여 조금도 배우지 못한 사람이라(그 탓을 필자는 자신의 게으름과 동시에 필자가 받은 잘못된 교육, 특히 국어 교육에 돌리고 싶다) 여기서 더 무어라 말할 수 없어 유감이나, 최근에야 조금씩 읽고 감탄하곤 하는 우리의 옛 한시들의 교육적 활용에 대해서는 비전문적이나마 몇 마디 하고 싶다.

우물 속에 비친 달빛 하도 고와서
산 속의 스님이 병에 가득 담아넣네.
절에 돌아가서는 깜짝 놀라겠지.
병의 물을 쏟으면 달이 없어질 것을.

이것은 이규보의 「샘 속의 달을 읊음(詠井中月)」을 우리 가락에 비슷하게 대강 옮겨본 것인데, 그 내용이 초등학교 저학년 교과서에 넣어도 될 만한데도 장난스런 동요 같지는 않다. 이 시를 다시 중학교 교과서에 조금 다른 말로 옮겨놓고 작자의 이름까지 밝힐 수도 있다. 국사책에서 이름으로만 만났던 우리나라 문화 창조자의 한 사람의 말을 직접 들어보게 하는 것이다. 초등학교 고학년부터는 유명한 저자를 가르쳐주는 것이 교육적이라고 생각된다.

빨간 복숭아꽃
새파란 버들
삼월은 다 갔네.
파란 하늘에
구슬을 꿰었나?
솔잎에 맺힌 이슬.

우리나라 최고 시인의 하나였던 김시습이 아주 어릴 때 지었다는 이 시는 진짜 초등학교 저학년 교과서감이다. 아이가 지은 것이니 아이들에게 읽어보라고 할 만하다. 김시습은 너무나 무서운 아이였지만.

송강의 시조는 중학생이면 더러 알고 있겠지만, 초등학교 교과서에 들어갈 만한 멋진 한시도 있다.

우수수 낙엽 지는 소리에
성긴 비 나리나 싶어
아이더러 나가보라 했더니
냇가 나무에 달이 걸렸더라네.(「가을밤(秋夜)」)

여기서 아마 '성긴'(성기다)이란 말이 좀 어렵겠지만, 우리 고유어인 '성기다' 같은 좋은 낱말을 되살리는 것도 국어 교육의 한 가닥이 되어야 할 것이다.

매화꽃 다 떨어지고
버들가지 치렁치렁.
시원한 푸른 산바람에
발걸음도 느릿느릿

문 닫은 어부 집에
말소리 오순도순
파아란 색실처럼
강물 위에 나리는 봄비.

오래 전 고려의 시인인 진화(陳華)가 지었다는 「들길을 거닐며(野步)」라는 이 시 역시 어른들만 감상할 것은 아니다.

위대한 철학자인 이퇴계도 어린이가 읽어서 좋을 만한 시를 남겼다.

이슬 먹은 풀이 곱게 둘러싼 물가
한 점 티 없는 맑고 푸른 연못
높이 나는 구름과 새들의 거울
이따금 제비가 물을 찰까 두렵다.(「봄에 노닐다가 연못을 읊음(游春詠野塘)」)

퇴계가 과연 가장 위대한 한국인의 하나라면 그의 말을 직접 들려주는 것이 중요한데, 좀 어려운 교훈적인 말뿐 아니라 이런 자연스런 느낌의 말도 그가 할 수 있었다는 사실을 초등학교 아이들에게 알려주어도 좋겠다.

신사임당은 한국의 가장 이름난 어머니 중의 하나인데, 그가 다정다감한 예술가였다는 사실도 어린이들에게 확인시켜줄 필요가 있다. 그가 그린 재미있는 그림과 더불어 다음의 시가 남아 있다.

강릉 땅에 늙으신 어머님 여의고
이 몸 홀로 서울로 떠나는 마음.
고개 돌려 옛집을 바라다보니
해질녘 푸른 산에 흰구름 내려앉네.(「대관령 넘으며 친정을 바라봄(踰大關嶺望親庭)」)

한시에 대한 필자의 지식이 거의 아무것도 없어서 더 적절한 예를 들지 못하지만, 필자가 뜻하는 바는 상당히 명백해졌다고 믿는다. 한문으로 되어 있든, 한글로 되어 있든 우리 글 문화의 금자탑들을 되도록 어린이들이 직접 접하고 귀하게 여기고 평생토록 잊지 않게 하자는 것이다. 그럼으로써 예나 이제나 한국인이 자기 자신과 이웃에 대해서 어떻게 생각하고 느끼고 어떤 말로 표현하였는지를 알게 하려는 것이다.

특히 자연에 대하여 한국인이 품었던 느낌과 그 느낌의 표현은 세계문학의 견지에서 보아도 매우 특징적인 것으로서, 이 특징은 한국인의 느낌과 표현의 세련을 위하여 계속 유지되어야 할 것이다. 이규보는 깊은 산 속 샘에 비친 달빛을 절대 무욕의 경지를 희구하는 스님의 욕망의 대상이 되게 함으로써 그 아름다움을 은근히 기린다. 이와 같은 자연 예찬의 방법은 동양적이고 또한 한국적임을 알아야 한다.

푸른 솔잎에 매달린 이슬방울을 파란 실에 꿴 구슬에 비유한 어린 김시습의 어른 같은 상상력은 한국인의 감수성이 때로는 현미경처럼 치밀할 수도 있음을 보여주는 좋은 실례로서, 우리 어린이들에게 발견의 지혜를 북돋워줄 만하다.

송강의 시에는 시적 감수성이 풍부한 아이가 등장한다. 시인은 낙엽이 부스럭거리는 소리를 듣고 그게 후둑후둑 떨어지기 시작하는 비인가보다 하고 아마도 비설거지할 일이 있을까 싶어 아이더러 나가보라고 한다. 곧, 시인은 짐짓 평범한 생활인으로 자처한다. 그러나 아이는 "비는 무슨 비, 달이 환한데"라며 평범한 아이처럼 대답하지 않고 "냇가 나무에 달이 걸렸어요"라고, 어떻게 보면 동문서답을 하는 셈이다. 자세히 음미해보면 가을이 깊어 나뭇잎 떨어지는 소리에 민감한 어른도 실상은 시인스럽고, 그것을 짐짓 성긴 빗발 소리로 들은 것 역시 시인스럽다. 그러나 잎을 다 떨군 채 냇가에 조용히 서 있는 나무에 달이 걸린 모습을 하나의 그림으로 파악한 아이의 감수성이 더욱 시인스럽다. 이런 감수성은 김시습처럼 어릴 적부터 그러한 감수성을 표현한 글을 많이 접하는 데에서 생기고 세련된다.

진화의 시는 봄날 저녁 무렵의 고요한 강변의 그림을 보여준다. 고기잡이마저 가게문을 닫고 가족과 더불어 단란한 한때를 보내는 그 시간에 시인은 한가한 걸음으로 산보를 하다가 그의 느낌을 한꺼번에 표현하고 마는 심상(파란 색실 같은 봄비)을 발견한다. 어떤 느낌을 완전히 나타낼 수 있는 절대적인 심상, 그것에다 서양의 어느 비평가가 '객관적 상관물'이라는 극히 산문적인 이름을 붙였지만, 그것은 서양 시인들보다 우리 시인들이 훨씬 더 분명하게 제시하곤 했다. 송강 시의 아이도 그걸 발견했고, 여기 진화도 그걸 발견하자마자 두말없이 뚝 그치고 만다.

퇴계의 시는 물론 명경지수 같은 고상한 정신의 알레고리로 해석하도록 강하게 우리를 유혹하지만, 아이들에게는 역시 고요하고 맑은 연못의 그림이며, 그 고요함도 아름답지만 가끔 제비가 갑자기 물을 박차는 것도 실은 흉한 꼴은 아니다.

신사임당은 아득히 멀어져가는 친정집에 대한 이별의 끈끈한 정을 '절대적 심상'의 순간적인 발견으로써 초월한다. 검푸른 저녁 산 위에 쌓이는 흰구름의 강한 색채적 대조는 긴 산문적인 해설과 부연설명을 일순간에 무위로 돌리는 절대적 초월성을 갖는바, 사실에 산문성이 발달한 어른보다 아이들이 그러한 초월성을 더 순진하게 받아들일 수도 있다. 이런 견지에서 보면 시는 어른스러운 것이기보다는 아이스러운 것이다. 그래서 "아이는 어른의 아버지"라는 어느 서양 시인의 절규도 있었다.

말의 큰 기능은 정보 소통의 기능이다. 그 기능을 최대한 응용 발휘하게 하는 것이 교육의 중심 과제이고, 바로 이런 점에서 근대 교육은 옛 교육에 비하여 월등하게 우세하다고 믿어진다. 그런데 동서양을 막론하고 19세기 이전에는 한 사회의 일상어를 국가적 계획에 의한 교육의 가장 중요한 과목으로 삼지를 않았다. 동양에서는 당, 송 이전의 한문(고대 중국의 문어), 서양에서는 라틴어(고대 이탈리아의 문어)만을 정규 교육과정에서 다루었다. 한 국가의 일상어가 그런 죽은 고전어를 대신하여 정규 교육과정의 가장 중요한 자리를 갖게 된 것은 19세기 말에 정보 소통 기능의 극대화가 한 국가의 힘을 극대화하는 데에 필수적임을 간파한 결과였다.

그러면서도 정보 소통 기능이 말의 기능의 전부는 아니라는 사실 또한 결코 잊혀지지는 않았다. 한문이나 라틴어의 멋에 못지않은 독특한 멋이 한 지역의 일상 언어에도 들어 있다는 사실은 일찍부터 인식되었다. 이를테면 10세기 우리나라의 균여는 '향가(鄕歌)', 곧 우리말 노랫가락이 한문 시가에 비하여 우리에게는 더 멋이 있음을 주장했고, 14세기 이탈리아의 단테는 라틴어 아닌 북부 이탈리아의 일상어가 지고한 주제를 담을 수 있다고 설파했다. 근대의 민족문학의 발전은 바로 일상어의 멋에 대한 자각에서 시작된 것이다.

그러나 국가적 정책에 의한 일상어의 교육을 통하여 말의 멋을 체득, 세련시키는 일이 한문이나 라틴어의 교육에 대응할 만한 성과를 냈다고 보기는 어렵다. 19세기 이래 문장가나 문인은 대체로 국가적 계획하에 엄격히 수행된 국어 교육에도 '불구하고' 개인적으로 국어의 멋을 체득하여 세련시킨 '반항아'들이었다. 그들은 오히려 관제 국어 교육에 반발하였던 것이다.

다른 나라는 제쳐두고 우리나라를 예로 들자면, 광복 이후 정규 국어 교육이 학생들로 하여금 국어의 멋을 십분 맛보고 즐기도록 하여 그것을 밑바탕 삼아, 시인 문장가로 성장하게 하는 중요한 책임을 잘 감당했다고 할 수는 없는 노릇이다. 옛 글방에서는 시인 문장가가 나왔고 반드시 그중에서 정치가 행정가가 뽑혔는데, 지금은 우리나라의 초등학교 중학교 국어 교육의 덕택으로 시인 문장가는 고사하고 국어의 멋을 아는 국민이 많이 생기고 그중에서 국회의원 장관뿐 아니라 행정주사라도 생겼는지 크게 의문이다. 옛날 이름난 재상은 모두 시인, 문장가였는데 오늘의 고급관리들은 우리말의 멋은 말할 나위도 없고 정보 소통의 기능조차

제대로 익힌 것 같지 않다. 실상 오늘의 국어 교육에서 그리도 강조한다
는 정보 소통의 능력마저 정말 길러주고 있는지도 의문이다. 학교의 국
어 시험문제를 보면 말의 멋에 대한 감수성이나 정보 소통의 능력을 알
아보고자 하는 문제와는 아예 상관이 없고, 애꿎은 청소년을 골리기 위
한 퀴즈에 불과한 것이 너무 많다. 이는 국어 교사 교수들이, 나아가 근
본적으로는 문교 정책이 크게 책임져야 한다.

　얼마 전 문과 교수 여럿이 함께 등산을 하고 나서 달밤에 개울가에서
놀 기회가 생겼다. 옛날 선비들 같으면 아마 옛 시를 외우든가 흉내를 냈
을 법한데, 그 멋을 이어받지 못한 오늘의 문과 교수들은 흘러간 유행가
들을 매우 어눌하게 떠듬거리며 외울 수 있을 뿐이었다. 지식의 수준에
서는 옛 유생을 훨씬 뛰어넘는다고 자부하면서도 지식을 소유하는 멋에
서는 무척 뒤진다는 사실을 인정할 수밖에 없다. 우리의 지식 자체가 멋
이 없다. 말의 멋과 상관없이 정보의 효율만 목표로 하여 획득한 지식이
기 때문일 터이지만, 그보다 근원적으로 우리의 유년기에 우리말과 글을
우리의 생각과 감정에 딱 어울리는 가락에 맞추어 흥겹게 배우지 못한
까닭이겠다. 큰 반성이 있어야겠다.

(『진리 · 자유』 1990년 겨울호)

문학 공부는 무엇이 되어야 하는가?

―평론이 아니라 창작이 되어야 한다

문학 공부란 예전에는 두말할 것 없이 글쓰기 공부였다. 동양에서나 서양에서나 고전을 공부하는 가장 중요한 목적은 그러한 고전과 비슷한 글을 짓기 위함이었다. 그것이 글공부였다. 개인의 교양을 위한 글읽기는 단지 '글읽기'라고 했고 '글공부'라고는 하지 않았다. 글을 읽되 통째로 외우도록 글을 읽은 것은 그와 비슷한 글을 지을 능력을 쌓기 위함이었다. 최소한 인용이라도 하기 위함이었다. 그것이 글공부였다. 그래서 옛 독서가들은 대부분 이름난 저자가 되었다. 이퇴계는 옛 고전을 닮은 철학적 저술뿐 아니라 고전의 일부로 열심히 공부한 한시를 모방하여 지은 상당한 수준의 작품도 남겼다. 경세철학의 대가 정약용도 훌륭한 시를 써서 남겼다. 그들은 철학, 역사, 문학의 고전들을 다만 읽기만 한 것이 아니라 그것들을 공부하여 철학, 역사, 문학의 저술들을 썼다. 즉 고전 공부는 고전을 닮은 저서와 작품을 짓는 것으로 완결되었던 것이다. 옛날 서당에서 아이들에게 『당음』을 가르치고는 오언절구 등 한시를 짓게 했던 사실을 우리는 완미한 시대의 무리한 교육 관행으로 보기 쉽지만, 문학 공부는 글짓기 훈련이라는 실질적 목적이 있었던 것이 확실하다. 옛 서양의 학생들은 고전을 공부하면서 반드시 명구들을 공책(코먼플레이스북)에 베껴가지고 외웠는데 그것은 후에 글을 지을 때 적절히 써먹기 위해서였다. 셰익스피어가 고전 공부를 못 했다고 해서 "적은 라틴어에 더 적은 헬라어" 실력이라고 비아냥거림을 받았지만, 그는 번역으로 읽은 모든 책을 창작의 재료로 삼았다. 그의 글읽기는 곧 글쓰기의 연습이었다.

문학 공부 또는 문학 연구가 글쓰기 훈련이 아니라 주로 고전의 내력(이른바 문학사)을 밝혀내고 고전을 해석하는 일(이른바 비평 또는 해석)을 뜻하게 된 것은 실상 별로 오랜 역사를 가지고 있지도 않다. 그런 일도 때로는 문학 공부의 한 부분이 되었던 것이 사실이기도 하나 본령이 되지는 않았던 것인데, 서양의 경우 길게 잡아야 지금부터 2백 년 전쯤에 문학 공부 또는 문학 연구가 문학사 / 해석 / 이론이 되었고, 동양에서는 그런 서양의 새 경향을 문화 선진국이 되기 위한 개화의 조건으로 받아들인 것이 1백 년 남짓하다. 그 이전에는 동서양을 막론하고 순전히 문학사와 해석의 글만 남기고 자신의 창작적 문장을 남기지 않은 문학자는 없었다고 하겠다. 그러는 동안 어느 틈에 '문학 공부' 라는 말은 어색해지고 '문학 연구' 라는 말이 점잖게 어울리는 말로 대접받게 되었다. 동시에 문학자와 문학가 / 문인이 완전히 구별되기에 이른 것이다.

사실상, 세계지성사를 보면 문학을 학술적 연구의 대상으로 하는 이른바 문학 연구 / 문학 해석 / 문학이론은 2백 년 전에는 없었다고 보는 것이 옳다. 지금은 매우 '성업' 중이지만 문학작품이나 문인의 내력 / 의미 / 사상 / 가치 / 특질 / 구조 따위를 지적으로 논하는 일은 철학 신학 법학 역사학 물리학 따위에 비하여 훨씬 뒤늦게 시작되었다. 그것은 19세기에 들어서서 겨우 생긴 학문으로서, 그것의 대상과 방법과 체계는 언제나 문제가 되어왔을 뿐 아니라 특히 오늘날에는 그것의 존재 이유 자체가 세계학술사에 길이 기록될 만큼 크나큰 쟁점이 되어 있다. 오늘의 이론적 논의에서 문학 연구라는 학문의 실체는 사실상 해체되었다고 보는 것이 옳다.

문학 공부가 문학 연구가 되고 문학 연구가 문학사/문학 해석이 된 이래 문학자는 시문, 즉 시와 문장을 쓰지 않는, 또는 쓸 줄 모르는, 다시 말하면 문장 창작을 하지 않는, 또는 할 줄 모르는 사람이 되었음은 물론, 창작을 문학 연구와는 다른 전혀 별개의 행위로, 다시 말하면 문학자의 연구 대상이 될 뿐인 현상으로 간주하게 되었다. 이리하여 문학 연구는 창작을 대하기를 마치 자연과학이 비인간화된 자연을 대하듯 하기에 이른 것이다.

문학 교육에서 혁명적이라고 할 수 있는 이러한 변화를 일반인들이 이해하기는 무척 어렵다. 19세기 말에 미국 대학에서 처음으로 영문학과가 생겼을 때, 십팔구 세의 젊은 학생들은 그들이 감동하면서 읽은 시와 소설을 창작하는 것을 배우는 학과로 오인하여 지원한 경우가 허다했다고 하는데 그로부터 1백 년이 지나 우리나라에서는 아직도 국문학과라고 하면 시인 되고 소설가 되게 해주는 데로 오해하는 사례가 없지 않다고 들린다. 청소년기의 독서 체험은 자연히 감동을 주는 문학을 공부하여 자기도 그런 감동적인 글을 쓰고픈 열의를 불러일으킨다. 그러나 국문학과가 그런 열의에 부응하는 곳이 아니라는 사실을 곧 발견하고 좌절하고 냉소하는 청년이 얼마나 많을지 좀 전율하면서 생각할 필요가 있다.

국문학과 소속 교수로 있는 시인 소설가까지도 시, 소설 창작보다는 시론, 현대소설사 따위를 가르치는 것을 책임으로 아는 것이 현실이기도 하다. 그 현실에 맞추기 위해 시인 소설가 들이 이른바 국문학에 대한 학위 논문을 써서 문학박사 교수가 되어 일 년에 적어도 한두 편의 학술 논문을 써야 한다. 이처럼 국문학과는 창작 훈련과는 거의 상관이 없이 문학과 문인을 오로지 학술적 연구의 대상으로 삼는 데가 된 것이다. 이런 분위기에서 창작을 연습하는 국문학과 학생은 낮은 학점을 받는 불량 학생 대접을 받기 십상이고 창작에 열심인 국문학과 교수는 학문이 모자라는 무능 교수로 지목되기 쉽고 승진이 늦어지는 불이익도 받을 수 있다. 국문학과 교수가 되면서 창작을 그만둔 시인 소설가가 적지 않음을 우리는 잘 알고 있다. 그래서 국문학과와는 달리 문예창작과라는 학과가 생기게 된 것이라 짐작이 된다.

이러한 경향은 20세기 말이 되면서 더욱 강렬해질 뿐 아니라 더욱 기이하고 해괴한 방향으로 치닫고 있다. 이른바 포스트모더니즘의 시대라는 오늘날의 문학 사상을 주도하는 것의 하나는 해체주의인데 그것의 가장 큰 해체의 대상은 문학작품의 작자이다. '작자는 죽었다' 는 것이 해체주의의 핵심적 구호이다. 직설적으로 말하자면 이율곡, 송강 정철, 이태백, 셰익스피어, 서정주, 박경리는 가차없이 해체되어야 한다. 그 이유는 첫째로 이들 작가-저자들이 독창적 천재와 지위를 계속 가지고 있는 한 그들이 만든 것으로 추정되는 글(텍스트)은 결코 독자의 것이 될 수 없으며, 따라서 독자의 이해와 향유의 대상이 되지 않으며, 둘째로 모든 텍스트는 그전에 없던 것을 창작한 결과로 생긴 것이 아니라 많고 많은 기존의 텍스트들이 서로 교차하는 현상에 불과하기 때문이라는 것이다. 작자는 이 텍스트들의 무한 교차 현상에서 아주 미미한 존재로 해체되어 버리는 것이다. 하나의 이론으로서의 해체이론은 물론 성립 근거와 그 적용 범위가 매우 인상적인 것을 부정하는 바는 아니나 그것의 교육적 의의는 매우 의심스럽다고 아니할 수가 없다.

저자, 작가, 시인, 극작가, 문장가가 죽었다면 남는 것은 글(텍스트)과 독자이다. 저자가 죽고 난 후 남은 독자는 따라서 텍스트의 주인이 되는 셈이다. 본시 텍스트란 물질적으로 말하면 흰 종이 위에 검은 잉크로 칠해놓은 기호들의 연속이다. 이 기호들에서 의미를 찾아내는 사람이 독자인데, 의미를 찾아낸다는 것은 저자가 텍스트 속에 의미를 감추어두었음을 전제한다. 그러나 그처럼 의미를 의도적으로 숨겨두는 저자를 인정하지 않는다면, 독자는 감춰진 의미를 찾아내는 것이 아니라 스스로 독창적으로 의미를 만들어낸다고 할 수밖에 없다. 한 텍스트에 대하여 여러 독자는 각각 다른 의미를 만들어낼 수 있으니까 한 텍스트의 의미는 고정되어 있다고 볼 수 없다. 그런데 텍스트로부터 의미를 만들어낼 수 있는 창조적인 독자는 일반 독자가 아니라 해체주의를 신봉하는 평론가를 위시한 '강력한' 독자들일 것이다. 쉽게 말하면 작자, 저자가 해체되어 사라진 자리에 해체주의 이론가나 그 동조자가 들어서는 것이다. 셰익스피어도 그가 여기저기에서 모아놓은 텍스트들의 가닥을 풀어보면 결국 별난 천재가 아니었고 그가 대단한 천재라고 존경만 하고 있으면 그런 가닥들이 어디에서 왔고 어디에서 서로 이어지고 있고 그 이음새가 서툴러서 어디에 빈틈이 있는지 알아보지 못한다는 것이다. 그런데 해체주의를 신봉하는 이론가들 자신도 결국은 독립된 지적 능력을 지닌 독특한 존재들이 아니라 역시 많고 많은 텍스트들이 들락거리는 빈집 같은 정신적 공간이라는 점에서 그들이 해체한 저자와 다를 것이 없다. 이렇게 되면 저자도 독자도 다 해체되고 남는 것은 텍스트들의 서로 얽힘(이른바 '인터텍스추얼러티 intertextuality')밖에 없다. 드디어 텍스트는 완전히 비인간화되는 것이다. 이것이 본질주의에 대한 무절제한 반항이 도달한 자가당착이다. 과도한 관념적 본질주의는 의심을 불러일으키는 데가 있게 마련이지만, 그에 대한 오만한 반발도 빠져나올 수 없는 수렁에 스스로 빠져드는 것이다.

　여기서 해체주의를 길게 이야기하자는 것은 아니다. 요컨대 문학 공부가 문학 창작 공부가 아니라 문학 연구가 되면서 문학자 / 문학 교수가 문학 창작과 작가를 연구, 분석, 해체의 대상으로 삼고 그렇게 함으로써 문학 자체를 비인간화, 사물화, 비활성적 현상으로 전락, 해체시켰다는 것이 문제이다. 그리고 학술지의 규격에 맞는 논문 이외에는 자신의 개성을 살아 있게 표현하는 창작적인 글은 전혀 쓰지 않는, 또는 쓸 줄 모르는, 많고 많은 문학자 / 문학 교수들이 자기네와 비슷한 제자들을 학문의 이름으로 계속 재생산한다는 것이다. 그럼에도 불구하고 간혹 문과

학생들 틈에서 시인, 소설가, 희곡 작가가 나오는 것은 교육의 덕택이 아니라 그런 교수들에 대한 '반항'의 결과라고 보는 것이 옳다. 『폐허』의 동인들이 누구누구였는지를 따로 외우는 대신 당시의 시를 읽어보고 좋다, 또는 별것 아니다, 나는 이렇게 쓰겠다고 진짜 감상과 창작 연습을 하는 학생은 극소수일 것이다.

앞서 언급했듯이 이 기이한 현상은 숙명적인 것이 아니다. 우리로서는 1백 년도 못 되는 역사가 있을 뿐이고 우리에게 그런 왜곡된 습속을 갖게 한 서양도 2백 년 미만의 역사밖에 안 된다. 아니나 다를까, 본고장 서양에서도 이 모순에 대한 반성이 생기고 있다. 실은 그런 반성의 역사도 이제는 꽤 길다. 1970년대 이후 미국 대학 영문학과 — 그러니까 우리의 국문학과에 해당된다 — 에서는 창작 과목이 점점 더 강화되는 경향이 생겼다. 한때 문학사 / 문학 해석 위주였던 영문학과 교과과정에 지금은 창작에 대한 배려가 전에 없이 높아지고 있다.[1]

물론 미국 대학의 영문학과가 본격적으로 직업적인 시인과 소설가를 양성하는 일에 뛰어들었다는 말은 아니다. 문학을 가르친다는 것이 문학사와 문학이론에 관한 지식을 전달해주는 일로 그쳐서는 안 되겠다는 인식이 깊어졌다는 말이다. 문학사와 문학 해석의 지식은 문학작품과 학술적 논문, 비평 따위를 읽음으로써 습득되는 것인데 이러한 문학 공부는 주로 읽는 것이고 글쓰기 공부로서는 극히 미미할 수밖에 없다. 글쓰기라야 문학 교수가 쓴 논문과 비평문을 흉내내는 일뿐이다. 미국 대학에 영문학과가 생기고 나서 백여 년 동안 영문학을 전공한다는 학부생과 대학원생이 열심히 쓴 것은 거의 모두가 학술 논문 흉내에 국한되었다는 사실에 그들은 새삼 놀라고 있는 것이다. 문학 공부가 문학 논문 연습에 국한되다시피 한 것이 큰 문제가 됨을 발견한 것이다. 아울러 시, 소설, 수필, 일화, 일기, 편지, 자서전 쓰는 연습은 문학 공부가 아니라 취미 같

---

1) Stephen Tatum, "The Thing Not Named" or "The Engde of Creative Writing in the English Department", *ADE Bulletin* 106(Winter, 1993), pp. 30~40 참조.

은 동아리활동에나 속하는 것이라고 치부해버렸던 것을 반성하기에 이른 것이다.

그러한 반성이 생기고 나서도 미국 대학에서는 창작을 영문학과 안에 존치시켜야 마땅한지에 대하여 한참 논란이 있었다. 아닌게 아니라 문예 창작과가 따로 있는 대학도 없는 것은 아니다. 창작은 회화, 조소, 음악, 무용, 연극, 영화 등과 같은 예술이니 영문학과와 전통적 테두리 안에서는 어울리지 않는다는 주장도 만만치 않다. 석사 학위도 문학 석사(MA)가 아닌 예술 석사(MFA)여야 한다는 것이다. 예술의 각 학과에서는 학생들이 주로 작업실(워크숍) 방식으로 학습을 한다. 학생들이 배우며 연습을 거듭한다. 이는 일반적인 집단적 강의와 고독한 도서관 공부 위주의 문학 교육과는 다른 방식이다. 영문학과에 소속된 창작 교수가 교과 과정 운영이나 학과의 여러 사무의 분담 등에서 능률적이지 못하다는 불평도 적지 않다. 요컨대 문학사/문학 해석 위주의 영문학과에 창작 교육과정을 통합시키기가 어려움을 말하는데, 이는 역사적으로 보면 완전한 주객전도 현상이다. 창작을 근본목표로 하던 문학 공부에 문학사/문학 해석이 밀고들어와 창작을 몰아낸 결과로 생긴 현상인 것이다.

그러나 문예 창작을 음악, 미술, 무용 등과 함께 예술과에 소속시킨다는 것은 문학 창작의 속성을 지나치게 일면적으로 파악한 결과라는 의견에 대다수가 동의하였다. 문학 창작은 바이올린 연습하듯이 어릴 적부터 그 연습에만 매달려서 되는 일이 아니라는 인식이다. 무엇보다도 견실한 문학 창작에는 고전과 현대작품에 대한 깊고 섬세한 반응이 필요하다. 우리나라의 경우, 김소월 한용운 윤동주 등 선구자의 시를 민감하게 깊이 거듭 읽지 않고서 시 창작을 연습한다고 하기는 어려울 것이다. 즉 자세한 독서는 창작 공부의 빼놓을 수 없는 훈련과정이다. 이것이야말로 바로 문학 공부의 옛 전통을 되살려야 가능한 일이다. 다시 말하자면 고전 정독과 함께 창작을 국문학과의 중심적 과정으로 편입시켜야만 글쓰기 훈련이 다만 손재간이 아닌 창작 훈련이 된다는 것이다.

미국 대학에서는 창작 교육과정이 직업적 작가 양성을 목표로 하지 않는다는 것을 천명하고 있다. 의과대학은 고등 전문 직업인인 의사 양성을 목표로 하고 있고 신학대학은 목사 양성을 목표로 한다. 그러나 일반 인문대학의 한 과정으로서의 창작 교육은 전문직 작가를 양성하는 것을 기본목표로 하지는 않는다. 의과대학 졸업자가 거의 다 전문적인 의사가 되듯이 대학 국문학과에서 창작을 전공했다고 해서 모두 직업적 작가가 되지는 않는다는 사실은 창작 교육이 의학이나 약학 교육처럼 현실적 직업 교육이 아니라는 사실을 말한다. 아마 음악대학 졸업자가 직업적 음악가 또는 음악 교사가 되는 비율보다도 훨씬 낮은 비율의 창작 전공생이 직업적 작가가 될 것이다. 전업 작가는 사회에 아주 많이 필요하지 않다. 의사는 인구 5백 명당 한 사람씩 필요하다는 계산이 나올 수 있으나 오늘의 한국사회에 소설가가 몇 명이 필요한지를 계산하여 소설가 생산 체제를 갖출 수는 없다.

따라서 미국의 대학에서는 창작 교육과정의 유일한 목적을 직업적 작가 양성에 두기보다는, 옛 인문학 전통에서처럼 읽고 쓰고 쓰고 읽는 훈련을 통하여 학생의 비평적 안목뿐 아니라 상상력과 표현력을 한껏 신장시키는 것에 두어야 한다는 생각이 널리 받아들여지고 있다. 이것은 문학사 / 문학 해석이 일방적으로 요구하는 독서와 논문을 통한 학술적 훈련과는 근본적으로 다른 것이다.

최근의 한 연구 보고서에 따르면, 학술적으로 문학을 공부하는 학생과 창작 공부를 하는 학생의 독서 방법이 서로 무척 다르다는 것이 드러났다. 그 두 그룹의 학생들에게 동시에 한 문학작품을 읽혔더니 문학 연구 학생이 작품을 '밖에서부터 안으로 읽어들어간다' 고 한다면 창작 공부 학생은 '안에서부터 밖으로 읽어나간다' 고 할 수 있더라고 한다.[2] 예컨대 한 소설작품을 공부할 때 그 소설의 전체적 의미 조성에 핵심이 되는

---

2) Nancy A. Walker, "The Student Writer as Reader", *ADE Bulletin* 106(Winter, 1993), p. 35.

대목 하나를 고르라고 하면 문학 연구 학생은 소설의 주제 또는 교훈이 집약된 것으로 짐작되는 대목을 고르고, 반면 창작 공부 학생은 작가의 특수한 구성 방식, 말씨의 변화, 특정한 낱말 따위가 나타나는 대목을 고르더라는 것이다. 창작 공부 학생들은 사상과 교훈 따위는 이미 주어진 전제이므로 그 자체에는 흥미를 덜 느끼고 그 주제를 구현하기 위한 낱말, 문장, 장치, 이야기 요소들의 배치 따위에 더 관심을 집중한다는 것이다.

창작 공부 학생은 아직은 무척 미숙한 '작가'이고 또 앞으로 정말 작가가 될는지는 미지수이지만 한 편의 소설, 시, 희곡이 매순간 선택의 과정을 통하여 도달된 결과라는 사실에 주목하는 것이다. 작가는 말 한 마디, 문장 한 가닥, 문단 한 덩어리를 구성하면서 계속 선택하는 과정을 거치는데 바로 이 점에 주의를 기울이는 독서법을 창작 공부 학생은 저절로 익히게 된다. 시인 지망생은 "울음이 타는 가을 강"이라는 비유에 의한 표현적 묘사에 맛을 느낄 터이고 문학 교수처럼 '한'의 주제를 추출하려고 애쓰지는 않을 것이다. 한 소설작품의 이데올로기보다 그것을 시작하는 첫마디, 희곡의 사상보다 그 끝 장면의 처리에 작가 지망생은 주의한다. 즉 선택의 연속인 작가의 창작과정에 동참하는 것이다. 이러한 종류의 읽기 연습은 간접적인 창작 연습이 된다고 할 수 있다. 독서가 곧 글짓기 훈련이 되는 것이다.

일반적으로 창작을 지망하지 않더라도 학생이 문학작품에서 작가가 밟은 선택의 과정을 추적해낼 수 있는 능력을 기른다면 이는 큰 교육적 이득이 된다. 그러한 독서법을 익힌 학생은 하나의 문학작품을 단순한 물건이나 딱딱하게 굳은 돌덩어리 같은 것으로 취급하지 않고 낱말, 비유, 문장을 선택하느라고 고심하며 주저하며 결단을 내리고 회심의 미소를 짓기도 하는 작가의 숨결과 목소리를 피부에 느끼고 귀에 쟁쟁하게 들으면서 그 자신도 얼마쯤은 같이 고심하고 안도하고 즐거워하기도 한다. 다시 말하면 학생은 가장 생생하게 작가와 만날 뿐 아니라 공감하는 경험을 가지게 된다.

　물론 작가와 독자가 언제나 그처럼 공감의 관계만을 유지하지는 않는다. 때로는 작가의 선택에 대하여 독자는 "그건 잘못인데! 그리로 가면 안 되는데! 여기서는 이래야 하는데!" 하고 반대할 수도 있고 대안을 제시할 수도 있다. 이런 경우에 독자는 주제 탐색자나 교훈 사냥에 나선 평론가-문학 교수와는 다른 의미의 비평가가 되는 것이다. 아마 이런 종류의 비평을 가리켜 엘리엇은 '작업실 비평'이라고 했을 것이다. 그것은 전문적 비평가가 하는 비평이 아니다. 창작과정에서 끊임없이 창작자의 선택을 비판하는 또다른 자아가 있으므로 비평은 호흡처럼 피할 수 없는 정신행위라고 그는 말한 바 있다. 자기의 비평은 그러한 창작과정의 부수물로서 그것을 '작업실 비평'이라고 했던 것이다.[3] 이러한 '작업실 비평'은 글로 옮겨적든 안 적든 창작자의 정신의 한 부분을 이룰 것이다. 창작자의 비평적 관심사는 당연히 문체, 구조, 의미 구현 등에 대한 것이다. 이런 사항들이 창작을 위한 직접적 선택의 대상이 되는 까닭이다. 실상 지금은 악명 높아진 '뉴크리틱'들이 생각하고 있던 비평은 바로 이런 종류의 비평이었다고 하겠다. 문학사／문학 해석／문학이론이 개별 창작자의 존재를 해체하여 사회적 심리적 또는 이데올로기적 문맥에 환원, 혼합시키면서 뉴크리티시즘은 뒷전으로 물러나는 수밖에 없었지만 창작을 통한 문학 교육의 새 기운을 타고 다시 다른 이름으로나마 제자리를 되찾는 것 같다. 뉴크리티시즘이 작가의 창작 의도와는 관계없이 작품 그 자체에만 주의를 주라면서 이른바 '의도주의의 오류'를 엄히 경계했다는 말은 그 진의가 왜곡된 채 유포되고 있지만, 그들의 대표적 문학 교재인 『시의 이해(*Understanding Poetry*)』(1974, 개정 4판)는 퇴고를 거듭한 시인의 원고를 예로 들고 시인이 창작과정에서 부딪치는 수많은 선택의 궤적에 주의를 주기를 요청하고 있다. 시에 대한 진정한 이해는 초보

---

3) T.S. Eliot, "The Frontiers of Criticism", *On Poetry and Poets*(London : Faber, 1957), pp. 106 ～107. 이 글은 우리말로 번역되어 『엘리엇 평론집』 따위에 실려 있다.

적으로나마 창작과정에 동참함으로써 분명히 증진된다는 신념을 깔고 있다. 창작과정은 시인이 의도하는 의미의 구현과정이다. 이처럼 작품에 나타나는 작가의 의도를 알아보는 것을 매우 중요하게 여겼으니 뉴크리티시즘이 작가의 의도에 관심을 가지지 말라고 부당하게 강요했다는 말은 낭설임이 분명하다.[4]

결국 창작 교육은 개별 학습자가 작품의 복합적인 의미의 구조화를 알아보는 정신의 습관을 길러주어 문학 공부를 풍요롭게 해준다고 하겠다. 종래의 문학사/문학 해석 중심의 문학 교육에서 '작업실' 방식은 전혀 도입될 수 없는 것으로 여겨졌지만 교수에 따라서는 작품을 다룰 때만이라도 도입할 수 있을 것 같다. 앞서 언급한 보고서에 의하면 창작 학생들끼리 자기들의 글을 서로 비평하게 하는 것은 좋은 교육적 효과를 낸다고 한다. 문학사/문학 해석의 딱딱한 리포트라 할지라도 담당 교수만이 읽고 점수를 매길 것이 아니라 동급생끼리 읽고 평하게 함으로써 각자의 생각의 움직임에 공감을 불러일으킬 수 있으니 좋은 인성 교육도 된다는 것이다. 더욱이 작업실 방식으로 진행된 창작 연습작품의 비평은 자기네 수준의 글을 민감하게 읽고 비판할 수 있는 기회를 마련해주므로 소박하나마 귀중한 창작 공동체의 의식도 함양하는 부수적 효과도 발생한다. 문학 강의의 숙제—이른바 리포트—가 전적으로 개별 학생이 외롭게 작성하여 교수에게만 바치는 형식적 '고해성사' 같은 것이 되어 있음은 크게 반성해야 할 관행인 것이다.

끝으로 창작 연습은 문학이 지금 당장 씌어지고 있고 앞으로도 잘 씌어질 수 있는 것이라는 중요한 의식을 학생에게 심어준다. 이에 반하여 문학사/문학 해석은 문학은 이미 오래 전에 씌어진 책 속에 들어 있는 것이고 학생은 오로지 그것을 읽고 학술적으로 논할 수 있을 뿐이라는

---

4) '뉴크리티시즘'에 대해서는 필자의 『영미비평사 3 : 복합성의 시학 — 뉴크리티시즘 연구』(민음사, 1996)를 참고할 수 있다. '의도주의의 오류'에 대해서는 필자의 「의도주의의 오류의 의도」, 『언어와 상상』(문학과지성사, 1980)을 참조할 수 있을 것이다.

'숙명적' 의식을 뿌리내리게 한다. 물론 과거의 문학적 업적을 결코 도외시할 수는 없다. 과거 문학의 읽기야말로 창작 교육 핵심의 하나가 되어야 한다. 그 읽음의 방식이 위에서 논급한 것처럼 달라진다 하여도 말이다. 그러나 그에 더하여, 과거 작품을 읽으면서 쌓은 창작 방법의 수련에 힘입어, 학생 자신의 습작은 그 수준을 불문하고 문학이 당장 씌어지고 있고 앞으로도 씌어질 것임을 체험케 하는 놀랍고도 필요한 행위인 것이다. 이 체험은 문학의 학자를 지망하는 학생이라도 반드시 얼마쯤은 가져보아야만 개인의 창작과정이 얼마나 치열하였는지를 이해하고 공감하게 해줄 수 있다. 살아 있는, 또는 살아 있던 창작가에 대한 이해와 공감과 전혀 관계가 없는 문학평론, 문학 연구의 인문학적 가치는 심각하게 제한된다고 할 수밖에 없다. 실로 이것은 인문학의 생사에 관련된 문제이다.

해체주의, 신역사주의, 정신분석학 따위의 유행적 전제에도 불구하고 개인의 창작 능력은 아무에게나 주어지지 않는 놀라운 능력이다. 그러나 보다 겸손하게 말해서 글쓰기의 훈련은 자신의 정신적 습관에 대한 반성, 표현 욕구의 객관적 투사 등의 연습을 통하여 자기 계발의 계기를 마련해주는 것만으로도 큰 교육 효과를 낸다. 종래의 문학 교육이 당연한 것을 너무 오래 잊고 있었다고 생각됨을 금할 길 없다.

문학 공부는 반드시 창작 연습을 포함해야 한다.

(『세계의문학』 1994년 겨울호)

대학 기초 교양과목으로서의
'문학개론', 어떻게 가르칠 것인가?

1. 개념 정립문제

문학개론이라는 대학 기초 교양과목은 우리와 벌써 50년이나 함께해 온 관록 있는 과목이다. 아마 문학에 관한 국내 학자의 저서 중에 가장 많은 것이 문학개론, 문학개설, 문학원론, 문학의 이해, 문학이란 무엇인가 따위의 제목이 붙은 책들일 것이다. 한국 현대문학 교수는 누구나 한 번 썼거나 쓰려고 하는 책일 것 같기도 하다. 여기에 일부 영문학, 독문학, 불문학 교수들도 가세하는 판이다. 확실히 인기 있는 강의 과목인 동시에 매력 있는 저술 주제이다.

그러나 이렇게 인기가 있는 만큼, 그 개념에 대한 명확한 인식이 성립되어 있는 것 같지는 않다. 문학개론은 같은 인문학 영역에 들어 있는 철학개론이나 인접 영역인 심리학개론 또는 경제학개론과 적어도 '개론'이라는 점에서는 같다. 해당 학문 영역 전체에 대한 소개나 입문이라는 뜻이다. 그런데 문학, 철학, 심리학, 경제학은 넷 다 똑같이 학문, 곧 서양말로 '사이언스'인가? 누가 '이 넷 중에 나머지 셋과 다른 것은?'이라는 4선지 문제를 낸다면 '문학'을 찍을 사람이 아주 많지는 않을지 모르나 아무래도 '문학'이 적어도 용어상 약간 문제가 있다고 느끼는 사람은 꽤 많을 것이다. 이것은 무엇을 뜻하는가?

19세기 말에 일본인들이 '리터러처'라는 서양말을 한자어로 옮기면서 '문학(文學)'이라는 말을 만들어 썼을 때부터 문제가 생긴 것이 분명하다. 철학, 정치학, 경제학은 각각 그 대상과 체계와 방법이 대체로 정해져 있는 독자적 학문이지만 문학은 그 문자 자체가 암시하듯이 대상, 체계, 방법이 정해진 학문의 하나가 아니라, 독자가 감상하고 즐기고 감동받는 특수한 글(말도 있지만, 주로 글)을 뜻한다. 그러한 글에 대한 학문적 연구에는 다른 이름을 붙여야 하는데도 그런 생각은 별로 하지 않았던 것 같다.

이렇게 된 사정에는 서양, 특히 영어권 문화의 책임도 있다. 영어에도 '예술적인 글'이란 뜻의 '리터러처'라는 말은 있어도 그런 글을 학술적으로 연구하는 특정 학문에 대한 별다른 이름은 없이 다만 '문학 연구'(리터러리 스터디)라는 말을 자주 쓰고 '문학비평' 또는 '문학이론'도 요즘 유행하고 있다. 독일 사람들은 '리테라투어비센샤프트', 억지로 옮기면 '문학학'이라는 편리한 이름을 만들어 쓰고 있다. 그래서 일본인들은 문학예술을 연구의 대상으로 하는 과학적 학문을 '＊문예학'이라 부르기도 한다. '＊문예학'이라고 ＊표를 붙인 것은 언어학에서 실제로 있지 않은 말이나 형식임을 나타내는 표시인데 여기서 써본다.

그렇다면 다시 한번 일본인들의 모범을 따라 우리도 문학예술에 대한 학술적 연구를 '＊문예학'이라고 할 것인가? 그래서 우리도 철학개론이나 경제학개론처럼 대학 초급 학년 학생들에게 '＊문예학개론'을 가르칠 것인가? '＊문예학'이라는 용어를 쓰는 국내 학자가 더러 보이기도 하니 '＊문예학개론'이라는 책도 나옴직한데 아직 안 나온 듯하나, 나온다고 해도 아마 오늘의 문학개론과는 달리 좀더 전문적인 학술 논저가 될 것 같다. 다시 말하면 문학개론은 '＊문예학개론'은 아니다.

이제 조금 더 분명해진다. 우리가 머릿속에 그리고 있는 문학개론은 문학 연구 또는 '＊문예학'의 개론이 아니라 문학이라는 예술을 직접 대하는 과목이겠다. 즉 기존 학문에 대한 기초적 입문이 아니라 문학이라는 예술작품의 세계에 그야말로 '입문'하는 과목이다. 그러므로 경제학이라는 학문에서 전통적으로 다루어오는 경제학의 여러 분야를 각 장의 제목으로 삼는 것이 관행처럼 되어 있는 경제학개론과는 물론 다르고 문학 연구의 중요 분야들을 각 장으로 나누어 개관함직한 '＊문예학개론'과도 다른 것이 문학개론일 터이다. 같은 개론이지만 성격이 다른 개론일 것이라는 말이다.

그러나 실제 어디 그런가? 문학개론, 문학개설 따위의 이름으로 나온 책들은 실상은 '＊문예학개론' 비슷한 것이 대부분이다. 다음은 그 비슷한 어떤 책의 차례이다. 괄호 안에 그 책의 각 장의 내용을 요약한다.

제1장 서설(문학 연구라는 학문의 근거)

제2장 문학의 본질(언어, 모방, 허구, 표현, 효용, 구조 등)

제3장 문학의 해부(소리, 문체, 어조, 심상, 상징, 플롯, 성격, 배경 등)

제4장 문학의 전통 : 장르와 관습(시, 희곡, 소설, 산문 등)

제5장 문학의 전통 : 문예사조, 시대, 유파(고전주의, 낭만주의, 사실주의, 자연주의, 상징주의, 지성적 경향 등)

제6장 문학의 주변 : 문학의 확대(사상, 사회, 심리, 창작과정, 방계과학)

제7장 결론 : 문학의 평가(모방, 효과, 표현, 구조의 기준)

별로 길지 않은 이 책이 실상은 심각한 문학이론 또는 '＊문예학'에서 다루는 중요 주제들을 망라하다시피 하고 있다는 것을 한눈에 알 수 있다. 다른 문학개론／개설／무엇인가 들도 대개 이 비슷한 편제를 가지고 있다. 이 책은 한때 1, 2학년의 문학개론 강의에서 교과서 노릇을 했고 그 여파로 그 일부가 한동안 고등학교 국어 교과서에 실리기까지 했었다.[1] 그러나 이런 책들을 대학 초급 교양 교과서로 삼는다는 것은 문학 개론을 '＊문예학개론'으로 성격을 바꾼다는 말이 된다. 다시 말하면 문학 개론이 아닌 '문학 연구 서설'이 되게 한다는 말이니 피해야 할 일이다.

많은 문과 대학생과 마찬가지로 필자도 대학 시절에 이른바 문학개론 의 수강생이었다. 담당 교수는 최재서 교수였고, 교재는 그의 저서 원고 를 불러주는 대로 받아적은 것이었는데 학기 중간에 『문학원론』이라는 이름으로 출판되었다. 과거의 명저 중 하나로 꼽히는 이 책은 당시 대학 2학년생들에게 너무나도 어려운 책이었다. 최 교수는 별로 친절히 설명 하지도 않았다. 게다가 50년대 후반에 대학에 다닌 학생들의 가장 큰 어 려움의 하나는 읽을 책을 구할 수 없다는 것이었는데 『문학원론』에서 언 급된 셰익스피어, 호메로스, 밀턴 등은 책이 있대도 읽을 능력이 모자랐 을 터였다. 필자 나이 또래는 일어 번역판도 읽을 수 없는 한글 제1세대 인데다가 그렇다고 영어로 그런 고전을 읽을 실력도 못 쌓았기 때문에 무척 곤혹스러웠다. 모든 중요한 서양 고전을 다 잘 소화한 학자들이나 이해를 함직한 『문학원론』이 거리낌없이 문학개론이라는 기초 과목의 교재로 사용되었던 것이다. 물론 이 책은 본격적인 '＊문예학 원론'이다. 당연히 이 책은 우리에게 문학작품과 친밀한 관계를 맺어주지는 못했다. 다만 필자는 본시 그런 데에 좀 흥미가 있었으므로 그 책이 후일 개인적 으로 학문 연구의 큰 길잡이가 된 것을 고맙게 여기고 있다.

필자는 학생 시절에 이른바 문학개론의 수강생이었을 뿐 아니라 교수 가 되어 그것을 강의한 경험도 있다. 요즘에는 많고 많은 책이 나와 있지 만 30년 전에는 그렇지 못했다. 필자는 웰렉과 워렌의 『문학의 이론』 번 역판[2]을 써보기도 했지만 비교문학 대학원 과정생을 위한 이 책은 학부 초급 학생들에게는 물론 터무니없이 어려웠고 번역도 친절하달 수 없어

---

1) 이 책에 대하여 필자가 이렇게 자세히 아는 것은 필자가 바로 그 저자였기 때문이다. 『문학 의 이해』(서문당, 1972, 개정판 1996) 참조.

2) 르네 웰렉·오스틴 워렌, 『문학의 이론』, 백철·김병철 옮김, 을유문화사, 1959.

서 하는 수 없이 서양 사람이 지은 『문학비평 입문』[3] 따위의 책을 본떠서 급히 썼던 것이 『문학의 이해』였다. 이 책은 '＊문예학개론' 쯤 되는 책이었다. 필자는 강의를 하면서 필수과목이라 꼼짝 못 하고 붙들려 있는 수강생들의 대부분이 초등학교 시절에 아동소설로 번안 내지 개작된, 대개 일어판을 옮긴 서양 고전들과 중등학교 국어 교과서에 어쩌다 실린 문학 작품밖에는 읽은 것이 거의 없는 시험지옥 시대의 대학 초년생들이라는 것을 짐짓 모른 체하고 세계문학사에서 회자되는 작가와 작품들을 마구 불러대며 그들에게 생소한 어려운 용어들을 나열하곤 했다. 어차피 대학이란 대학 공부할 준비가 되지 않은 청소년들을 곤혹스럽게 하는 신비로운 전당이 아닌가! 그러면서 한편 마음속으로 찜찜했고 진정한 문학개론 강의를 누군가 개발해야 할 것이라는 생각만 했다.

하여간 필자는 문학개론이라는 이름의 강의에서 '＊문예학개론'을 한동안 강의하고는 그만두었는데 그 직접적 이유는 당시 국문학과 과장이 문학개론이라는 과목은 당연히 국문학과의 영역이므로 영문학과 소속 교수는 강의 자격이 없다는 것이었다. 처음에는 그게 무슨 뜻인지 모르는 채 강의를 더 맡지 않았으나 차차 그 뜻을 알아차렸다. 바로 그때가 70년대 중반, 국문학의 제자리 찾기 운동이 전국적으로 벌어지기 시작하던 때였다. 그후 필자는 큰 유감 없이 문학개론, 아니 '＊문예학개론' 강의는 안 하게 되었다. 요즘 어깨 너머로 보니 국문학과 현대문학 교수, 강사들이 문학개론 강의에 쓰는 교재는 매우 두껍고 국문학과는 별로 관련이 없는 듯한 루카치, 바흐친, 바르트, 아도르노 같은 석학들의 현묘한 이론들이 촘촘히 인용된 책들이다. 고차원의 '＊문예학개론'을 대학 1, 2학년 교양과목으로 개설하는 대담한 발전(?)을 보인 것이다.

---

3) M. K. Danziger and W. S. Johnson, *An Introduction to Literary Criticism*, Boston : Heath, 1961.

2. 미국 대학의 문학 입문

 필자는 거의 30년 전 미국 유학을 마치자마자 호구지책으로 미국의 한 대학에서 '문학 입문'(인트러덕션 투 리터러처)이라는 강의를 맡아하는 처지가 되었었다. 미국에서는 교양과목으로는 '＊문예학개론'은 안 가르치기로 되어 있다.(이런 경험이 있음에도 불구하고 귀국해서는 문학개론 아닌 '＊문예학개론'으로 돌아갔던 것이다.) 그 대학 영문학과에서 전교생을 상대로 개설한 2학년 문학 입문 교과서는 당시 유명한(현재는 악명 높은) 뉴크리틱들인 클리언스 브룩스, 로버트 펜 워런, 존 퍼서가 편찬한 『문학에의 접근』[4]이라는 책이었다. 이 책은 실상 브룩스, 워런 등이 지은 더 유명한 『시의 이해』『소설의 이해』『희곡의 이해』를 한 권에 집약한 교과서였다. 4·6배판 9백 쪽가량의 이 큰 책은 두 학기용으로서 그 많은 분량이 단편소설 33편, 시 132편, 희곡 11편, 평론 4편으로 채워져 있고 작품에 대한 해설과 질문, 문학에 대한 일반적 설명들이 사이사이에 조금씩 들어 있다. 작품은 주로 영국과 미국의 현대작품이지만 소포클레스, 셰익스피어, 밀턴, 입센 등 유럽의 고전들도 적지 않게 들어 있다. 필자는 한 학기에 주당 3시간씩 15주, 즉 45시간에 그 책의 절반을 다 공부시켰다. 내 강의는 결코 유창한 강의는 못 되었지만 소설, 시, 희곡이 무엇인지를 싫어도 맛은 보게 하느라고 했던 것이다.

 이처럼 미국 대학의 문학 입문은 문학에 대한 학문적 연구의 개론을 다루는 것이 아니라 각양각색의 문학작품들을 직접 많이 읽어보게 하되 어디를 어떻게 좀더 유의해서 읽는 것이 좋은지를 가끔 알려주고 구체적 작품의 이해와 감상에 도움이 되는 질문들을 던지는, 일종의 체험 내지 훈련 과목인 것이다. 이런 과목의 기대되는 교육 효과는 수강생들이 나중에 좋은 문학작품을 즐겨 읽는 독자가 되는 것일 것이다. 좋은 문학을

---

4) Cleanth Brooks, John Thibaut Purser, Robert Penn Warren, eds. *An Approach to Literature*, Alternate Fourch Edition, New York : Appleton, 1967.

즐기는 사람은 좋은 시민이 될 것이라는 자유주의 인문주의적 교육관의 한 가닥이다.

그런데 필자는 실로 오랜만에 금년부터 '문학 입문'을 다시 가르치게 되었다. 강의 과목은 '영어영문학 입문'인데 필자가 소속된 문과대학 신입생 중 영어 작품을 공부하는 문학개론을 수강할 학생을 대상으로 한다. 작년 말에 있었던 북미 현대어문학협회 총회에 참석하는 길에 그와 함께 열리는 문학서적 전시장에 들러 미국 대학에서 현재 많이 사용하고 있는 문학 입문 교재들을 여러 가지 구해왔다. 우리가 선정하여 대량 주문한 것은 『문학 : 소설, 시, 희곡 입문』[5]이라는 국판 1천8백 쪽이나 되는 방대한 책이다. 미국 대학 교과서는 대개 그렇게 큼직하다.

이 책은 1995년도 판이지만 편제에서는 위에서 필자가 언급한 교과서와 실질적으로 다르지 않다. 역시 수십 편의 단편소설과 몇 편의 중편과 수백 편의 시와 십여 편의 희곡으로 채워져 있으며 사이사이에 관점, 성격, 배경, 어조, 문체, 아이러니, 주제, 상징, 심상, 문채, 소리, 운율, 형식, 신화, 이야기, 비극, 희극, 부조리극 등등 작품을 실제로 비평할 때 늘 쓰는 개념들을 쉽고 짧게 설명하고 그런 설명에 어울리는 작품을 제시한다. 그리고, 필자의 생각으로는 아주 중요한 부분인, 주요 작품에 대한 질문들과 한 단위가 끝난 다음에 수강생의 글쓰기 문제들이 있다. 시인, 소설가 들에 대한 짧은 소개도 들어 있다. 책의 말미에는 부록으로 아주 짧게 오늘날 유행하는 형식주의, 역사주의, 여성주의, 심리학적, 사회학적, 신화적, 독자 반응적 등등의 비평 방법을 설명하는 학자들의 글귀들이 한두 쪽씩 소개되어 있는데 사실상 별로 필요없는 부분이다.

이 책말고도 다른 교재들도 검토했으나 거의 비슷하고 선정된 작품들도 중복되는 것이 많다. 이와 같은 미국 대학의 문학 입문 교재는 1930년대에 클리언스 브룩스와 로버트 펜 워런이 처음 만들었고 지금껏 그 방

---

5) X.J. Kennedy and Dana Gioia, eds. *Literature : An Introduction to Fiction, Poetry, and Drama*, New York : HarperCollins, 1995.

법과 체제를 거의 그대로 고수하고 있는 것이다. 즉 뉴크리티시즘은 이론계에서는 쉽사리 발길질을 당하지만 교실에서는 아직도 왕좌를 차지한다고 하겠다.

필자는 이런 교과서에 들어 있는 문학작품들에 대한 질문들을 매우 중요하게 여긴다. 근본에 있어 편저자들의 역량을 가장 잘 드러내는 것이 바로 구체적 작품에 대한 적절한 질문들에 있다고 믿기 때문이다. 다음은 제임스 조이스의 유명한 단편 「아라비」에 대한 질문들이다.[6]

1) '아라비'라는 자선 바자회 이름이 소년에게 어떤 이미지들을 떠오르게 하는가? '아라비'에 대한 꿈과 현실 사이에 어떤 아이러니컬한 차이가 있는가?

2) 단편 「아라비」가 아이러니컬한 관점에서 서사되고 있다고 할 수 있는 이유는? 말하는 이는 소년, 즉 순진한 서사자인가? 또는 소년의 눈을 통하여 과거를 회상하는 어른인가?

3) 소년 이외에 이야기의 중심인물은 누구인가? 이 인물에 대한 소년의 관점이 꼭 저자 자신의 관점은 아니라는 것을 어떻게 알 수 있는가?(다른 중심인물에 대한 서사자의 묘사와 그 자신의 감정에 대한 묘사를 자세히 살펴보면 좋을 것이다.)

4) 소년이 낭만적 환상에 젖든가 세상에다 환상의 분위기를 투사하는 다른 순간들은 언제 언제인가?

5) 처음 다섯 단락에서 조이스가 자세히 그려놓은 「아라비」의 물리적 배경을 뭉뚱그려 서술하라. 조이스는 더블린을 아름다운 도시로, 또는 즐거운 읍내로, 또는 추한 낙후 지역으로, 또는 무엇으로 보이게 하는가? 소년이 사는 거리가 막다른 길이라는 첫 시작 문장을 어떻게 해석하는가?

6) 하루의 각 시간이 이 이야기에서 어떤 중요성을 띠는가? 끝에 가서 밤

---

6) 『더블린 사람들(*Dubliners*)』(여석기 옮김, 동화출판사, 1959)에 실려 있는 단편(원제 : 'Arabay'). 여러 번 우리말로 옮겨졌고 여러 대학 영어 교재에도 들어 있다.

이 된다는 것은 무엇을 뜻하는가, 또는 무엇을 상징하는가? (……)

이런 질문들은 무슨 고답적인 이론이나 사상에 대한 지식을 알아보려는 전통적인 엄숙한 강좌 시험문제도 아니고 작품을 자세히 읽고 요점을 잘 외우고 있는가를 알아보는 교실적 테스트 문제도 아니다. 학생으로 하여금 그런 질문에 대답하게 함으로써 작품의 실상에 가까이 접근하게 부추기기 위한 질문들, 즉 아주 교육적인 질문들이다. '*문예학개론'에서는 이런 질문들은 할 수 없을 것이다.

「아라비」는 이 교과서에서 '어조와 문체-아이러니'라는 장에 들어 있다. 즉 편저자들은 소설론에서 매우 중요한 주제인 어조와 문체, 특히 아이러니에 대하여 잠시 쉽게 설명하고는 「아라비」를 비롯한 네 편의 단편을 싣고 각각 위와 비슷한 형식의 질문을 하고 있다. 그리고 이 장의 끝에 다시금 어조, 문체, 아이러니에 관련하여 다섯 개의 글쓰기 주제를 내고 있다. 그중 하나는 이렇다.

어떤 사람, 장소, 영화, 경기팀, 소설 등 무엇이든 네가 좋아하는 주제를 정하라. 네가 그것을 좋아한다는 것이 분명히 드러나도록 한 문단으로 그것을 묘사하라. 그러고 나서 그 주제를 싫어하는 다른 사람의 관점에서 그 문단을 다시 고쳐써라. '나는 이것을 좋아한다' 또는 '싫어한다'고 직접 말하지는 말고 단지 세부사항과 성격 등을 골라써서 그 두 문단의 서로 다른 어조가 틀림없이 나타나도록 만들라.

이 글쓰기 문제는 어조, 특히 아이러니를 능숙히 구사한 소설작품들을 읽으면서 배운 것을 한번 직접 실천해보라는 것이다. '지행합일'의 교육적 목적을 가진 교과서적 문제다.

필자는 그 큰 교과서에서 12편의 단편과 86편의 시와 3편의 희곡(그중 하나가 아서 밀러의 「세일즈맨의 죽음」이었다)을 골라서 1학년 수강생들에게 읽히고 많은 문제 중에서 하나 또는 둘을 골라 일 주일에 한 번씩 답을 써오는 숙제를 내려고 했는데 다른 일들과 겹쳐서 숙제는 열한 번 받았고, 그중 일곱 번은 대강이나마 읽고 좀씩 고쳐서 돌려줬다. 미국 대학 강의 흉내를 낸 것이다. 고등학교를 갓 졸업하고 들어온 대학 신입생들이 대부분 놀랄 정도로 열심히 따라와주었다. 그들은 모두 생전 처음으로 한꺼번에 그 많은 단편과 시와 희곡을 읽고 질문에 대한 답을 써본 것이다.

그러나 이 과목은 '영어영문학 입문' 과목이었으므로 교재는 물론 강의도 숙제도 시험도 모두 영어로 읽고 듣고 써야 했다. 따라서 진정한 의미의 문학 입문/문학개론은 아니었다. 그들에게는 문학보다도 영어 자체가 더 큰 일거리였을 것이다. 그러나 강의 담당자들은 영어라는 부담을 지고서라도 문학 자체의 성질을 얼마쯤 체득한 수강생이 더러 있을 것을 기대한다. 모두 영문학 교수들인 강의 담당자들 자신이 학생 시절 영어로 된 문학을 통하여 문학을 알고 좋아하게 되었기 때문이다.

3. 문학 교육의 성격

이제 분명한 것은 문학개론은 체계적 학문의 초보를 알려주는 학과목이 아니라 문학이라는 예술을 직접 경험하게 하는 과목이라는 것이다. 대학은 학문만 하는 곳이 아니라 특별한 훈련을 받는 곳이기도 하다. 예컨대 대학에서는 성악도 배우고 수영도 배우고 외국어도 배운다. 이들은 학술 과목들이 아니라 어떤 기능을 발전시키기 위한 훈련 과목들이다. 외국어를 학문으로 공부한다면 영어학, 불어학 따위가 되겠지만 외국어 실력을 늘리려고 공부한다면 그냥 영어나 불어의 연습 또는 훈련이 된다. '＊문예학개론'은 학문이지만 문학개론은 문학작품 읽기 훈련이어야 한다. 글읽기는 어느 경우에서나 특정 학문이 아니라 훈련이다.(물론 특정

118

학문을 하기 위해서는 글읽기가 필수이다. 이 말은 글읽기 훈련으로서의 문학개론이 다른 학문을 위한 읽기 훈련에 큰 도움이 될 수 있다는 말도 된다.)

앞에서 언급한 현대어문학협회 총회에서 크게 선전된 책은 그 협회에서 출판한 로젠블래트가 지은 『탐색으로서의 문학』[7]이라는 책이었다. 놀라운 사실은 이 책이 1938년에 처음 출간된 이래 여러 번 수정 증보를 거쳐 1995년에 5쇄가 나올 만큼 50년이나 계속 성가가 높았다는 것이다. 근자에 미국 대학의 문학 교육이 굉장한 논란거리가 되어 있다는 것은 멀리 있는 우리도 좀씩 듣는 바인데 많은 주의, 주장이 난무하는 가운데 역시 이 책의 제안이 가장 설득력 있고 또 현실적이라는 것이다.

이 책의 기본 주장은 문학을 공부하는 학생의 반응에 주안점을 두어 문학을 교육하자는 것이다. 요사이 유행하는 독자반응이론을 수십 년 전에 이미 문학 교육에 도입할 것을 주장했고, 이를 귀담아들은 많은 교사 교수들이 이를 실천했다고 한다. 경제학개론이 경제학이라는 특정한 지식체계를 학생에게 전달하는 것이라면 문학개론은 문학작품을 학생 자신이 탐색, 경험하도록 돕는 것이다. 즉 스스로 해보고 훈련하게 하는 것이다. 여타 학문은 전달할 지적 내용이 정해져 있지만 문학은 개인차가 많은 개별 독자의 경험 대상으로 존재한다. 적어도 문학 교육에 관한 한, 일반적 의미의 독자나 일반적 의미의 문학작품이라는 것은 없는 셈이다. 로젠블래트는 다음과 같이 말한다.

일반 독자, 일반 작품이라는 것은 없다. 다만 수많은 잠재적 개별 독자와 수많은 잠재적 개별 작품이 있을 뿐이다. 한 편의 소설, 시 또는 희곡은 한 독자가 의미 있는 상징들의 집합으로 변형시키기 전에는 종잇장 위의 잉크 자국에 불과하다. 문학작품은 독자와 원문(텍스트) 사이에 형성된 회로의 흐름 속에 존재하는 것으로서, 독자는 언어적 상징들의 조직에다

---

7) Louise M. Rosenblatt, *Literature as Exploration*, Fifth Edition, New York : The Modern Language Association of America, 1995. 앞으로 이 책의 인용 부분은 쪽수만 표기한다.

자기의 지적 정서적 의미를 투입하고 그 상징들은 그의 생각과 감정에 통로를 제공한다. 이러한 복합적 과정으로부터 정도의 차이는 있지만 그런대로 조직화된 상상적 경험이 생겨나는 것이다. 독자가 예컨대 「이니스프리의 섬」을 언급한다면, 그가 가리키는 것은 원문과 관련된 어떤 경험인 것이다.(다시 말하면 글자의 뭉치가 아니다.)(24쪽)

본시 언어란 사회적으로 진화하는 것이지만 언제나 특수한 내력을 가진 개인들에 의하여 구성되는 것이다. 언어로 된 원문과의 교섭을 벌이는 독서행위는 초보 독자의 행태를 관찰할 때 쉽게 알 수 있다. 초보 독자는 인쇄된 낱말들의 연속에서 의미를 끌어내기 위하여 자기의 삶과 언어의 경험에 의존한다. 그런 낱말들을 통하여 자신의 과거의 경험을 재조직, 재조정하여 새로운 의미에 도달하는 것이다.

로젠블래트는 독자와 원문 사이의 관계를 교류(트랜잭션), 즉 동시적 쌍방향 작용이라고 부른다(26). 이는 독서를 한 특정한 문맥 속에서 상당한 기간에 걸쳐 일어나는 형성적, 선별적 과정으로 보는 것으로서 한 독자와 원문 사이의 이러한 과정은 계속 오가며 진행되어 그 두 존재가 서로에게 영향을 준다. 그러므로 그 둘 사이의 원만한 과정을 방해할 어떤 외부적 요소의 개입도 되도록 배제해야 한다. 그래서 저자에 대한 지식이나 역사적 지식이나 주제에 대한 추상적 논의 따위가 그 교류과정에 확실히 도움이 된다는 증거가 없다면 도입되어서는 안 된다는 뉴크리티시즘의 주장은 옳다.

"아무도 나 대신 시를 읽어줄 수는 없다"는 말을 우리는 자주 하지만 이 말의 뜻을 깊이 따져볼 필요가 있다. 단순한 문자적 진술이 아니라 시를 통째로 원한다면 독자는 그 시를 읽는 동안에 형성되는 교류과정을 직접 '살아야' 한다. 이처럼 온 마음으로 대상을 '살아보는 행위'를 정보 수집행위와 대비하여 '심미적 행위'라고 한다. 다만, '심미적'이라는 일본식 한자어는 '에스테틱'이라는 서양말을 옮긴 것인데 헬라 어원의 이 낱말은 본시 '감수성, 감각적 파악'을 뜻하는 말이라는 사실을 잊지 않아야 한다.[8] 즉 이 낱말은 한자어가 뜻하는 것처럼 '아름다움에의 심취'를 말하는 게 아니라 '감수성'을 뜻한다.(이는 일본인들이 잘못 옮긴 용어의 하나다. 19세기 말의 심미주의 유파에 영향받아서 그렇게 옮겼을지 모른다.) 그러므로 '지성'에 대조되는 낱말이다. 따라서 독자와 작품 사이의 교류과정이 '에스테틱'하다는 말은 감수성의 활성화됨을 뜻한다. 작품을 '살아보는' 행위는 감수성이 주도하는 경험이다. 예술은 일상생활이나 인위적, 지적 활동보다 인간의 충동과 욕구를 더 완전하게 충족시키는 '심미적', 즉 활성적 감수성의 경험을 제공한다고 전제한다. 바로 이러한 감수성의 계발과 확대가 문학 교육의 목적이 되어야 한다는 말이다.

감수성의 활성이란 수동적으로 생기는 현상이 아니라 독자가 스스로 발동시키는 것이다. "독자 역시 창조적이다"(34)라는 로젠블래트의 말은 그것을 뜻한다. 문학 교육자는 독자의 창조성을 불러일으킬 온갖 노력을 다해야 한다. 독자가 자기의 삶에서 직접 책으로 다가오도록 해야 하는데, 교육자가 개별 독자를 알지 못하면 어떤 책이 그에게 의미가 있을지, 그의 경험의 특별한 성질이 무엇인지를 미리 알 수 없다. 문학 교육이야말로 개별 학생에 대한 교육이 되어야 하는 것이다. 경제학이나 * 문예학 강의보다 훨씬 어려운 일이나 훨씬 더 교육적인 일이다.

독자들은 문학을 통하여 세상에 대한 지식을 더 넓혔다는 말을 하곤 하는데 이는 '지식을 더 얻었다'는 뜻이 아니라 '경험을 더 했다'는 뜻이다. 사람은 직접 삶에서 경험하지 않고도, 또는 삶에서 경험하기를 원치 않을지라도, 문학을 통하여 많은 형태의 삶을 대리적으로 경험할 수 있는 능력이 있다. 문학에서 기이한 풍습과 낯선 도덕률의 세계를 경험하면서 자기가 알게 모르게 지키는 관습과 도덕률과 비교하고 반성하고

---

8) '에스테틱(aesthetic)'이라는 영어 낱말은 '감수성이 예민한, 민감한'을 뜻하는 아이스테티코스(aisthetikos)라는 헬라어에서 왔다고 한다. 즉 '아름다움'과는 직접적인 관계가 없는 말이다.

비판할 수도 있고 또한 원래의 신념을 더 확고한 근거에서 재확인할 수도 있는 것이다.

독자가 초보 단계를 지나 작품의 이모저모에 주의를 보낼 단계에 이르면 그는 낱말의 쓰임새, 여러 겹친 뜻들의 상호작용, 소리의 효과, 심상들의 연결망 따위에 흥미를 느끼게 되는데 이런 흥미야말로 본격적인 '심미적' 경험인 것이다. 잘된 문학작품은 그러한 말의 심미적 요소들과 내용적 요소들이 서로 떨어질 수 없이 한 덩어리를 이루고 있음을 경험에 의하여 확인할 단계에 이른 독자는 교육받은 보람이 있는 성숙한 독자가 된다. 그런 독자는 깊고 예민한 감수성으로써 현실적 삶의 모든 면에 적절한 주의를 보내며 충실하게 살 수 있다는 것이 문학 교육자의 신념이다. 즉 문학은 '삶을 위한 장비'가 되는 것이다.

그러므로 문학개론 같은 기초 교육 과목에서 문학작품의 내용에 대한 추상적 논의를 강요하는 일은 큰 잘못이다. 시험 점수를 내야 하는 교실 교육의 관행은 문학 교육에 큰 시련을 안겨준다. 엄격히 말하여 구체적인 작품에 대한 개인적 감수성의 발휘의 정도를 수량으로 나타낼 수는 없다. 개인의 경험이나 학습의 수준을 수량화하는 관행이 언제부터, 왜 생겼는지 한번 심각히 따져보아야 할 터이나 여기서 그럴 수는 없다. 하여간 줄거리 요약, 주제, 등장인물 밝히기 등, 학생이 과연 작품을 자세히 읽었나를 시험하는 보편적인 관행은 학생으로 하여금 작품을 감수성을 발휘하여 경험하는 것을 막고 도리어 작품의 어떤 요소들이 외워야 할 것인지를 알아차리는 영악한 꾀쟁이들이 되게 한다. 그런 영악함이 세상살이에 유리한 능력이 될 터이지만 문학 교육에서 기대하는 효과는 분명 아니다. *문예학 강의라면 몰라도 문학개론 강의마저 그렇게 될 수는 없다. 온 마음으로 경험한 것이 아닌 단편 지식의 시험 자료로서의 문학이 되어서는 안 된다.

참 난감하게도 문학개론은 분명히 하나의 강의 과목이지만 대부분의 강의 과목처럼 학술적 과목은 아니어서 특정 학문을 전문한 대학 교수들이 어떻게 가르쳐야 할지 모른다. 본시 대학 교수들은 교육 방법을 배우지 않고 교육을 담당하는 만큼 실상 전문 직업인으로서의 훈련은 초등학교 교원보다도 못하다고 할 수 있다. 지식이 많은 사람은 그렇지 못한 사람을 가르칠 자격이 저절로 생긴다는 것이 보편적인 생각이나, 가르치는 능력마저 저절로 생기지는 않는다는 것은 사실에 의하여 확연히 증명되지만 대학 교수 양성기관인 대학원에서 대학 교육 방법을 가르치는 예는 적어도 한국에는 없다. (서양에서는 대학원생 중 우수한 학생에게는 강의를 맡겨 경험을 쌓게 하지만 체계적으로 교육 방법을 훈련시키는 것은 아니다. 한국에서는 값싼 노동력 획득 방식의 하나로 강사 채용이 성행한다. 지도교수나 학과장의 교육 방법상의 지도를 받는 일은 거의 없다. 강사는 기껏해야 자기가 배운 교수의 방법을 흉내내는 수밖에 없다.)

로젠블래트에 따르자면, 교실의 상황, 교수와의 관계 등은 학생에게 안심할 수 있는 분위기를 조성해야 한다. 학생은 책에 대한 자기의 반응이 표준적 비평이나 해석과는 닮지 않았더라도 표현할 가치가 있다고 느끼게끔 해주어야 한다. 이런 자유로운 분위기에서 자의식에 눌리지 않는 자발적이고 정직한 반응을 가질 수 있게 된다(66). 학생이 자기 자신의 경험의 소중함을 느끼는 것이 중요하다. 자기 감정을 나타내는 것을 되도록 기피하는 것이 학자의 미덕처럼 되어 있지만 감정을 진솔하게 표현하는 것은 학자에 앞서 사람으로서 더욱 중요한 자기 계발의 방법임을 인식해야 한다. 자기의 반응을 표현하는 방식도 자유로워야 한다. 반드시 논문 형식을 따르라든가, 수필 형식을 따르라고 할 필요가 없다. 학생이 자기 감정을 자유롭게 토로하고 판단을 발표할 수 있는, 되도록 격식에 매이지 않는 분위기가 필요하다. 정규 교육에서 학생의 학습 평가는 필요하므로 평가의 기준은 학생의 반응이나 판단이 관습적 표준에 가까이 가느냐 안 가느냐가 아니라 학생이 표현하는 생각이나 반응이 진솔하냐 진솔하지 않냐 하는 것이 된다. 그러므로 모르겠다, 진력난다, 재미없다는 반응도 진솔한 것이라면 모범 답안을 외워 쓴 것보다 더 가치 있는 배움의 출발점이 될 수 있다(67). 교실이라는 환경의 이점은 비슷한 성장기에 있는 학생들이 서로 남의 반응을 직접 들을 수 있다는 것이다. 토론이 벌어지면 각자는 자기의 반응에 비추어 남의 반응을 이해함과 동시에 자기의 반응에 대한 재검토와 남의 반응에 대한 비판을 할 수 있다. 그러므로 유능한 교사는 교실 환경을 학생 각자가 자신의 학습을 계속 평가하고 수정 보완하는 기회로 만들 수 있는 것이다.

교실 환경에서 교수의 평가와 학생 자신의 평가가 계속되는 동안 학생은 자기의 반응이 점차 작품에 대한 부분적 반응에서 전체에 대한 반응으로, 단순한 감정적 반응에서 지적 판단에 의거한 균형 있는 반응으로 나아감을 느끼게 된다. 이른바 '해석적 순환'의 초보과정을 경험하게 되는 것이다. 동시에 개인적 반응과 판단에는 보다 부적절한, 편파적, 비합리적인 것이 있다는 사실을, 또한 보다 적절한, 공평한, 합리적 반응과 판단이 있다는 사실을 이해하게 된다. 한마디로 개인의 감수성이 살아 있는 '반성적 사고'의 능력, 옛 사람들이 말한 '상상적 이성'을 신장시키게 된다. 문학비평에서 말하는 이른바 '객관성'이란 그처럼 훈련된 '반성적 사고' 또는 '상상적 이성'에 의한 판단의 태도를 말하는 것이다. 문학은 독자에게 신선한 통찰의 기회를 만들어준다. 독자는 감정적, 지적 습관에서 벗어나 정신의 유연성을 발전시키게 된다. 실상 인문 교육의 목적은 바로 이러한 유연한 사고 능력을 길러주는 일이 아닌가? 그래서 문학 교육은, 특히 문학개론 교육은 인문 교육의 중심에 있다는 주장이 성립될 수 있는 것이다.

로젠블래트는 문학 교육이란 학생이 한 작품에 반응하여 '연주'하는 법을 배우게 하는 것이라고 한다. 이런 점에서 문학 교사는 역사나 식물학 교사보다 아마 성악 교사나 심지어는 수영 교사에 더 가까울지 모른다. 독자는 바이올린 주자가 소나타를 연주하듯 시나 소설작품을 '연주'한다. 그런데 "독자가 연주하여 작품을 구현하는 악기는 자기 자신이다"(266)라고 그녀는 결론짓는다. 한 작품을 다시금 다시금 되풀이하여 읽는 것은 작품 자체에 가까이 가는 동시에 독자 자신의 능력을 최고도로 발휘하려는 활동이 된다. 독서를 '연주'에 비함으로써 그녀는 독자의 개별성과 동시에 작품의 정체성을 한꺼번에 전제한다. 이는 요즘의 포스트모던 이론에서처럼 저자는 물론 독자도 해체되어 사라지고 급기야는 작품의 정체성마저 해체되는 것이 아니라 독자와 작품의 만남이 서로를 생생하게 살아나게 하는 구도이다.

4. 어떻게 할 것인가?

문학개론은 심리학개론과 같은 체계적 학문의 서설이 아니라는 사실이 왜 중요한지 강의 담당자는 철저히 인식해야 한다. 용어의 혼란이 내용의 혼란까지 초래한다는 사실을 우리는 이 경우에서 확인하게 된다. 오늘날 한국 대학의 국어국문학과에서 책임지고 개설하는 문학개론은 일본인들이 남긴 옛 유산의 하나를 그대로 답습하는 경향이 짙다는 사실을 반성해야 한다.

문학개론은 전문 영역은 될지 모르나 전공 영역은 아니다. 전공은 특정 학문 영역에서 벌이는 학술적 행위이다. 문학개론은 어디까지나 교육의 영역이다. 이 특별한 영역에는 전문적 식견과 기술이 요청되지만 오늘날 대학 교원 양성과정에 문학 교육 능력의 훈련이 포함되지는 않기 때문에 교육 과목인 문학개론이 특히 어려움을 겪는다. 대학의 문학 교수가 교육 훈련을 받을 기회가 마련되어야 할 터인데 실제로는 전혀 없고 시도하기도 매우 어렵다.

문학 교육은 개별 학생의 구체적 문학작품의 독서 경험을 존중하고 그것을 출발점으로 하는 것이 바람직하다. 우리가 늘 표방하듯이 문학이 정보 전달을 목적으로 하지 않고 감수성과 지성의 통합적 계발을 목적으로 한다면 학생이 문학을 직접 자기 나름으로 경험하게 하고 그런 경험

을 생활의 가치 있는 활동으로 스스로 받아들이게끔 유도하고 권장하여
야 한다. 이것은 거의 상담 전문자의 식견과 기술을 요하는 일이다.

　이러한 독자반응론적 관점에서 교육 방법 개발이 중요한데, 우선적으
로 교과서의 개발이 시급하다. 문학개론 / 문학 개설 / 문학 입문 / 문학
이해 / 문학이란 무엇인가 따위의 책이 문학개론의 교과서가 되어서는
안 된다. 더더구나 문학을 평생 연구하려고 결심한 청년 학자들을 상대
로 하지 않는 문학개론 교과서는 구체적으로 문학을 경험하는 것을 잘
돕는 책이어야 한다. 필자는 미국 대학에서 널리 채택하고 있는 문학 입
문 유의 교재가 상당히 적합하다고 믿는다. 한국 대학생들을 위한 문학
개론 교과서는 한국 문학작품을 중심으로 하되 외국의 문학에서도 적합
한 작품을 골라 되도록 다양하게 많이 수록하고 독서를 도울 수 있는 친
절한 설명과 적절한 질문들을 붙인 것이 바람직하다. 교수 방법도 학생
들이 많이 참여하는 방식이어야 하겠는데 학생들이 거의 질문없이 교수
의 입놀림으로만 진행되는 교실 수업의 관행을 교수 자신이 적극적으로
깨뜨리는 일대 교육 혁신이 일어나지 않고는 아주 어렵겠다. 그러나 적
어도 새로운 교과서는 한번 만들어볼 수 있다고 본다.

(『인문과학 연구』, 배재대, 1996)

문학을 어떻게 가르칠 것인가?

—미국 대학의 사례를 보고

최근에 계간 『현대비평과 이론』에 문학 교육에 관한 평론이 한꺼번에 여러 편 실렸다. 필자도 한마디 했는데, 영문학 교육에 관한 것이어서 우리 문학의 교육문제와는 다소 동떨어진 것이었다. 이상옥 교수는 우리 문학 교육에 관하여서도 매우 날카로운 지적을 하고 있는바, 어느 나라에서나 교육의 가장 기본적인 과목의 하나로 자리잡고 있는 문학이 우리나라의 각급 학교에서는 매우 불건전하게 교육되고 있으니 걱정이 아닐 수 없다.

필자도 수년 전에 고등학교 문학 교육에 대한 걱정을 늘어놓은 적이 있지만, 여기서 다시 그 이야기를 하려는 것은 아니다. 근자 미국의 문학 교육에 관한 잡지 *ADE Bulletin* 1992년 봄호에 그들도 늘 걱정하고 있는 대학에서의 문학 교육에 관한 현황 조사 보고서가 나와 있다. 남의 나라 이야기지만 우리에게는 좋은 타산지석이 될 듯하여 아래에서 몇 가지 점을 인용하면서 우리 문제와 연결시켜보고자 한다.

미국의 '영문학과협의회', 그러니까 우리나라로 치면, '국문학과협의회' 같은 기관에서 1989~1990년간에 2천 개 이상의 대학 영문학과 중에서 무작위로 뽑은 9백여 처에 영문학 교육에 관한 설문지를 돌렸었다고 한다. 교수들의 연령층과 성별, 학교의 크기, 교육과정 등을 대표하는 의견과 현황이 수집되었는데, 우리가 보기에도 좀 기대 밖인 것도 있다.

오늘날 미국의 문학 교수들은 문학이론 논의에 완전히 빠져 있다는 인상을 준다. 영문학 관련 학술지에는 구체적인 문인이나 작품에 관한 논의보다는 포스트모더니즘, 뉴히스토리시즘, 마르크시즘, 정신분석학, 독자반응이론, 후기구조주의, 해체이론, 여성주의 등에 관한 논의가 압도적으로 많으며, 신간 연구서들도 그런 제목을 단 것이 대부분이다. 셰익스피어에 관한 것이라 하여도 으레 무슨 현대적 방법을 보이기 위한 건더기로 셰익스피어를 임시 이용할 뿐이라는 인상을 주는 책 제목을 붙이고 있다. 지난 겨울 1만여 명이나 모이는 현대어문학협회(Modern Language Association)에 참석하여보니 8백여 개의 발표 제목들이 거의 그런 이론들에 관한 것이었다. 아니면 작가와 작품에 관한 것이라도 반드시 그런 이론들의 하나로 포장한 것이었다.

그런데 이번 조사에서 보니 실제의 교실에서는 교수들이 거의 모두 구체적인 문학작품들을 다루고 있다는 사실이 드러났다. 단지 7퍼센트가 이론만 강의하는 것으로 되어 있다. 벌써 거의 20년 전에 문학이론가로 잘 알려진 조너선 컬러(Jonathan Culler)는 "앞으로 우리 대학의 문학 강의에서 작품이나 작가의 평가는 없어져야 한다. 대신 순전한 이론에 관한 강의만이 있어야 한다"고 주장하였고 그 이후 문학교수대회에서나 학술지에 발표되는 논문은 이론에 관한 것이 압도적으로 많게 되었는데, 실제 강의는 유구한 전통을 그대로 잇고 있다.

더욱이 응답자의 65퍼센트가 교실에서 전통적으로 다루는 작품들 목록에다 또다른 작품들을 첨가했다고 한다. 작품 읽기를 더욱 강화한 것이다. 요즈음 그곳에서는 '정전'(正典, 이른바 canon)에 관한 논란이 뜨

겁게 달아오르고 있는데, 실제 교실에서는 과거 수십 년간 필독작품이라고 인정되어 다루어진 작품들이 아직도 거의 그대로 필독서 목록에 올라 있는 기이한 현상을 보이고 있다. '정전 논쟁'이란, 예컨대 허먼 멜빌의 『모비 딕』이라는 작품은 백인 남성우월주의의 소산이므로 인종주의적이며 여성 소외의 이데올로기에 바탕하고 있으니 정당한 교육을 위해서는 부적합할 뿐 아니라 해롭기까지 하다는 주장 같은 것이다. 즉 그 작품은 교육을 위한 '올바른 경전', 즉 '정전'이 되지 못하므로, 19세기 미국소설 강의에는 흑인 여성 노예가 쓴 수기나 편지가 대신 그 자리를 메워야 한다는 것이다. 밀턴도, 셰익스피어도 과연 20세기 후반에 청년들을 가르치기 위한 정전의 대접을 변함없이 받아도 되느냐 하는 논란이 벌어지고 있는 판국인데, 참으로 놀랍게도 그런 논쟁을 일삼는 듯한 교수들까지 교실에서는 여전히 전통적인 '정전'들을 다루고 있고 간혹 다른 작품들, 이른바 '정치적으로 올바른(politically correct, PC)' 작품을 필독서 목록에 추가하는 경우는 있어도 '정전'을 몰아내고 'PC' 작품으로 대치하는 경우는 거의 없다는 것이다.

예컨대 19세기 영국소설 과목에서 다뤄지고 있는 '정전'들은, 한국인인 우리도 익히 알고 있는 다음의 작품들이다. 디킨스의 『위대한 유산』, 조지 엘리엇의 『미들마치』(우리말로는 아직 번역이 안 됨), 토머스 하디의 『테스』, 에밀리 브론테의 『폭풍의 언덕』, 제인 오스틴의 『오만과 편견』, 샬럿 브론테의 『제인 에어』 등. 이 목록은 취급 빈도 순서를 따른 것이다.

다시, 미국의 19세기 문학작품들로서 교실에서 다뤄지는 것의 빈도순 목록을 보면 다음과 같다. 호손의 『주홍 글자』, 소로의 『월든 : 숲속의 생활』, 허먼 멜빌의 『모비 딕』, 에머슨의 『자연론』, 휘트먼의 『풀잎』, 앨런 포의 단편과 시, 에밀리 디킨슨의 시 등이다. 최근엔 여기에 스토의 『톰 아저씨의 오두막』, 흑인 노예였던 프레더릭 더글러스의 전기 등이 추가되기도 한다.

이처럼 19세기 영국소설이나 미국문학은 '정전'으로 굳어져서 한국인까지도 대개는 다 읽는 책들이 되어 있어 거의 요지부동인 듯하다. 그러나 그 책들은 20세기 초부터 시작하여 상당한 논의 끝에 이럭저럭 교과서 목록에 올랐던 것이다.

우리나라 국문학의 '정전'들에 대한 논의가 있는지 필자는 모른다. 「춘향전」은 왜 고전 국문학 강의에 반드시 포함되어야 하는지 그 이유에 대한 논쟁이 있을 법하다. 그 논쟁과정에서 「춘향전」을 대치할 다른 강력한 후보를 대두시킬 수도 있을 것이다. 이광수는 민족을 배반한 작가로 비난받는 것이 일쑤인데, 그의 작품을 그래서 한국 현대소설 강의에서 제거하자는 논의가 있을 법하다. 그러나 실제로 그의 작품들이 대학 강단에서 제거되었다는 말은 들리지 않는다.(북한에서도 마찬가지라고 한다.)

이런 논의가 '정전' 시비인데, 미국만이 아니라 우리나라에서도 그런 논의가 있다고 하여도 아마 제거보다는 다른 작품의 첨가로 귀결될 공산이 크다. 서양의 교실에서 다루어지고 있는 작품의 수는 자꾸 불어나는 추세에 있다. 완전한 대치의 경우는 오늘날 꽤 드물다. 궁극적으로는 대치의 경우가 발생하겠지만, 그 과정은 매우 느리게, 별로 눈에 안 띄게 진행될 것이다.

앞에서 문학이론에 대한 논의가 큰 위세로 벌어지고 있음에도 교실에서는 작품 읽기가 위주로 되어 있음을 지적하였다. 교수들은 학생들에게 최근의 이론서들을 읽히기도 하는 것이 사실이다. 언제나 어디서나 문학 교수들은 연구서, 평론을 거론한다. 그런데 이번 조사에서 드러난 것은 동료끼리는 이론을 주로 논하지만 그런 글만을 읽는 것 같은 문학 교수들이 학생들에게는 이론서, 평론을 전체 읽기 분량의 10내지 15퍼센트 정도만 읽으라고 한다는 것이다.

우리나라 국문학 강의안의 어떤 것을 보니까 작품 목록은 아주 짧고 그 대신 비슷비슷한 제목의 이론, 평론, 역사서의 목록이 길게 뻗어 있었다. 우리 문학 강의 중 어떤 것은 아예 작품은 안 읽고 이론, 그것도 서양 이론을 백과사전식으로 나열한다는 말도 들었다. 단적인 예로, 미국의 영문학(그들의 국문학) 교과과정에는 사람과 책의 이름이 역사적 순서로 나열되는 이른바 '영문학사'(즉 국문학사)라는 강의는 없다. '영문학 개관'(국문학 개관)이란 과목이 있는데, 이 과목은 바로 예부터 오늘에 이르기까지의 작품들을 골라놓은 작품집을 읽어나가는 과목이다. 문학 강의는 작품 읽기를 제외하고는 성립될 수 없다고 그들은 믿고 있는 모양이다. 아주 오래 전에는 그들도 '영문학사' 같은 역사학 강의가 있었다. 그러다가 그것이 '문학 교육'은 아니라는 결론에 도달하여 폐지했다.

이 조사에서 미국의 영문학 교수들은 문학 교육의 목적에 대하여 다분히 전통적임을 보여주어 또 한번 우리를 놀라게 한다. 이 점은 우리에게 시사하는 바가 적지 않을 듯하여 전부를 인용한다.

문학 교육의 목적은 학생들로 하여금,

1) 그 시대의 문학을 이해하기 위하여 필요한 지성적, 역사적, 전기적 배경을 배우게 한다.(92.8퍼센트)

2) 문학작품에 나타나는 지혜와 기교로부터 즐거움을 얻게 한다.(88.6퍼센트)

3) 문학적 장르, 형식, 관습 등을 익히게 한다.(86.5퍼센트)

4) 글을 자세히 읽고 글의 의미를 밝히게 한다.(85.9퍼센트)

5) 인간의 성격, 행동, 동기를 이해하게 한다.(73.8퍼센트)

6) 문학과 그 해석에 인종, 계급, 성차가 미치는 영향을 이해하게 한다.(61.7퍼센트)

7) 서양 문명의 근본적 사상과 가치를 이해하게 한다.(51퍼센트)

8) 읽기와 해석의 여러 방법론을 배우고 그들이 서로 어떻게 다른가를 알게 한다.(50.7퍼센트)

9) 의미라는 것이 언어의 외부에 있는 실재를 전달할 수 있다고 보기 어려움을 이해시킨다.(11.8퍼센트)

이 설문은 교수들이 각 항목에 중복적으로 응답하게 한 것이었다. 가장 지지도가 높은 1)은 문학의 배경에 관한 것이다. 한 시대의 문학의 배

경을 이루는 지적, 역사적, 전기적 사실들을 알게 하는 것을 상급 학년의
문학 교육의 가장 중요한 목적으로 보는 의견이다. 그런데, 그러한 배경
에 대한 지식을 실제 작품을 통하여 습득하게 한다는 사실에 우리는 주
목해야 한다. 작품을 통하여 그 작품을 배태한 배경을 이해하고 다시 그
이해에 근거하여 작품을 읽는다는 것이니, 이는 순환 논리임에 틀림없
다. 이는 마치 '그 사람은 김 아무개이다. 왜냐하면 김 아무개가 그 사람
이기 때문이다' 라는 순환 논리와 형식상 다를 바 없다. 그러나 사람의 의
미 해석행위는 바로 그러한 순환 논리에 의하여 가능하다. 이것이 '해석
적 순환' 이라는 것이다. 배경이 작품을 낳는데 그 배경은 작품을 통하여
알게 된다. 무엇이 먼저인가? 궁극적으로는 동시 진행이라고 할 수밖에
없다. 하여간 문학작품을 떠나서 다른 여러 역사적 기록 따위를 통하여
배경 지식을 쌓는 방법을 그들은 따르지 않는다. 즉 역사학이나 사상사
와는 다르게 문학을 통하여 과거 시대를 이해하려는 것이다.

　2)는 그야말로 작품 자체를 즐기게 하는 것이다. 문학이 주는 감동을
도외시한다면 문학이 다른 글공부에 비하여 특별히 매력적이라 할 데가
없다. 문학이 주는 지식을 '지혜' 라고 한 것도 의미깊다. 체계적 지식은
과학이, 사실에 대한 지식은 역사학이, 정확하고도 조직적으로, 명료하
고도 실용적으로 제공한다. 이른바 정보라는 것이다. 그러나 문학은 체
계적 조직적 지식이 아닌 지혜, 즉 어떤 깨달음을 준다고 믿어지고 있다.
지식의 습득은 정신적 노동을 대가로 치러야 하나 문학적 지혜는 즐겁게
얻어지는 것이라는 것도 해묵은 생각이다. 문학의 기교가 주는 즐거움도
또한 크다.

　3) 문학의 장르, 형식, 관습 들을 익히는 것도 문학 공부의 중요한 목
적이 된다. 시라는 장르의 요건들, 그 형식적 제약 등을 학생들이 잘 알
게 하는 일이다. 우리나라의 경우 이를테면 고대소설의 구성요소, 가사
의 운율 등을 학생들이 알게 하는 것이 중요하다. 이 부면의 지식이 없이
문학의 기교를 감상하는 즐거움은 얻기 어렵다.

다만, 이 목적은 단독적으로 추구될 수는 없다. 그 다음의 4) 자세히 읽기와 합하여 그것은 문학에서 지혜와 감동을 얻기 위한 필수불가결의 수단이 된다. 그 필수불가결함을 강조할 필요가 있다. 자세히 읽기를 회피하고서 문학의 뜻에 접근할 수 없음은 정한 이치이고 말의 뜻을 파악함으로써만 그 형식적 요건에 대한 정밀한 지식을 얻을 수 있다.

우리나라의 문학 교육에서 작품을 자세히 읽는 훈련을 얼마나 시키고 있는지 필자는 잘 모르지만, 대강 읽고 그 전체의 흐름만 기억시키는 일이 흔하다는 인상을 뒷받침하는 예가 적지 않다. 우리나라에서 자세히 읽기를 실천한 평론이 별로 없는 것을 보면, 그것이 교실에서 자주 행해지지 않는다는 것을 짐작할 수 있지 않을까? 문학 공부는 낱말 하나하나에 대한 애정이 생기지 않고서는 진국이 되기 어렵다.

5)는 잘 알려지고 널리 인정되는 문학 교육의 목적이다. 심리학이나 정신분석학이 가르쳐주는 인간에 대한 지식과 더불어, 문학을 통하여 사람의 성격, 행동, 동기에 대한 이해를 갖는 일이 중요하다. 참으로 많은 경우에서 심리학자들은 문학에서 인간 심리에 대한 실마리를 찾았다. 프로이트나 융이 청소년 시절에 문학을 알지 못했다면 나중에 그들을 유명하게 만든 이론들에 도달했을지 의문이다.

이상의 다섯이 문학 교육의 가장 중요한 목표라고 대다수 교수들의 의견이 모이고 있다. 그런데 지지율을 보면 6)은 상당히 큰 격차를 보인다. 6)은 오늘날 문학의 정치성을 중시하는 교육 목표이다. 그런데 이 목표를 지지하는 교수들 대부분이 그 위의 다른 목표들도 지지했다고 하니, 오직 이런 정치적 목적만을 내세우는 경향은 비교적 적다고 할 수 있다.

문학은 분명히 인종, 계급, 성차에 관련된 정치적 의미를 내포하고 있다. 그런 점에서 그것은 사회과학과 닮은 데가 있다. 그러나 그것이 문학인 한, 그것은 인간의 성격과 동기, 그것을 드러내는 온갖 기교, 그것들의 파악에서 오는 즐거움과 지혜와 관계가 있는 글임을 문학 교수들은 확신하여야 한다. 우리 사회에서 한때 일부 문학 교수들이 아마추어 정치경제학자가 되어 큰 논란을 일으키는 동안에 문학 자체는 즐겁지 않게 되어버렸던 사실을 기억해야 할 것이다. (이 경향은 아직도 채 가시지 않았지만.) 실상 문학을 사회과학의 글로 다루면 문학의 온갖 기교들은 거추장스러운 군더더기로만 여겨지기 쉽다.

7)은 6)보다 다시 한참 떨어져서, 문학 교육은 서양문화의 기본적인 변함없는 가치를 이해시키는 것이 그 목적이라고 한다. 바로 이것이 서양 중심의 보수적 교양주의이다. 특히 미국의 일부 지식인들은 미국이 서양의 정신문화 전통에서 떨어져나가는 것을 두려워하고 있다. 그래서 그들은 '문화적 해득력(cultural literacy)'의 강화가 일반 인문 교육의 핵심이 되어야 한다고 주장한다. 미국의 대학 졸업자는 소크라테스, 스피노자, 존 록, 다빈치, 퀴리 부인이 누군지, 성경, 『거룩한 희극』『전쟁과 평화』『순수이성 비판』이 무슨 글들인지 알아야 한다고 믿는다.

우리 국문학과 교수들이 한국의 국문학도들에게 바라는 '문화적 해득력'은 어느 수준일까? 서양인들은 순수 문예작품 위주의 문학 교육과정을 반대하여, 서양정신사의 기본이 되는 글을 많이 포함시키기를 주장한다. 여기에 자연히 '정전' 문제가 개입된다. 무슨 글이 과연 서양정신사를 대표하는 정전들인가? 우리 국문학과 교수들이 순 문예작품 이외에 서경덕, 이황, 기대승, 더 거슬러올라가 원효의 글을 한국정신사의 기념비들이라 믿어 연구하고 가르칠 수 있을까? 김소월과 이광수만 읽던 관행에서 얼마나 벗어날 수 있을까?

8)은 문학이론들을 중심으로 하는 교육 방법인바, 하도 많은 이론들이 난무하니까 어리둥절해하는 학생들에게 그것들의 상호관계를 알려줄 필요가 있다는 것이다. 문학을 보는 관점이 여러 가지일 수 있다는 것을 학생들에게 알려주는 것은 물론 중요하다. 이것은 사물에 대한 이해가 폭넓고 관대하도록 훈련시키는 데에 필요한 방법이다.

그런데 이 방법은 일반 학생들에게는 까다롭고 번거로울 수도 있을 것이다. 방법론을 수학 공식 같은 고정된 틀로 인식하기 쉬운 위험이 있다.

게다가 한국의 국문학에서 자생한 것도 아닌 외국의 기이한 이론들을 설익게 이해한 채 학생들에게 가르치려고 하면 대체로 현학적 지식의 소유자라는 인상을 주는 것으로 그칠지 모른다.

마지막 9)는 요즘 크게 유행하는 이른바 '해체이론(deconstruction)'과 연관된다. 지지율은 아주 낮지만 학술 저서와 잡지에 그에 관한 논의가 가득가득 차는 것을 보면 말과 실재가 얼마나 동떨어지는지를 알 수 있다. 글에서 실재에 관한 지식을 얻을 수 없다는 해체이론의 주장은 사변적 모험으로서는 지식인을 일시 끌어당길지 모르나, 어차피 글을 통하여 실재라고 생각되는 것에 대한 지식을 얻고 역시 글을 통하여 그런 지식을 남에게 전달할 수밖에 없는 교수들이 그 이론을 글 배우는 학생들에게 진실이라고 가르친다는 것은 명백한 자가당착이다. 교육에서는 모든 지적 모험이나 유희가 다 가능한 것은 아니다. 국내에서 실제로 이런 이론을 가르치는 것이 문학의 목적이라고 믿고 실천하는 사람은 없을 것이다.

앞에서 문학 교육의 여러 목표를 알아보았는데, 다음은 문학 담당 교수들 자신이 어떤 이론이나 방법론을 가지고 문학에 접근하는지를 알아본 결과이다.

1) 사상사(76.2퍼센트). 이른바 '사상의 역사(history of ideas)'라는 것인데 1920년대에 일단의 인문학자들이 사실 나열 위주의 실증주의 역사학에 반발하여 정신사의 흐름을 문학의 배경으로 수립하였다. 미국의 청교도 사상, 초월주의, 영국의 르네상스 휴머니즘, 공리주의, 유럽의 합리주의, 신플라톤주의 등등의 사상적 개념들은 철학사나 문화사에서 개발한 것이기보다는 사상사에서 개발한 것들이다. 사상사 학자들은 문학을 중심으로 하되, 그것을 둘러싼 다른 종류의 글과 합하여 당시의 조류를 기술한다. 이는 앞서 논의한 문학 교육의 목적 1)과도 부합된다.

2) 뉴크리티시즘(64.4퍼센트). 조사자들도 이 결과를 보고 놀랐다고 고백한다. 뉴크리티시즘은 1960년경에 죽었다고 선언하는 사람이 많았

고, 그후에는 말 좀 한다는 학자마다 뉴크리티시즘의 큰 해독을 개탄하곤 했는데, 여전히 그것은 많은 문학 교수의 가장 신뢰할 만한 방법론이 되고 있음이 드러났다.

하기는 문학작품 자체를 다루는 한, 뉴크리티시즘이 개발한 방법들을 응용한다는 것은 불가피한 듯하고 또 매우 자연스럽다. 이미지, 상징, 비유, 운율, 아이러니, 긴장, 극적 정황 등은 작품을 자세히 읽고 설명하는 데에는 더없이 편리한 개념들이요 용어들이다. 누구의 말처럼 그것은 이미 '뉴크리티시즘'이 아니라 그냥 '크리티시즘'이며 문학 교육이 작품에 대한 크리티시즘인 한 그 크리티시즘은 그대로 남게 된다. 국내의 한 조사에서도 뉴크리티시즘은 높은 지지율을 보였다.[1]

3) 문학에 대한 여성주의적 접근(60.9퍼센트). 미국의 문학 교수 중 여성의 비율이 계속 높아가고 있으며 수강생도 대개 50퍼센트를 훨씬 넘는다. 여성주의 비평이 교실적 방법으로 정착하는 단계인 것이다. 인류의 절반인 여성의 시각이 문학에 대한 견해를 더 포괄적이고 온당한 것으로 만들어줄 것이다. 그런데 최근 여성주의 비평은 과거의 그 호전성 공격성을 많이 버리고 여성의 포용성 창조성을 더 강조하는 경향을 보이는 듯하다. 남성을 여성 시각으로 끌어들이는 것이다. 국내에서도 여성주의 문학관은 날로 공고해가는 것으로 알고 있다.

이렇게 세 이론적 방법론이 교수들의 배경이 되고 있다. 이 셋 다음으로는 지지율이 떨어져서 다음의 네 가지가 나타난다.

4) 독자반응이론(44.4퍼센트). 독일문화권에서 '수용미학'이라고 부르는 것이다. 70년대에서 80년대 중반까지 논의가 잦았으나 지금은 다소 조용해진 느낌이다. 국내에서도 상당한 반향을 일으켰던 것으로 보이나, 외래 사조가 다 그렇듯, 실제로 실천되었다는 흔적은 별로 없다. 이를테면 독자반응이론을 바탕으로 삼는 교수가 「구운몽」을 어떻게 해석

---

1) 필자의 『영미비평사 3 : 복합성의 시학 — 뉴크리티시즘 연구』(민음사, 1996)에서 길게 다루었다. 또한 필자의 「영문학 교육의 문제점」, 『영어영문학』 32호 2권(1986)에서도 좀 다루었다.

하여 학생들을 가르칠 것인가? 하는 구체적 논의는 없지 않았나 싶다. 외래이론의 한국적 적용은 말만큼 쉽지는 않다.[2]

5) 문학에 대한 신화적 접근(40.4퍼센트). 19세기 말에 시작된 이 인류학적 관점은 노스럽 프라이에 이르러 절정을 이루고는 사그라든 줄 알았는데 아직도 적지 않은 교수들의 이론적 배경이 되고 있다. 국내에서도 토속 신앙 연구, 민속학 등에 대한 최근의 큰 관심과 더불어 문학 연구의 틀로 건재한 것으로 보인다.

6) 신역사주의(39.7퍼센트). 80년대 미국에서 마르크시즘과 관련을 가진 역사주의로 설득력을 얻은 이론이다. 길게 보면 19세기의 실증적 역사주의의 후예로서 대체로 유물사관에 바탕하고 있되 마르크시즘처럼 공격적이고 선동적인 성격은 적다. 문학적 사실들을 유물론적으로 해석하는 데서만 다소 마르크스적이다. 한국의 일부 리얼리즘 계열 지식인들이 받아들일 만한 이론일지 모른다. 다만 한국의 리얼리즘은 역사주의의 그 자세한 고증을 인내하지 못한다.

7) 정신분석학(38퍼센트). 프로이트가 물론 '교주'로 되어 있다. 국내에서도 유행하지만 매우 아마추어다운 '속류' 프로이디언이기 쉽다.

다음으로는 다시 지지율이 뚝 떨어져서 다음의 이론들이 나타난다.

8) 소수 민족적 접근(28.2퍼센트). 이것은 미국에서나 가능한 접근 방법이다. 미국에서 의식적인 소수 민족 집단은 흑인과 스페인(히스패닉)계인데, 그중 흑인 집단의 독자적 문학이론이 정착되는 중에 있다. 요즘에는 아랍계 문학의식, 동양계 문학론 등도 각기 목소리를 내고 있고, 미 대륙 원주민의 목소리도 커지고 있다. 이러한 사회에서 다양한 목소리를 크게 낼 수 있는 곳은 아직은 미국뿐일 것이다.

9) 마르크시즘(28퍼센트). 목소리는 가장 크지만 실제는 목소리의 크기보다는 훨씬 작고, 점점 줄어가는 추세일 것이다. 그러나 사변적인 마

---

2) 필자의 「독자반응 이론의 여러 면모」 「독자반응 이론의 심리학적 국면」 참조. 둘 다 『자세히 읽기로서의 비평』(문학과지성사, 1988)에 들어 있다.

르크시즘은 언제나 얼마쯤의 지지를 유지할 것이다. 국내에서도 젊은 지식인 사이에 마르크시즘은 상당히 매력적인데, 그 정치적 호전성을 잃으면 다른 비판 사상과 크게 다를 바 없지 않을까 한다.

10) 후기구조주의(21.4퍼센트). 지지율이 앞의 것보다 뚝 떨어지지만, 젊은 영문학자들에게 프랑스 철학자 데리다, 푸코, 라캉 등의 매력은 상당하다. 국내에서도 주로 젊은 영문학도 중에는 현대 프랑스 철학자들에 경도되어 있는 이들이 적지 않다. 고전의 '해체'에서 얻는 통쾌감을 학생들에게도 전달하게 되는지는 모를 일이다.

11) 구조주의(16.3퍼센트)가 아직도 이론의 배경 구실을 한다는 것은 조금 놀랍다. 1970년대까지는 큰일 많이 할 듯하였는데 곧이어 불어닥친 후기구조주의, 또는 탈구조주의에게 밀려나는 것 같았다.

12) 끝으로 기호이론(9.0퍼센트)이다. 실제, 구조주의와 깊은 연관이 있다. 쌍둥이라 해도 될 경우도 있다. 매우 정갈한 이론이라는 인상을 주지만 문학의 전반적 해석에 실제 응용되어 성과가 크다고는 할 수 없다. 국내에서는 '기호학 연구소'까지 차린 대학이 있지만 널리 이해되고 있다고는 할 수 없다.

이상에서 보면 미국의 문학 교수가 가진 이론의 틀이 맨 앞의 두셋을 빼고는 다분히 한시적인 유행이라고 할 수 있겠다. 당연하다. 이론적 성격이 강할수록 깔끔하여 매력이 있지만 실용성은 그만큼 줄어들고, 실용성이 모자라는 이론은 다른 이론으로 대치되곤 한다.

중요한 것은 이론의 다양함을 받아들이고 지적인 두려움 없이 공존하면서 서로 논의의 예절을 지키는 것이다.

국문학의 교육에 대해서도 전반적인 조사 연구가 있어야겠다.

(『현대문학』 1992년 7월호)

외국문학 교육에서의 번역 훈련의 필요성

　근년 들어 갑자기 번역에 대한 관심이 늘고 있다. 내가 관심을 가지고 참조한 것만 들더라도 '한독문학번역연구소'에서 출간하는 학술지 『번역 연구』에 실리는 논문들, 국립국어연구원에서 수년 전에 실시한 번역에 관한 일련의 공개 강좌, 계간 『현대비평과 이론』의 외국 문학이론의 번역에 관한 특집(5호, 1993) 등이다. 이러한 논문집들에 실린 글은 전에 없이 진지하게 실질적 문제를 파고드는 것들이다. 번역문제는 오늘날 영문학, 독문학, 불문학 등 외국어문학 관련 학회에서 자주 오르내리는 단골 주제이기도 하다. 그러므로 김병옥 교수가 수년 전에 어려움을 무릅쓰고 설립한 '한독문학번역연구소'는 시의적절한 기관이다. 그후 대학에 번역 관련 연구소의 설치도 전에 없이 자주 눈에 띄고 있다.

　우리나라의 국력 신장에 따른 각종 세계적 행사의 참여 및 유치 실적과 더불어 우리 문학의 세계적 진출도 활발히 진행되고 있는데 이를 적극 권장하기 위한 큰 상금이 걸린 번역상도 여러 가지 마련되어 있고,

1995년 9월 27일자 조선일보에는 정부 당국이 한국인의 노벨문학상 수상을 최종 목표로 하는 한국문학의 세계화 계획을 세우고 매년 10억원씩 10년간 1백억원의 지원 금고를 설치하여 전문 번역인을 양성하겠다는 보도가 났다. 필자는 이 소식이 물론 반가우면서도 두려움이 앞서는 것을 금할 수 없었다. 문학 번역이 정부의 5개년 계획처럼 '하면 되는' 일거리의 범주에 드는 것인가, 지금껏 한국문학의 세계 진출이 부진하였던 것은 정부의 지원 부족 탓이었는가, 앞으로 10년 안에 유능한 한국인 전문 번역인이 갑자기 생기겠는가, 이런 일에서 외국어문학 교수들에게 과연 어떤 책임이 지워질까 등등 의구심이 꼬리를 물고 이어진다. 한 가지 분명한 것은 사회 기관의 번역상이나 정부의 번역 계획은 우리의 관심사인 외국문학의 한국어 번역을 대상으로 하지는 않는다는 것이다.

나는 여기서 우리 문학의 세계적 진출을 위한 번역에 대하여서는 논의하지 않을 것이다. 다만 우리 문학의 외국어로의 번역에는 한국인보다 우리 문학을 공부하고 우리말을 잘 아는 해당 외국어 상용자가 적격이라는 의견을 밝혀두고 싶다. 우리 정부에서는 자국의 문학을 잘 아는 외국인에게 한국어와 한국문학을 전문적으로 공부시켜 한국문학을 자국어로 번역시키겠다는 것인지, 한국인을 훈련시켜 그 일에 투입하겠다는 것인지, 또는 외국어문학 교수들에게 번역료를 나누어주고 일을 시키려는 것인지, 아직은 알려진 바가 없다. 과거에, 그리고 최근에도 가끔 우리 외국어문학 교수들이 「춘향전」『소월 시집』 등을 좀 어눌한 외국어로 번역하여 다소 문제가 되곤 했는데 오늘날 한국문학을 자국어로 번역하는 외국인이 차차 생기고 있어 다행스럽다. 이는 옳은 방향으로의 발전이다. 『파우스트』는 한국인 독문학자가 우리말로 번역할 일이지 한국문학을 전공한 독일인이 한국어로 번역해줄 일은 아닌 것이다. 마찬가지로 「배비장전」은 독문학을 전공한 한국 학자가 독일어로 번역할 일거리가 아니라 한국문학을 전공한 독일인 학자가 독일어로 번역할 일거리이다. 전세계적으로 이 방식이 문학 번역의 큰 전통을 이루어왔다. 슐레겔의 세

익스피어 독일어 번역, 몬크리프의 프루스트 영어 번역, 두보의 시 번역
본 『두시언해』 등이 그 좋은 예이다. 다만 완벽한 두 언어 사용자인 동시
에 두 문학을 똑같이 전문적으로 잘 아는 사람의 경우에는 어느 쪽으로
든 번역을 할 수 있겠지만 이런 사람은 우리나라에서는 아직은 별로 나
타나지 않고 있다.

나는 외국의 문학작품을 우리말로 옮기는 일이 우리 문화 발전에 매우
큰 중요성을 가진다는 전제하에 우리의 외국어문학 교육과 연구가 과연
어떤 역할을 담당할 것인가를 우리들의 가장 큰 현안의 하나로 삼기를
제의한다. 지금까지 번역에 관한 논의들을 훑어보면 가장 흔하면서 흥미
진진한 것이 남의 번역의 틀린 곳을 지적하는 '폭로성' 기사들이다. 신
문과 잡지들은 번역문제를 다루게 되기만 하면 으레 오역의 사례들을 구
체적으로 다루어줄 것을 요청한다. 학술적임을 표방하는 논문집에서도
오역 폭로 기사가 큰 부분을 차지한다. '오역의 강물을 누가 막으랴' 와
같은 멋진 제목의 글을 외국어문학 교수가 쓰곤 하는데 그 내용은 아주
재미있고 통쾌하기까지 하다. 그런데 이러한 논의를 통하여 얻어지는 결
과가 어떤 것인지 이제는 따져보아야 할 때가 아닌가 생각된다. 백일하
에 폭로되는 남의 실수나 무능을 보고 웃든가, 비웃든가, 개탄하는 일을
적어도 어문학 교수들은 이제는 지양할 필요가 있지 않겠는가? 우리가
남의 실수나 무능의 산 증거를 잡고 행복해하는 동안, 많은 경우 우리의
동료 교수인 그 죄인은 자기 변명과 아울러 준엄한 논고를 작성한 검사
에 대한 반감이 안 생길 리 없고 다시는 그런 죄를 짓는 우를 범하지 않
기 위해 번역을 아예 그만둘 것이다. 혹시는 자기를 공격한 사람의 오역
의 순간을 포착하려고 노리고 있을지도 모르며, 자기 학생들에게 번역을
권하지 않기 쉽다. 이는 '번역은 반역' 이라는 르네상스 유럽 인문학자들
의 푸념이 '법제화' 된 상황이다.

따라서 번역은 남의 욕을 먹어도 아무렇지 않게 생각하는 사람들의 손
으로 넘어갈 것이다. 바로 이런 일이 지금 생기고 있지 않은가? 오늘날

베스트셀러 목록에 오르는 번역 문학작품의 번역자 중에 우리 동료는 거의 없다시피 하다. 이는 20여 년 전의 상황과 아주 달라진 것이다. 거의 40년 전 우리 출판업계가 세계문학전집 붐을 이루었을 때 당시 대부분의 외국문학 교수, 학도들이 망라되다시피 하여 문학작품 번역에 참여했고 그로 인하여 70년대 한글 세대의 창작 열기가 폭발했다는 것은 역사적으로 입증된 사실이다. 물론 당시 번역은 오역투성이라는 것이 속속 드러나고 그 오역의 중요 이유가 일본어로부터의 중역, 뜯어맡기 식의 하청, 그리고 무엇보다도 외국어문학 연구의 일천함에 있었음은 누누이 지적된 바이다. 그러나 그후 외국어문학 전문가의 수도 늘고 지식도 심화되었지만 번역이 활발하게 진행되지도, 질이 특별히 높아지지도 않은 것이 사실이다. 오히려 번역은 '반역'에 그치지 않고 '천역'이라는 인식이 강화되어 외국문학 연구자가 손댈 일이 못 되고 외국문학의 세부적 주제에 대한 심오한 학술적 연구에만 전념하여 학회에서 소수의 청중 앞에서 논문을 발표하고 소수를 상대하는 학술지에 논문을 게재하는 것만이 외국문학 연구자의 가장 중요한 책임이 되어 있다. 이는 학문 발전상 당연한 일이지만 우리가 이렇게 깊고 높은 경지에서 노니는 동안 우리가 그리도 잘 아는 것으로 자부하는 외국의 문학을 우리 이웃에게 전달할 책임은 잊혀지기 일쑤이다.

그런데 요즈음 외국문학의 번역이란 무엇인가를 깊이 통찰하는 학술적 논문도 나오기 시작하여 바야흐로 '번역학'이라는 새 분야가 생길 수도 있다는 전망이 가능하다. 김병철 교수의 『서양문학 이입사』와 각 외국문학의 우리말 번역작품 목록 등에 의하여 번역사의 자료 정리와 번역에 대한 얼마쯤의 평가도 내려졌지만 번역이론에 대한 전개는 요즘에 비로소 나타나기 시작했다. 필자는 『번역 연구』 1집(1993)에 발표된 심재기씨의 「최근 문학 번역이론의 흐름과 번역비평의 나아갈 길」을 읽고 배운 바가 다대하여 이론에 관한 한 그 수준이면 당장은 족하다는 느낌을 받았다. 그전에 필자가 언어학적 번역이론에 접한 것은 송요인의 *Translation : Theory and Practice*(동국대학교, 1975)에서였다. 이러한 연구들을 통하여 번역이론이 외국어문학 전공의 한 영역으로 완전히 자리잡기를 우리는 기대한다.

그러는 동안 우리는 우리의 외국어문학 교육에서 문학 번역에 어떤 위치를 부여할까에 대하여 현실적으로 생각하는 것이 좋을 것이다. 최근 영국, 미국 등지에서도 번역이론뿐 아니라 실제 번역을 학생들에게 가르치는 원칙과 방법에 대한 연구가 많이 나오고 있다. 위의 심재기씨는 주로 독일 학자들의 번역이론 문헌을 제시했는데 여기에 최근 영미의 문헌을 덧붙이자면 질 르바인(Jill Levine), *The Subversive Scribe*(1991), 로렌스 베누티(Lawrence Venuti), *The Translator' s Invisibility*(1994) 등의 저서와 *In Other Words*라는 학술지(연 2회 간행)를 들 수 있겠다. 요즈음 나는 앙드레 르페브르(Andre Lefevere)의 *Translating Literature:Practice and Theory in a Comparative Literature Context*(New York : MLA, 1992)를 읽고 큰 감명을 받아 우리의 외국문학 교육에 적용 가능성을 생각해보게 되었다. 그러나 번역이론이라는 새로운 분야에 들어설 용기는 내지 못하고 있다.

문학의 번역에서 우선 언어의 문제가 제기되는데 종래의 언어학적 번역이론은 주로 언어 차원에 국한되었다. 언어학으로서는 당연한 일이다. 특히 이른바 주류파 언어학에서는 번역을 일종의 '등가성(equivalence)'의 원칙하에서 '다시 쓰기(rewriting)' 로 보는데 언어학적 등가성의 원칙이 지나치게 형식적이어서 이른바 '동적 등가성' 이라는 다소 융통성이 있을 듯한 범주를 마련했음에도 불구하고 번역의 실제에 도움이 되는 바는 적었다. 확실히 할 것은 언어학적 번역이론은 그 자체로서 한 독립적 분야이겠으나 우리 앞의 학생들의 일부를 번역자로 양성하는 일에는 극히 지엽적 중요성이 있을 뿐이라는 것이다.

주류파 언어학에 기대는 것보다는 언어철학의 한 줄기인 언어행위 이론에서 몇 가지 원칙상의 개념을 차용하는 것이 더 유리할 듯하다. 르페브르의 말대로 기본적 문장 문법의 훈련을 우선 전제하고서야 번역 실제에 관한 논의를 할 수 있으므로 언어학적 관심의 초점인 발화행위(locution) 자체는 번역의 실제에서 별로 관심할 바 아니고, 발화를 수반하는 (illocutionary) 제반 양상에 주의를 보내야 한다. 번역은 문장을 문장으로 다시 쓰는 일이 아니라 문단을 문단으로, 나아가서는 장을 장으로, 책을 책으로 다시 쓰는 일인데 이때 중요한 것은 그 문단, 장, 책이 원천어(source language)에서 하던 일(즉 넓게 말하여 발화 수반행위, illocutionary acts)을 목표어(target language)에서 어떻게 얼마만큼 할 수 있게끔 하느냐이다. 발화 수반행위란 무수하고 당장에 확인될 수 없는 것도 허다하며 역사적으로 첨가, 변화, 소멸되기도 하므로 이를 다 옮긴다는 것은 불가능할 뿐 아니라 무모하다. 필요한 것은 다만 가장 중요하다고 지금 당장 인식되는 사항들을 고려하여 목표어의 어떤 상황들과 대응시킬지를 판단하는 일이다. 언어 차원의 발화 수반 양상들로서는 두운(alliteration), 각운, 율격, 풍유(allusion), 외국어, 문법, 비유, 인명, 신조어, 패러디, 시어, 말장난(pun), 방언 등 다양하다. 르페브르는 번역자의 골칫거리인 이런 문제들을 언어 차원의 문제로 삼고 있다. 원천어의 이러한 언어적 양상들 중 목표어에, 그에 상응하는 언어적 양상이 있다고 해도 번역자가 그대로 다 옮길 수 없다는 것은 분명하다. 그러나 르페브르는 그러한 양상들 중 특히 발화 수반력(illocutionary force)이 의도적으로 강한 것은 목표어에서도 가능한 한 비슷한 힘을 가지도록 해야 한다고 주장한다. 예컨대 서양 신고전주의 시대의 잠언적 내용의 운문은 우리말에서도 격언처럼 들리게 하되 4·4조의 운율을 따라 번역하는 것 따위이다. 최근 최종철 교수의 셰익스피어 번역은 우리의 민요조인 3·3조를 따르려고 애쓰고 있다. 셰익스피어를 산문화하는 것은 극의 길이를 늘어나게 하고 실제 대본으로 쓰기 어렵게 한다. 그는 셰익스피어가 대사의 전달을 가장 중요한 발화 수반력으로 삼고 있었다고 해석하고 바로 그 발화 수반력을 한국어 번역에서도 발휘하게끔 한 것이라고 할 수 있다. 지금

까지 셰익스피어 번역은 영어로 된 내용을 우리말로 다시 쓰기에만 주력
했었다.

그러나 언어의 발화 수반 양상만을 고려하는 것으로는 충분치 않다.
르페브르에 따르면, 오늘날 번역에 가장 큰 문제성을 야기하는 것은 1)
그 언어와, 2) 그 문학작품이 전제로 하는 담론의 세계, 3) 그것이 암묵
적으로 따르는 문학이론, 4) 그 저자와 그가 상대한 이념 등이다. 이들이
번역의 4층위를 이룬다. 본시 저자들은 자기가 표현하고자 하는 내용을
담론의 세계, 문학이론, 이념을 유 / 무의식적으로 고려하여 여과시킨다.
넓게 말하여 텍스트의 문화적 조건들이 개입되는 것이다. 번역자는 우리
가 항용 듣는, "모든 글은 공백에서 씌어지지 않는다" "번역은 언어에 국
한되지 않고 문화와 문화의 만남이다" 등등의 상투적 문구들을 심각히
받아들여야 한다. 이러한 조건들은 단순한 외국어의 의사소통 능력으로
해결되지 않는다는 것을 우리는 잘 안다. 번역자는 원문의 언어뿐 아니
라 그 담론의 세계, 문학이론, 이념까지도 번역해야 하는데 이런 일은 물
론 전문학자가 할 일이다. 다음은 르페브르의 말이다.

번역자는 원천 문학 및 원천 문화에서의 그 원문의 위치를 알아야 한다.
그러한 지식 없이는 목표 문학과 문화에서 적절한 유추 사항들을 찾을 수
없다. 다른 이유도 있지만 바로 이 때문에 전문 학자가 번역해야 하고 그
들의 번역은 창작인 동시에 학술적 업적으로 간주되어야 한다. 학자들은
비학자들보다 원문의 문학사적 문화적 문맥과 친숙할 가능성이 더 크기
때문이다. 그렇다고 해서 모든 학자들이 번역을 할 수 있다는 것도, 모든
번역자들이 학자가 되어야 한다는 것도 아니다. 다만 번역을 할 수 있는
학자는 번역을 해야 하며 학자들의 사회에서 그 일에 대하여 정당한 인정
을 해주어야 한다는 것이다. (92)

우리 외국문학 전공 학자들이 평생 연구하는 주제란 다름아닌 한 특정

작품, 작가가 다루는 담론의 세계, 작가가 따르는 시학, 그리고 작가가 상대한 사회의 이념이 아닌가? 그러나 이러한 조건들을 아는 것만으로는 번역자로서의 자질을 절반만 충족하는 것이 될 뿐이다. 번역자에게는 목표 문화와 문학, 즉 우리에게는 한국문학과 문화에 대한 상응하는 지식이 있어야 한다.

40년 전의 세계문학전집이 소문난 만큼은 일어 중역에 힘입은 바가 크지 않았다고 해도 당시의 번역자들은 한국어는 물론 한국문학과 문화에 대하여 체계적으로 배울 기회가 극히 적었던 불운한 세대에 속하였다. 일본인이 일본인을 위하여 번역한 것을 일본식 어휘와 표현을 대체로 그대로 간직한 채 다소 어눌한 우리말(이른바 번역투)로 옮겨놓는 과정에서 상당히는 심한 왜곡이 개입되었을 것이다. 다만 앞서 언급했듯이 그 공적은 인정할 수 있다. 그러나 지금의 우리는 우리의 전공 영역인 외국 문학과 문학의 담론적 세계, 시학, 이념을 연구하느라 애쓰는 만큼 우리 문학과 문화를 연구하는 노력을 보이느냐가 문제이다. 그런 사람은 실제로 많지 않을 것이다. 따라서 모든 외국문학 연구자가 다 번역가가 될 수는 없는 것이다. 번역자는 외국문학과 아울러 우리 문학을 아는 학자이므로 다만 외국문학만을 아는 이보다 존경받을 만한 자질이 있으며 그의 번역 업적은 단지 외국어에 대한 일반적 지식뿐 아니라 외국문학에 관한 전문적 연구를 내포하는 것이므로 외국문학 연구 논문 이상의 것이 될 수가 있다. 그런 학자는 명실공히 비교문학자, 아니 그냥 문학자이다. 실상 외국문학자는 좋든 싫든 비교문학자가 될 수밖에 없다.

우리는 외국의 명문을 강독하는 것이 외국문학 공부의 거의 전부였던 시대를 멀리 뒤로 하고 있다. 당시 학생들은 20세기 독일소설이든 19세기 영시이든 간에 자기들이 가진 문법 지식을 동원하여 알아들을 수 있는 수준으로 해석해주는 교육을 받았다. 당시 교수는 언어적 차원의 번역 연습, 그것도 초보 차원에 속한 연습을 시켰다. '다음을 번역하라' 라는 것이 시험문제의 단골 메뉴였다. 아직도 대학원 시험이나 일부 입시

시험에 그런 문제가 나기도 한다. 그러나 오늘날 외국문학 강의는 이미 단순한 강독의 시대를 벗어난 것을 크게 다행으로 알며 영시나 독희곡이 아니라 영시론, 독희곡론의 강의로 지향되었음을 자랑으로 여기고 있다. 이는 물론 우리의 외국문학 연구의 수준이 높아진 것을 단적으로 보여주는 양상이다.

그런데 이러한 발전은 우리들 앞에 앉은 학생들의 외국어 실력과 이론 학습 능력이 그 동안 놀랍게 향상된 결과가 아니라 우리의 대부분이 외국의 대학원에서 그들이 가르치는 대로 배운 외국문학을 우리의 강의실, 그것도 학부 강의실에서 거의 그대로 쏟아놓기 시작하면서 이럭저럭 고착된 상황이라고 함이 옳다. 다시 말하면 우리의 외국문학 연구 능력과 강의실의 학생들의 수강 능력 사이에 엄존하는 큰 간격을 그리 심각히 고려하지 않고 일방적으로 고급 지식을 전달하는 강의 방식에 어느 틈에 모두 적응이 되었다는 말이다. 수강생들조차도 잘 적응되어 있어서 우리가 항용 시험문제로 내곤 하는 '○○에 나타나는 ××주의 사상을 논하라' '18세기 희곡의 발전과정을 부르주아 관점에서 논하라' '신역사주의란 무엇인가? 르네상스 작품의 예를 들어 해석적으로 논술하라' 따위의 굉장한 질문에 대답도 척척 잘 쓰는데, 여러분은 혹시 그들에게 답을 영어로, 독일어로 쓰라고 한 경험이 있는가? 그 독일어, 영어 구사력 가지고 어떻게 그처럼 고담준론에 능통하게 되었는지 의심해본 일이 있는가?

외국어로 고급 교양을 내용으로 하는 글을 쓴다는 것은 기실 어려운 일이고 대학 사 년 동안에 쉽게 습득할 수 있는 기능도 아니다. 그렇다면 평생 써온 우리말 구사력은 어떤가? 학부생들, 대학원생들, 박사과정생들의 우리 글 쓰는 능력이 언제나 탁월하지는 못하다는 말을 늘 듣는 이유는 무엇인가? 20년에 걸치는 정규 교육과정에서 우리 학생들은 한국 문화는 고사하고 한국어 문장 쓰는 훈련도 충분히 받지 못했다. 그중 소수는 우리처럼 서양문학을 공부해서 교수 노릇도 하게 된다. 이 사실은 참 중요한 것이지만 우리 외국어문학 교수들이 해결할 수 있는 일의 범위를 훨씬 넘으므로 더 논의할 수도 없다.

오래 전에 강독을 타기한 이후 외국 문장의 우리말 번역 연습은 실상 우리 중 아무도 책임지지 않는다. 앞서 말했듯이 우리는 강독을 지양하여 강의로 진보했는데 학생들마저 그런 수준에 올라섰다는 증거는 없다. 나는 이 상황은 정말 큰일이라고 생각한다. 외국어 작문과 회화의 경우에는 학원도 있고 외국인 강사도 있지만 고급 문학작품 강독은 대학의 강의실 밖에는 있기 어려운데, 그것이 바로 강의실로부터 추방을 당하고 있는 것이다. 나는 종래의 강독 방식이 교수나 수강생 모두에게 불만스러웠음을 안다. 그러므로 우리가 외국문학 교육에 번역 연습을 다시금 부활시킨다면 그것은 강독이 아니라 체계적인 번역 연습이 될 것이다. 그렇다고 해서 무슨 문학 과목처럼 여러 전공 과목 중의 하나로 설정하고 그것을 필수로 지정하여 번역의 책임을 그리로 한데 몰아버린다면 소기의 목적을 달성할 것 같지는 않다.

필자는 근년에 담당한 현대영시와 영미비평 강의에서 학기당 2회씩 교재에 나와 있는 영시 한 편, 비평문 두 쪽을 반드시 좋은 우리글로 번역해내는 것을 숙제로 하고 수강생이 적을 경우에는 그러한 번역시, 번역 문장을 모아 문집으로 만들어 나눠가지기도 했다. 내 나름으로는 문학작품의 담론세계, 시학, 이념을 포괄하는 문화적 배경과 의의에 대하여 강의를 하므로 그것을 바탕으로 수강생들이 실제 번역을 하게 함으로써 작품에 대한 이해를 심화시키고자 하는 작은 노력이다. 필자는 아는 데까지는 한국 및 동양 사상과의 비교, 대조의 지점들을 반드시 언급한다. 번역자를 양성하려는 의도는 아니나 두 문화의 접점을 탐색하고 인지하는 고급 교양을 조금이나마 심어주려고 하는 것이다. 그런데 학생들의 일반적 번역 수준이 그리 높지 못해서 언제나 마음에 걸린다. 그처럼 똑똑한 사람들인데 영어 자체도 문제려니와 우리말 골라쓰는 수준이 높지 못한 경우가 적지 않다.

그러나 필자 개인의 작은 노력이 무슨 큰 효과를 거둘 수 있을지는 모

148

르겠다. 그래서 필자는 우리의 교과과정 중에 번역 과목을 정식으로 개설하는 한편 모든 어문학 교수들이 강의나 숙제나 시험을 통하여 반드시 단순한 강독이나 해석이 아닌 진정한 번역 연습을 시킬 수 있게 되기를 바랄 뿐이다. 그런 교육을 받은 사람 중에서 번역 전문가가 나올 수 있을 것이다. 대학 교육의 개혁이 대대적으로 벌어지고 있는 오늘날, 외국 문학을 전공 영역으로 선택하는 학생들은 반드시 외국의 역사 철학 사회 종교 등 문화의 배경을 공부하게 하고 아울러 반드시 우리 문화와 문학을 공부하게 해야 할 것이다. 따라서 앞으로 외국 문학 전공 영역에는 해당 문화사나 사상사를 가르칠 만한 전공자가 생기든가 아니면 기존 역사학 철학 교수가 문화적 사명감을 가지고 교육에 나서야겠고, 외국문학을 전공한 사람들도 해당 언어 사용 지역의 문화와 아울러 우리 문화에 대한 지식을 넓혀서 그러한 지식이 예컨대 하이네의 시를 강의할 때에도 표출되게 하며, 동시에 학생들의 한국어 구사력을 강화하는 일에도 책임을 나누어 져야 할 것이다. 요컨대 19세기 유럽 민족주의와 더불어 시작된 순 민족문예 중심의 외국 문학 교육은 비교문학 내지 비교문화 교육으로 발전하고 그런 교육의 실질적 효과로서 진정한 번역 능력을 가진 지식인을 양성하는 것이 그 가장 중요한 목적의 하나가 되어야 할 것이다.

　나는 얼마 전 국문학 교육은 창작 연습을 중심으로 해야 할 것이라는 주장을 편 바 있는데(『세계의문학』 1994년 겨울호, 「문학 공부는 무엇이 되어야 하는가?」 참조) 외국 문학 교육도 번역이라는 학술 및 창작을 중심으로 해야 한다고 주장하고 싶다. 좋은 작품을 선정하여 잘 쓴 우리말로 번역하고 잘 쓴 해설과 주석을 붙인 글을 졸업 논문으로 인정하였으면 좋겠다. 우리 교수들은 학술 논문 집필에만 주력하지 말고 번역에 적극 참여하여 모범을 보일 필요가 있다. 외국 문학 전문가들이 우리말로 번역하여 소개하면 우리 문화 발전에 큰 힘이 될 만한 외국 문학작품이 얼마나 많은가! 모 대학에서 이 일을 시작했다니 큰 기대가 된다. 40년 전에 번역된 세계 문학작품들은 한글 세대의 우리말로 모두 다시 번역되어

야 한다. 이 일은 반역도 천역도 아닌 시급한 큰 일이다. 채용이나 진급
에 필요한 논문만이 아니라 번역에 참여할 사람도 길러내는 것이 우리가
할 일이다.

(『번역 연구』 4집 1996년)

어떤 경우에 '번역'은 '반역'이 되는가?

서양 사람들이 쓴 번역론을 읽노라면 으레 "번역자는 반역자(Traduttore traditore)"라는 오랜 이탈리아의 경구를 만나게 된다. 번역자라는 뜻을 가진 '트라두토레'가 반역자라는 뜻을 가진 '트라디토레'와 홀소리 하나만 틀리고 발음이 같아서 멋진 경구 노릇을 하는데, 희한하게도 우리 말에서도 '번역'과 '반역'은 홀소리 하나만 다를 뿐인데다가 이탈리아 말보다 훨씬 짧아서 더 멋진 경구가 될 수 있다. 다만 번역에 관한 논의 가 많지 않은 우리나라에서는 그 멋진 경구가 자주 인용되지는 않는다.

"번역은 반역"이라는 경구는, 번역은 원문을 잘못 해석하든가 원문에 치욕을 돌리는 못난 해석을 하게 마련이라는 뜻이다. 이에는 상당히 긴 역사가 있다. 문자에 의한 지식의 전달이 극히 제한되었던 오랜 중세 시 대를 마감하고 유럽인들이 문자문화 운동을 활발히 벌이기 시작한 것은 잘 알려진 바와 같이 르네상스 시대이다.

체계적 지식은 아무 데서나 마음만 먹으면 창출되는 것이 아니다. 다른 시대, 다른 지역에서 창출된 지식을 옮겨오는 것으로써 한 지역, 한 시대의 지식문화가 시작되는 것이 보통 있는 일이다. 온갖 지식에 대한 욕구가 치솟았을 때 유럽인들은 이미 오래 전에 창출되어 쌓여 있던 고대 헬라와 로마의 지식을 재발굴하였다. 그런데 고대 헬라어와 라틴어를 제대로 잘 아는 사람이 많지 않아서 당시의 이탈리아어로 옮겨놓은 문헌들에는 틀린 데가 무수하였다.

지식 획득의 열의에 침착한 반성의 태도가 가해진 것은 그로부터 상당한 시일이 지나서였다. 이 시대에는 고전어에 대한 학습이 훨씬 치밀하고 조직적으로 되어 학자들(그들을 '휴머니스트', 즉 인문학자라고 불렀다)은 그들의 선배와 동시대인의 잘못된 번역을 들추어내기 시작했다. 자기들이 한없이 숭모하는 고전들을 틀리게 번역한 것을 고전들에 대한 '반역행위'라고 매도했다. 그러면서 자기들 스스로 모범적이라 자부하는 번역을 내놓았다. 그러나 학자들의 모범적이라는 번역에도 틀린 데가 있었고 틀리지는 않았다고 해도 원문의 힘과 아름다움을 살리지 못한 것이 많아서 자기네들끼리 서로 반역자라는 욕설을 주고받게 되었다. 그리하여 그들 사이에서는 번역이라는 이름의 반역을 아예 회피하고 원문에 대한 자세한 주석과 해설을 붙이는 데에 정성을 쏟는 것으로 그치는 경향이 짙어갔다. 이러한 경향이 심화되어 오늘날 서양의 어문학 연구 방법으로 굳은 것이다. 르네상스 시대의 고전 문헌 연구자들, 즉 휴머니스트들이 오늘날의 어문학 교수들의 선조가 되며, 이들의 연구 방법도 선조들의 것을 거의 그대로 따르고 있다. 중요한 고전 문헌에 대한 정확한 주석과 해설을 위주로 하면서 '반역'이 되기 쉬운 '번역'에는 쉽게 손을 대지 않으려 하는 것이다.

한국에서도 요즈음의 외국어문학 교수들은 어려운 고전의 번역을 가끔은 하지만 주로 외국어 고전에 대한 해설과 해석에 주력하고 있는데, 이것은 서양의 관행일 뿐만 아니라 동양의 오랜 전통과도 관계가 깊다. 중국의 학자들은 '사서삼경' 같은 고대 중국어로 씌인 고전을 근세의 일반 중국어로 옮기지 않고 오직 주석과 해석과 해설에만 힘썼던 것을 우리는 알고 있다. 우리나라에서도 이름난 학자들이 유교의 경전이나 불경을 '언문'으로 옮긴 예는 거의 없었다. 다만 서양과는 달리 번역이 반역이 될까봐 겁이 나서였다기보다는 고전을 읽고픈 사람은 열심히 공부하여 직접 읽어야 한다는 신념에서였다고 생각된다.

번역은 고급정보의 공유 방법의 한 가지인데, 이를 거부한 것은 소수의 자격 획득자끼리만 정보를 독점하려는 의도였음을 나타낸다. 정보의 독과점 현상은 어느 사회에나 있는 현상으로서, 이를 타파하려는 노력도 또한 대다수의 사회에서 볼 수 있다. 한국에서는 '어린 백성'과의 정보 공유를 위하여 우수한 수단인 한글을 정보 독과점 집단(임금과 사대부) 스스로 창안하였지만 정보 가치가 높은 외국의 중요 문헌의 번역에 본격적으로 이용하기 시작한 것은 초창기의 실험 단계를 제외하고는 19세기 말에 이르러서였다.

한국의 사대부 식자층은 귀중한 경전들이 언문이라는 비천한 옷을 입고 나다니게 하는 것을 최고의 대역죄로 믿고 있었던 것 같다. 중국의 경전과 고전을 직접 읽을 줄 알게 하는 것이 우리 민족의 약 2천 년간의 정규 교육의 전부였다. 한글은 중국 문헌에다 토를 달아 읽는 데 쓰이는 것만으로도 영광스럽게 느껴야 하는 형편이었다. 실상 한글 창제의 의도가 한문에 토를 달아 읽게 하기 위한 것이었다는 저명한 국어학자 이 아무개 교수의 견해도 없지 않다. 즉 "맹자(孟子)ㅣ 견(見) 양혜왕(梁惠王)ᄒᆞ신대"에서처럼 ㅣ, ᄒᆞ신대의 네 글자로 한문에 토를 달아 읽기를 돕는 데 쓰라고 만들었다는 것이었다. 터무니없는 견해였지만, 사대부에게는 한글의 용도가 고작 그쯤이었던 것이 사실이고, "맹자가 양나라의 혜왕을 만났다"라고 번역해 인쇄해서 많은 '어린 백성'에게 읽힐 생각은 별로 하지 않았던 것이다. 그리하여 우리말은 위대한 경전을 번역할 수 있는 융통성 있는 도구로 연마되지 못한 채 19세기 말에 이르렀던 것이다.

번역은 단지 외국어 실력만으로 되는 것이 아니다. 그것은 습득하기가 꽤 까다로운 기술임에 틀림없다. 기술이 진정으로 생산성을 얻으려면 요샛말로 '기술 축적'이 이루어진 다음이라야 하는데 한국에서는 한국 문화 5천 년간 그 기술 축적을 하지 않았다. 한글 창제 직후에 시작되었던 『두시언해』와 같은 번역 작업이 계속되었더라면 19세기 말까지 우리는 남부럽지 않게 번역 기술을 축적해놓아서 갑자기 밀려들어오는 외국 문헌을 잘 소화해낼 수 있었을 것이다.

19세기 말에 시작된 번역도 우리 손으로 한 것이 아니라 서양의 기독교 선교사들이 선교의 목적으로 한 것이 대부분이었다.[1]

경전 번역 기술이 전혀 없다시피 한 우리나라에서 서양인들이 기독교의 성경과 찬미가와 『천로역정』 같은 종교문학을 번역하였는데, 이 작업에 한국인들도 참여하였지만 그것은 그들이 서양 고전 원전이나 영어를 잘 알아서가 아니라 그런 문헌의 일본어, 한문 번역을 읽을 수 있어서였다. 서양문화 수입에서 일본어에 대한 의존은 그때부터 시작되었던 것이다.

번역을 경전에 대한 반역으로, 또한 지식계층의 정보 독점주의에 대한 반역으로 믿은 우리나라 문화의 특수한 역사가 엄청난 결과를 가져왔다. 20세기 초부터 한국인의 일본 유학이 본격화되어 현대 학문의 습득의 통로가 열렸지만, 서양 문헌에의 접근은 거의 반드시 일본어 번역을 통하여 하게 되었다. 일본에서도 '반역'에 지나지 않은 번역이 많았을 터이지만, 그런 못난 번역이라도 자꾸 계속하면 기술 축적이 된다. 일반적으로 일본의 기술 축적이란 서양 기술의 거듭된 '번역'의 결과이다. 그래서 우리는 19세기 말에 시작될 뻔했던 번역 기술의 축적을 금방 다시 차단당하게 되었던 것이다.

---

1) 전 세계 대부분의 나라에서 종교적 경전의 번역이 그 나라 번역 사업의 시작일 뿐 아니라 최고의 문화적 업적이 된다. 특히 기독교의 성경 번역은 많은 민족어의 형성과 확산에 결정적 역할을 했다. 루터의 독일어 성경 번역은 그 좋은 예이다. 성경 번역에 대한 이론적 연구로 유명한 책은 E.A. Nida, *God's Word in Man's Language*(1952)이다. 나이다(Nida)는 저명한 언어학자였다.

일본어는 우리말과 거의 같아서 일본 한자어는 그대로 옮기면 되고 토씨와 끝바꿈(어미)만 바꾸면 저절로 우리말이 된다고 믿어버린 일본어 세대의 한국 지식인과 그들의 충실한 후배들은 서양 문헌에의 접근은 물론이고 서양 문헌의 번역조차 일본어에 의존한 까닭에 우리말은 치유될 수 없는 손상을 입었다. 쉬운 예를 들자면, 서양 개념들의 번역인 '이름씨'가 '명사'가 되고 '움직씨'가 '동사'가 되었는가 하면, 서양 예술의 명작인 『잃어버린 낙원』이 『실락원』(즐거움을 잃어버린 낙원?)으로 『붉은색과 검정색』이 『적과 흑』으로, 『거룩한 희극』이 『신곡』(귀신의 노래?)으로 『요술 피리』가 『마적』(말 탄 도둑떼?)으로 『동백부인』이 『춘희』(봄처녀?)로, 『불모지』가 『황무지』(잡초가 무성한 땅? 본래 뜻은 아무 풀도 자라지 못하는 불모지이다)로 되었다. 더더구나 영한사전을 비롯한 외국어 사전들이 일본에서 만든 외국어 사전들을 거의 그대로 옮겨적은 것이므로 한국인의 외국어 학습은 일본식으로 굳어지는 수밖에 없었다. 외국어 문법서들도 일본인들이 만든 것을 그대로 옮긴 것이 대부분이다. 옛날에는 한문에 토를 달아 읽기 위해 한글이 쓰이더니 20세기에는 일본식 한자어의 우리말 발음 표기와 역시 토 달기에 쓰이고 있는 셈이다. 일본인들이 사전에서 영어의 '맨'을 '人間'이라고 옮겨놓은 것을 우리는 '인간'이라고 발음만 바꾸어놓았는데, 우리말에서 1920년대만 해도 '人間'은 '사람'이란 뜻이 아니라 '세상'이란 뜻이었다.

더욱 심각하게는 "그 소년은 그의 어머니에 의하여 음식을 먹이웠었다" 같은 망측스런 괴물이 번역뿐 아니라 보통 글투에도 버젓이 섞이게 되었으니 이것은 일본식 '직역주의' 외국어 교육의 결과임을 부인할 수 없다. '사내아이' '계집아이'가 '소년' '소녀'가 된 것은 낱말 차원의 왜곡(倭曲?)이지만 '……에 의하여' '먹이우다' '……었었다' 같은 통사론적 왜곡은 한층 심각한 병통인데 그것은 일본식 문법 교육에 전적으로 책임이 있다.

외국어 문장의 문법적 분석을 강조하는 교육은 '직역주의'를 낳을 수밖에 없다. 그런 교육 방법은 일본인이 우리에게 남겨준 가장 끈질긴 '버리고 싶은 유산' 이 되어 있다. 직역은 번역이라는 이름의 반역 중 가장 흔한 형태이다. 그래서 외국어 시간에 "해석은 되는데 뜻은 모르겠습니다"라고 털어놓는 학생들이 계속 양산되고 있다. 일본인들이 만든 학교용 외국어 문법 규칙(영어에서 이른바 문장 5형식 따위)을 기계적으로 적용하여 낱말을 바꾸어넣고 보니 뜻 모를 괴상한 낱말 줄기가 생성되는 것이다. 그러나 외국어 교사는 문법 규칙을 정확히 적용한 학생에게 후한 점수를 주기로 되어 있다. 그렇게 하여 생긴 버릇이 고질화되어서 뜻을 제대로 알아차리는 경우에도 문법 규칙을 정확히 적용하였다는 표시를 남기지 않으면 틀린 번역이라고 오해를 받을까봐 모범생은 되도록 직역에 가까운 글투를 만들려고 애를 쓴다. 한국의 외국어 교사, 교수는 다들 그런 버릇이 조금씩 들어 있고 학생들에게도 그것을 강요한다.

일본식의 직역주의 번역투가 우리나라에 정착된 것은 아마 1950년대 후반에 당시의 대형 출판사들이 거의 동시에 전20권, 전30권 등 일본의 전집류를 흉내내어 '세계문학전집' '세계사상전집' 등을 낼 때였을 것이다. 당시의 외국어문학, 특히 영어영문학 교수 중에서 한 권이라도 번역을 맡지 않은 이는 드물었다. 그들을 전적으로 돕기 위하여 동원된 대학원생도 적지 않았다. 필자도 학생 시절에 한 러시아의 명작 일부를 영어판에서 번역해주고 약간의 용돈을 받았고, 전임강사 시절에는 에스파냐의 최고 명작을 역시 영어판에서 번역하고 제법 유식한 해설까지 붙여 넘겨주고 원고료의 절반을 나누어 받은 가벼운 '반역' 의 전과가 있다. 당시의 외국어문학 교수들이 서양 문학을 번역할 때 대대적으로 일본어판을 참조했다는 소문이 들리는바, 한국에서 번역의 시대를 연 큰 공적을 인정하는 한편, 오늘날의 '번역투' 를 정착시킨 책임도 그들에게 돌리는 수밖에 없다. 영어→일어→한국어 같은 중역은 물론 큰 반역의 하나이다. 그러나 번역 초창기에는 어느 시대, 어느 나라에서도 용서받을 수 있는 반역이다. 문제는 당시 대부분의 외국어문학 교수, 강사들과 교사들은 초등학교 중고등학교 대학 공부를 식민지식 일본어로 하였고 서양문화에 대한 지식도 거의 일본어를 통하여 얻었으므로 일본식 직역주의 번역투를 별로 거리낌없이 썼다는 사실이다. 그리고 그게 곧 유식한 우리 말투라고까지 믿었을 것이다. 우리 고유의 어감에 맞는 말투는 오히려 들어보지 못했기 쉽다. 그 전집류를 탐독한 한글 세대(필자는 이 세대의 맨 앞줄에 속한다)도 어쩔 수 없이 그 일본식 번역투를 익히게 되었다.

번역 출판이 활기를 띠기 직전 필자가 대학 초년생이었을 때 삼십대의 한 젊은 영문학 교수가 유명한 현대 미국소설을 일본어판과는 관계없이 직접 영어판에서 옮겼다. 당시 일간신문 문화면에서 그 사실을 대서특필하면서 우리나라의 번역문학도 이제 본궤도에 올랐다고 칭찬했는데, 우리에게 국어를 가르치던 소설가 박영준 선생이 그 책을 보고는 그런 억지 문장투성이를 신문에서 칭찬하다니 가소롭다고 하였다. 필자도 그 책을 사다 읽었는데, 무슨 소리인지 잘 읽히지가 않았다. 그 문장들은 우리가 고등학교나 대학 교양영어 시간에 내용은 잘 모르면서 문법 규칙에 따라 억지로 직역해놓은 것과 아주 닮아 있었다. 그 번역자는 나중에 한국의 저명한 영문학 교수로 입신하였지만 젊은 시절의 그는 일본 국어에 의한 직역주의 영어 교육에 젖어 영어는 잘 알아도 순 한국식 국어 문장으로 재생산하는 일에는 무척 서툴렀다. 초등학교에서 대학까지 순전히 일본어로 공부한 그는 국어 문장을 쓰는 훈련을 받은 바가 전혀 없었을 것이다.

그와 그 동료의 제자들은 그러한 직역주의 번역투를 배워 익히느라고 얼마나 고생하였던가! 그러는 동안 우리는 우리 말투에다 무의식중에 얼마나 엄청난 변화를 강요하였던가! 그래서 독립된 국가가 되었어도 지난 40년간의 외국어 교육은 우리의 번역 기술을 축적시키는 데에는 크게 기여하지 못했다. 19세기 말에도 끊기고 20세기 중엽에도 되찾지 못한 기술의 하나가 번역술인 것이다. 우리같이 일본어 세대의 제자들인 한글 제1세대뿐 아니라 우리의 후배들인 한글 2, 3세대들에게 번역투는 오히려 이국적 향기를 풍기는 멋마저 있는 듯이 보인다. 예를 들어, 텔레비전에서 외국 영화를 보면 낱말도 아주 한국투는 아닌데다가 그것들의 연결도 외국어 시간에 습득한 '해석투'로 들린다. 외국어 원문을 '해석'해놓으니까 자연히 길어져서 서양 배우들이 입 한번 벙긋하는 사이에 우리 성우들은 우리말 낱말을 여남은 개씩 뱉어내는 떠버리 노릇을 하느라고 고생이 심하다. 노인들은 무슨 소린지 몰라 아예 외면하지만 초등학교 아동들은 척척 알아듣게 되었으니 우리 말투의 세대 차이는 엄청나다.

필자는 언젠가 신문의 칼럼에서 '번역투'를 문제삼은 적이 있다. 한 유능한 젊은 학자가 번역한 책을 읽으려다가 도저히 읽을 수 없어서 그가 능숙한 필치로 쓴 그 책에 대한 해설만 읽고 말았다. 그는 번역투와 보통 한국어투를 철저히 구별하고 있었다. 그의 번역투는 서양 중세의 라틴어 문장 구조를 흉내낸 듯 '……있어서' '……함으로써의' '……로부터만' '……으로서의' 같은 까다로운 연결 토씨와 끝바꿈으로 숨가쁘게 어휘를 연이어놓은 것이었다. 소괄호, 중괄호, 대괄호로 첩첩이 둘러싸인 다항식 문제를 풀듯 차근차근 풀어보면 대강의 뜻은 짐작이 갔지만 너무 힘겨워 읽기를 포기했던 것이다. 그러나 그가 해설은 유창하게 쓴 것을 보면 번역투를 일부러 써서 이국적인 맛을 보이려 한 것이 아닌가 하는 생각도 들었다. 또는 한글 세대인 그가 일본식 직역주의를 철저한 영어 교사 덕분에 체득한 것인지도 모른다. 결국 우리 스스로 번역 기술을 발전시키지 못한 탓이겠다.

앞에서 번역이 왜 반역이 될 수 있는지, 우리나라에서는 어떤 역사적 사정으로 인하여 모르는 사이에 번역이 반역이 되기 쉬운지를 좀 길게 설명했다. 우리는 르네상스 시대의 이탈리아 사람들과는 무척 다른 아픈 역사적 이유로 인해 선의의 번역까지도 뜻하지 아니하게 우리말에 대한 반역이 될 수 있음을 적어도 유의는 해야 할 것이다. 우리가 번역 일반론을 말할 때 이 점을 빼놓기는 어렵다. 특히 외국 문헌의 번역이 날로 왕성해가는 오늘날엔 더욱 그렇다.

그러나 반역적인 요소를 내포하더라도 번역은 필요하다. 실제로 번역의 불가능함을 곧이곧대로 믿고 모든 번역물을 배격하는 사람은 없다. 국역 성경이나 영역 성경을 반역의 기록이라고 거부하고 굳이 고대 히브리어나 헬라어 원전을 찾아 읽는 이는 없다. 16세기의 에스파냐 말을 몰라도 국역판으로『돈 키호테』를 충분히 이해하고 즐길 수 있으며 상당한 정도까지는 그에 관한 학술적 연구도 가능하다. 서양의 이론가들은 번역론 서두에서 "번역은 반역"이라는 경구를 인용하고서는 번역을 반대하는 논조를 펴는 것이 아니라 오히려 번역의 필요성, 그 엄청난 효용에 비해서 반역적 성격은 무시할 수 있음을 강조한다. 예를 들자면 영국의 저명한 번역가인 류는 "이탈리아의 경구인, 번역자는 반역자라는 말은 그 간결함과 기지 이외에는 살 만한 데가 없다"고 선언했고,[2] 비교문학자 알베르 게라르는 "이탈리아의 격언인, 번역자는 반역자라는 말은 피해자의 과장일 뿐이다"고 했다.[3]

옛날에 사람들이 모여서 하늘에 닿을 드높은 탑을 쌓아올리고 있었는데 신이 그들의 말을 서로 다르게 만들어버리니까 사람들은 의사가 안 통하여 하던 일을 내버리고 사방으로 흩어졌다고 한다. 유명한 바벨탑 이야기이다. 이 성경의 설화는 신에 대한 인간의 도전이 좌절되는 양상을 보여준 것이다. 이는 언어가 서로 다름으로 말미암아 생기는 인간 노력의 좌절 또한 보여준다. 통역의 필요함을 암시하기도 하는 것이다. 인류문화의 건설은 말이 서로 다를 수밖에 없는 저주(?)를 타고난 사람들 사이에 통역(즉 번역)이 있음으로 말미암아 가능하다. 따라서 번역은 반역이 아니라 불가결한 협조이다.

번역에 대하여 얼마쯤 이론적인 이해도 필요하다. 번역은 사람의 언어

---

2) E. V. Rieu, 'Translation', *Cassell s Encyclopaedia of Literature*, 1953.

3) Albert Guerard, 'Translation', *Dictionary of World Literary Terms*, 1973.

행위의 하나인 만큼 번역의 이론은 언어학의 한 분야가 될 것이다. 필자는 언어학은 알지 못하지만 번역이라는 실천에는 지대한 관심을 가지고 있는 까닭에 번역이론에 대하여 나름대로 조금 알아본 바가 있다.[4]

언어이론으로서의 번역론에서는 번역은 반역이라는 격언이 성립되지 않는다. 번역론은 언어는 그 표면에 나타나는 현상은 서로 매우 다르나 심층 구조에서는 서로 매우 흡사하다는 전제하에 성립된다. 사물, 사건, 추상, 관련 등은 어떤 언어에서나 말의 뜻의 구성요소들이 된다. 어느 언어에나 바위(사물)가 있고 바위를 옮길 수 있고(사건), 옮기기가 힘들고(추상성), 바위 옆에 사람이 설 수 있다(관계). 물론 각 언어 사이에 1대 1의 대응관계가 있다는 말은 아니나, 현재 한창 위세를 떨치고 있는 촘스키 같은 언어학자는 깊이 파들어가면 갈수록 언어들은 서로 닮아가고, 드디어는 동일한 원천에 뿌리를 박고 있음이 밝혀지리라고 믿는다. 이른바 보편 문법주의라는 것이다. 이 세상 사람들이 자연스럽게 사용하는 언어(이른바 '자연언어'. 모스 부호나 에스페란토 같은 인공적 언어와 구별된다)들이 공통적인 심층 구조를 가지고 있어, 그 구조로부터 무한한 숫자의 서로 다른 표면 구조가 생성된다는 이 이론이 바로 번역이론의 기초가 된다.

이러한 생성, 변화의 언어이론에 따르자면 근원적인 심층 구조에서는 언어 사이의 차이라는 것이 없으므로 번역의 필요도 없을 것이다. 그러한 심층 구조에서 구체적 표현을 지향하여 변형이 생기는 순간부터 두 언어는 서로 조금씩 달라지기 시작할 것이다. 그러므로 심층 구조에 가까울수록 두 언어 사이는 번역이 쉬워지고, 표면 구조에 가까울수록 번역은 어려워질 것이다. 적어도 이론상으로는 그렇다.

이 이론은 어느 시대, 어느 곳에 살든지 사람의 근본은 서로 본질적으

---

4) 번역이론에 관하여 필자는 국내 유일한 저서로 생각되는 Yo in Song(송요인), *Translation : Theory and Practice*(동국대학교 출판부, 1975, 영문)을 참고했다. 아래의 논의는 거의 이 책을 참조한 것이다.

로 동일하다는 보편주의에 근거하고 있다. 이러한 보편주의에 따르면 사람의 모든 인지적 경험은 어느 언어로든지 결국은 전달될 수 있다. 사람의 인지적 경험을 가능케 하는 신경조직은 민족에 따라 달라지지 않는다. 아무리 까다로운 원자핵 이론이라도 에스키모 말로 또는 아프리카 부시맨의 언어로 결국은 전달될 수가 있는 것이다. 적당한 낱말이 없을 때에는 외국어를 사용하든가, 새 말을 지어내든가, 말의 뜻을 조금 변형시키든가, 우회적으로 비유적으로 표현하든가 해서 부족을 메울 수 있다. 바로 이러한 과정을 통해서 문명은 세계 도처에 전파되는 것이다. 그러므로 번역의 문제는 가능, 불가능의 문제가 아니라 어렵기의 정도에 따른 것이다.

번역의 어려움은 보편적인 것과 특수한 것으로 크게 나누어볼 수 있다. 심층 구조와 표면 구조 사이의 어느 지점에서 번역을 행하느냐 하는 문제는 보편적인 문제에 속한다. 특수한 문제로는 언어 자체에 관련된 것과 문화(생활 양식)에 관련된 것이 있다. 번역은 단순히 표면 구조(표면에 나타난 그대로의 상태)에서 행하여지는 것이 아니다.(그렇게 한다면 순전히 사전에 따라 말 바꾸어 넣기, 즉 철저한 직역이 될 것이다.) 그렇다고 해서 추상적인 심층 구조에서 이루어지지도 않는다.(심층 구조에서는 언어의 차이가 없는 것으로 되어 있다.) 심층과 표면이라는 양극단 사이의 어느 수준이 적합한 번역의 지점이 되는지를 점찍기는 어렵지만 얼마쯤 경험이 있는 번역자는 그 지점을 대략 어림잡을 수 있다. 그 지점을 이론가들은 '번역 가능한 핵'이라고 한다.

일반적으로 좀 멋을 부려서 쓴 글을 번역할 때에, 의미는 문장 수준에서 분석하고, 멋(이른바 '스타일')은 전체 글덩어리(이른바 텍스트) 수준에서 분석한다. 한 글덩어리(텍스트)에서 '멋'을 제거하면 번역 가능한 핵들이 남는다. 이 핵들을 원하는 언어로 옮기고, 거기다가 다시 적절한 멋을 가하여 한 덩어리의 번역문을 만드는 것이다. 한 언어의 멋은 다른 언어로 그대로 옮길 수 없으므로 그 다른 언어에서 그에 맞먹는 멋을 빌려와야 한다. 예를 들자면 서양 시에서 장모음, 단모음이 서로 어울려 빚는 리듬의 멋을 우리말의 운문으로 옮긴다면 우리의 고유한 리듬인 4·4조의 멋으로 대치하는 수밖에 없을 것이다.

단순한 뜻의 번역에는 문장 단위의 의미 분석이 필요하다. 번역 가능한 핵으로 분석해보면, 네 가지의 핵이 있음을 알 수 있다. 앞에서도 언급했지만, 그 네 가지란 1) 사물 2) 사건 3) 추상(사물, 사건 들의 성질) 4) 관계들이다. 쉽게 짐작할 수 있듯이, 사물이란 연필 종이 불 하늘 따위이고, 사건이란 먹다 쓰다 자다 뛰다 따위이고, 추상이란 크다 밝다 답답하다 따위의 성질을 나타내는 것과, 많다 적다 따위의 숱을 나타내는 것과, 매우 지극히 따위의 정도를 나타내는 것과, 지금 여기 저기 가끔 자주 따위의 시간과 공간을 나타내는 것들이다. 관계란 우리말에서는 '……의' '……과' '……에서' '……로써' 같은 토씨로 나타내는 것이다. 한 글덩어리를 문장 단위로 나누어놓고 볼 때 이 네 가지 범주가 서로 어울려 있음을 알 수 있고, 바로 이 네 범주가 번역 가능한 핵을 이루는 것이다. 어느 나라 말이든지 이 네 범주가 있게 마련이므로 번역은 적어도 그런 범주들을 가려낼 수 있는 수준에서는 언제나 가능한 것으로 본다. "나는 저 식당에서 맛있는 곰탕을 사먹었다"에서 '나' '식당' '곰탕' 은 사물이고 '사먹었다' 는 사건이고, '저' '맛있는' 은 각각 공간/성질을 나타내는 추상이며, '……는' '……에서' '……을' 은 범주 사이의 관계를 나타낸다. 그것들에 해당되는 범주들이 영어, 중국어, 라틴어, 부시맨 언어에도 있다. 기본적인 번역은 그런 범주들의 수준에서 이루어지는 것이다.

번역은 두 개의 서로 다른 말 사이에서 이루어지는데, 반드시 그 두 말을 다 아는 사람(요즈음은 특수한 경우에는 기계가 사람 흉내를 낸다고도 한다)이 필요하다. 두 언어를 알고 있는 상태를 이중언어 사용, 그런 사람을 이중언어 사용자라고 한다. 영어, 일어, 중국어 등 외국어를 가르치는 한국인 교사들은 모두 이중언어 사용자들이다. 이중언어 사용자로서 번역에 가장 적합한 이는 아마 2개 언어를 꼭 같이 정확히 사용하는 사람일 것이나, 실제로 그런 사람은 드물고 어느 한쪽으로 치우치게 마련이다. 한국인 외국어 교사들은 예외없이 그들이 가르치는 외국어보다 우리말에 훨씬 더 능숙하다. 이것은 무척 자연스러운 일이다. 그런데 외국어에서 한국어로의 번역은 주로 그들이 한다. 비슷한 현상을 다른 나라에서도 볼 수 있다. 영어를 날 때부터 배워 늘 사용하는 영국인이 나중에 배운 불어 실력으로 불어 원문을 영어로 번역하는 것이 보통 있는 일이란 말이다. 그런데 번역하고자 하는 말(즉 외국어)을 필요 이상으로 존중하는 사람들이 적지 않아서, 되도록 우리말을 외국어에 가깝게 억지로 가지고 가려는 경향이 있다. 즉 외국어의 표면 구조에 근접한 수준에서 그대로 옮기고자 하는 것이다. 이것이 앞서 거론된 '직역주의'이다. 이것은 한 문장 전체를 번역을 위한 의미 분석의 최소 단위로 삼는 것이 아니라 개별 낱말을 번역의 단위로 삼고 다만 어순만 억지로 우리말처럼 꾸민 결과이다. 이러한 경향이 한국의 외국어 교육의 특징임을 위에서 지적하였다.

반대로 외국어의 독특한 구조를 지나치게 무시하고 완전한 우리말 표현에만 치우치면 그것은 번역이기보다는 외국어 원문의 해설이 되기 쉽다. 해설은 내용의 이해를 쉽게 하지만 원문 본래의 의도를 왜곡할 수 있고 원문의 멋을 암시할 수도 없다. 또한 해설은 유식한 사람이 무식한 사람을 위해서 하는 일인 만큼 경우에 따라서는 불쾌감을 줄 수도 있다.

대체로 외국어를 자국어로 번역한 것이 자국어를 외국어로 번역한 것보다 읽힘새가 좋다고 한다. 예를 들자면 한국인이 영어책을 한국어로 번역한 것이 영국인이 영어책을 한국어로 번역한 것이거나 한국인이 한국어 책을 영어로 번역한 것보다 읽기가 좋다는 것이다. 한국의 한 영문학자가 번역한 셰익스피어가, 그가 영어로 번역한 「춘향전」보다 더 잘되기 쉽다는 말이다.

요즈음 우리나라의 국위 선양을 위하여 한국 문학작품을 영어, 불어 등으로 번역하는 일을 정부 당국에서 주도하고 있는데, 그 일은 한국인 외국어문학자가 맡아서 잘 해낼 수 있는 것이 아니다. 얼마 전에 한국인 영문학 교수가 영어로 번역한 「춘향전」은 같은 영문학 교수가 읽어봐도 도저히 영어로 된 문학작품이라고 할 수가 없다. 어느 미국인이 그 번역을 비판하자 번역자인 그 교수는 미국인에게 교정을 받은 것이라고 당당하게 반격했지만, 그렇다고 해서 그것이 좋은 번역으로 둔갑하지는 못했다. 한국어를 잘한다고 자부하는 영국인이 한국인 독자를 위하여 셰익스피어를 번역해주기 어렵듯이, 영어를 잘한다고 자신하는 한국인이 영미의 독자를 위하여 「춘향전」「구운몽」을 번역해주기란 어려운 노릇이다. 번역이란 우리가 우리를 위해서 밖의 것을 들여오는 일이다. 따라서 한국 문헌의 외국어 번역은 한국어를 배운 외국인이 맡아서 할 일인 것이다. 문예진흥원에서 한국문학 번역 사업에 처음에는 주로 한국인을 동원했는데 최근 차차 시정되고 있어 다행한 일이다. 일본 작가 가와바타의 작품을 미국인 일본문학 교수 사이덴스티커가 영어로 잘 번역하여 노벨상까지 받게 한 것이지, 일본인 영문학자가 영어로 번역했던 것은 아니다. 이것이 번역의 한 큰 원칙으로 되어 있다. 한국 문헌이 외국어로 많이 잘 번역되게 하기 위해서는 외국인 중에서 한국어, 한국 문화를 연구할 사람을 양성해야 한다. 국가 사업으로 할 일이다.

　말의 표면 구조를 다듬는 일, 즉 '멋'을 내는 일(그것이 글의 '맛'을 내는 일도 된다)은 실상 제 나라 말을 쓸 때에만 가능하다고 하겠다. 그러한 멋과 맛이 매우 중요한 글이 서정시, 특히 현대의 세련된 서정시인데, 멋과 맛은 원문의 것을 그대로 옮길 수 없다고 해서 번역은 반역이라는 경구를 들먹이곤 한다.[5]

---

5) 미국 시인 로버트 프로스트는 "시는 번역한 다음에도 그대로 남는 부분"이라고, 시의 번역 불가능성을 선언한 적이 있다. 멋과 맛이 중요한 서정시와 기타 그와 유사한 문장을 번역하는 것은 매우 힘든 것이 사실이다. 그러나 앞에 인용한 알베르 게라르는 "작품이 위대할수록 번역으로 말미암아 손상을 입을 가능성이 적다"고 선언했다. 과연 그런가? 끊임없는 논쟁거리이다.

그러한 글의 멋과 맛을 전달하려면 비슷한 정도의 감흥을 줄 수 있는 대치물을 찾아내는 수밖에 없다.

이중언어 사용자라고 해서 다 번역을 할 수 있는 것은 물론 아니다. 번역은 오랜 훈련이 필요한 기술임을 앞에서도 강조했다. 그런데 번역의 기술은 외국어 사전과 문법서를 다 줄줄 외운다고 해서 얻어지지는 않는다. 반드시 외국의 문화를 상당 수준까지는 알아야 하고, 또한 자국의 문화와 비교할 수 있는 시각을 가져야 한다. 이중언어 사용 능력에 대하여 이중문화 지식이 필요하다. 번역가의 양성은 단순히 어학 훈련에 그쳐서는 안 되며 역사, 풍속, 사상 등 문화에 대한 이해가 병행되어야 한다. "해석은 하겠는데 뜻은 모르겠습니다"라는 고백도 외국문화에 대한 무지와 관계가 깊다. 그래서 영문학 작품은 전문 영어문법 교사보다는 영문학 전공자가 더 잘 번역할 가능성이 크다. 그러나 영문학 전공자는 영국 정치사상서를 소설처럼 쉽게 번역하지는 못한다. 그가 습득한 문화와는 상당히 다른 문화가 개입되어 있는 까닭이다. 그런 경우에도 번역은 반역이 될 수 있다. 언어에 관한 한 모를 것이 없더라도 그것이 함축하고 있는 문화적 요소들은 모를 수도 있는 것이다.

문화적 지식에 더하여 번역하여 소개할 가치가 있는지에 대한 판단력 역시 꼭 필요하다. 외국 독자들에게는 아무리 가치가 있는 글이라도 오늘의 한국 독자에게는 별로 가치가 없을 수도 있다. 그에 대한 판단은 외국문화뿐 아니라 우리 문화에 대한 깊은 이해가 있어야 가능하다. 요즈음 쏟아져나오는 번역물 중에는 과연 번역할 가치가 있는지를 신중히 판단하지 않고 번역부터 하고 봤다는 인상을 주는 것이 적지 않다. 그중에서도 독자가 극히 적을, 독자가 있더라도 원문으로 읽었을, 어려운 책을 번역한 예도 있는데, 번역자의 양심적 노력이 너무나 아깝다. 번역은 자신의 외국어 실력 발휘가 목적이 아니라 많은 사람에게 가치 있는 문화를 전달하는 것이 목적이다.

결국 번역이론은 언어학적 고찰의 범위를 벗어나 비교 문화론적 논의로 넘어간다. 비교 문화론은 걷잡을 수 없을 정도로 복잡다단한 영역으로서 우리가 여기서 이 이상 더 이야기할 성질의 것이 아니다.

(『국어생활』 1990년 여름호)

지역 연구로서의 문학 연구, 무엇이 문제인가?

　필자는 평생토록 영문학, 그중에서도 영미의 문학비평사를 연구 주제로 하고 있는 전통적 의미의 한국 영문학자이다. 필자는 한국의 한 대학에서 전통적 방법에 의한 영문학 교육을 받았으며 미국의 한 대학에서 그들의 전통적 방법에 의한 과정을 이수하여 박사 학위를 받고 미국의 한 지방 대학에서 잠시 영문학 교수 노릇을 하고 귀국하여 지금껏 거의 30년 동안 영문학을 가르치고 있는 전형적이고도 전통적인 교수이다. 학부 및 석사과정과 전임강사 재직 기간까지 합하면 필자는 무려 40년 이상이나 영국과 미국문화의 핵심이라고 의심없이 믿어지는 저들의 문학을 공부한 셈이다.

　그러나 영국이란 어떤 '지역'이며 미국이란 어떤 '지역'인가 하는 질문에 나는 제대로 답변할 수 없음을 고백하는 바이다. 그만큼 '지역 연구'는 전통적인 문학 연구와는 매우 어색한 관련성만을 가진 듯싶다. 분명히 우리가 이해하는 대로의 영미문학은 영어로 씌어진 영국과 미국의 문학이지만 그것이 영국과 미국이라는 '지역' 문화의 한 부분이라는 개념을 형성하기란 매우 낯설다. 영미문학을 깊이 연구하면서도 그것이 실질적으로 지리학적 인류학적 사회학적 의미를 가진 특정 지역문화의 한 가닥이라는 생각을 가지고 접근한 적은 거의 없다는 말이다.

평생 영문학을 공부하면서 나는 대단한 즐거움과 감동을 맛보지만 그것을 탄생시킨 영국 국민과 사회 현상을 직접 대면할 필요를 별로 느끼지 않았다. 미국과 영국을 관광객의 자격으로나마 두루 여행한 것은 나이 사십이 되어서였다. 오로지 그들이 자기네의 대표적 문학 유산이라고 내세우는 책들과 그 책들에 대한 해석을 읽는 것으로 족하다고 여겼다.

이러한 과정을 통하여 얻어진 필자의 지식이 필자에게 찾아오는 소수의 대학원 학생에게 전수되어 그중 몇 사람이 필자와 같은 영문학자가 되어 대학 강단에 서면 영미문학자로서의 필자의 사명은 끝나는 것이라 믿었다. 그러나 단지 필자의 강의를 수강하여 좋은, 또는 나쁜 성적을 받아가지고 졸업하여 각종 기업체에 취업한 훨씬, 훨씬 더 많은, 대학원 진학생보다 더 똑똑한 경우도 많은, 일반 졸업생들은 소수의 대학원 지망생들을 걸러내기 위한 들러리에 불과했는가? 영어영문학을 '전공' 한 덕택에 그들이 다른 학과 전공자들보다 특별히 영어를 능통하게 구사하여 현지인들과의 소통이 원활하든가 저들의 문화에 대한 이해가 충분하여 저들의 기대나 요망 사항을 더 수월하게 이해할 수 있다는 보장은 없다.

영어학이나 영문학의 교수가 철학 교수나 물리학 교수보다 영어를 특별히 더 능통하게 구사한다는 보장도 없다. 실상을 말하자면 영어영문학을 거의 전적으로 자국어로 강의하는 나라는 한국과 일본 이외에는 별로 없다고 알려지고 있다. 중국 베이징 대학에서도, 북한의 김일성대학에서도 영문학은 영어로 가르친다는 것이다. 이와 같은 사정은 영미 어문학뿐 아니라 독어독문학, 불어불문학, 서어서문학, 중어중문학, 심지어 일어일문학에서도 비슷하다. 이들 외국어문학과에서 회화나 작문을 담당한 교수는 완전한 교수 대우를 받지 못하는 현지인이든지 한국인이라도 대체로 주역 교수급은 아닌 아류 교강사이다. 정규 교수는 셰익스피어나 괴테나 라신 같은 최고 작가들에 대한 연구에 해당 국가의 교수들과 거의 다름없는 전문적 지식을 가지고 있다. 단지 해당 외국어를 잘하도록 훈련을 받지 못한 한국 학생들에게 철저하게 한국어로 강의를 한다는 점에서 다를 뿐이다.

이처럼 이제 50년이나 된 한국 대학의 외국어문학과는 출발부터 해당 외국어의 습득과 훈련을 통한 외국어의 능통성, 해당 외국의 국민과의 직접적인 접촉을 통한 문화적 사회적 이해의 심화, 중요 문헌 연구를 통한 해당 외국의 문화에 대한 폭넓은 인식의 획득과는 거의 관계가 없다. 고려조, 조선조 1천 년 동안 한국의 학자들은 중국의 한문학은 중국 학자 뺨칠 정도로 잘 익혔지만 정작 중국 현지를 답사한다든가 중국어를 익힐 필요는 전혀 느끼지 않았을 뿐 아니라 당대의 중국사회를 폭넓게 이해하고자 한 일이 거의 없던 것과 비슷한 현상이 되풀이된 것이다. 게다가 일본 대학 외국어문학 교육의 파행성을 충실히 묵수한 것이다.

뿐만 아니라 역시 일본식 대학 교육의 영향으로 외국어문학은 언어학과 문학 연구에 국한되어야 한다는 기이한 관념에 사로잡혀 '순언어 이론주의'와 '순문예주의' 전통이 뿌리박고 만 것이다.[1] 그래서 외국어문학과에서는 해당 외국의 역사, 사회, 사상, 문화를 폭넓게 이해시키는 일을 철저히 배제해야 하는 줄로 알고 있다. 필자가 영국이나 미국의 역사와 철학과 정치에 대하여 조금이라도 아는 것이 있다면 영미의 문학사와 문학비평을 통하여 조금씩 불확실하게 파편적으로 주워들은 것을 나름대로 대략 꿰어맞춘 것일 뿐이다. 필자는 영미의 철학이나 역사나 정치에 관한 강의를 들어본 바가 없으며 개인적으로 깊이 연구해보지도 못했다. 필자의 어쭙잖은 영어 사용 능력은 중고등학교나 대학 영문학과 학

---

1) 필자는 한국의 영문학 연구와 교육의 개선 필요성에 대하여 「한국 영문학 50년의 반성과 전망」(한국 영어영문학회, 『영어영문학』 1996년 특집호)에서 보다 자세히 논하였다. 더 다양한 논의는 김용권 외, 『영문학 교육과 연구의 문제들』(한신문화사, 1996)을 참조할 수 있다.

생 시절에 교실에서 배운 것이 아니요 영어로 책 읽고 미국서 공부하고 미국 대학에서 억지로 가르치고 영미인들과 필요상 약간 접촉하는 사이에 불충분하게 익힌 것에 불과하다. 한국 대학의 외국어문학과가 외국어 회화나 작문에 되도록 적은 시간을 할애하는 것은 아직도 많이 변하지 않은 채로 남아 있다. 별로 반성함이 없이 줄기차게 지속되는 이 학문적 관행이 핀란드나 터키 같은 나라 대학의 외국어문학 교육과는 너무나도 다르다는 것을 심각히 고려해야 할 때가 된 것 같다. 그때가 오기 전에는 한국의 외국어문학 연구는 지역 연구와 매우 소원한 관계를 계속할 수밖에 없다.

요즘 이른바 세계화라는 국가 차원의 대약진운동의 여파로 각 대학에서 영미문학 박사를 채용한다는 광고는 줄어들고 '네이티브스피커'를 모신다는 광고가 대폭 늘어나고 있는데 이는 한국의 외국어문학 교육이 그 이름값을 제대로 못 해서 외국 지역에 진출할 수 있는 능력과 지식을 가진 인재를 길러주지 못한다는 사실이 이제는 자타 공인하는 바가 되었음을 말하고 있다. 한국인의 해외 지역 이해에 필요한 외국어 교육은 한국인 외국어문학 교수가 아닌 외국인 '네이티브스피커'가 꽤 오랫동안 담당할 형국이다. 그러나 단순한 외국어 교습이 해외 지역 자체를 깊이 이해하는 능력으로 저절로 이어지지는 않는 까닭에 속히 해외 지역의 문학과 아울러 문화를 제대로 이해하게 해주며 동시에 외국어를 능숙히 구사하는 한국인 어문학교수가 얼른 일을 되찾아와야 할 것이다.

얼마 전에 영국 어느 대학에서 '한국학 연구소'라는 요사이 흔한 지역 연구 기관을 설립하고서 그 소장이 거기 참석한 어느 한국 대학 관계자에게 우리는 한국학 연구소 같은 연구 기관을 여러 곳 만들어 활동하고 있는데 왜 한국에는 대학마다 영어영문학과는 빠짐없이 설치되어 있으면서도 정작 '영국학 연구소' 같은 데는 거의 없다시피 한가, 라고 묻더란 것이다.(기이한 사실이나 그 연구소는 한국의 한 국제 경제 단체에서 기금을 주어 설립된 것이다. 한국 대학에 영국학 연구소를 설립하도록 영국의 기관이 원조를 한 일도 없거니와 한국의 기관이 도움을 주는 적도 거의 없다.) 한국 대학에도 몇 군데에 영미문화 연구소, 또는 미국학 연구소 따위가 없진 않지만, 그런 기관에 연구원으로 이름을 걸고 있는 이들은 지역 연구자가 아니라 영어영문학과 교수들과 소수의 예외적인 정치학과 역사학과 사회학과 경제학과 교수들인데 전문 학문 분과에 철저히 소속된 이들이 기백 명 모인다고 해서 저절로 지역 연구라는 새 영역을 창출할 수 있는 것이 아니라는 것은 지금까지의 성과를 보아 확실하다. 외국어문학과에서 몇 사람, 사회과학 계열 학과에서 몇 사람이 어떤 특정 해외 지역을 연구의 대상으로 삼고 다각적으로 학문 간 연구를 오래 지속시킬 풍토가 아직 되어 있지 않다는 말이다.

진정 필요한 것은 전통적인 외국어문학 연구를 지양한 새로운 학문 영역으로서의 지역 연구를 의식적으로 노력하여 개발하는 일이다. 그러나 대부분의 외국어문학자는 그러한 의식적 노력을 새로 시작하기를 거부할 것이며, 설사 그 필요를 인정한다고 해도 어떻게 방향을 전환할 수 있는지를 알 수 없으며, 지역 연구자가 전무한 형편에 어떻게 학생들을 그쪽으로 몰아갈 수 있는지 도시 캄캄할 뿐이다. 신윤환, 이성형 교수는 한국의 외국어문학이 비교문학이나 비교언어학으로 재편성되면 지역 연구에 합세할 수 있을 것이라고 하나[2] 이는 서양에서 비교문학은 이론적 경향이 더욱 강한 영역이라는 사실을 간과한 의견이다. 비교문학은 비교문화 연구와는 전혀 다른 것이다. 비교문학은 언어의 차이를 우연한 것으로 전제하고 문학의 일반적 성격을 추구하는 영역으로 정립되어 있다. 그러니까 비교문학은 지역 연구와는 더욱 멀어진 것이다.

그러나 분명한 것은 해외 지역 연구에서 외국어문학 계열이 제외되든가 불참한다는 것은 지역 연구의 균형을 심하게 손상할 것이라는 사실이다. 이 사실은 외국어문학자는 이제껏 거의 생각지도 않은 것이고 지역

---

2) 신윤환·이성형, 「한국의 지역 연구 현황과 과제」(미간행 지역 연구 평가 자료), 1996, 187쪽.

연구자도 대체로 잊고 있든가 도외시한 부분이다. 외국어문학자가 가지고 있는 외국어와 문학, 특히 근대 이후의 문학에 대한 세밀한 지식은 지역 연구의 심화를 위하여 필수불가결한 요소라는 인식이 양측에 모두 필요하다. 외국어문학자와 지역 연구자가 꼭 같이 이를 확신해야 한다. 현실 경제나 정치의 몇몇 두드러진 현상에 주의를 보내는 현행 지역 연구가 대개 지역의 표피만 조금 건드리고 만다는 인상을 주는 이유를 심각히 천착해야 한다. 그 이유 가운데 적지 않은 것이 어문학으로 대표되는 지역문화에 대한 깊고 정밀한 이해가 없다는 점이다.

필자는 문학 연구가 지역 연구를 포괄할 수 있는 새로운 대단한 방법을 개진할 능력은 없다. 다만 현존하는 전통적인 문학 연구 방법을 반성하여봄으로써 지역 연구와의 관련성을 모색하는 단계가 먼저 필요하다고만 느낀다. 필자는 매우 초보적인 지역 연구 개념에서 출발한다. 지역 연구에 대한 필자의 옅은 지식은 김경일 교수의 「전후 미국에서 지역 연구의 성립과 발전」(1995)과 신윤환 이성형 교수의 「한국의 지역 연구 현황과 과제」(1996)에 전적으로 의존하고 있음을 먼저 밝힌다.

전통적으로 문학 연구는 사람의 마음을 잘 나타내도록 다듬은 말과 글, 특히 글을 그 대상으로 한다. 글의 다듬새에 대한 연구는 문학의 기술적 측면, 즉 그 예술성의 규명으로 집중되며, 그러한 글로 다룬 사람의 마음에 대한 연구는 그가 사는 환경과 그 환경에 대응하고 작용하는 마음을 고찰한다. 여기서 '마음'이라는 말은 감정 의식 사상 일체를 가리키며, '환경'이라는 말은 사회 역사 전통 민족 그리고 물론 지역도 가리킨다. 따라서 지역 연구와 문학 연구가 만날 수 있는 자리는 주로 '환경'이겠다. 그런데 문학 연구에서 관심을 가지는 '환경'은 문학 창작에 영향을 미치는 원천으로서의 환경이든가 문학예술로부터 영향을 받는 향수자로서의 환경이므로 문학 자체와 직접적으로 연결되지 않은 개념으로서의 환경과는 관련성이 적다. 이 점을 언제나 염두에 두어야 한다.

문학이 환경으로부터 결정적인 영향을 받는다는 생각은 19세기 유럽에서 실증주의가 대두하면서 생겼다. 오늘날에도 계속되고 있는 문인의 전기나 문학사는 실상 19세기 후반에 실증주의 역사 기술 방법을 문학 연구에 적용한 데서 시작되었다. 그 이전에는 문인을 모범적 위인으로 내세우는 전기는 있었으나 근대적 의미의 문학사는 없었는데, 특정 사회와 시대라는 환경이 민족이나 지역의 문학에 결정적 영향을 미친다는 새로운 역사주의가 문학사를 낳았던 것이다. 이는 민족의 언어와 문화의 특성에 대한 인식을 전에 없이 높인 민족주의의 발전과도 직접 관련된다.

실증주의적 문학사의 효시라고 할 수 있는 것은 프랑스 사상가 이폴리트 텐(Hippolyte Taine)의 『영문학사』(1864)이다. 그 이전에는 문학사라고 할 만한 것도 없었지만, 있었다 해도 위대한 문인들과 그들의 명작들의 연대기에 불과했다. 텐은 실증주의, 다시 말하면 과학적 인과율의 법칙을 문학 연구에 적용하고자 했다. 말하자면 작품 『파우스트』는 죽은 문서일 뿐이고 그 문서를 남기고 사라진 괴테라는 사람이, 나아가서는 그 개인을 낳은 환경이 진짜 살아 있던 힘, 곧 창조의 원인이었다는 것이다. 바로 그 원인을 복원하는 것이 문학 연구가 할 일이다. 문학 연구가 실증적 과학이 되려면 문학사가 될 수밖에 없으며, 문학사는 희미한 문서를 남기고 숨어버린 환경적 원인을 찾는 작업이 된다. 실상 문화인류학이나 지역 연구에서도 역사적 기록과 문학작품은 죽은 문서이고 그 문서 뒤에 가려 있는 살아 있던, 또는 살아 있는 사람들이 중요하다. 이 점에서 보면 실증주의적 문학사와 지역 연구는 꽤 넓은 지대에서 서로 교차한다고 볼 수 있다. 텐은 문학을 결정하는 세 요소―종족(race), 환경(milieu), 시기(moment)―를 실증적으로 규명하는 것이 문학사의 방법이라고 천명한다. 종족이란 문인 개인의 선천적 유전적 자질을 뜻하고, 환경이란 그런 개인을 둘러싼 모든 형태의 후천적 영향들이고, 시기란 말하자면 시대적 환경인 셈이다.

텐이 여기서 말하는 문학을 결정하는 종족, 환경, 시기의 세 요소는 오늘날의 지역 연구의 문맥에 가져다놓으면 그대로 지역학적 개념이 될 수 있다. 지역 연구에서도 어떤 지역의 사람들, 특히 인종적 동질성을 가진 지역 집단을 중시하며, 그들의 지리적 정치경제적 사상적 생활환경에 주의를 보내며, 그것들을 특히 현재라는 시기의 시점에서 고찰하는 것을 과제로 삼고 있다. 따라서 아직도 상당한 추종자를 가지고 있는 실증주의적, 오늘의 용어로 하자면 객관적 문학사의 방법은 '문학적 지역 연구' — 이런 용어를 만들어 써도 된다면 — 의 한 중요한 출발점이 될 수는 있을 것이다.

그러한 실증적 문학사의 방법, 다시 말하면 문학적 및 중요한 인문사회학적 텍스트들을 낳은 배경을 재구성하고자 하는 노력의 하나로, 금세기 중엽에 미국에서는 '미국 연구(American Studies)' 라는 일종의 통합적 학문 영역을 개발하였다.(이를 국내에서는 '미국학' 이라고 옮겨서 쓰고 있다.) 한국 학자들이 알고 있는 대로 하자면 영미문학 연구의 여러 분야에서 지역 연구와 가장 근접하는 영역의 실례는 바로 이 미국 연구(미국학)이다. 한국에서는 미국 연구를 위하여 '한국 아메리카 학회'를 조직하여 주로 미국문학 연구자가 대대적으로 참여하고 있으며 소수의 미국 역사학자 정치학자 등이 참여하고 있다. 이 단체에 버금갈 만한 한국 영국학회나 독일학회가 없는 것을 보아도 한국의 아메리카 학회는 적어도 외국문학 연구 분야에서는 독보적인 지역 연구 학회라고 할 수 있다. 그런데 이 학회의 기관지『미국학 논집』에 한국의 미국문학 연구자들이 기고하는 논문들은 실질적으로 거의 미국문학의 걸작품, 작가, 주제에 대한 것들이다. 외국인 미국 연구자들의 기고를 제외하면 한국인 학자들에 의한 본격적인 '미국 지역 연구' 논문은 아주 적다고 하겠다. 따라서 한국의 '미국학' 은 거의 '미국문학 연구' 라고 할 수 있을 정도이다. 즉 미국 국적을 가진 문인의 저작이나 미국에서 발견되는 문학적 경향에 대한 전통적 논의가 우리나라의 미국 연구의 대종을 이루고 있다. 미국 지역 연구 자체와는 퍽 떨어져 있다는 인상이다. 예컨대『미국학 논집』(1996년 여름호)에 수록된 13편의 논문 중 11편(85퍼센트)이 미국문학에 관한 문학적 논문이다. 나머지 2편은 미국사상사에 관한 논문이다. 한국

174

학계의 매우 기이한 현상의 하나는 우리나라와 그처럼 중요한 관계에 있
는 미국의 역사나 철학이나 문화를 연구하는 학자가 아주 적다는 사실이
다. 아마도 주로 책을 통하여 접할 수 있는 미국의 문학에 대다수 우수
학자가 몰려 있는 까닭이 아닌가 한다. 이는 앞서 논급했듯 한국 대학의
어문학 연구와 교육의 기형성과도 관계가 있을 것이다.(영국, 프랑스, 독
일 등에 대해서도 비슷한 말을 할 수 있을 것이다.)

　미국 내의 '미국 연구'도 사정이 아주 다르지는 않은 것 같다. 얼마 전
까지도 미국 연구는 주로 미국에 살던 사람들이 남긴 기록들, 특히 문학
과 역사와 사상의 텍스트들을 고찰하여 미국적 정신, 예컨대 초월주의
청교도주의 민주주의 개척정신 실용주의 개인주의 자유주의 따위를 규
명하는 학문적 노력으로 알려졌다. 과거의 텍스트들에 바탕하여 미국의
'신화'를 구성하려고 하는, 어떻게 보면 매우 예술적이고 창작적인 노력
을 기울여서 인상적인 결과도 많이 낳았다. 실상 우리가 늘 듣는, 또는
서부 영화 같은 데에서 자주 구경하는 미국의 개인주의적 민주주의 정신
은 시인 휘트먼(Walt Whitman), 산문가 소로(H. D. Thoreau) 등의 텍스
트를 중심으로 하여 재구성 내지 재창조한 일종의 '신화'인 것이다. 엄밀
히 말하여 한 국가나 민족에 대한 총체적 '이야기' ― 보드리야르(Jean
Baudrillard)가 말하는 이른바 큰 이야기 ― 를 만드는 '일'은 신화 만들
기와 다름이 없으며, 신화 만들기(mythopoeia, myth-making)야말로 다
분히 시적인 창작이다. 그런데 이러한 다분히 창작적인 구성에 자연과학
이나 일부 사회과학의 최고 원칙으로 되어 있는 고정된 방법이 적용될
수 없다는 것은 자명하다. 미국 연구 전성기의 권위자 중 한 사람이었던
헨리 내시 스미스(Henry Nash Smith)는 미국 연구에서 방법의 문제가
생기는 이유는 과거와 현재의 미국문화를 한 덩어리의 전체로서 고찰하
는 것이 어떤 기존 학문의 분야와도 겹치지 않는 까닭이라고 선언한다.[3]

---

3) Henry Nash Smith, "Can American Studies Develop a Method?", *American Quarterly* 9
(Summer, 1957), p. 3.

한 덩어리의 전체라는 말은 미국문화의 모든 면에 동시에 학술적 고찰을
집중하는 것을 뜻하는 것은 아니고 새로운 관점들에서 되도록 많은 면을
설명하고자 하는 노력을 말한다. 스미스는 19세기 후반의 미국 작가 마
크 트웨인에 대한 권위자로 알려져 있는바 그는 마크 트웨인의 기발한
창작 예술보다는 그의 의식에 끊임없이 영향을 미친 막강한 문화적 환경
에 폭넓은 주의를 보냈다. 이처럼 미국 연구의 가장 뚜렷한 영역은 바로
예술작품과 그 예술작품이 발생하는 문화 사이의 모호한 관계를 고찰하
는 것이다. 이 고찰은 "동시에 전기적이며 역사적이며 사회학적이며 문
학적"이라고 그는 말한다(7). 문학적이라는 말을 맨 나중에 붙인 것에
유의할 필요가 있다. 사회적 역사적 관계에 대한 고찰을 문학적 고찰에
앞세우겠다는 것 같다. 다만 마크 트웨인이 19세기 후반의 미국문화 전
체에 관한 이야기를 형성하는 데에 초점이 된다는 전제 자체는 문학적
고찰에서 얻어진 것이다. 어쨌든 스미스는 사회과학적 고찰과 문학적 고
찰이 결합하여야 함을 역설하고 있지만, 당시 창궐하던 행태론적 사회과
학은 문화 현상을 기술함에 있어 예외적으로 생각되는 심각한 예술 창작
품을 제외하고 이른바 대중예술이 보이는 일반적 전형적 요소들만을 대
상으로 삼았다고 비판한다. 일반적 요소들만을 선호하는 사회과학의 기
본 방법인 계량화 작업에서, 심각한 예술은 당시의 문화에 대하여 말하
여주는 것이 없다고 할 수 있는가? 다음은 스미스의 말이다.

심각한 소설이란 그 속에서 전형적 일반적 관념이나 태도를 다 찾아내
고 난 다음에도 중요한 의미가 남아 있는 소설을 말한다. 그것이 심각한
이유는 바로 동시대의 많은 대중 문학작품과는 공통점이 있으면서도 다
른 면모가 있기 때문이다. (……) 심각한 작품에서 독특하게 표현된 것은
그 독특성 때문에 비사실적이다라든가 반영성이 없다고 할 수 없다. 영구
적인 흥미를 유발하는 책을 낳은 문화를 서술할 때 그 책에 대한 설명을
빼놓는다면 그 서술은 불완전하다.(11)

사회과학적 문화 서술은 주로 내용 분석이라는 방법에 의존하는바, 내용 분석이 포착할 수 없는 부분이 바로 그러한 창작품의 독창성인 것이다. 내용 분석은 대중매체 내용의 계량화에 머무르게 된다. 개인적 의식은 그런 계량화의 대상이 안 된다. 즉 내용 분석은 정확한 계량화 같지만 실제로는 많은 중요한 개체들을 빼놓고 매우 조야한 자료들만 다룬 것이다.

약 12년 뒤에 또다른 미국 연구의 대가인 리오 막스(Leo Marx)는 역시 미국 연구 방법의 모호함을 언급하면서 사회과학의 내용 분석 방법은 일반적 문화를 기술하는 데에 장점이 있으므로 미국 연구자가 배울 만하다는 말을 또 하고 있다. 대중의 생각을 알아보는 일은 내용 분석이 잘 알려줄 수 있다는 것이다. 물론 사회과학자는 문학작품으로부터 문학 연구자가 획득한 통찰을 기반으로 하여 일반 문화에 대한 일반 조사에서는 꿈도 못 꿀 도전적인 질문들을 도출할 수도 있다(실제로 별로 시도되는 일은 없을지 모르나). 리오 막스는 이처럼 사회과학자와 문학 연구자의 합작을 권장하지만 내용 분석 내지 여론조사에 대한 관심과 문화에 대한 관심 사이를 갈라놓는 깊은 심연을 의식하지 않을 수 없었다. 그는 최고의 문학작품이 역사적 자료로서도 최고의 가치가 있다고 보지는 않는다. 오히려 대중문학작품이 한 시대의 역사적 자료로서의 가치가 더 높다는 것을 인정한다.

예술작품으로 길이 남을 작품은 전반적으로 한 시대의 주도적인 문화에 대하여 가장 비판적이며 따라서 그 문화로부터 가장 해방된 의식을 표현한다. 우리의 목적이 한 시대의 일상생활을 재현하는 것이라면 우리는 우리가 늘 읽고 즐기는 최고 작품들에 의존해서는 안 된다. 그런 일이라면 문학을 아예 제쳐놓는 것이 옳을 것이다. (……) 최고 작품은 정신에 충만감을 주는 능력, 사상과 감정의 통일을 제공하는 기능 때문에 유용한 것이다.[4]

그는 결국 개별 작품이 민족이나 사회 문화의 일반 내용을 알아보기 위한 지표로서의 가치를 가지고 있음을 부인하는 한편, 문화에 대한 객관적 기술에 그 문화에 대한 강렬한 비판을 수용하지 못하는 사회과학적 방법도 분명히 결함이 있다고 본다. 궁극적으로 걸작소설의 중요성은 오늘날 우리가 그것을 읽고 연구함으로써 과거와 현재의 세계와 우리 자신에 대한 의식에 그것을 통합시킨다는 데에 있다. 이런 일은 문화의 표면 현상만을 말해주는 일반 자료가 할 수 있는 일이 아니다. 독창적 작품은 그 문화의 질과 지금 현재 주체와의 관계를 맺어줄 수 있다는 것이다. 인문학적 소양이란 그런 관계의 이해를 말한다.

미국 연구의 두 권위자는 그 방법상의 문제를 끝내 깨끗이 정리하지 않은 채 다소 어정쩡하게 놓아두고 있다. 하기는 지역 연구 자체가 방법의 모호함 때문에 아직도 문제되고 있다(김경일, 28쪽 이하). 본시 우리가 개탄하는 학문의 세분화는 방법론과 목적의 명확함을 기하려는 의도에서 필연적으로 생기는 현상이기도 하다. 그러한 세분화 경향에 역행하는 학문 간 연구로서의 지역 연구가 방법론과 목적에서 완전한 안정상태를 찾기를 기대할 수는 없을지 모른다.

미국 연구는 1970년대부터 시작하여 특히 80년대 이후 상당한 도전과 재조정을 겪고 있다. 앞서 논급했듯이 미국이라는 국가의 정체를 이루는 기본 이념을 하나의 통합적 신화에 귀속시키려는 종래의 경향에 대한 거부가 각 소수 집단, 계층으로부터 강력히 대두했다. 신화 만들기란 상상력에 의한 예술적 창작행위이다. 창작은 좋든 나쁘든 허구(fiction)이다. 허구는 이야기를 구성하기 위하여 자료들을 찾아나서는 순간부터 시작되며, 그러한 자료들 중에서 적절한 것을 선정하는 순간에 심화되며, 선정된 자료들을 적절히 수정하여 배열하였을 때 완성된다. 자료의 필요를 느끼고 그 필요에 응할 자료를 구하는 것 자체가 허구를 지향하므로 사

---

4) Leo Marx, "American Studies : A Defence of an Unscientific Method", *New Literary History* 1(1969), p. 89.

178

람은 어떤 인식작용에서도 허구화를 벗어날 수 없다는 것이 오늘의 서사 이론(narratology)의 기본 전제이다. 그러한 허구는 현재가 과거를 그 목적에 합당하게 수용하든가 또는 현재를 비판하기 위한 결정적 요인으로서 과거를 이용하려 할 때 반드시 발생한다.

실증적인 문학사를 미국이라는 큰 지역공동체에 대한 총체적 연구로 전환, 발전시킨 미국 연구가 결국은 현재를 정당화하거나 비판하는 이념적 허구 내지 신화를 낳았다는 말이 된다. 그것이 신화라는 것을 지적하고 해체하는 지적 작업이 지금 한창 벌어지고 있다. 이것은 문학적 이념으로서의 민족주의의 추락을 뜻한다. 미국 연구 제1세대의 가장 기본적인 주제는 사실에 의한 신화의 추락이라고 할 수 있다. 실제가 상상했던 만큼 그 높은 위치를 지켜내지 못했던 것이다. 미국은 애초에 제2의 에덴 동산으로 신화화되었고 그 목적은 청교도의 사명과 직결되든가 전혀 속박되지 않은 개인에게 프론티어 또는 자유로운 공간으로 비쳤던 것이지만 그 두 신화는 모두 사실에 의하여 단지 신화라는 것이 폭로된 것이라고, 필립 피셔(Philip Fisher)는 말하고 있다.[5] 이것이 이른바 '해체(deconstruction)'라는 것은 널리 알려져 있다. 실상 이런 종류의 해체는 사상사의 전환기에 언제나 행하여지는 일이다. 시대가 변함에 따라 과거의 관념에 대한 해체는 언제나 불가피하다.

오늘날의 미국 연구의 패러다임은 많이 변했다. 미국 연구학회의 회장이던 역사학자 케슬러 해리스(Alice Kessler-Harris)는 1992년에 행한 강연에서 다문화주의(multiculturalism)를 제창하였다. 미국이라는 지역에 공생하고 있는 여러 문화들이 이루는 넓은 세계를 대상으로 하자는 말이었다.[6] 미국을 어떤 단일한 통합적 이념 아래에 묶어서는 안 되고 묶을

---

5) Philip Fisher, "American Literary and Cultural Studies since the Civil War", Stephen Greenblatt and Giles Gunn, eds., *Redrawing the Boundaries*(New York : MLA, 1992), p. 235.
6) Alice Kessler-Harris, "Cultural Locations : Positioning American Studies in the Great Debate", *American Quarterly* 44(September 1992), p. 300.

수도 없다는 것이다. 미국의 통합적 문화를 주장하는 사람들은 문화의 파편화를 두려워하지만 미국문화의 유동성과 가변성을 주장하는 사람들은 통일성이란 신화에 지나지 않음을 지적한다. 다문화주의자는 참된 민주적 문화란 끊임없이 계속되는 과정이라고 믿는다. 이 과정에는 갖가지 다른 문화들이 갖가지 방법과 수준으로 참여한다. 그리하여 여러 관념들을 묶어 특정한 방향에서 하나의 이야기를 형성해주는, 따라서 근본적으로 정치적인 종합에의 요청과 일상생활의 체험에 의존하는 단순한 신념과 소망 — 따라서 문화적이라 할 수 있는 것 — 의 실재를 구별하는 지혜가 필요하다(앞의 글, 309쪽). 다문화 현상에 참여하는 각 문화 단위의 이야기, 곧 '신화'의 정치성과 일상생활의 개체적 실상들, 즉 구체적 삶의 현상이라는 의미의 '문화'를 구별함으로써 그러한 무수한 '문화'들이 여러 개의 다른 '신화'로 뭉쳐지는 양상을 관찰할 수 있고 더 나아가 그런 신화들의 공존적 집합체인 '다문화' 과정을 고찰할 수 있다는 것이다. 이 기획에서도 다원화된 정치(이념)와 문화(삶의 실제 양상)의 구별이 필요함을 강조한다. 미국 연구가 단일한 큰 통합적인 '신화'를 찾아내는 것에 실망하면서 미국에 대한 여러 '작은 그림들'이 나타날 수밖에 없다는 것이다.[7]

그러한 '작은 그림들'은 문학에서는 한때 지방주의(regionalism)라는 경향으로 나타났었다. 지방주의는 19세기 초엽부터 서양문학에서 매우 사랑을 받던 문학의 한 양상이었다. 이것은 민족문학의 핵심으로까지 인식되어, 민족이 사는 넓은 지역 중 특수한 지역의 풍물을 특수한 언어로 재현하는 것이 문학의 큰 가치로 부각되었다. 이른바 '지방색(local color)'을 짙게 드러내는 문학이 생겨났던 것이다. 그러한 미국의 지방색 문학에 관한 국내 논문의 한 예로서 신명섭 교수의 연구가 있다. 이는 미국 남서부의 지역적 배경을 특히 강렬하게 묘사한 4편의 소설에 대한 것

---

7) 미국 연구에 관한 위의 여러 자료들은 서울대 장상준 교수로부터 제공받았음을 밝힌다.

이다.[8] 신 교수가 직접 그 지역을 답사한 경험이 있는지는 알 수 없지만, 작가나 연구자에 따라서는 문헌 조사는 물론 해당 지역을 직접 답사하고 주민을 관찰하는 경우도 있다. 지방주의 문학은 우리의 지역 연구와 상당히 겹칠 만한 데가 있을 것이라는 인상을 준다. 문학사에서도 지방주의 문학을 평가하기 위하여 특정 지방의 성격을 상당히 넓고 깊게 고찰하는 방법을 개발하였다. 미국의 예를 들자면 '남부문학'이라는 지방주의 문학을 평가하기 위하여 연구자는 남부의 사회상을 직접 자세히 연구한다.

근래에 이르러 미국의 동부, 서부, 남부 따위의 지리적 차이에 따른 지방주의는 주민의 쉬운 이동과 대중매체의 확산으로 차차 흥미를 잃어간다고 한다. 미국문학이라는 총체적 개념에 대항하여 남부문학이 그 독특성을 내세워 한때 기세를 올리기도 했으나, 오늘날 구체적 지역성을 강조하는 문학은 궁극적으로 과거 지향적이고 유토피아 지향적인 전 세기 민족문학의 재현에 불과하다는 비판이 일고 있다.[9] 그 대신 오늘날의 '지방주의'는 한인, 중국인, 흑인, 유대인, 이탈리아인 등 이민 민족 집단에 관한 것이거나, 더 나아가 인종(흑백)과 성차의 문제라는, 더 갈 데가 없는 근본적 '지방주의'로 치닫고 있다. 지리적 환경과 생활공동체라는 두 요소가 어우러지는 영역이 우리의 지역 연구의 대상이라면 인종과 성이라는 매우 민감한 이데올로기적 지방주의는 우리와는 확실히 거리가 있는 영역이다.

근본적으로 문학작품의 가치는 그 작품에 그려진 지방의 모습과 실제 지방이 서로 얼마나 닮았는가에 따라 매겨지는 것은 아니라는 사실에 문제가 있다. 즉 작품과 대상의 닮은 정도가 작품의 가치의 높낮이를 전부

---

8) Myongsup Shin, "Landscape Descriptions in Fictions : The Case of Four Southwestern Novels", 『북미 연구』 2(한국외국어대학교, 1996), 109~129쪽.

9) 이에 대한 논의는 Roberto Maria Dainotto, "All the Regions Do Smilingly Revolt : The Literature of Place and Region", *Critical Inquiry*(Spring, 1996), pp. 486~505를 참조할 수 있다.

결정하지는 않는다. 문학작품의 가치를 결정하는 요인은 그러한 닮음의 조건 이외에도 대단히 많다. 그러나 지역 연구에서는 지역에 대한 묘사와 서술이 사실과의 대조에서 정밀하고도 정확한 것으로 확인될 때에는, 즉 서로 닮아 있음이 입증될 경우에는 최고의 가치를 가진다. 하나의 학술적 행위로서의 지역 연구의 결과는 그러한 사실 확인을 통하여 가치가 인정되든지 인정되지 않든지 한다. 이에 반하여 문학작품이 사실과의 대조에서 정확한 것으로 입증된다 해서 그 작품의 우수성이 보장되지는 않는다. 오히려 많은 경우에 대단히 실감나게 그려진 지방색이 작가 자신의 과장이나 상상의 산물인 경우가 허다하며 그럼에도 불구하고 독자에게 사랑을 받는다. 일반 독자는 말할 것도 없고 문학 연구자까지도 대개 지방주의 문학의 효과에 주의를 보낼 뿐, 직접 사실과의 대조를 하려고 하는 경우는 거의 없다. 엄밀히 말해서 사실주의 문학은 사실의 충실한 재현으로 성공했다기보다는 사실의 충실한 재현처럼 '보이게 하는' 기술의 개발로 성공했다고 하는 것이 옳다. 즉 문학 본래의 허구의 기술 중 하나였던 것이다.

이러한 이유로 일반적인 지역 연구에서는 지방주의 문학작품을 중요한 정보 원천으로 간주하지 않는 것이 관습으로 되어 있다. 마찬가지로 제아무리 사실적인 역사소설이라 할지라도 역사학자들이 심각하게 역사 연구의 기본 자료로 삼는 예는 거의 없다. 그럼에도 불구하고 오늘날 한국인이 조선 시대에 관하여 아는 것이 있다면 그 대부분은 역사서에서 배운 것이 아니라 『연산군』 같은 소설이나 텔레비전 연속 사극에서 배운 것이다. 마찬가지로 우리가 미국 남부에 대하여 가지고 있는 다소 막연한 지식은 지역학이나 역사서나 사회학 문헌에서가 아니라 『바람과 함께 사라지다』 같은 소설이나, 그보다는 동명의 영화에서 얻은 것이다. 따지고 보면 소설, 연극, 영화는 그것들이 전달하는 지식 내용의 객관적 정확성에 그 가치가 있는 것이 아니라 사람들에게 깊은 인상을 동반하는 강한 정서적 호소력에 가치가 있는 것이다.

이처럼 문학의 '환경'이나 '지방주의'가 우리가 생각하고 있는 지역 연구의 대상과는 상당한 거리가 있는 것이 사실이지만 한 지역의 특별한 말씨와 생활상과 의식은 19세기 이래 문학이 가장 즐겨 다루는 소재인 동시에 지역 연구의 중요한 대상이 되는 것도 사실이다. 예컨대 우리가 학교 교육을 통하여 배우는 영어는 이른바 표준 영어로서 영국이나 미국 등지에서 일반적으로 통용되는 말이지만, 국토가 별로 넓지 않은 영국에서도 지역에 따라서는 상당히 독특한 방언이 쓰이기도 한다. 특히 영국 서남부에 위치한 웨일스 지역은 5세기에 영국 땅이 앵글로색슨 족(현대 영국인의 조상)에게 정복당하기 전부터 살던 켈트 족이 정착한 곳이라 언어 자체가 영어와는 판이한 웨일스어로서, 오늘날 주민의 25퍼센트 가량이 영어와 웨일스어를 함께 쓰고 있으며 이를 그 지방자치 정부가 교육을 통하여 후세들에게 가르치느라 애쓰고 있다.[10] 이 지역에 파고든 영어는 물론 모든 사람의 공통어이지만 런던의 영어와는 발음이 상당히 다르고 표현도 꽤 다른 웨일스 식 영어이다.[11]

이러한 언어의 사정을 이 지역을 연구하는 사람은 얼마나 중시해야 하는가? 언어는 혈통 다음으로 중요한 민족정체성의 요건인 만큼 한 지역의 생활상과 의식을 알기 위해서는 반드시 연구해야 할 대상이라고 생각된다. 그러나 웨일스 지역 연구자가 표준 영어와 아울러 웨일스어와 웨일스 식 영어까지 유창하게 말해야 된다면 대부분의 지역 연구자는 그 연구 자체를 포기할 것이다. 그 언어에 대한 믿을 만한 전문가의 설명을 잘 참조하고 얼마쯤의 말을 구사하는 것으로 만족할 것이다. 그런데 웨일스 문학 연구자는 물론 그 언어를 잘 알 뿐 아니라 그 지역의 역사와

---

10) 여기서 웨일스 지방을 예로 드는 이유는 이 지역에 한국의 유수 기업체가 그 지역으로서는 역사상 최고 액수를 투자하기로 결정하였기 때문이다.

11) 영국의 언어 상황에 대하여서, 특히 웨일스 지방의 언어에 대하여서는 Wynford Bellin, "Welsh and English in Wales", in P. Trudgill, ed., *Language in the British Isles*(Cambridge : UP, 1984)를 참조할 수 있다.

민족 감정과 의식도 여러 가지 문헌을 통하여 잘 알고 있고 그것들이 웨일스 문학에 반영된 양상을 잘 분석해낼 수도 있을 것이다.[12] 이런 책들이 영국 서남부 지역 연구자에게 중요한 참고서가 되는지는 알 수 없다. 국내에는 웨일스 문학 연구자는 아직 없는 듯하지만 바로 그런 능력이 문학 연구자의 기본 능력이다.

이러한 문학 연구자의 연구 결과가 지역 연구자에게 실질적으로 잘 이용되는 것 같지는 않다. 지역 연구자는 대체로 사회학 경제학 정치학 문화인류학 인문지리학 따위의 연구 결과만을 이용하는 관습을 길러왔기 때문이고 언어와 문학 연구를 응용하는 기술을 개발하지 않았기 때문이다. 다시 말하면 가장 모범적인 '학문 간 연구'라고 자처하는 지역 연구가 언어학 및 문학 연구와의 관련 맺기를 피하든가 잊고 있는 것이라고 할 수 있다. 즉 충분히 학문 간 연구가 되지 못한다는 말이다. 문학 연구는 문학 연구대로 지역 연구에 의한 발견들을 문학사와 작품 평가에 응용하는 법을 개발하지 않고 있다. 실상 문학 연구에서 역사학과 정치학의 발견을 수용하는 방법도 많은 논란을 불러일으키면서 최근에야 어느 정도 세련시켰다.

결론적으로 말하여 문학 연구는 문학사, 특히 전 세계적으로 상당한 성공을 거둔 미국 연구처럼 문학 연구와 역사학(정치사, 경제사, 법제사, 미술사 등을 포함)의 문화인류학적 합작에서 지역 연구로의 실마리를 찾아나갈 수 있다고 할 수 있다. 오늘날 한국의 경우에는 수많은 외국어문학자 중 의식 있는 소수가 미국, 영국, 프랑스, 독일, 러시아, 에스파냐의 정치와 역사와 문화를 아는 극소수의 학자들과 자주 만나 토론하는 과정에서 차차 영국 연구, 독일 연구, 러시아 연구, 에스파냐 연구 영역을 만들어나갈 수 있을 것이다. 그리하여 영어문화권에 한정하여 말하자면, 예컨대,

---

12) 웨일스 문학에 대하여서는 Roland Mathias, *Anglo-Welsh Literature : An Illustrated History*, Bridgent : Poetry Wales Press(1987)를 참조할 수 있다.

현대 아일랜드 정치 상황과 아일랜드인의 문학의식의 관계,

오늘의 소설에 투영된 캐나다인과 미국인의 국가의식의 차이,

미국의 정치 현실과 문학적 이상주의와의 괴리 현상,

미시시피 강 유역 생활상과 그 문학적 표현,

영국인과 미국인의 영문학 수용 차이의 문학사적 근거,

미국 소수 민족들의 미국 고전문학에 대한 이해,

영국의 여성의식과 여성주의 문학과의 관계,

영문학의 관광문화 사업,

셰익스피어의 문학적 교육과 대중 연극적 수용의 차이,

미국 유대계 문학의 사회적 지리적 배경으로서의 뉴욕,

영국의 인도계 이민 집단의 인도 고유 문학과 영문학의 가치 충돌의
문제,

따위를 토론과 연구의 과제로 삼을 수도 있겠다. 다만, 이런 연구들은
반드시 영미문학을 상당 정도 공부한 한국인 학자가 현지를 직접 방문
조사하는 활동을 포함하는 것이어야 한다. 단지 서적을 입수하여, 또는
현지 대학 도서관에서 혼자 열심히 해당 문헌을 찾아 공부하는 것으로
끝낼 수 있는 연구는 현재 절실히 요구되는 방식으로서의 영미 지역 연
구에는 포함되지 않는다는 사실을 결코 잊어서는 안 된다. 물론 그런 주
제들에 대한 영미 학자들의 우수한 논의가 이미 많이 있을 터이지만 한
국 학자가 한국적 내지 동양적 시각으로 바라보면 강조점이 다소간 달라
질 수도 있고 또 간혹 새로운 발견도 있을 수 있다. 그런 것들이야말로
귀중한 지역 연구가 될 것이다.

그러나 학문 간 연구라는 것은 본질상 언제나 방법론에 문제가 있다는
것을 미리 알고 있는 것이 유익하다. 우리는 아직도 학문 간 연구를 자연
스럽게 진행할 수 있는 문화의 단계에 이르지 못한 듯하다. 학문 간 연구
가 필요하다는 것을 알면서도 어문학자가 덤벼들기에 무척 어렵다는 사
실은 『미주 현대어문학협 회지』 근착호에 42인의 학자들이 논란을 벌인

것을 보아도 짐작할 수 있다.[13] 끝에 이런 사족을 붙이는 것은 지역 연구를 제대로 궤도에 올리기 위해서는 학문 간 연구의 어려움을 충분히 알면서도 피하지 않아야 하지만 전문 학자의 속성상 새로운 방법론의 추구처럼 피하고픈 것도 없다는 것을 다같이 시인할 필요가 있기 때문이다.

(이상섭·권태환 편,『한국의 지역 연구』, 서울대학교 출판부, 1998)

---

13) *PMLA*(March, 1996) 참조.

'명언'은 서양 사람들만이 남기는가?
― 『현대한국문장인용사전』 편찬을 위하여

1. 인용(citation)의 뜻

'인용(引用)'은 영어로는 'citation' 또는 'quotation'이라고 한다. 우리 말에서는 그 두 영어를 '인용'이라고 한 용어로 번역하여 쓰고 있으나 둘은 구별되어야 옳다.

우선 citation의 뜻을 살펴보기로 한다. citation은 본시 '(법정에) 오게 하여 증인이 되게 함'이라는 뜻의 라틴어에서 왔다고 한다. 그 뒤에 1) '종교적 법률적 언어적 목적으로 어떤 규칙이나 선례나 문구에 대한 참조'라는 뜻으로 쓰이든가 2) '어떤 사실, 의견, 정책 따위를 입증하기 위하여 어떤 글(텍스트)에서 특정 문구를 따오는 것'을 뜻하든가, 또는 3) '무엇을 증명하거나 예시하기 위하여 따온 어구, 문장, 부분'을 뜻하든가, 4) '사전이나 문법책에 제시한 특별한 말의 표본', 즉 용례를 뜻하기도 한다.[1]

일반적으로 말이나 글의 인용은 어떤 특정 사항이나 용법이 존재함을 증명하기 위한 것으로서, 그것의 근원, 다른 형태, 의미, 용도, 빈도, 분포, 외국어에 나타나는 비슷한 예 따위에 대한 언급을 포함하기도 한다. 주로 언어적 정보를 제공하는 것을 목적으로 하는 사전에서는 이를 '용례'라고 하는데『옥스퍼드 영어사전(*Oxford English Dictionary*)』(개정 2판 1986, 전20권)은 수록된 모든 단어, 모든 설명에 관하여 용례를 제시하는 동시에 그 저자와 출전과 사용 연대를 밝히고 있다. 이는 사전에 올린 낱말이 역사적 근거가 있음을 확증하는 구실을 한다. 예컨대 이 사전에 의하면 한국어의 'kimchi'(김치)에 대한 최초의 영어 용례는 "1898 I. L. Bishop, *Korea & her Neighbours* I.vii. 98 wine, soup, eggs, and kimchi were produced and had to be partaken of"로 적혀 있다. 즉 1898년에 비숍(I. L. Bishop)이라는 이가 쓴『한국과 그 이웃』이란 책 98쪽에 "술, 국, 달걀과 김치가 나왔고 우리는 같이 그것을 나눠 먹게 되었다"는 뜻의 영어 문장이 그 사전 편찬자들이 발견할 수 있던 최초의 '김치'의 용례였다는 것이다.『연세 한국어사전』(1998)은 오늘날의 한국어를 다룬 단권 사전이므로 서지학적 정보는 생략한 채 '김치'에 대한 용례로서 "파는 김치는 아무래도 조미료를 너무 많이 넣어 몸에 해롭다는 게 엄마가 늘 하는 말이다"라는 문장을 어느 글에서 따오고 있다. 인용은 이처럼 사전, 문법서, 작문 교본 따위의 메타언어적 텍스트에 주로 쓰인다.

그러므로 저자가 자기의 주장이나 의견을 증명하든가 설명하기 위해 지어낸 '예문'은 실제의 글이나 말에서 따온 용례와 구별해야 한다. 예컨대 국어학의 어떤 특정 사항을 설명하기 위하여 저자가 직접 지어낸,

순이가 영수가 책을 읽게 해보았다.[2]

---

1) '인용(citation)'에 관한 설명은 Tom McArthur, ed., *The Oxford Companion to the English Language*(Oxford, New York : Oxford University Press, 1992)를 참조함.

2) 김미경,「국어 보조동사 구문의 구조」,『언어』15(1990), 32쪽.

같은 문장은 인용의 형식을 가졌지만 남에게서 따온 것이 아니다. 일반 사전에도 비슷한 '예문' 또는 '보기' 들이 많이 나온다. 한 사전에 보니 '뒷바라지' 라는 낱말의 뜻을 풀이하고는 "아들의 뒷바라지를 하다"라는 예문이 주어져 있다.[3] 앞에서 보듯 자기의 목적에 꼭 알맞게 지어내어 쓰는 문장은 특히 언어학이나 사전이나 논리학 같은 메타언어적 담론에서 자주 쓰이지만 우리는 그것들을 용례, 즉 '실제 사용의 예' 라고 하지 않는다.

다음은 한 저자가 남의 말을 듣고 옮긴 것이라는 '예문' 이다. 이 경우 문장은 '용례' 라고 할 수 있을지 모른다.

요즘에 채소값이 날씨 때문인지 몰라도 정말 너무 올리고 있어요.[4]

이것은 저자가 틀린 문장의 실제 예를 보이려고 제시한 예문이다. 당장에 지어낸 것이 아니라 남이 실지로 하는 말을 그대로 따온 것이므로 '용례' 라고 할 수 있다. 그러나 '용례' 는 쓰임새가 있는, 즉 일반성이 있는 예문이라는 뜻을 내포하므로 독특한 오류의 예가 되는 위의 문장을 '용례' 라고 하기에는 부적합하다.

메타언어적 예문 중에 아주 유명한 것은 세상 사람들이 자주 인용함으로써 진짜 인용문이 되기도 한다. 잘 알려진 예의 하나는 *"Colorless green ideas sleep furiously"* 라는 언어학자 촘스키가 지어낸 메타언어적 '명언' 일 것이다. 의미 자질의 선택 규칙을 정확하게 어긴 문장의 예로 그가 고심하여 지어낸 문장이다. 이 문장은 아주 중요한 언어학적 논의의 초점이 되어 자주 인용된다.[5]

---

3) 한글학회, 『큰사전』, 어문각, 1991, 1165쪽.
4) 최재호, 「담화 공통공간에 대한 연구」『언어』 15(1990), 278쪽.
5) 필자는 이 문장을 인용하여 긴 논문을 썼다. 「언어학과 문학비평 : 그 둘의 먼 관계에 대하여」, 『자세히 읽기로서의 비평』(문학과지성사, 1988), 180~182쪽.

2. 용례 색인(concordance)의 뜻

어떤 특정한 문헌, 또는 어떤 특정한 종류에 속한 여러 문헌에 나타나는 주요 어휘 또는 모든 어휘와 그 어휘가 나타나는 문장이나 문구들을 나열한 책을 용례 색인(concordance)이라고 한다.[6] 여기서 용례 색인의 예를 들어본다. 다음은 한용운의 이름난 시집 『님의 침묵』(1926)에서 '생명'이란 낱말이 나타나는 문장이나 문구들을 모두 모아놓은 것이다.

- 죽음 없는 영원의 생명과
- 만일 애인을 자기의 생명보다 더 사랑하면
- 생명보다 사랑하는 애인을 사랑하기 위하여서는 죽을 수가 없는 것이다.
- 순결한 청춘을 똑 따서 그 속에 자기의 생명을 넣어
- 나에게 생명을 주든지 죽음을 주든지 당신의 뜻대로만 하셔요
- 님이여 님에게 바치는 이 적은 생명을 힘껏 껴안아주셔요
- 나의 생명의 꽃가지를 있는 대로 꺾어서 화환을 만들어
- 새 생명의 꽃에 취하려는 나의 님이여
- 생명의 꽃으로 빚은 이별의 두견주가 어디 있느냐
- 나의 생명의 배는 부끄러움의 땀의 바다에서 스스로 폭침하려 합니다.
- 거친 바다에 표류된 적은 생명의 배는
- 그 나라에는 우주만상의 모든 생명의 쇳대를 가지고
- 당신의 명령이라면 생명의 옷까지도 벗겠습니다.
- 벌레들은 이상한 노래로 백주의 모든 생명의 전쟁을 쉬게 하는
- 그리고 부서진 생명의 조각조각에 입맞춰주셔요

---

6) '용례 색인'이라는 용어는 필자가 『'님의 침묵'의 어휘와 그 활용 구조: 용례 색인』(탐구당, 1984)에서 처음 썼다. 일본어에서는 '용어 색인'이라고 한다고 한다.

- 환희의 영지에서 순정한 생명의 파편은 최귀한 보석이 되어서
- 이 적은 생명이 님의 품에서 으서진다 하여도
- 인격이 없는 사람은 생명이 없다
- 당신을 그리워하는 슬픔은 곧 나의 생명인 까닭입니다.[7]

이처럼 시집 『님의 침묵』의 용례 색인은 그 시집에 '생명'이란 낱말이 열아홉 번 나타난다는 것을 보여주며 또한 그것이 나타나는 문장이나 문구들을 보여준다. 『님의 침묵』에 쓰인 총 1832개의 단어(토씨 제외) 중에서 '생명'은 빈도가 열아홉 번으로서 56번째로 중요한 단어이다.[8]

이러한 용례 색인의 쓸모는 무엇인가? 용례 색인의 대상이 되는 텍스트는 문화적으로 매우 가치가 있는 것이므로 그 텍스트의 언어와 개념의 구조를 밝히는 일의 기초가 된다. 한용운은 『님의 침묵』이라는 한국 현대 시문학의 최고봉의 하나를 창작하였는바 이 작품에서 그는 주요 어휘들을 그 나름의 사상 체계에 어울리게 쓰고 있다. 위의 예에서 보듯이 '생명'은 일반적인 뜻으로 사용되기도 하였지만 "생명의 배" "생명의 옷" "생명의 꽃" "슬픔은 곧 나의 생명" 등에서 보듯이 아주 독특한 뜻으로 쓰이기도 했다. 한용운의 문학에서 '생명'이 무슨 독특한 뜻을 갖는지는 이러한 색인의 도움을 받아야만 확실하게 알 수 있다. 이러한 독특한 쓰임이 『님의 침묵』이라는 독특한 의미의 세계를 창조하는 것이다. 그것에 대한 해석은 비평가들의 몫이다. 그러므로 용례 색인은 문체 연구에 필수불가결하다. 독립신문과 같은 한 시대의 대표적인 텍스트의 용례 색인이 제작되면 19세기 말의 한국인의 여론과 생각과 감정의 폭과 질을 이해하는 데에 가장 구체적인 길잡이가 될 것이다.

문화 선진국에서는 귀중한 의미를 담고 있어서 기림을 받는 텍스트는

---

7) 졸저, 『자세히 읽기로서의 비평』, 152~153쪽.

8) 졸고, 「뭉치 언어학적으로 본 사전 편찬의 실제 문제」, 『사전편찬학 연구』 2(탑출판사, 1988), 169~170쪽 참조.

거의 모두 이와 같은 용례 색인이 되어 있다. 다만 한국에서만 2, 3텍스트에 불과하다. 서양 최고의 텍스트인 성경은 물론 여러 가지의 정밀한 용례 색인이 나와 있다. 한국어 성경도 용례 색인이 되어 있다. 성경을 심각하게 공부하는 사람, 설교를 준비하는 사람에게 성경 용례 색인은 필수불가결하다. 영문학의 최고봉인 셰익스피어 용례 색인은 여러 차례 제작되었고 최근에는 전산기를 이용하여 전에 없이 정확하게 용례 색인이 제작되었다. 용례의 표제어에 대한 뜻풀이가 첨가되면 용례 색인은 한 특정 텍스트의 사전이 된다.

3. 학술적 저작에서의 인용

학술 논문에서 인용은 매우 중요한 ─ 경우에 따라서는 가장 중요한 ─ 부분이다. 학위 논문 등 공식적인 논문을 작성하는 사람은 반드시 정해진 논문 작성법을 따르기로 되어 있는데 논문 작성법에서 가장 역점을 두어 정확을 기할 것을 지시하는 부분이 인용과 참고문헌 목록에 관한 것이다. 다음은 국내에서 출판된 가장 포괄적인 논문 작성법에서 학술적 인용에 관하여 설명하는 부분이다.

어떤 글이라도 자기 생각이나 지식만 가지고 쓰는 일은 거의 없다. 남의 생각이나 의견을 듣고 참조하거나, 그런 남의 생각이나 의견을 바탕으로 자기의 생각을 새로이 만들어가는 것이 예사이다. 더구나 학문 연구에서는 여러 학자들의 연구 업적이 서로 교류되게 마련이다. 다른 이의 견해나 연구 결과는 자기가 연구한 바를 보강하고 뒷받침하는 수도 있으며 반대로 엇갈리는 수도 있다. 어느 경우나 자기의 연구에 도움을 주게 마련이다. 남의 업적 위에 자기의 연구가 올라서기 때문이다.[9]

그러므로 학술 연구 논문에는 반드시 남의 말이나 글로부터의 인용이 필요한데, 이에는 간접인용과 직접인용이 있다. 간접인용이란 남의 말이나 글을 인용하되 자기 자신의 해석이나 의견에 따라 본래의 내용에다 덧붙이든가 빼어서 이용하는 것이고, 직접인용이란 남의 글이나 말을 가감없이 그대로 정확히 옮겨다 쓴 것을 말한다. 논문에서 인용이란 주로 직접인용을 가리킨다. 위의 책에서는 학술적 인용은 다음과 같은 원칙을 지켜야 한다고 말하고 있다.

원칙 1 : 인용법은 원문이나 원자료에 충실한 것이어야 한다.

조금이라도 그 내용이나 형식을 바꾸어서는 안 된다. 비록 그 내용이 틀리거나 잘못 표기가 된 것이라도 그대로 따와야 한다. 만일 그것을 고쳐서 인용할 경우에는 그 사실을 밝혀야 한다. 그렇지 않으면 남의 글이나 말을 인용자가 임의로 변조하는 잘못을 저지르게 된다.

원칙 2 : 남의 글을 인용할 때는 자기의 글과 명확히 구분되도록 표시를 해야 한다.

인용 부분에 따옴표를 한다든지 줄을 바꾼다든지 하여 일정한 방식으로 인용문임을 드러내야 한다. 그렇지 않으면 남의 글을 자기 글에 뒤섞어서 자기 글처럼 만들어버리는 행위가 될 수 있다.

원칙 3 : 인용법에서는 인용문의 출처(source)를 정확히 밝혀야 한다.

논문, 작품, 저서 등은 그 필자의 정신적 재산인 만큼 그것을 빌려다 쓸 때는 그 원 소속을 밝혀주어야 마땅하다. 이러한 출처 표시는 원작자의 지적 자산을 존중하는 것일 뿐 아니라 그 내용적 권위나 책임을 분명히 하는 일이 된다.

원칙 4 : 남의 글을 인용할 때는 타당한 목적과 정당한 범위를 벗어나서는 안 된다.

이것은 도의적인 문제일 뿐 아니라 법적인 요건이기도 하다.[10]

---

9) 서정수·심광숙·임유종,『정보화 시대의 책과 논문 쓰기 길잡이』, 동광출판사, 1998, 198쪽.
10) 서정수 외, 앞의 책, 199~200쪽.

　다시 말하면, 인용의 충실성과 정확성, 본문과 인용문의 명확한 구분, 출처에 대한 정확한 정보 제시, 인용의 정당성 등이 요건이 된다. 여기에 한 가지를 덧붙이자면, 인용은 원작자에 대한 존중을 나타내는 동시에 인용자가 다른 많은 사람들의 의견을 자세히 정확히 참고했다는 사실을 증명하는 것도 되므로, 논문 작성자가 독자나 청중의 존중을 기대할 근거가 되기도 한다. 따라서 학술 논문에는 여봐란 듯이 많은 인용이 있게 마련이며, 인용이 없든가 아주 적은 글을 논문이라 하지 않고 평론, 논설, 수필 따위의 다른 이름으로 부른다. 인용이 없는 글은 학술 논문으로 쳐주지 않는 것이 학문의 관행으로 되어 있어 논문으로 인정받기 위해서는 일부러라도 적당한 인용을 찾아다 넣어야 한다.

　다음은 어떤 학술적 저서에 나오는 인용의 실례이다.

　퇴계는 "사람들을 가르칠 때에 반드시 충신(忠信)과 독실(篤實) 그리고 겸허와 공손으로 하였다"고 하며, 스스로 말하기를 "어질지 못하며 무뢰(無賴)한 무리라 하더라도 한 가지의 장점이 있으면 취하는 것이 실로 남을 도와 선을 행하는 도리이다. 어찌 불의(不義)를 더할 뿐이라고 생각하여 취하지 않을 것인가?"라 하였다. 어느 일면을 보고 전적으로 긍정하거나 부정하는 것은 옳지 못하며, 사람을 평가하는 데에는 더욱 그러하다.[11]

　이 글의 저자는 퇴계 이황의 학문에 대한 설명을 하다가 이황의 글의 한 부분을 직접 인용한다. 그 인용 부분을 " "표로 표시하여 어디부터 어디까지가 인용인지를 밝히고 또 주석에 그 출처를 밝히고 있다. 그리고 자기의 글 속에 그 인용을 포함시키기 위하여 "……고 하며" "……스스로 말하기를" "……라 하였다"는 보고의 형식을 사용한다. 즉 자기의 글과 인용을 확실히 구별하는 장치들을 사용하고 있다.

---

11) 이동준, 『유교의 인도주의와 한국 사상』, 한울아카데미, 1997, 439쪽.

　인용문의 출처를 밝히는 데에 쓰이는 여러 장치들 중에 한때 op. cit., ibid. 따위가 쓰였는데 op. cit.,는 opus citatum이라는 라틴어 구절의 약자로서 "(앞에서) 인용된 글"이란 뜻이고 ibid.는 "(앞의 글과) 같은 곳에"라는 라틴어 구절의 약자이다. 이들을 우리나라에서는 각각 '전게서(前揭書)' '동서(同書)' 등의 한자 용어로 번역하여 쓰다가 요즘은 '앞의 책(글)' 또는 '위의 책(글)' '같은 책(글)'으로 쓰기도 하고 위의 인용처럼 책의 이름을 적기도 한다. 최근 서양의 문학 논문에서는 그런 예스런 표시 방법을 없애고 주로 본문 속에서 간단히 저자, 또는 저자와 발표 연도, 쪽수만을 괄호 속에 표시하는 방법이 쓰이고 있다. 그리고 논문 끝에 본문에서 인용한 모든 글의 출처를 정해진 방식에 따라 정확히 기록하기로 되어 있다. 되도록 간단 명료하게 출처를 밝히고자 하는 것이다.

4. 인용(quotation)의 뜻

　이 논문의 주 목적은 quotation이란 뜻의 '인용'의 여러 면모를 살펴보려는 것이다. citation이 주로 학술적인 목적의 인용을 말한다면 quotation은 간혹 학술적인 것도 포함하나 주로 수사학적 문학적인 인용을 뜻한다. 아래에서는 '인용'이라는 용어를 quotation의 뜻으로 쓰기로 한다.

　영어의 quotation이라는 말은 중세 라틴어에서 온 말로서 '글을 장이나 절로 나누어 숫자로 표시하여 구분하는 것'을 뜻했다. 어원적으로는 '얼마나 많이'라는 뜻의 라틴어 quot란 말을 가지고 만든 동사였다. 예컨대 중세의 신학자들이 성경을 장과 절로 나누고 숫자로 표시하여 참조하기 편하게 하였는데, 구약성서 창세기 1장 1절은 "태초에 하나님이 천지를 창조하시니라"로 구분되어 있다. 바로 이 숫자를 '인용'하는 것(교회에서 예배시에 "다함께 창세기 1장 1절을 읽읍시다"와 같은 인도자의 말)이 quotation이었던 것이다. 이처럼 성경같이 중요한 텍스트에서 어떤 경우에 적절한 뜻을 가지고 있는 구절이나 대목을 정확하게 인용하는 것이 필요했다. 그러므로 참조하기 쉽게 모든 구절이나 문장 들에 숫자로 번호를 붙이는 것이 중세에 개발된 방법이었다.[12]

중세와 르네상스의 학자들은 성경 참조의 방법을 아리스토텔레스나 플라톤의 저작에다가도 적용했다. 예컨대 자주 인용되는 아리스토텔레스의 유명한 말인 "사람은 본디 정치적 동물이다"라는 말은 1253a라는 숫자를 붙인 대목(그의 '정치학'은 1252a에서 시작된다)에 나온다. 아리스토텔레스의 전해진 모든 저작들을 한 덩어리로 하여 일정한 차례를 나타내는 일련의 숫자를 붙였던 것이다. 마찬가지로 호메로스의 『일리아스』도 부분들에 붙인 권과 행을 나타내는 숫자에 의하여 참조가 된다. 뒤에는 모든 주요 시작품에 그런 참조 숫자가 붙여졌다. 예컨대 셰익스피어의 「햄릿」에 나오는 명구 "약한 자여, 그대 이름은 여자이니라(Frailty, thy name is woman)"는 1막 2장 145행(주로 1. 2. 145로 표시)이다. 셰익스피어 자신은 작품을 쓸 때 막, 장, 행을 기입하지 않았으나 후세의 사람들이 참조를 위해 적어넣은 것이다.

이처럼 중요한 텍스트의 참조를 위한 숫자를 가리키던 quotation이라는 말이 차차 그러한 숫자가 가리키는 구절이나 문장이나 대목이나 행을 가리키는 말로 변하였고 나중에는 특정한 텍스트로부터의 인용 자체를 뜻하게 된 것이다.

5. 암기와 인용

동양에서나 서양에서나 옛날에는 책이 귀하였으므로 책 전부를 암기하든가 중요한 구절들을 외웠다가 암송하는 것이 필요했다. 특히 경전이

---

12) Quotation에 관한 것도 앞의 McArthur를 참고했다.

그러했다. 진시황이 책을 불태우고 학자들을 죽여서 학문을 없애려고 했지만 그의 사후에 경전들을 외우고 있던 남은 학자들이 다시 그대로 복원한 것은 잘 알려진 사실이다. 지금도 기독교에서는 성경 구절(요절)을 암송시키는 것이 교인 교육의 한 중요 부분으로 되어 있다. 더욱이 글을 읽을 줄 모르던 많은 사람들은 글을 아는 소수가 정확하게 읽어주는 것을 암송하는 것 이외에 글에 접근하는 방법이 없었다. 영어로 암송을 recitation이라고 하는바 이는 인용을 뜻하는 citation 앞에 '다시' 또는 '반복'을 뜻하는 접두어 re가 붙어 이룬 말이다. 즉 '암송'이라 함은 '인용'의 되풀이, 다시 말하면 같은 말을 되풀이하여 외워서 말하는 것을 이른다.

사람은 누구나 암송의 능력이 있지만, 그 능력은 문자 문헌의 대량 보급 이전에 가장 발달되었었다. 구약의 민수기에 보면 고대 히브리 민족의 각 계파의 족보가 나오는데 그 족보는 계파별로 특별히 지정된 사람들이 암기하여 후대에 계속하여 전수하여오던 것을 모세 시대에 문자로 정착시킨 것이다. 역사가에 의하면 집안의 모계 대표(왕할머니)가 대대로 전해내려오는 막대기에 차례로 칼집을 내어 가계 전수의 표시로 삼아 이를 기억의 보조 수단으로 삼았다고 한다. 미국의 흑인 작가 알렉스 헤일리의 명저 『뿌리(*Roots*)』는, 조상이 수백 년 전에 아프리카의 어느 지방에서 백인 노예 사냥꾼에게 잡혀 미국으로 팔려왔다는 사실을 알아낸 화자가 그 지방에 가서 수소문을 하다가 어느 마을에서 '역사가'를 만나고, 그 '역사가'는 수백 년 전에 어느 집안의 한 청년이 갑자기 나타난 백인들에게 잡혀갔다는 사실을 구전에 의한 역사 기록(口碑)에서 찾아낸다. 본시 집안의 내력은 구전되는 것인데 경우에 따라서는 그런 구전이 매우 정확하게 보존되기도 한다.

이러한 사실을 고려할 때 대개의 옛 문헌은 궁극적으로 암송의 문자적 인용인 셈이다. 문자적으로 인용되지 못하여 사라진 주요 텍스트는 엄청나게 많을 것이다. 우리는 수많은 신라 시대의 노래가(지금은 전해지지 않지만) 『삼대목(三代目)』이라는 책에 '인용'되었던(즉 수록되었던) 사실을 알고, 또 일연이 그것을 암기했다가 그의 『삼국유사』에서 겨우 14수나마 다시 인용한 것을 고맙게 여긴다. 그가 신충(信忠)의 「원가」를 기록하면서 "망이구(亡二句)"라 적은 것을 보면 조금 불완전하게 암기했던 것을 인용하는 것이 분명하다. 아마 그는 『삼대목』을 읽고 그중 몇 편을 기억했던 모양이다.

문자가 보급되면서 암송에 의존하는 정도가 매우 줄어들었지만 아직은 문명사회에서도 많은 텍스트가 구전, 즉 암기에 의해 보존 전달되고 있다. 격언, 속담, 노랫가락 따위가 그렇다. 이런 구전 텍스트들은 사회 구성원들이 필요할 때마다 자주 인용, 즉 암송한다. 고급지식의 기본 단위들도 암송의 대상이 된다. 즉 2×2는 4, 2×3은 6…… 같은 구구단, "삼각형의 내각의 합은 180도이다"와 같은 기하학 정의, "대한민국은 민주공화국이다"와 같은 법조문 등은 지식인의 필수적 암기, 암송 텍스트들이다. 법관이나 변호사 같은 법률 전문가의 중요한 능력은 적절한 법률 조항을 암송하는 것인데 이는 성직자의 경전 암송 기능과 함께 아마 선사 시대부터 행해진 인류의 가장 오래된 전문적 기능의 하나일 것이다. 명문 대학 앞에 으레 형성되는 고시촌의 율사 지망생들은 모두 그처럼 선사 시대의 유산을 열심히 익히고 있는 셈이다.

6. 인용의 수사학 : 아리스토텔레스의 이론적 분석

아리스토텔레스의 『수사학(*Rhetorika*)』은 2천3백 년 동안 서양 사람들의 글과 말을 다듬는 방법을 가르친 기본적인 고전의 하나이다. 역시 서양 문학관의 방향을 결정하다시피 한 저서인 『시학』은 16세기 이후에야 서방세계에 알려졌고 주로 문학비평에 영향을 주었지만 『수사학』은 훨씬 오래 전부터 서양인의 일반 교육에서 필독서처럼 쓰였다. 따라서 그 영향은 더욱 뿌리가 깊다. 수사학이란 쉽게 말하여 남을 설득하는 말의 기술이다. 아리스토텔레스는 이 기술에서 아주 중요한 부분을 차지하는 것이 예화(이솝의 우화나 일화 같은 것)와 경구(maxim)라고 가르치고 있다. 바로 이 경구가 명구의 인용인 것이다. 그에 따르면 경구란 '누구의 성격이 어떻다' 와 같은 어떤 특정한 사실이 아니라 일반적 사실에 대한 진술이되, '곧은 것은 굽은 것의 반대이다' 따위처럼 모든 사실에 대한 보편적인 발언이 아니라 실제적 행동의 문제, 취사 선택의 대상이 되는 행동의 방향에 관한 진술이다.[13] 그런데 논리학에서 삼단논법의 불완전한 형태인 엔튀멤(enthymeme)은 주로 일상생활의 행동에 관한 것이므로 경구란 그런 엔튀멤의 전제나 결론 부분이 되는 셈이라고 그는 설명한다. 예컨대,

1) 정신 바로 박힌 사람이라면 자기 아들들을 그 동료들보다 더 똑똑하게 가르쳐서는 안 된다.
2) 왜냐하면 그렇게 되면 아들들은 놀고 먹게 되고, 그래서 온 동네에서 시기와 반감을 사기 때문이다.

여기서 1)은 경구이고 2)는 그 이유 또는 설명이다. 1)과 2)가 합하여 하나의 엔튀멤을 이룬다.
다른 예를 보자.

3) 아무도 완전히 자유롭지는 못하다
4) 누구나 다 돈이나 우연의 노예인 까닭이다.

여기서도 3)은 경구요 4)는 그 이유이다. 3)과 4)는 합하여 하나의 엔

---

13) Rhys Roberts, *Rhetoric*, tr. W.(Modern Library, 1954) 2장 20~21절, 133~140쪽 참조.

튀멤을 이루고 있다.

아리스토텔레스는 이렇게 경구가 엔튀멤의 한 부분임을 분석하여 보이고 나서 경구에는 네 종류가 있다고 말한다. 경구는 부연의 부분이 필요하든가 필요하지 않든가 하다. 첫째로, 한 진술이 역설적이든지 논란의 여지가 있는 경우에는 증명(이유 설명)이 필요하다. 바로 위에서 예를 든 1)＋2)나 3)＋4)가 그 좋은 예이다. 둘째로, 역설적인 요소를 내포하지 않는 경우, 즉 내용이 이미 잘 알려진 진실인 경우에는 이유의 설명이 불필요하다. 예를 들자면 "사람의 최고 행복은 건강이다" 같은 경구이다. 이는 모든 사람이 긍정할 수 있는 일반적 진실이다. 셋째로, 진술이 명백한 이유를 전제하고 있어 별다른 설명이 필요하지 않은 경구도 있다. 예를 들면, "영원히 사랑하는 사랑이 아니면 진실한 사랑이 아니다" 따위이다. 넷째는 진술의 근거가 아주 간단하게 내포되어 있는 경우로서 이것이야말로 가장 좋은 경구가 된다. 예컨대,

유한한 인간이여, 영원한 분노를 품지 말지어다

같은 경구이다. 이 경구는 "영원한 분노를 품는 것은 옳지 못하다"라는 경구에 "유한한 인간이여"라는 말이 붙어 암묵적으로 그 이유를 말한 것이 된다. 따라서 전체적인 뜻은 "사람은 유한한 존재이므로 무한한 분노를 품는다는 것은 옳지 못하다"가 된다. 이처럼 '엔튀멤'의 결론 형식을 취한 경구들보다 이유 설명이 간단하게 내포된 경구가 훨씬 설득력이 강하다. 이를 아리스토텔레스는 가장 좋은 경구로 본 것이다.

역설적이거나 논쟁적인 내용을 가진 경구에는 반드시 이유를 설명하는 부분이 첨가되어야 한다. 예컨대 "교육이란 차라리 받지 않음만 못하다"라는 말이 경구가 되려면 "사람이 유명해지지 못하든가 놀고 먹는 것은 바람직하지 않으므로"라는, 그 이유에 대한 부연이 필요하다는 것이다. 이런 경우 이것은 역설적 경구가 된다. 역설적이 아닌 내용이라도 진

실이라는 것이 명백하지 않을 경우에는 그 이유를 간단하게 붙여야 한다.

간결하면서도 수수께끼 같은 이유가 붙으면 상당히 인상적이 된다. 예컨대 "매미가 땅바닥에 앉아 울까 두렵다면 건방지게 굴지 말지어다"라는 경구는 '건방지게 굴다가 적의 공격을 받아 국토가 초토화되어 높은 나무가 없어져서 매미가 나무 위에서 울지 못하고 땅바닥에서 울게 된다'는 뜻이라고 한다.

아리스토텔레스가 위에서 인용한 경구들은 거의 전부가 비극작가 에우리피데스(Euripides)의 작품들에서 인용한 것으로서 모두 원전이 밝혀진 것들이다. 즉 정확한 의미의 인용구들이다. 그는 이처럼 원전이 분명한 인용구와 달리 속담이나 격언처럼 원전이 분명하지 않은 채 항간에 떠도는 진술도 경구의 역할을 할 수 있다고 말한다. 그러나 그는 원전이 분명한 인용구가 권위가 있어 수사적 목적에 더 잘 어울리는 것으로 보고 있다. 왜 그런가 하면 원전이 있는 경구는 인용자가 그 원전을 읽은, 학식이 있는 사람임을 암시하며 그의 인격과 신뢰성을 높이기 때문이다.

청중은 연설자가 적절한 경구를 인용함으로써 자기들이 가지고 있는 어떤 막연한 의견을 보편적인 진리로 보이도록 표현하는 것을 보고 기뻐한다. 청중 자신들의 생각도 옳다는 것을 증명해주는 셈이 되므로 우쭐한 기분이 들게 한다는 것이 아리스토텔레스의 분석이다. 다시 말하면 경구는 보편성을 가진 진술로서, 보통 사람들이 이미 일상생활에서 구체적으로 경험하여 느끼고 있는 바를 보편적인 명제의 형식으로 표현되는 것을 듣고서 흡족히 여기게 한다는 말이다. 경구는 일반인의 생각을 논리적 철학적 권위에 의탁시키는 까닭이다. 그러므로 연설자는 어떤 주제를 다룸에 있어 청중이 무슨 의견을 가지고 있는지를 미리 짐작한 후 적절한 경구를 인용해야 한다.

더욱이, 경구를 인용하는 연설자에게는 도덕적 권위까지도 주어진다. 본시 설득을 목적으로 하는 연설에는 반드시 도덕적 의도가 내포되는바, 연설자는 도덕적 진실을 적절히 표현하는 경구를 인용함으로써 청중의 도덕적 동의를 수월하게 얻어낼 수도 있다. 아울러 연설자는 도덕적 권위까지도 부여받게 되는 것이다.

경구에 대한 2천3백 년 전의 아리스토텔레스의 분석은 이처럼 지금 보아도 정확하다. 바로 이 생각이 유럽의 수사학을 아직까지도 지배하고 있는 것이다.

7. 인용의 사회문화적 의의

사람들은 성경이나 아리스토텔레스나 호메로스의 글에서 자기의 의도에 알맞은 구절을 인용함으로써 자기의 주장이나 의견이나 진술이나 담론을 뒷받침하든가 증명하든가 치장하든가 고전에 대한 자기의 학식을 과시한다. 우리 전통사회에서는 한문 고전을 인용하는 것을 '문자를 쓴다'고 하여 존경했다.

인용의 출처를 직접 제시하든가 또는 적어도 따옴표 속에 넣어 그것이 인용임을 표시하든가 하는 것은 인용의 관행상 예의이다. 이를 어기는 것은 표절이다. 이는 문화적 예의인 동시에 현실 법규인 지적 소유권의 위반이라는 죄목이 될 수도 있다. 그러나 실제 일상 언어생활이나 글에서 남의 말이나 글의 일부를 허락받지 않고 차용하는 일은 수없이 벌어진다. 이런 의미의 인용은 언어생활의 한 필수적 양상이라고 할 수도 있다. 특히 성경 같은 경전의 인용은 아무의 허락도 필요로 하지 않으며, 많은 사람들은 성경의 인용인지도 모르는 채 사용할 수도 있는 것이다. 예컨대 "눈에는 눈, 이에는 이"는 구약의 모세 5경에 나오는 말이며 "새 술은 새 부대에"라는 말은 복음서에 기록된 예수의 말이지만 이 말을 즐겨 인용하는 신문기자는 그것이 출처 확인이 전혀 불가능한 서양의 일반 격언쯤으로 알고 있을 것이다. 하나의 인용구가 이처럼 격언의 지위를 획득하기 위해서는 해당 텍스트가 널리 사회적 공유물이 되어 있어야 한다. 한국인이 많이 사용하는 소위 문자들, 특히 사자성구(四字成句)는 거의 모두 중국 고전에서 출처를 찾을 수 있는 것이지만 현재 우리에게는 저자가 없이 떠도는 격언이 되어 있다. 이렇게 '탈저자화' 되면서 이런 인용구들은 인용적 성격을 잃고 일상어의 한 요소가 되어간다. 즉 완전히 언어에 동화되어가는 것이다. 이런 과정을 통하여 한 언어는 풍부하게 된다고 할 수 있다.

19세기 영국의 대표적 문학사상가였던 매슈 아놀드는 새로운 문학작품의 가치를 알아보기 위해서는 이미 확고한 지위를 차지하고 있는 위대한 고전들에서 특별히 좋은 구절들을 암기하고 있다가 새 문학작품에 '접촉시켜' 보는 것이 가장 상책이라고 하였다. 이른바 '시금석(touchstone)' 이론이라는 것이다. 그러면서 그는 호메로스, 단테, 셰익스피어, 밀턴 등에서 자기가 암기하고 있는 명구들을 인용하면서 19세기 당시 영국인들 사이에서 서방세계의 최고 수준에 달한다고 추앙받던 초서와 로버트 번스의 구절들이 그 명구들에 '접촉' 되자 — 다시 말하면 구절들끼리 직접 비교가 되자 — 무색해진다는 것을 '증명' 하였다. 그의 비평 방법은 이처럼 최고 수준의 인용구를 절대적 표준으로 삼아 다른 구절들을 재단하는 것이다. 시금석이란 옛날에 황금의 순도를 알아보기 위해서 쓰던 물질이었다.[14]

그런데 이 방법을 아무나 사용할 수 없음은 명백하다. 아놀드 자신처럼 최고의 고전들을 거의 암기하다시피 하는 사람이 아니고서는 우선 불가능하며, 암기한다고 해도 명구를 적절히 인용하고 비교할 수 있는 능력이 저절로 생기는 것도 아니다. 그러므로 한 편의 글이 잘되고 못 된 것을 가리는 일은 그 글과 비슷한 많은 잘된 글을 줄줄 외울 정도로 미리 많이 읽은 사람이라야 할 수 있다. 예컨대 한국 시조의 명품들을 외우고 있는 사람이라야 어쩌다가 고문서 속에서 발견되는 처음 보는 시조의 가

---

14) 매슈 아놀드의 시금석 이론에 대해서는 졸저, 『영미비평사 2』(민음사, 1996), 370쪽 참조.

치를 제대로 평가할 수 있을 것이다. 이를테면 한국 시조 중 전원생활의
여유로움을 구가한,

> 샛별 지자 종다리 떴다. 쟁기 메고 사립 나니
> 긴 수풀 찬 이슬에 베잠방이 다 젖는다.
> 아이야, 시절이 좋을손 옷이 젖다 상관하랴!

라는 시조를 외우고 있는 사람은 전원 시조의 최고 수준을 아는 사람으
로서,

> 보릿잎 포릇포릇 종달이 종알종알
> 나물 캐던 큰아기도 바구니 던져두고
> 따뜻한 언덕머리에 콧노래만 잦았다.[15)

가 그에 훨씬 못 미침을 말할 수 있을 것이다. 이 경우에 암기된 인용문
은 평가의 척도로 작용한다.

오늘날 한국의 비평가가 능력이 모자란다면 바로 이처럼 고전적 명구
들을 외우고 있지 못해서일 것이다. 비평의 실재에 거의 불필요한 이론
과 편파적 주장들로 머리가 꽉차 있어서 인용할 만한 고전이 들어 있을
자리가 남아 있지 않다. 아예 고전 읽기를 생략하는 경향도 강하다.

8. 인용의 구조적 성격 : 인용의 시학

오늘날 인용은 교양을 위한 수사학을 넘어서 문학이론의 핵심문제로

---

15) 이병기의 현대시조 작품.

떠오르고 있다. 먼저 현재 문학이론계에 널리 알려진 바흐친의 이론에 따르자면 인용문이 섞인 텍스트는 '다성적(polyphonic, multi-voiced)' 이다. 저자의 목소리가 다른 주체의 목소리들과 함께 어우러져 있다는 것이다. 동시에 그런 텍스트는 대화적(dialogic)이기도 하다. 그런 텍스트의 저자는 인용문의 저자와 생각이나 주장이 같든가 다르든가 또는 어떤 유보 조항을 곁들여 찬성하거나 반대하므로, 자연히 자기가 선택한 인용문에서 부가적인 힘을 얻든가 긴장을 받게 된다. 하나의 담론 속에 저자의 목소리와 인용문의 목소리가 서로 다른 질량을 가지고 동시에 세력을 발휘한다는 말이다.

일반적으로 모든 글이 그처럼 대화적 성격을 가지고 있다고 바흐친은 주장했다. 그에 따르면 저자가 직접 또는 간접으로 다른 텍스트를 인용하지 않더라도 자기가 상대하고 있는 독자나 청중의 반대 또는 찬성 또는 유보를 미리 짐작하고 그에 대응하는 억양을 내포한다는 것이다. 그래서 저자는 '그러므로' '왜냐하면' '그렇기 때문에' 따위의 부가적인 부분을 간간이 그의 말 가운데에 배치하는 것이다.

엄밀히 말하여 저자 혼자만의 순전한 독백이란 있을 수 없다고 하겠다. 독자가 비록 침묵하고 있을지라도 저자는 독자를 의식하며, 그 의식이 그의 말투에 영향을 미치는 것이다. 따라서 우리는 그의 의식 속에 벌어지고 있는 가상적인 독자와의 대화를 어렴풋하게나마 재구성할 수도 있다. 다시 말하면 그의 의식에서 가상적 본문과 인용 부분을 구별할 수 있다는 말이다. "정확히 말해서 모든 의도적 문체에는 내적인 논쟁의 요소가 있다. 단지 그 정도와 성격이 다를 뿐이다. 모든 문학적인 글은 그 독자, 평론가를 많든 적든 의식하고 있으며 예상되는 반대, 비평을 반영한다."[16) 바흐친의 이러한 이론은 글이나 말의 구조 자체를 원문과 인용

---

16) Mixail Baxtin, "Discourse Typology", in L. Matejka and K. Pomorska, eds., *Readings in Russian Poetics : Formalist and Structuralist*(Cambridge, The MIT Press, 1971), p. 189. 졸고, 「러시아형식주의 문학이론」, 『언어와 상상』(문학과지성사, 1980), 67쪽에서 재인용.

의 이중 구조로 보는 것이며, 나아가서는 모든 글이나 말이 본질적으로 대화적 내지 논쟁적임을 주장하는 것이다.

인용은 오늘날의 이론적 용어를 사용하자면 텍스트 상호적(intertextual) 이기도 하다. 위에서 언급한 바와 같이 인용문은 기존 텍스트 문화에 대한 저자와 독자의 지식이 전제되어야 인용으로서의 가치가 있기 때문이다. 즉 인용은 서로 다른 텍스트 사이의 대화를 촉발시키는 것이다. 오늘날의 이론에서는 모든 사람의 의식과 그것을 표출한 말과 글은 결국 문화적 소산이고 문화는 문자 그대로 여러 다른 글들이 서로 얽혀서 짠 그물 같은 것이다. 텍스트(text)란 본시 실로 짠 천이란 뜻이다. 따라서 모든 사람의 의식이나 말이나 글은 하나도 독립적이거나 독창적인 것이 아니라 사회가 공유하는 문화라는 천의 몇 가닥을 이은 것이므로 궁극적으로는 그 문화로부터의 인용이 되는 셈이다. 그러므로 모든 말들은 서로 인용들끼리의 대화, 곧 텍스트 상호성(intertextuality)을 띠게 마련이다.

바흐친의 대화이론보다 더 직접적으로 인용의 구조적 성격을 연구한 이는 독일 문학자 헤르만 마이어였다. 그의 『유럽소설의 인용의 시학』은 이 점을 고찰한 선구적 연구의 결과이다. 그는 근대 유럽 소설의 효시들이 모두 구조적 효과를 위하여 인용을 대대적으로 이용한 사실에 주목했다.[17]

큰 이야기의 흐름에 간간이 끼인 낯선 짧은 인용구들이 그 흐름에 어떤 영향을 줄 수 있다는 말인가, 하고 소설의 도덕적 관념적 주제에 관심을 가지는 독자는 의심을 할 수 있다. 다른 저자의 책에서 따온 짧은 문구가 전혀 다른 새로운 큰 문맥 속에 파묻혀버리면 거의 흔적이 남지 않든가 기껏 그 새 문맥을 부풀려주는 일밖에 더 하겠는가? 한 소설의 구조 자체에 미치는 영향은 무시할 수 있을 것이라는 짐작이 앞설 수 있다.

대체로 소설의 분석에서 플롯, 인물, 배경 따위가 소설 구조의 요건이 된다는 것은 거의 모든 소설이론에서 인정하고 있지만 인용이 구조적 요

---

17) Herman Meyer, tr. Theodore and Yetta Ziolkowski, *The Poetics of Quotation in the European Novel*(Princeton : Princeton University Press), 1968.

건의 하나라는, 적어도 유럽의 주요 소설에서는 그러하다는 사실을 마이어가 선구적으로 증명해 보이고 있는 것이다. "인용은 그것이 으레 가지고 있는 제한성에도 불구하고 하나의 서사 문학작품의 총체적 구조에서 본질적 역할을 감당하는가? 인용이란 단지 케이크 속에 박혀 있는 건포도일 뿐이어서 그 미적 효과는 건포도알이 입맛에 주는 순간적 쾌감을 넘어설 수 없는가?"[18]라고 그는 되묻는다. 물론 큰 케이크 속에 박힌 작은 건포도알의 구실에 지나지 않는 인용이 서사 문학작품에 쓰일 수도 있지만 그는 근대 유럽의 주류 소설이 바로 외형상 '작은 건포도알이 케이크 전체의 맛과 결을 결정하는' 구조로 되어 있음을 분석해 보이는 것이다.

본시 소설이란 짧은 서정시와는 달리 식물처럼 작은 씨앗에서 저절로 자라나는 유기적 성장의 결과이기보다는 이질적인 요소들이 서로 융합하고 조합하는 복잡한 과정을 통하여 형성되는 것으로 보아야 한다. 소설가의 중심적 의식은 외부의 온갖 재료들을 한 구심점으로 끌어모으는데 이 재료들에는 외부의 경험적 사실들뿐 아니라 문화의 전통, 특히 문자화된 문화의 가치들도 포함된다. 소설은 성질상 이질적 요소들의 통합의 과정이라고 할 수 있다. 인용은 바로 이러한 이질적 요소들 중에서도 가장 명백히 이질적인 것이다. 인용은 이미 다른 저자가 만들어놓은 '언어적 기성품'으로서 완전한 남(타자)이다. 어떻게 하는 것이 그러한 타자를 새로운 문맥 속에 들어가게 하는 최선의 방법인가? 우리는 대체로 그 타자를 새 문맥 속에 완전히 동화시키는 것이라고 생각하기 쉽다. 그러나 인용이 새 문맥 속에서 완전히 분해되어 그것이 인용이었다는 것을 알아보지 못할 정도가 되면, 그것은 이미 인용이 아니며 인용의 특수한 효과를 내지 못하고 더더구나 애초에 인용할 이유도 없을 터이다. (그런 경우 그것은 인용이 아니라 들키지 않으려고 애쓴 표절이 될 것이다.)

---

18) 헤르만 마이어, 앞의 책, 4쪽.

　　인용의 묘미는 동질화와 이질성의 동시적 작용으로 말미암아 생기는 특수한 긴장에 있다고 할 수 있다. 하나의 인용구는 새로운 문맥적 환경에 연결되는 동시에 분리되어 있다. 인용구는 그것의 원천인 텍스트를 새로운 텍스트 속에 침투시킨다. 그리하여 인용을 받아들인 텍스트에 새로운 활력을 불어넣는 것이다. 토마스 만이 괴테의 『파우스트』로부터 따서 자기의 『마술의 산』에 삽입한 짧은 인용구로 말미암아 『마술의 산』은 『파우스트』의 어떤 면을 내포하는 더 큰 폭을 가지게 되는 것이다.

　　경우에 따라서는 일반 독자가 인용의 출처를 알지 못할 수도 있다. 그러나 인용의 효과를 충분히 발휘하기 위해서는 독자가 출처를 알아볼 수 있게 하는 것이 필요하다. 출전 알아내기는 귀중한 독서 체험에 속한다. 그것은 독자의 문화적 수준을 확인시켜주는 역할을 하며 서로 다른 문화적 산물들을 연결시키는 능력을 발휘하게 해준다. 이는 일종의 즐거운 창조적 체험인 것이다. 일부러 출처를 밝히지 않고 저자 자신의 말처럼 꾸민 차용이나 표절을 알아보는 일도 독자에게는 범법행위를 발각했다는 또다른 종류의 즐거움을 더하여준다. 그래서 전문가가 텍스트에 나타나는 모든 인용과 숨긴 차용이나 표절까지도 그 출처를 밝혀 독자의 독서 체험의 즐거움을 높여주는 것이다.

　　이처럼 인용은 저자가 독자들과 공유하는 문화 전통을 필요조건으로 전제한다. 저자는 자기의 인용을 독자가 알아볼 것이라는 자신을 가질 수 있어야 한다. 그러므로 마이어가 적절히 지적하는 바와 같이 인용은 문학사회학의 한 중요한 지표가 된다.[19] 한 시대의 문화적 교양의 수준과 성격을 드러내기 때문이다. 따라서 한 사회가 문화의 기초로 삼고 있는 모범적인 문학 전통이 존재하느냐 존재하지 못하느냐는 매우 중요한 문제가 된다. 그런 전통이 없다면 인용을 공유할 근거가 없게 된다. 독일의 경우, 독일문학이 하나의 전통을 이루어 독일 민족이 그것을 공유한

---

19) 헤르만 마이어, 앞의 책, 18쪽.

다는 의식이 생기기 전에는 인용은 거의 모두 고전, 프랑스 영국 등 문화
선진국의 텍스트에서 따왔었다고 한다. 독일에서는 18세기 후반에야 자
국 문학에 대한 전통의식이 생기고 독자층이 두꺼워져서 독문학에서의
인용이 본격화되었다고 한다.

그러나 인용이 거의 나타나지 않는 종류의 텍스트도 있다. 개인, 특히
순수한 감정을 토로하는 개인적 주정적 서정시에는 인용이 잘 나타나지
않는다. 독창적 자발적 즉흥적 장르에는 문화적 전통에 대한 언급이나
문화를 공유하는 독자 사회에 대한 고려가 포함될 자리가 없다. 서정시
는 인용을 수용할 수 없는 장르인 듯하다. 인용은 사회적이고 공적인 대
화의 일종이므로 개인 감정을 토로하는 서정시의 기본 취지와 잘 어울릴
수 없다.

그러나 20세기에 서정시가 지성적으로 변모하여 문명비평적 양상을
띠면서 오히려 산문보다도 더 적극적으로 인용의 기술을 이용하는 것을
보게 된다. 예컨대 엘리엇은 『불모지』에서 인용이나 언급에 대한 출전을
밝히는 주석을 작품 끝에 길게 달아놓았다. 한국 현대시에도 그것을 흉
내내어 주석을 단 장시가 있다.

마이어의 주장에 따르면 인용의 기술은 특별히 근대 유럽의 유머소설
의 전통에서 주요한 서사시적 장치로 발전했다. 서사시적 소설이란 우리
말로는 대하소설이라는 것이다. 대하소설은 여러 다른 이야깃거리들이
서로 얽히고 설켜서 큰 흐름을 이루는 것인데 이런 서사 형식에는 자연
히 여러 목소리들이 어울리게 된다. 즉 많은 텍스트들이 서로 교차하는
것이다. 이를 오늘의 이론에서 '다성적(multi-vocal)' 구조라고 한다. 다
시 말하면 '인용'의 방법이 광범위하게 사용되는 구조인 것이다. 근대
유럽에서는 서로 충돌하는 지적인 흐름들이 얽히는 서사문학을 아이러
니의 양식으로 전개했다. 이를 다른 말로 하면 유머문학이라고 한다.

유럽 서사문학에 나타난 최초의 다성적 유머문학은 프랑스 작가 라블
레의 『가르강튀아와 팡타그뤼엘(*Gargantua et Pantagruel*)』(1534~

1552)이다. 이 기이한 르네상스 작품에는 저자 라블레가 접한 온갖 진기한 텍스트들로부터의 인용이 넘쳐나고 있다. 실상 라블레 자신이 지은 이야기 부분만 따로 떼어놓고 보면 별로 인상적이지 못할 것이다. 즉 그의 작가로서의 능력은 서로 지극히 이질적이고 기상천외한 여러 목소리들을 최대한 자유롭게 어울리게 한 데에 나타난다. 그의 이야기는 그러한 인용들을 지탱하기 위한 최소한도의 뼈대일 뿐이다. 그렇게 함으로써 그는 모든 갇혀 있던 주제, 소재, 화제, 수사법, 발상 들을 천일하에 드러낸 것이다. 실상, 오랜 고대와 중세에 걸쳐 서양문화는 극히 소수의 필사본 원고에 의존하여 전달되어왔는데 중세 말년에 도입된 인쇄술과 종이의 대량 생산 기술은 그처럼 갇혀 있던 텍스트들을 확산시켰던 것이다. 인용은 남의 텍스트를 세상에 드러나게 하면서 동시에 비판하기도 하는 바, 바로 이 비판적 성향이 르네상스 시대에 비롯된 서양의 근대 정신인 것이다. 서로 다른 여러 텍스트들을 한자리에 있게 함으로써 서로 충돌하게도 하고 우연히도 화합하게도 하며 예상을 벗어나는 놀라운 뜻을 조성하여 지적이고 비판적인 아이러니의 효과를 극대화한 이 작품은 독특한 유머소설의 효시가 되었던 것이다.

라블레에 이어 근대 유럽에 큰 영향을 준, 인용이 풍부한 유머소설을 쓴 사람은 에스파냐의 세르반테스였다. 그의 『돈 키호테(*Don Quixote*)』(1605~1615)는 라블레의 『가르강튀아와 팡타그뤼엘』보다 이야기 구조를 더 탄탄히 짰지만 많은 인용은 그 구조에 독특한 양상을 가미한다. 세르반테스 자신이 머리말에서 인용에 대한 견해를 다음과 같이 농담조로 밝히고 있다. 그는 자기 작품이 남의 것들보다 못한 이유를 짐짓 박식을 자랑하는 인용이 부족한 것이라고 한다.

학식과 교훈은 도무지 찾아볼 수도 없고, 여백에다 인용구조차 달지 못하고, 책 뒤에다 주석도 못 붙인 이야기를 가지고 나타난다면, 소위 대중이라고 하는 만고불변의 입법자가 뭐라고 할 텐가? 그런데 다른 책들을 보면 암만 황당무계하고 조잡한 것이라도, 아리스토텔레스와 플라톤과, 기타 모든 철학자들로부터 인용을 해서 독자들의 감탄을 자아내고, 해박한 독서와 지식과 구변이 있다는 명성을 가져다주지 않나? 더더구나 성경에서 인용을 할 땐 놀랍지! 모두가 성 토마스 아퀴나스가 아니면 교회의 박사님들이라고 할 수밖에 없네…… 내 책엔 그런 게 하나도 없어. 여백에다 인용할 것도 없고, 책 끝에다가 주석 달 것도 없으니까. 나는 내가 어떤 저자를 모방했는지조차도 몰라. 그래서 다른 사람들은 모두 아리스토텔레스에서 시작하여 크세노폰, 그리고 조일로스, 제욱시스에 이르기까지……알파벳 순서로 책 앞에다 죽 나열해놓는데, 나는 그럴 수가 없네.[20]

이런 말을 하고는 그 대안으로 스스로 그럴듯한 문장들을 꾸며내 유명한 사람들의 이름을 적어서 그들의 말을 인용한 것처럼 할 수도 있다고 한다. 이것은 보통 독자가 출전을 확인할 줄 모르든가 출전 확인에 관심을 가지지 않고 단지 유명한 사람의 말을 인용한 것이라면 감동한다는 사실을 비꼬는 것이며 또한 박식을 자랑하기 위하여 인용과 주석을 많이 포함시키던 당시의 저술 관행을 비아냥거리는 내용이다. 그러나 이는 인용과 주석을 아예 반대하기 위하여 하는 말이 아니라 재미없게 단지 현학적이기만 하고 효과적으로 기술적으로, 요컨대 문학적으로 사용하지 못한 인용과 주석에 대한 비판이다. 실제로 그는 『돈 키호테』 속에서 많은 인용을 적절히 써서 놀라운 효과를 내고 있다. 즉 그는 텍스트 상호성이 풍부한 다성적인 지적 구조를 형성한 것이다. 라블레나 세르반테스나 그 뒤의 다성적인 작가들은 모두 '현학적 인용'을 비꼬는 입장에서 '문학적' 효과적 인용을 시범했다고 할 수 있다.

이들 거장들보다 한참 뒤 18세기 중엽의 영국 작가 로렌스 스턴의 『트리스트럼 샌디(*Tristram Shandy*)』(1759~1767)는 주로 일부러 부적절한

---

20) 『돈 키호테』 1권, 이상섭 옮김, 삼성출판사, 1984, 16쪽.

인용을 사용하여 웃음을 자아내는 수법을 유감없이 발휘했다. 그의 작품에서 인용은 자기의 주제를 돋보이게 하기 위한 긍정적 내용이나 부정적 내용이거나 표현성이 높은 것이 아니라 기상천외하게 엉뚱하여 유머의 극치를 이룬다. 예컨대 방금 아들이 죽은 슬픈 일을 당한 사람이 그런 경우에 어울릴 만한 경구들을 고전으로부터 줄줄이 인용하는 동안에 깜빡 아들이 죽었다는 사실을 잊어버리는 대목이 나온다. 과연 유머의 극치이다. 이것은 소위 교양인이 인용에 탐닉하던 성향을 비꼰 것이지만, 당시 소설을 읽던 독자층은 상당한 지적 수준에 올라 있어 그런 인용이나 적어도 그 저자들의 이름을 알고 있었으므로 스턴의 이야기의 텍스트와 그런 고전적 인용구들의 텍스트의 엉뚱한 어울림을 매우 재미있게 감상할 수 있었다.

마이어는 독일 서사문학이 독일 민족의 독특한 문화적 자각의 영향으로 특별히 인용성이 강하다고 보고 있는 듯하다. 괴테 이후 독일인들이 자국 문학에 대한 교양을 나타내는 경향이 짙어졌다고 한다. 그 경향은 20세기에 들어와서 토마스 만에 이르러 극치를 이룬다고 한다. 그의 『마술의 산』(1924)은 고대로부터 근대에 이르기까지 유럽의 문화적 교양을 형성하는 온갖 텍스트들로 가득하다. 그야말로 텍스트 상호성이 넘친다. 그러나 그처럼 단순히 관념적으로 지적이냐 하면 절대로 그렇지 않고 다성적 유머소설의 전통을 지켜 매우 아이러니컬하고 희극적이다. 다시 말하면 매우 지성적이다.

비슷한 시기에 아일랜드의 작가 제임스 조이스의 『율리시즈(*Ulysses*)』(1918~1922)도 그러한 전통을 따라 매우 텍스트 상호적 다성적, 따라서 상당히 아이러니컬한 언어의 세계를 보여준다. 다만 그 특징이라면 인용의 출처를 거의 말하지 않고 있어 학자들의 즐거운 인용 사냥터가 되어 주기도 한다. 이처럼 인용은 다성적임을 특징으로 하는 근대소설의 필수 구성요소가 되어 있다. 근대소설은 많은 말들이 서로 만나는 공간이 된 것이다.

9. 한국인의 인용문화의 수준 : 『한국문장인용사전』이 필요한 이유

위에서 보았듯 서양인들은 창작물인 소설에서까지 인용을 문장의 구
조적 요소로 사용한다. 소설가가 아닌 일반인들도 연설이나 글을 쓸 때
반드시 인용할 만한 문구를 구하는 것이 사전을 뒤지는 것 다음으로 중
요한 일이 되어 있다. 바로 그 옛날에 아리스토텔레스가 가르친 교훈을
아직도 따르는 것이다. 그들에게 인용은 말이나 글의 구조적 요소가 되
기 때문이다. 그것이 없으면 필요요소가 빠진 것이 되어 온전한 말이나
글이 못 되기 때문이다. 그래서 세계에서 가장 독자가 많다는 미국 월간
잡지 『리더스 다이제스트(*Reader's Digest*)』에는 '인용할 만한 인용구
(Quotable Quotes)' 라는 고정란이 있다. 예컨대 1998년 10월호에는 다
음과 같은 문구들이 올라 있다. 저자와 출처가 밝혀져 있음에 유의할 필
요가 있다. (번역은 필자의 것이다.)

우리가 사랑하게 되는 것은 완전한 사람을 찾아내어서가 아니라 불완전
한 사람을 완전하게 보는 법을 배워서이다. ─ 샘 킨, 『사랑하고 사랑받기』

여행 기념품은 부서져 없어질 수 있다. 다행스럽게도 기억은 안 그렇
다. ─수잔 스패노, 『뉴욕 타임스』

비전이란 무엇인가? 그것은 성취 가능한 미래에 대한 강렬한 이미지이
다. ─로라 버먼 포트갱, 『너 자신을 정상에 올리라』

오늘은 언제나 여기 있다. 내일은 절대로 여기 없다. ─토니 모리슨,
『소중한 사람』

사람의 행동은 그의 움직이는 자서전이다. —제리 스펜스, 『논쟁에서
이기는 법』

도덕은 활짝 꽃핀 진실이다. —빅토르 위고, 『레미제라블』

여기에 인용된 문구들은 모두 『리더스 다이제스트』 독자들이 책, 신
문, 잡지 따위를 읽다가 인용할 만하다고 생각되면 출처를 밝혀서 편집
자에게 보낸 것 중에서 뽑아 실은 것이다. 채택된 기고자에게는 보수가
주어진다. 기존 인용사전에서 베낀 것은 채택되지 않는다. 놀랍게도 빅
토르 위고의 멋진 문구가 아직껏 인용사전에 올라 있지 않았었다는 것이
밝혀진다. 이러한 의욕적인 인용구 발굴의 결과 인용할 만한 문구들이
축적되어 사회의 공유 재산이 되는 것이다. 이것은 '인용문화'라 할 수
있는 것으로서 사회의 전반적인 언어문화의 한 주요 요소가 된다.

이 글은 필자가 한국인의 인용문화가 서양인의 그것과 상당히 다르다
는 것을 느끼는 데에서 쓸 생각을 하게 되었던 것이다. 서양인의 말이나
글에는 적절한 인용이 많고 대개는 그 인용의 출처를 말하여 자기의 말
이 교양적 권위가 있으며 그 인용을 알아들음직한 청중-독자의 교양에
호소하여 같은 문화를 공유한다는 의식을 조성한다. 이것이 '인용의 문
화'이다. 이 사실은 위에서 이미 논의한 바이다.

한국의 옛 글에서는 주로 중국의 고전으로부터의 인용, 예컨대 "삼인
행(三人行)에 필유아사(必有我師)라" 따위의 『논어』의 말이나 "국파산하
재(國破山河在)요 성춘초목심(城春草木深)이라" 같은 두보의 시구를 자
주 인용하여 그것으로 문자를 아는, 즉 교양이 있음을 나타냈고 그것을
알아듣는 사람들은 같은 문화를 향유한다는 의식을 가질 수 있었다. 그
런 인용구들은 어릴 적부터 서당 교육을 통하여 습득한 것이었다.

그런데 오늘의 학교 교육에서 한국의 초중등학교 학생들은 한국의 문

화를 공동으로 소유하게 해줄 만한 기본적 문헌들을 배우고 있지 못하다. 우리의 정부가 펴낸 국어 교과서는 널리 공인받을 만한 한국의 명문을 거의 담고 있지 않다. 영어권 학생들은 초중등학교 재학시에 그들이 자랑하는 셰익스피어를 읽고 외우는데 우리가 외우는 것은 무엇인가? 아마 몇 수의 시조가 고작인 듯하다. 자연히 오늘의 한국인은 한국의 고전 명문에서 인용하는 관습을 발전시키지 못하고 중국의 고전도 알지 못하여 아예 인용의 문화와는 인연이 멀어지게 되었다.

오늘날 한국에서 인용을 전문적으로 잘하는 사람은 기독교회의 목사들뿐이다. 그들은 성경을 암기하다시피 학습하며 또 적절한 구절을 따로 모아 편집한 책 — 성경인용사전 — 도 부지런히 뒤진다. 뿐만 아니라 유명한 신학자나 철학자나 문필가를 인용하는 데에도 능숙하다. 그들은 목사가 되기 위한 훈련 기간 중에 설교법을 익히는데 설교법에는 적절한 인용을 찾아 쓰는 법이 반드시 포함된다. 그래서 그들은 대부분 좋은 인용사전을 가지고 있든가 독서를 할 때에 인용할 만한 대목을 적어두는 습관이 배어 있다. 다음은 어떤 이름난 설교자의 설교의 한 부분이다.

자유와 자제의 균형을 잡자. 요새 이름 높은 미국 국회의원 샘 얼빈은 "자유의 역사는 행정부의 세력 제한사"라고 하여 주목을 끌었다. 모든 힘에는 제한이 필요하다. 그래서 바울은 갈라디아 사람들에게 "자유로 육체의 기회를 삼지 말고 오직 사랑으로 피차에 종이 되라"고 권면하였다. 자유에는 자제가 따르지 않으면 그야말로 흉악과 불길을 초래하는 결과가 나타난다. 아무것도 거칠 것 없는 고속도로에도 속도의 제한이 있듯이 마음대로 자유를 사용할 수 있어도 자제없는 자유는 위험스럽기 한이 없다.[21]

---

21) 이환신, 「균형 있는 생활」, 『영원을 산다 — 이환신 감독 설교전집 5』, 기독교 대한감리회 총리원 교육국, 1976, 155쪽.

이 설교문의 저자는 당연히 성경을 인용하고 또한 유명한 서양 정치가의 명구를 아울러 인용하고 있다. 대개 좋은 설교문에는 이처럼 성경과 일반 문헌으로부터의 적절한 인용이 들어 있는바, 일반 문헌의 인용은 저자의 개인적 독서 중에 수집한 것도 많지만 더 흔하게는 인용사전에서 찾은 것이다.

그러나 이러한 종교적 전문인들말고 일반 대중을 위하여 글을 쓰는 사람 중에서 인용을 자주 하는 사람은 누구인가? 아마 신문이나 잡지의 유명 칼럼 집필자들일 것이다. 그들은 인용할 만한 좋은 문장들을 모은 인용사전을 부지런히 뒤지는 사람들이다. 다음은 이름난 신문의 한 고정 칼럼에 나타나는 인용의 예이다.

> 중국 한(漢)나라 때 한자풀이 책 『설문해자(說文解字)』를 쓴 허신(許愼)의 말은 오늘날에도 가슴에 와닿는다. "술은 마시는 사람에 따라 길흉화복이 갈라진다. 본성이 착한 사람은 술을 많이 마셔도 예법에 어긋나는 행동을 하지 않는다. 본성이 좋지 않은 사람은 많이 마시면 일을 저질러 화를 부른다." [22]

이것은 음주 운전의 폐해를 논하는 글로서 독자들의 공감을 불러일으키려는 것을 목적으로 한다. 이 칼럼니스트는 중국의 유명한 고전의 하나를 지은 허신의 말을 인용함으로써 자기 말의 권위와 신뢰성을 높여 독자를 설득하려고 한다. 그는 아마 이 칼럼을 쓰기 위하여 중국의 명구사전을 찾았음직하다.

다음은 어떤 잘 쓴 수필에 나타나는 인용의 예이다.

> 호세 오르테가 이 가세트(Jose Ortega y Gasset)는 그의 『예술의 非人間

---

22) 동아일보, '횡설수설'(1998. 12. 4, A7W쪽)

化』라는 책의 한 글에서 인간의 삶은 영원한 難破이며 그때 팔을 올려 움직이는 것, 즉 자신의 파멸에 저항하는 반작용 — 그게 문화라고 했다.

삶은 그 자체로서 그리고 영원히 난파이다. 난파한다는 것은 溺死한다는 게 아니다. 가련한 인간은 그가 심연에 빠지고 있다고 느끼면서 가라앉지 않기 위해 두 팔을 움직인다. 자신의 파멸에 대한 반작용인 팔의 움직임, 그게 문화이다.

문화에 관한 한 이 비극적인 직관은 그러나 문화가 인간의 생명을 위한 안전판이며 신호라는 사실을 오히려 더 선명하게 그리고 역동적으로 보여준다.[23]

이 수필의 저자는 자기가 감명깊게 읽은 어떤 책에서 특히 감명깊었던 부분을 인용하고 있다. 이 멋진 인용문은 저자 자신이 골라낸 것이다. 독자 중에는 인용할 만큼 감명 깊은 문장에 밑줄을 긋고 거듭 음미하거나 아예 외우는 사람도 있다.

그런데 한국인의 설교문에 나타난 인용이나 명 칼럼에 쓰인 인용, 좋은 수필에 따온 인용의 저자가 모두 외국인이라는 사실은 예사스럽게 넘겨버릴 일이 아니다. 일반적으로, 오늘의 우리 글 중 교양적 목적으로 쓴 한국인의 글에는 한국인 저자로부터 인용을 한 예가 거의 보이지 않는다. 한국인으로부터의 인용은 주로 한국에 관한 학술적인 저술에 한한다.

한국의 젊은 주부들을 상대로 펴낸 어떤 가계부에 '금주 명언' 이라는 고정란이 있는데, 명언의 저자는 거의 모두가 서양인이고 중국인이 더러 있으나 한국인은 하나도 없으며 저자가 밝혀져 있지 않은 것이 꽤 많다. 이 가계부에 한국의 교양 있는 주부가 한 주간을 살면서 인생을 반성하라는 의도로 인용된 문구의 하나는 "위대한 사상은 속마음으로부터 생겨나는 것이다(보브날그)" 라는 것인데 대단한 명언도 아닌 듯싶고 게다

---

23) 정현종, 「개인과 상황의 航路」, 『삶과 꿈』, 문학과지성사, 1982, 229쪽

가 '보브날그' 라는 사람이 누군지 전혀 알 수 없다.[24] 또다른 가계부에
는 서양인 다음으로 일본인을 많이 끼워넣고 중국인을 조금 끼워넣었다.
물론 한국인은 없다. "하루의 계획은 아침에 있고, 일 년의 계획은 봄에
있다. 일생의 계획은 근면에 있고 한 집의 계획은 몸에 있다"는 도무지
그 뜻이 알쏭달쏭한 말을 '월령광의' 라는 일본인이 분명한 사람이 한 말
로 인용하고 있다.[25] 이런 뜻 모를 인용이 가계 경제를 알뜰하게 챙기는
똑똑한 한국 주부들에게 주는 금언으로 제공되고 있는 것이다. 한국의
거의 모든 주력 신문사가 월간 여성잡지를 내고 있고 12월호는 특히 가
계부를 끼워서 비싸게 파는데 대개가 위와 같은 일본식 인용문을 싣는
다. 왜 그런 꼴이 되어야 하는지를 알아보니 일본의 월간 여성잡지를 거
의 베끼다시피 하고 특히 '오늘의 교훈' '금주의 명언' 같은 칼럼은 완전
히 일본 잡지의 것을 베껴서 그렇다고 한다.

그렇다면 일본인들은 애당초 왜 서양 명언들을 자기네 가계부에 인용
하여 한국인마저 그대로 따르게 하는가? 그것은 메이지유신 때 시작된
서양 문물에 대한 거의 절대적 숭상이 낳은 일본의 근대문화의 한 가닥
이다. 일본인들의 인용사전은 서양인들로부터의 인용으로만 가득하다.
그리고 같은 뜻이라도 서양인의 말을 인용하는 것이 근대적 교양의 아주
중요한 표시가 된다는 것이다. 이를 한국인이 그대로 답습하고 있다. 한
국인이 라스킨(러스킨), 카라이루(칼라일), 에마슨(에머슨) 같은 서양 사
상가의 명언들을 알게 된 것은 전적으로 일본인들의 덕택이다. 이들에
대한 한국 영문학자들의 연구는 겨우 요즘에야 시작되는 기미가 있기에
하는 말이다.

본시 한국의 대중 신문과 잡지가 일본 신문과 잡지의 절대적 영향을
받고 흉내를 낸다는 것은 잘 알려져 있는 사실이다. 일본 영화 수입 개방
따위는 문제가 되지도 않을 만큼 일본 대중매체는 이미 개방을 넘어 철

---

24) 『'91 알뜰살림의 길잡이 가계부』, 성우, 1990, 2월 셋째주 쪽.
25) 『웃음꽃을 피우는 아내 사랑 가계부』, 정평, 1995, 11월 둘째주 쪽.

저히 답습을 강요받는 상황에 있고 이렇게 거의 배타적으로 일본을 통하여 서양인으로부터 인용하는 것이 당연한 듯이 여겨지게 되었다. 그래서 한국 최고, 최대임을 자랑하는 서점 교보문고에서 나오는 월간 『지구촌 책 정보』 맨 앞장의 '이 달의 명언'이라는 고정란에 책이나 독서에 대하여 거의 언제나 서양인의 말이 인용되곤 하는 것이다. 예컨대 1998년 12월호에는 "사람의 얼굴은 하나의 풍경이다. 한 권의 책이다. 얼굴은 결코 거짓말을 하지 않는다. ─H. 발자크"라는 말이 인용되고 있다. 이 인용 역시 일본 인용사전에서 얻어오지 않았나 하는 의심이 드는 것을 막을 길이 없다.

5천년 문화민족인 한국인은 인용할 만한 문장들을 안 남겼는가? 결코 그렇지 않다. 한국인은 굉장한 분량의 좋은 글을 남겼지만 그 보화가 일반인들이 향유하게끔 보편화되어 있지 않다. 그런 까닭에 더 문제가 되는 것이다. 한문으로 되어 있는 우리의 많은 고전이 잘 번역되어 국민 교육을 통하여 많은 사람이 평생 외울 수 있도록 해야 한다. 자기 나라 문화를 잘 알도록 하는 교육에 자기 나라 고전의 가장 좋은 부분을 외우게 하는 훈련이 반드시 포함되어야 한다. 지금도 서양의 여러 나라에서는 명문을 암기하는 것이 중요한 교육 방법의 하나가 되어 있다. 우리나라의 옛날 서당에서도 바로 그것이 교육의 가장 중요한 방법이었다. 종아리를 맞아가며 외우던 것이 모두가 다 중국 고전이긴 했어도 말이다. 오래 지속되던 그 교육 전통이 단절되면서 인용문화가 쇠퇴한 나머지 오늘의 한국인은 글을 쓰든가 연설을 준비할 때 인용사전은커녕 국어사전도 참고하는 일이 매우 드물다. 한국인의 언어문화는 극히 후진국형임이 분명하다.

국어 교육의 탓이 물론 가장 크지만 다른 한편 언제나 쓰기 좋은 인용사전이 없는 탓도 크다.

10. 『연세 현대한국문장인용사전』 편찬의 방법 : 결론을 대신하여

인용사전(dictionary of quotations)은 특정 저자나 텍스트에 들어 있는 용례를 모은 것이 아니라 말이나 글에서 자주 인용되거나 인용할 만한 구절, 문장 들을 기본 어휘나 개념이나 저자를 표제어로 하여 모아 알파벳순으로 배열한 참고 도서이다. 대개 교차 참조가 용이하도록 자세한 찾아보기가 붙어 있다. 오랜 역사를 가진 중국의 큰 자전들은 대개 고사성어의 해설과 그 출처를 밝히는 내용을 포함하고 있어서 우리가 여기서 말하는 인용사전의 구실을 하고 있다. 서양에서도 고전 시대부터의 인용구 모음이 있어왔다. 오늘날 인용사전 편찬은 사전 편찬과 마찬가지로 아주 중요한 언어 정보 산업의 하나로 정착되어 있다.

인용할 만한 구절과 문장을 모으는 방법은 일정하지 않다. 전통적인 방법은 많은 문헌을 섭렵하면서 자주 인용되는 문구와 문장을 모으는 것이었다. 물론 먼저 책을 베끼고 거기에 더하는 사전 편찬의 방법이 늘 답습되었다. 일본인들은 주로 서양의 인용사전이나 모음을 번역하여 썼다. 한국에도 그 비슷한 것들이 많이 있는데 대체로 일본 책을 번역 내지 번안한 것으로 보인다.

그중에 이어령이 편찬한 『한국문장사전』은 편찬자 자신이 주로 한국의 현대 문학작품에서 직접 수집한 것과 외국인이 만든 성경 인용사전, 세계 명구사전 등에서 선택한 내용을 합하여 편찬한 방대한 책이다. 이어령은 적절한 인용을 잘 쓰는 이름난 미문가이다. 그가 편찬한 이 책은 대단한 업적이지만 한편 그가 대상으로 삼은 한국 현대문학은 주로 그의 취향에 맞는 것에 한정된 느낌을 주며 서양의 고전만큼 한국과 중국의 고전은 반영되어 있지 않으며 그가 제시하는 자료는 인용하기에는 지나치게 긴 경우가 많다는 지적을 받을 수 있다. 인용은 촌철살인(寸鐵殺人) 격으로 간결하면서도 뜻이 깊어 순간적으로 감탄과 수긍을 자아내어야 암기하기가 쉽고 자주 인용될 수 있는 것이다.

연세대 언어정보개발연구원은 아마도 세계 최초로 말뭉치를 이용하여 인용사전을 편찬하고 있다. 우리는 1998년 현재 4천3백만 어절(국판으로 18만 쪽 해당)의 방대한 현대 국어 말뭉치를 구축하고 그로부터 어휘 빈도, 문법 구조, 의미 등에 관한 정보를 추출하여 새로운 개념의『연세 한국어사전』(1998)을 편찬 간행하였다. 우리는 그 말뭉치에서, 인용할 만한 문구, 문장을 많이 포함하고 있을 것으로 추정되는 문헌들 ─ 문학 작품, 사상, 사회, 문화에 관한 평론 등 이름 높은 저자들의 저작들 ─ 을 고르고 다시 다른 여러 말뭉치와 기존 말뭉치를 보완하기 위해 특별히 만든 말뭉치를 합하여 '현대 한국어 문장인용사전 편찬용 말뭉치'(1천만 마디 규모)를 새로 구축하였다.

우리는 세계적으로 널리 알려진 인용사전들에 흔히 올라 있는 어휘와 개념 중에서 적절하다고 여겨지는 항목들을 고르고 한국인의 특수한 사고방식과 정서를 나타내는 항목들을 합하여 인용사전의 표제어들을 선정하였다. 전통적인 인용사전 편찬의 관행을 따라 표제어 상호간에 관련성이 깊은 항목끼리 교차 참조가 가능하게 하는 것은 물론이며 모든 주요 어휘에 대한 찾아보기를 붙이는 관행도 따르고 있다.

우리는 그렇게 선정된 중심 어휘가 나타나는 모든 문장을 '현대 한국어 문장인용사전 편찬용 말뭉치'에서 검색하여, 그중에서 인용할 만한 문구와 문장을 골라낸다. 이것은 다시 말하거니와 매우 독창적인 인용사전 편찬 방법이다. 우리는 우리의 말뭉치를 검색하여 선정한 구절, 문장에 세계 공인의 서지 정보(SGML)를 부착하는 전산 도구도 가지고 있다.

우리의『인용사전』은 아직도 작업중에 있으나 '가난'이라는 항목의 일부를 여기 예시하면 다음과 같다.

가난이야 한낱 남루에 지나지 않는다 (……) 우리들의 타고난 살결, 타고난 마음까지야 다 가릴 수 있으랴. ─ 서정주, 「무등을 보며」(1948)

때로 생활은 가난의 진열장. 그러나 거긴 꿈이라는 쇼윈도가 있다. —김남조, 「산장의 낭만」(1972)

집안이 가난하면 착한 아내 생각이 간절하고, 나라가 어지러우면 어진 정승 생각이 나는 법이다. —박종화, 『임진왜란』(1961)

가난뱅이의 욕심 채우기란 가난을 저축하는 것밖에 안 된다. —이기영, 『고향』(1938)

조선의 산이 아늑하고 소박하고 가난하기 때문에 이 땅 사람들이 또한 안온하고 겸손하고 가난하였다. —주요섭, 「미완성」(1936)

이처럼 우리나라 사람들도 글과 말에서 인용할 만한 말을 많이 남겼다. 다만 못난 우리가 찾아 모으고 말글 생활에서 적극 이용하지 않는 것뿐이다.

이렇게 우리는 한국인이 현대 국어로 쓴 우수한 글에서 인용할 만한 문구, 문장을 골라 제시함으로써 우리의 말이나 글을 가다듬어 설득력과 신뢰성을 높이는 일에 외국인의 말에 의존하지 않는 문화 독립 민족으로서의 인용문화를 수립하고자 하는 것이다.

(『언어 정보의 탐구』 1권, 연세대 언어정보개발연구원, 1999. 12.)

제3부 문학의 꿈

시는 순수한 즐거움을 주어야 한다

―2백 년 전의 한 시인의 선언을 다시 생각하며

영국 낭만주의의 선구적 시인 워즈워스는 "시인은 즉각적인 즐거움을 사람에게 주어야 한다는 단 한 가지 조건하에 글을 쓴다. 여기서 말하는 사람이란 법률가나 의사나 선원이나 천문학자나 과학자가 아니라 하나의 인간으로서 자연스런 의식을 가진 이를 말한다. 이 한 가지 조건 외에는 시인과 사물의 사이를 가로막고 있는 것이 하나도 없다"고 선언했다. 인류를 지도하고 미래를 예언하며 정의를 구현하여 세계를 교화하는 것이 시인의 사명이라는 고전적인 통념과는 달리, 놀랍게도 시인의 단 하나의 의무는 "즉각적인 즐거움"을 주는 것뿐이라고 주장하는 것이다. 또한 즐거움을 향유하는 독자는 보통 사람이면 으레 지니는 정도의 지식만 있으면 된다. 시가 알려주는 진실이란 결코 특정한 지적 훈련을 거친 사람만이 이해할 수 있는 것이 아니라는 말이다.

"즉각적인 즐거움"은 그 이전의 문학관에서는 볼 수 없었던 낭만주의 시대 특유의 개념이다. '즉각적(immediate)'이라는 말은 '직접적' '무조건적' '순수한' '다른 목적이 개재되지 않은' '무목적적' '이유를 붙이지 않은' '사사로운 이득에 관계되지 않은' 등등의 뜻으로 풀이할 수 있다. 관념론적 미학의 초석인 칸트의 '무목적성' 개념과 역사적인 관련성이 있을 법하다. 보통 사람이 자연스럽게 공감할 수 있는 시의 진실성을 말하면서 그러한 독특한 즐거움의 제공을 시인의 유일한 조건으로 강조하고 있는 것이다. 이에는 순수한 즐거움을 줄 수만 있으면 인간적 진실 또는 지식의 전달은 저절로 이루어진다는 생각이 깔려 있다. 다시 말하면 인간적 교훈은 순수한 즐거움을 저절로 수반한다는 것이다.

이처럼 시의 즐거움을 강조하는 것은 그 교훈성을 깎아내리는 것이 아니냐는 우려를 낳을지도 모르므로 이를 옹호할 근거를 마련하는 것이 이 시대의 문학옹호론의 한 줄기를 이루고 있다. 워즈워스는 다음과 같이 시의 즐거움을 웅변한다.

즉각적 즐거움을 제공해야 한다는 필요성을 시 예술의 타락으로 생각하지 말라. 전혀 그렇지 아니하다. 그것은 우주의 아름다움을 긍정하는 행위이다. (……) 그것은 사랑의 정신으로 우주를 바라보는 사람에게는 즐겁고도 쉬운 일이며, 더욱이 그것은 사람의 적나라한 존엄성에 대한 마땅한 예찬이며 사람으로 하여금 알고 느끼고 살고 움직이게 하는 저 장엄한 본원적 즐거움의 원칙에 대한 당연한 찬미이기도 하다. 우리는 즐거움이 전하여주는 것이 아니면 공감하지도 않는다. 내 말을 오해하지 않고 듣기 바란다. 우리가 남의 고통에 공감할 때 그 공감은 즐거움과 미묘하게 뒤섞인 상태로 조성되고 지속된다. 우리가 가진 지식, 다시 말하면 특정 사실들에 대한 사고에서 추출한 원칙들은 모두 즐거움에 의하여 형성되어 즐거움으로 우리 마음속에 저장된 것뿐이다.

우주와 사람이 본질적으로 아름답다고 시인한다면 당연히 즐거움은 따르게 마련이다. 아름다움과 즐거움은 뗄 수 없는 짝이다. 우주의 아름다움은 사람의 정신, 즉 순수한 공감을 가지고 보면 쉽게 확인된다. 이 낭만적인 심리학에 의하면, 즐거움이 함께하지 않는 한 공감은 아예 불가능하며, 타자의 고통에 대한 공감 동정도 있을 수 없다는 것이다. 불쌍한 자에 대한 동정심은 확실히 불쾌한 감정이 아니라 미묘한 종류의 쾌감이다. 지식 자체도 즐거움을 통하여 전달되지 않으면 획득이 불가능하다. 지식의 소유는 본질적으로 즐겁다. 즐거움과 교훈이라는 해묵은 관념은 이제 즐거움을 통한 교훈이라는 오랜 해석에서 탈피하여 즐거움이 주관하는 교훈 또는 지식이라는 새로운 관념으로 이행하고 있는 모습을 우리는 여기서 목도한다.

워즈워스에 의하면, 사람과 그를 둘러싼 사물이 상호작용하고 반작용하여 아픔과 즐거움의 복합적 상태를 조성한다고 한다. 사람의 지각과 그에 따른 감정은 궁극적으로 아픔 아니면 즐거움을 낳는다. 결국 사람의 모든 경험은 아픔과 즐거움이 서로 비율을 달리하여 섞인 것이다. 아픔과 즐거움이라는 양극 사이에는 그 둘이 서로 비율을 달리하여 복합적으로 뒤섞인 상태가 무한하게 들어 있는 것이다. 동정심은 아픔의 일종인 슬픔과 미묘한 종류의 즐거움(쾌감)이 뒤섞인 복합적 심리이다. 시인에게는 바로 이 즐거움의 요소가 언제나 강한 호소력을 갖기 때문에 아무리 아픔의 요소가 섞여 있다고 해도 '즐거움 쪽으로 기울어지는' 공감을 일으키게 된다는 것이다. 다만 시인이 특정 분야의 지식인이나 전문가가 아닌 시인으로서 사람과 우주에 대하여 지니고 있는 지식은 '즉각적인 지식', 즉 자연스러운 직관이어야 한다. 그러한 직관적 지식을 소유하기 위해 시인은 언제나 사색이 습관화되어 있어야 한다고 한다. 시인의 지식뿐 아니라 과학자의 지식도 물론 즐거운 것이다. 다만 시인의 지식은 모든 사람을 서로 묶어주는 공감대를 형성하지만 과학자의 지식은 동떨어진 고독한 개인의 즐거움일 뿐이다. "시인은 모든 인간이 그와 함께 합창하는 노래를 부르면서 우리 눈에 보이는 친구요 언제나 곁에 있는 동무로서의 진실을 기뻐한다. 시는 모든 지식의 정수이며 모든 과학의 얼굴에 나타나는 열정 어린 표정이다"라고 워즈워스는 역설한다. 그러므로 "시인은 인간성을 방위하는 반석이며 어디든지 사랑의 관계를 가져오는 지주요 보존자이다. (……) 시는 모든 지식의 처음이요 나중이니 인간의 마음과 함께 불멸하는 것이다". 따라서 "과학의 모든 기이한 발견들은 때가 되면 시인에 의하여 반드시 인간화될 날이 올 것"이라는 예언까지 그는 서슴지 않는다. 과학이 모든 사람에게 즐거운 지식이 되지 않는다면 아직은 사람의 소유가 아니다. 시가 그것을 즐겁게 만들어야 사람의 것이 된다. 이리하여 해묵은 짝인 '즐거움과 가르침'은 새로운 관계를 맺게 된다. 즐거움은 진실, 교훈, 지식을 포괄하는 미적인 동시에 도덕적 힘이 되는 것이다.

시를 읽으면서 독자가 즐거움을 얻는다는 생각은 오래된 것이다. 그러나 시를 창작하는 순간에 시인이 느끼는 즐거움을 강조한 것은 낭만주의 시론의 한 특징이 된다. 독자에게 즐거움을 선사하는 충실한 공복이기에 앞서 스스로 즐기는 주체로서의 시인의 중요성이 부각되는 것이다. 시인이 우선 즐거워해야만 독자도 즐거울 수 있다는 것인데 이는 진부한 수사학적 관념이지만 워즈워스는 시인의 세계 인식 자체가 즐거움과 아름다움 쪽으로 쏠려 있어야 한다고 주장하고 있는 것이다. 그래야만 "창작을 하고 있는 순간에 시인의 내부에 솟아나는 강한 감흥은 바로 즐거운 감정"이 된다고 그의 친구 콜리지는 말했다. 시인은 비범한 감수성을 가진 사람이므로 사물과 사실에 대하여 비범한 공감력을 가지고 있고 동시에 비범한 상상의 힘을 더하여 가지고 있으므로 그의 창작행위는 즐거운 행위가 된다는 것이다. 의지의 발동에 의하여서가 아니라 자연발생적으로 "강한 감정이 저절로 넘쳐흐름으로써" 정신의 힘을 최대한 발휘할 때 최고의 즐거움을 줄 수 있는 시를 생산할 수 있다는 것이다.

여기서 시의 근원은 시인의 감정의 자유에서 말미암은 즐거운 감흥이며 독자에게 그것이 그대로 전달된다는 기본적인 사상을 우리는 읽을 수 있다. '즉각적 즐거움'은 시인과 독자가 시를 매개로 공유하게 되는 고

귀한 가치인 것이다.

벌써 2백 년 전에 영국의 한 젊은 시인이 주장했던 새로운 시의 효용 가치를 되씹어보면서 오늘의 우리 시가 목표하는 것도 그와 같은 가치의 구현이 아니겠는가 새삼 생각해본다. 순수하게, 즉각적으로, 자연스럽게 즐거운, 슬픈 사연을 담고 있어도 그냥 즐거운 시가 많이 나오기를 기대한다.

(『시와시학』 1995년 봄호)

생각이 풀려 글로 짜임의 기적

글이 씌어진다는 사실은 생각해볼수록 기가 막히게 놀라운 사실이다. 아마 사람에게만 가능한 기적의 하나일 것이다. 사람의 어느 부분으로부터 어떤 경로로, 어떤 기제에 의하여 종이 위에 검은 잉크의 획들이 그어져 글을 이루게 되는지, 한없이 흥미롭고 놀라울 뿐이다. 인지과학자나 심리언어학자 같은 사계의 첨단적 권위자들은 어려운 이론을 동원하여 그 놀라운 사실을 설명함직하지만, 그렇게 첨단적인 설명으로 사그라들 놀라움이 결코 아닌 것 같다.

며칠 전 필자는 직책상 이른바 학기말고사라는 것을 실시하였는데, 문학비평이론에 관한 문제들을 주고 짧은 논문식 답안을 쓰게 했다. 조용한 오후시간, 적막감을 주는 형광등 조명 아래 1백여 명의 진지한 학생들이 문제지를 받아놓자마자 하나같이 답안 작성에 몰입하였다. 풍경인즉 예사로운 것이었다.

그러나 왜인지 그 시간은 유별나게 느껴졌다. 유별나게 조용하고 유별나게 진지하게 느껴졌다. 기이하다는 생각이 들어 숨을 죽이고 그곳의 정적을 음미했다. 바로 그것이었다. 학생들은 진지한 태도로 흰 답안지 위에 검은 잉크의 획들을 맹렬한 속도로 그려나가고 있었다. 천장이 높은 그 구식 계단 교실은 바로 그들의 볼펜이 구르며 종이와 마찰하는 소리로 가득 차 있었다. 결코 크지는 않았지만 '솨' 하는 여울물 소리로 들렸다. 굉장한 소리였다.

사람의 마음속에 담겨 있던 생각이 쏟아져나와 손가락 끝에 잡힌 볼펜의 잉크 색깔로 그 궤적을 남기느라고 마찰음을 내고 있는 것이었다. 마찰이란 말은 부정적인 의미를 띠고 있지만, 본시 마찰이 없으면 소리가 나지 않는다. 바이올린은 팽팽히 당긴 줄에 끈끈한 줄을 마찰시켜 소리를 내는 악기이다. 옛 현인들은 하늘의 유성들이 운행하며 발휘되는 힘들이 서로 맞비비면서 낸다는 상상적인 소리를 천상의 음악이라고 하고, 그중 진짜로 도가 통한 사람들은 그 음악을 마음의 귀로 듣고 황홀경에 빠졌다고 한다.

필자는 마음속에 담겨 있던 생각이 볼펜을 매개로 하여 백지와 맞비비면서 내는 소리에 잠시 동안은 황홀 비슷한 현혹에 빠졌다. 그 소리가 단지 볼펜이 종이 위를 스치면서 내는 마찰음이 아니라 생각이 글로 바뀌는 소리로 들렸던 것이다.

인지과학자들은 역시 명징하면서도 알기 어려운 말로 설명할 터이나 생각이 우리 속의 어느 곳엔가 담겨 있다는 사실도 놀랍기 그지없다. '담겨 있다' 는 말은 생각이 액체상태로 저장되어 있다는 뜻이다. 그러나 그것은 물론 비유이다. 우리의 뇌세포의 물컹물컹한 무슨 물질과 관계는 있겠지만, 생각은 그런 축축하고 습한 물질 자체는 아닐 것이다. 어쨌든 우리는 감각기관을 통하여 세상과 접촉하면서 그 접촉의 기억을 우리 속에 저장하고, 그 저장한 것을 재료로 하여 생각을 만드는 모양이다. 그 현묘한 이치를 여기서 캘 수는 없고, 생각이 우리 속 어딘가에 무형한 액체처럼 담겨 있다가 조금이라도 기회가 주어지면 실처럼 줄줄이 이어져

흐르는 것이다. 이른바 의식의 흐름이라는 것이리라.

논리는 이 흐름을 일관되게 통제하는 기능이다. 그냥 내버려두면 의식의 흐름은 굵었다, 가늘었다, 끊어졌다, 이어졌다, 두 가닥이 되었다, 세 가닥이 되었다 할 터이지만 논리의 통제를 받으면 누에고치에서 명주실 뽑히듯 매끄럽게 한결같이 이어지는 실이 된다. 명주실보다 더 적절한 비유는 아마 거미 뱃속에서 뽑아내는 거미줄일 것이다. 거미 뱃속에 있을 때 거미줄은 줄이 아니라 무형한 액체 형국일 것이다. 거미의 몸 밖으로 통제되어나오는 순간, 액체는 탄탄한 실이 된다.

그것뿐인가? 실은 뽑혀서 정교하기 이를 데 없는 그물을 만든다. 사람의 생각도 우리 속에서는 액체처럼 고여 있다가 통제되어서 연속적으로 일관되게 뽑혀나오면서 말의 그물로 짜인다.

그런데 거미는 타고난 천성에 따라 실을 뽑아 그물을 짜지만, 사람의 생각은 우리 속에 저장될 때부터 저절로 되는 것은 아니다. 모두 수고스러운 작업들이다. 특히 '생각을 풀어내어 글을 짜기'라는 작업은 얼마나 어려운 일인지 평생토록 배워도 완성되는 법이 없다. 우리는 얼마나 많은 잉크로 얼마나 많은 흰 종이를 더럽히고 있는가! 우리와 달리 거미는 남이 훼방을 놓지 않는 한, 스스로 실수하지 않는다.

또 기차게 놀라운 일은, 우리는 무시무종한 생각의 어느 지점을 첫머리로 삼아 어느 정도 뽑아낸 뒤에는 어느 지점에서 끝막음할 줄을 안다. 가득 준비하여 담아가지고 온 생각을 한 시간 안에 '유시유종한' 말의 그물로 짜는 능력을 학생들은 하나같이 발휘하고 있었다. 백 사람의 생각이 글로 변하면서 내던 소리는 한꺼번에 시작되어 대체로 한꺼번에 끝났다. 이것이야말로 기적적인 통제력이 아닌가!

문득 필자는 글 쓰는 모든 사람들이 생각의 실마리를 잡아 뽑아내어가지고 적절한 끝막음으로 향하는 소리를 듣는 듯한 상념에 빠졌다. 거미는 천성을 따라 꼭 같은 방법으로 꼭 같은 집만 지으면서 전혀 실수할 수 없으므로, 그의 목적 달성에는 하등의 마찰도 없다. 그러나 사람의 글 쓰는 짓은 수단과 목적의 상치에서 오는 마찰이 없을 수 없다. 그런데 그 마찰이 옛 현인들이 꿈꾸던 천상의 음악을 빚어낼 수도 있다는 말이다.

어느 시인은 그러한 마찰을 "바다의 말을 질서화하려는, '말을 찾는 광분(rage for order)'"이라고 했다. 글 쓰는 사람에게는 다른 어떤 것에 대한 광분보다도 '말을 찾는 광분'이 가장 어렵다. 어려우니만큼 귀한 것이다. 그 시인이 말했듯 바닷물처럼 무형한 내용에 질서를 부여하는 일은 그 넘실대는 물결을 변화시키는 길밖에 없다. 물결 자체는 말이 아니다. 말은 사람만이 가진 것이다. 그럼에도 말은 사람조차도 잘 부릴 수 없는 까닭에 사람은 말을 찾으려고, 말을 부리려고 '광분'해야 하는 것이다. '광분'이란 피 나는 노력이다. 그러나 또한 미칠 듯한 흥분상태, 즉 황홀도 된다.

우리는 이제 세기말에 본격적으로 발을 들여놓는다. 20세기의 끝이면서 동시에 세기말의 시작이기도 하다. 글 쓰는 사람들은 90년대라는 특별히 주어진 시간 동안 무슨 문제에 대하여 무슨 답안을 쓸 것인가? 생각이 종이 위에서 글이 되느라고 내는 소리가 들리는 듯하다. 늘 벌어지는 기적이 계속 벌어지고 있는 것이다. 탄탄히 짜인 말의 그물들이 많이 생기기를 새해 맞으며 기원한다.

(『문학사상』 1991년 1월호)

문학의 세계와 세계의 문학
—한국문학에의 기대

필자는 한국어를 거의 모르는 외국인과 한국 교포들에게 한국문학을 가르치는 일도 겸하여 하고 있다. 교포 학생 중에는 어느 정도 일상적인 한국어를 주고받을 수 있는 이도 섞여 있고 외국인 중에도 한국어를 좀 아는 이가 없지는 않지만, 거의 예외없이 그들은 우리 글은 읽을 줄 모른다. 따라서 영어로 번역된 한국문학작품을 교재로 삼는 수밖에 없다. 또한, 한국어를 알아듣는다고 해도 문학 강의를 알아들을 수는 없다시피 하므로 부족하기 이를 데 없는 내 영어로라도 강의를 하는 수밖에 없다. 언어의 장벽이 높고도 두꺼움을 새삼 통감하는 터이다.

그런데 여기에는 통상적인 의미의 단순한 언어의 장벽 이상의 것이 개재되어 있음을 최근에 나는 깨닫고 있다. 일상적인 한국어 회화에 큰 어려움이 없는 교포 학생이 한국 글 읽기에 큰 어려움을 느낀다는 사실은 일상적인 말의 문법과 글의 문법이 크게 다르다는 것을 입증한다. 그런데 일반적인 글은 좀 읽을 줄 알아도 문학은 아주 어렵다고 하는 외국인

234

이나 교포가 대부분인 것을 보면 보통 글의 문법과 문학의 문법도 서로 상당히 다른 모양이다.

내 강의를 듣는 외국인과 교포는 거의 모두 미국인과 미국계 교포로서, 미국의 고등학교와 대학에서 그들의 '국어' 시간에 영어로 된 소설과 시를 많이 학습했고, 따라서 문학작품을 어떻게 다루어야 하는지도 웬만큼 알고 있으리라 생각된다. 그러나 그들은 그들의 국어인 영어로 번역된 한국문학작품을 읽어내기가 어렵다고 한다. 그들에게 익숙한 서양문학에 비하여 한국문학은 무척 낯설고 기이한 모양이다. 즉 일차적인 언어의 장벽이 극복되었는데도 또다른 장벽이 가로놓여 있는 것이다. 이것이 바로 문화의 차이라는 것이다. 외국인은 물론이고, 한국인의 핏줄을 타고난 교포에게도 생래적으로 전수되지 않은 한국문화는 따로 열심히 배워서 터득해야 할 대상이다.

이처럼 외국문화 속에서 성장한 사람들에게 영어 번역으로라도 한국문학을 가르치는 것은 우선은 그들이 그것을 배우려고 그 먼 곳에서 이 땅에 찾아온 때문이고, 또한 우리가 그들에게 우리 문학을 알려주고자 하는 의욕이 있기 때문이다. 그들에게 우리 문학은 낯설지만 배울 가치가 있는 '외국' 문학의 하나가 되고 있다.

우리는 최근에 이르도록 외국문학이라고 하면 주로 외래 문물의 수입 품목의 하나로만 생각하는 버릇이 있었는데, 이제 갑자기 우리의 국문학도 세상의 다른 곳에서는 '외국문학' 으로 대접받게 되었다는 사실에 얼마쯤 충격을 느낀다. 국문학은 세계적인 안목에서 보면 하나의 외국문학이며 고유명사를 붙이자면 '한국문학' 이다. 우리끼리는 '국문학' 이지만 그들에게는 '한국문학' 이다. 나는 '국문학' 으로 배웠지만 그들에게는 '한국문학' 으로 가르쳐야 한다.

'국문학' 이 '한국문학' 이 되는 것을 국문학의 세계화라고 할 수 있을 것이다. 서양인들이 아직은 한국문학을 낯설어한다는 사실은 국문학의 세계화에 장애 요인이 개재되어 있음을 말한다. 한국의 경제 정치 스포

츠가 세계화되어가는 오늘날, 한국의 문학도 세계화의 길을 모색할 필요가 있다. 우리 문학이 저들에게 낯선 이유를 짚어보는 것으로 그 모색을 시작할 수 있을 것이다.

우선 우리가 역사적으로 속하여 있는 동양문학과, 서양문학의 기본 전제들이 서로 어떻게 다른지 논의하는 것이 순서일 것이다.

동서양 문학관의 차이는 물론 크다. 얼마 전에 필자는 외국 체류중에 한 저명한 문학이론가를 만날 기회가 있었다. 둘이 얼마쯤 말을 주고받는 동안 문학에 대한 두 사람의 관점이 근본적으로 서로 다르다는 사실을 새삼 주목하기에 이르렀다. 서양인인 그는 문학이라고 하면 우선 '이야기'가 머리에 떠오른다고 하는데, 동양인인 나는 '시'가 먼저 떠오른다고 했다. 요컨대 서양인에게 문학은 이야기요 동양인에게는 시다. 그들에게는 문학은 호메로스 셰익스피어 세르반테스요, 우리에게는 『시경』, 이태백, 송강인 것이다.

이 문제를 다루는 데에는 다소 역사적 조감이 필요할 듯하다. 서양에서도 '시(포에시아)'라는 낱말이 '문학(리테라투라)'을 가리키는 낱말 노릇을 했으나, 그들이 말하는 '포에시아(포에지, 포에트리)'는 서사시, 극시처럼 운문으로 씌어 있되 감동스럽고 재미있는 '이야기' 문학을 주로 뜻했다. 그들의 '포에시아'가 우리가 알고 있는 대로의 서정시를 일차적으로 뜻하지는 않았던 것이다. 서정시가 '포에시아'에 관한 심각한 논의의 중심이 된 것은 아주 근래, 이른바 낭만주의 시대 이후이다.

그들의 포에시아 이론의 창시자는 아리스토텔레스였다. 그는 유명한 저서 『시학』에서 시극과 서사시를 심각하게 다루면서 당시의 서정시인 '디티람보스'를 시라기보다는 노래로 보는 편이었고, 따라서 그것을 『시학』의 주요 대상으로 삼지 않았다. 동양과 마찬가지로 서양에서도 일찍부터 서정시가 발달하였던 것은 사실이나, 대체로 악기의 반주에 맞추어 부르는 노래의 가사였으므로, 음악적 성격이 강하여서 복잡미묘한 의미의 예술성은 약화되든가 주의를 끌지 못한 것이 사실이다.

그리하여 서양에서 서정시는 서사시나 희곡(시극), 교술시(지적인 논술의 시)의 부수적 요소나 장식이 되든가 심심풀이에 가까운 글재주 부리기 또는 덜 중요한 부차적 형태로 대접받았다. 단테도 셰익스피어도 밀턴도 괴테도 모두 서정시를 지었지만, 서양문학의 거인들인 이들이 혼신의 힘을 기울인 것은 서사시와 시극과 같은 이야기 문학이었음을 우리는 잘 알고 있다. 역사적으로 보면 이들의 서정시도 중세 말에 이탈리아의 페트라르카가 떠돌이 노래꾼들(트로바토레)의 영향을 받아 서정 연애시를 연작으로 쓴 것을 효시로 한다.

마침내 평민계층의 문화적 욕구의 팽배와 함께 불거진 이야기에의 거대한 요구를 운문문학으로 다 감당할 수 없게 되자 산문 이야기 문학이 쏟아져나오기 시작했다. 이른바 18세기 근대소설의 출현이다. 이에는 우리나라에서 처음 개발되긴 했으나 서양에서 극성하게 된 인쇄술의 발달이 결정적 영향을 미친 것이 사실이다. 그전에는 평민들은 주로 구전 이야기로 만족하였다. 이렇듯 산문 이야기 문학이 발전하면서 문학을 '포에시아' 라고 부르는 대신에 '리테라투라(리터러처, 리테라티르)' 라고 부른 관습이 굳어가는 것을 보게 된다.

본시 '포에시아' 라는 말도 '만들어낸 것' '창작물' 이라는 뜻이었지, '운문' 이나 '시' 를 뜻하지는 않았었다. 그러나 하도 오랜 세월 동안, 2천 년이 넘도록, '포에시아' 가 운문 서사시, 운문 희곡을 뜻하는 말로 쓰이는 바람에 그것이 '운문' 을 뜻하는 말처럼 되었던 것이다. 그리하여 19세기 초 소위 낭만주의 시대에 일시 서정시가 전성기를 맞으면서 포에시아·포에지·포에트리는 시, 곧 운문을 뜻하는 말로 굳어지고 운문문학, 산문문학 둘을 다 포괄하는 말로 '리테라투라' 가 널리 쓰이게 되었다. 19세기 이전까지는 주로 '포에시아', 그 이후에는 '리테라투라' 라고 불리고 있지만, 어쨌든 문학은 이야기라는 관점을 서양에서는 계속 유지하고 있다.

동양에서는 시기적으로 아리스토텔레스보다 먼저 공자가 당시에 구전

되던 작자 미상의 서정적 민요 3백여 수를 선정 정리하고 도덕적으로 해석하여 더없이 심각한 글, 곧 경전의 하나로 확정한 이래, 사람의 희로애락의 감정을 표현한 서정시가 시의 기본 형식으로 자리잡았다. 동양에서의 시는 주로 짧은 서정시이다. 운문으로 된 이야기도 없지 않았지만, 그런 것이 서양에서처럼 주도적인 형식이 된 적은 없었다. 동양에는 '시'라고 하면 '이야기'를 떠올리는 문화적 관습이 전혀 없지만 서양에서는 적어도 2백여 년 전에는 '포에시아'라고 하면 서사시와 시극 같은 운문 이야기를 반드시 떠올렸고, 19세기 이후에는 '포에시아'라고 하면 대체로 운문이나 서정시를 떠올리게끔 되었지만 '리테라투라'라고 하면 반드시 이야기를 먼저 떠올리고 있다.

서양문학에서 이야기에 중점을 둔다는 것은 문학을 '모방'으로 본다는 것을 뜻한다. 아리스토텔레스는 당연히 서사시와 시극을 모방으로 보았다. 그의 모방이론에서 이야기의 요소는 극히 미미하고 음악에 더 가까운 서정시가 들어설 틈이 없었다. 그는 음악도 모방으로 보았지만 선율과 박자가 구체적으로 무엇의 모방인지는 잘 설명할 수가 없었고, 그의 후배들도 그 점에서는 마찬가지였다.

이리하여 아리스토텔레스 이후 서양의 문학관은 모방론으로 일관하는 것을 보게 된다. "연극은 인간의 본성을 그대로 비추는 거울"이라고 세익스피어는 문인 기질이 농후한 왕자 햄릿으로 하여금 말하게 했다. '거울'은 문학에 대한 가장 적절한 비유로 고임을 받았다. 18세기 초엽, 이른바 신고전주의 전성 시대에 문학은 인간의 본성, 즉 보편성을 반영하는 거울이라는 생각이 굳어졌는데, 인간의 보편성이란 추상적 개념이 아니고 '전형적 인간상'을 통하여 제시되는 것이라고 하였다.

문학은 인간행위의 모방이되, 구체적인 사실을 정확하게 묘사하는 역사와는 달리, 보편적 인간상을 보여준다는 점에서 역사보다 우월하다는 생각이 모방론의 가장 중요한 신념으로 되어 있다. 플라톤은 구체적인 사실을 그대로 진실하게 묘사하지 못하는 문학을 거짓이라고 매도했지만, 아리스토텔레스는 단 한 번 우연히 발생한 구체적인 사실을 그대로 묘사하는 것은 사람을 위하여 생산적인 지식이 못 되고 오히려 그럴듯하게 지어낸 이야기, 이른바 개연성이 있는 허구가 보편적인 진실을 전달할 수 있다고 했다. 진실이란 보편성이 없으면 성립되지 못한다. 역사도 사람의 행위의 전말을 알려주는 이야기요 문학도 그러하지만 문학은 인간행위의 보편성을 드러내기 위한 이야기를 만들어낸 것이므로 우연한, 일회 발생에 그치는 사실의 기술에 국한되는 역사보다 훨씬 우월하다는 주장이다. 그러나 이 주장으로 말미암아 문학과 역사는 서양인의 지적 생활에서 때로는 서로 무모하고도 불필요한 경쟁관계에 있게 되었다. 역사와 문학은 개체와 전형, 사실과 허구의 상호모순적이면서도 떨어질 수 없는 짝들을 계속 만들어냈다.

19세기 초엽에 일시 개인 감정의 표현으로서의 서정시가 문학의 대표적 형태로 대두했지만, 그에 대한 강한 반발로 서양문학의 역사상 가장 모방적 성격이 강한 사실주의가 양보할 수 없는 자리를 점거하는 것을 보게 된다. 이때쯤에 역사학은 이른바 과학적 객관적 방법을 발전시켜, 그것이 기술하는 인간행위야말로 진리·진실이라고 주장했는데, 그러한 주장은 꾸며낸 이야기, 즉 허구로서의 문학은 그냥 허구에 머물 뿐이고 과학적인 의미의 진리와는 관계가 없다는 말과 마찬가지였다. 이리하여 역사와 문학의 관계는 엄정한 객관적 과학적 진리와 그럴싸하게 보일 뿐인 허구와의 관계로 생각되게 되었다.

뿐만 아니라 실생활에 그리도 큰 변화를 가져오기 시작한 과학의 진리와 인간의 삶에 더없는 풍요를 가져다주는 것으로 계속 주장되어온 보편적 인간상의 모방인 문학의 진리가 서로 어긋난다는 의식이 대두하였다. 문학과 과학은 경쟁관계 정도가 아니라 적대관계를 갖게 되었다. 플라톤은 그 옛날에 벌써 문학과 철학 사이에는 해묵은 투쟁이 계속 벌어지고 있다고 했었다. 철학의 중심적 영역이 변하여 근대적 과학이 되었다.

서양문학에서 19세기 사실주의는 문학적 허구를 철저하게 사실에 근거하게 하여 역사의 객관적 사실 기술과 흡사하게 하고 과학적 인과율의 법칙으로써 다소 막연했던 보편성의 이념을 필연성으로 치밀하게 재정비하였다. 그들은 자기네의 문학적 성취야말로 서양문학의 유일한 전통인 모방의 이념에 가장 충실한 것으로서, 역사적 및 과학적인 조건을 충족시키고도 훨씬 남음이 있는 인간의 정확한 반영이라고 믿어 의심치 않았다.

이리하여 19세기에 성취된 것과 같은 사실주의적 소설, 즉 사람의 실제 생활상을 진실되게 반영한 장편 이야기가 곧 문학이라는 고정관념이 자리잡게 되었던 것이다. 서사시나 시극을 공부하지 않은 서양의 보통 사람에게는 문학이라고 하면 우선 떠오르는 것이 바로 사실주의적인 장편소설이고, 또한 그러한 이야기가 사람의 생활상을 정확하고도 진실하게 보고해준다는 것이 그들의 문학관일 것이다. 이들에게 문학이 '허구'라는 말은, 더더구나 '시'라는 말은 이해가 안 된다.

이 일반화된 의식을 그대로 보존하기 위하여 일부 이론가들은 19세기 사실주의 소설 이전의 문학도, 그 이후의 문학도 모두 배격하기까지 한다. 특히 20세기 초엽에 생긴 반사실주의적인 표현주의 심리주의 상징주의 문학 일체를 사회정치적인 논리와 수사법을 총동원하여 공격한다. 이들 중의 어떤 사람은 문학은 사실주의 소설 이외에 다른 어떤 것도 될 수 없다고 주장하고 따라서 서정시는 서정시일 뿐이고 문학은 아니라고도 하였다. 이런 극단적 주장이 나올 수 있다는 것은 서양의 문학관이 얼마나 이야기와 모방의 면에 깊이 기울어져 있는지를 잘 보여준다.

이제 다시 동양의 문학관으로 되돌아가본다. 앞서 말했듯이 동양에서는 시는 시였지 이야기는 아니었고, 그것도 마음속의 생각과 느낌을 나타내는 서정시였다. 공자는 『시경』과 더불어 역사서인 『서경』도 편찬했다. 그는 아리스토텔레스처럼 문학과 역사를 대립시키지 않았다. 시를 할 사람은 역사를 경멸하라, 역사와 경쟁의식을 가지라고 하지 않았다. 그는 또한 자연철학, 즉 과학의 문헌인 『주역』도 편찬한 것으로 되어 있는데(이것이 사실인지 아닌지는 문제가 되고 있지만, 그의 후학들은 그것을 믿어 의심치 않았다) 플라톤처럼 시와 철학(과학)의 투쟁관계를 조장하고 시를 경멸하고 박멸할 것을 촉구하지는 않았다. 따라서 그의 후학들은 2천수백 년 동안 시를 짓고 역사를 쓰고 자연철학 논문을 저술함에 있어서 지성을 소모시키는 갈등을 겪지 않아도 되었다. 또한 지식인은 으레 시와 역사와 철학을 동시에 배우는 사람이었다. 개인의 취향에 따라 그중 하나에 쏠리기도 한 것은 사실이나 선택을 강요받은 적은 없었다. 서양에서는 시인이면서 역사가, 철학자이면서 시인인 사람이 없지는 않으나 매우 예외적인 경우에 한한다. 서양의 문학론에는 철학과 역사에 대한 경멸 내지 공격이 내포되든가 직접 드러나며, 역사·철학 또는 과학의 논술에는 다른 지적 작업에 대한 저항의식이 깔려 있다.

철학과 과학에 대하여 투쟁적 성향을 보이지 않는 동양의 문학관을 동양인의 미분화된 지성, 미개한 채로 남아 있는 불투명하고 게으른 정신 습관의 반영이라고 하는 사람도 없지 않을 것이나, 이런 생각이야말로 서양식 편견에서 벗어나지 못한 사람의 생각이다. 여기서 이 본질적인 문제를 다룰 수는 없고, 우리는 다만 동양문학의 원형이 서정시라는 사실에만 주목하기로 한다.

서정시는 물론 마음속에 품은 것을 밖으로 내어놓은 말이다. 『서경』에 "시는 속의 뜻을 말함"이라는 말이 나온다. 즉 시는 '표현'이다. 속의 것을 밖으로 내어놓는 일이다. 그런데 서양에서는 일찍부터 시는 '모방'이라고 했다. 모방이란 저 밖에 있는 것을 그대로 고스란히 내 쪽으로 옮겨오는 일이다. 그러니까 '표현'과 '모방'은 서로 정반대의 행위이다. 표현은 읊음, 즉 서정시를 낳고 모방은 사실에 대한 보고, 즉 이야기를 낳는다.

12세기의 큰 철학자 주희는 시는 "사물과의 맞닿음"으로 마음의 울림이 생기는 데에서 온다고 하였다. 표현은 외부 사물과 관계없이 울려나오는 외마디 소리가 아니라 외부 사물과의 접촉과 관계가 있다. 맞닿음,

접촉의 결과인 느낌, 감정, 생각이 시가 되는 것이다. 이렇게 하여 생긴 시는 역사적 사실이나 철학이나 과학의 진리와 하등의 충돌을 빚을 이유가 없다. 다만 감정과 생각의 진솔함이 표현되면 그만이다.

모방론에서는 외부의 사물에 대한 보고의 형식을 취하는 까닭에 보고의 객관성과 사실과의 부합 여부는 문제가 될 수밖에 없다. 모방문학에서 작자는 사실을 목격하는 자로 자처한다. 그는 저 밖에서 벌어지는 사실을 적절한 거리를 두고 바라보는 자가 되어 있다. '그 사람이 갑자기 뛰기 시작했다'고 적었을 때, 그는 '정말 그 사람인가?' '정말 뛰기 시작했나?' '정말 갑자기 그랬나?' 따위의 질문에 답변해야 할 책임이 있다. 사실주의 소설은 그런 질문이 나올 수 없도록 주도면밀하게 객관적 증거를 미리 모두 마련하는 기법을 창안한 것으로 알려지고 있다.

동양에는 그렇다면 이야기는 없다는 말인가? 물론 아니다. 동양에 살든, 서양에 살든, 사람은 본시 이야기하는 동물이라고 하지 않는가! 다만 '시는 이야기다'라는 등식이 성립되지 않았을 뿐이다. 이야기는 동양인이 그리도 즐겨 열심히 읽고 쓴 역사서가 주로 맡아했다. 『삼국지』는 장편 역사소설이 아니라 옛 글로 된 역사서였고, 그것을 쉬운 말로 풀이하여 재미있게 꾸민 것이 『삼국지연의』였다는 것을 우리는 잘 안다. 뜻풀이 역사책은 역사적 사실에 대한 정확한 정보의 제공보다는 이야기의 재미를 제공하는 구실을 하게 된다. 그런 재미를 더 돋우기 위해서 역사적 사실을 빼기도 하고 꾸며넣기도 하고 고치기도 하고 말 자체도 재미있게 들리게 했다. 나중에는 역사적 근거가 미약한, 또는 전혀 없는, 이야기를 길게 꾸며내기에 이르렀다. 온갖 환상적인 이야기까지도 솜씨 좋게 엮어져서 책이 되어 세상에 널리 퍼졌다. 그러나 이런 책들은 순전히 재미만 돋우지 않고 일반인이 귀중히 여기는 가치의 선양도 반드시 포함했다. 일반적인 가치의 선양도 실상 즐겁고 감동스럽다.

그러나 그런 이야기를 '시'라고 하지는 않았고 역사라고 하지도 않았다. '소설(小說)', 즉 '자질구레한 이야기'라고 했던 것이다. 19세기 말

242

에 서양 문물이 동양에 몰려들 때 동양인들은 그런 '자질구레한 이야기'들을 『시경』, '당송 8대가'의 시와 문장과 함께 '문학'이라는 새로운 범주 안에 포괄하도록 설득당했다. 이를테면 문화적 강압에 멋모른 채 넘어갔던 것이다. 동양인의 관점에서는 『서유기』가 '문학'에 들어오면서 고급 지식인의 연구의 대상이 되는 예술작품으로 격상되었고 『시경』은 경전의 위치에서 고대의 서정시집으로, 말하자면 격하되었다. '문학'이라는 용어 자체를 '리테라투라'를 번역하기 위해서 급조했다. 그와 동시에 문학은 시와 소설, 표현과 모방이라는 낯선 의식을 지니게 되었다. 우리에게는 문학이란 '사상과 감정의 표현'이라는 생각과 '인간의 삶의 진실한 반영'이라는 생각이 다소 불안하게 공존하고 있다.(이는 19세기 이후 서양에서도 간혹 보이는 현상이다.)

필자가 대학 강의실에서 학생들에게 문학을 주로 시로 보느냐 아니면 이야기로 보느냐고 질문했더니 반반으로 갈렸지만, 그러나 나중에는 둘 다 옳다고들 했다. 그만큼 우리의 문학의식은 서양문학론에 의한 충격을 다소 기이하게 수용하고 있다. 그런데 서양에서는 앞서 말한 것처럼 문학은 이야기라는 관점에 압도적으로 쏠려 있다. 시가 문학의 한 부분인 것은 인정하지만 "문학은 사상, 감정의 표현"이라고 주장하는 사람은 대체로 뒤늦은 낭만주의자이든지 20세기 초에 단명한 그 숱한 전위파의 한 사람이든지, 인생의 실세에서 소외된 순수 예술파로 지목될 위험이 온존하고 있다. 그만큼 시와 구별되는 '문학-리테라투라'의 개념을 창안하여 동양에까지 수출하였으면서도 서양인 자신들은 아직도 다분히 일면적이다.

필자는 바로 이 지점에서 동양문학, 한국문학이 서양문학, 아니 세계문학의 앞날에 할 일이 있다고 보는 것이다. 확실히 우리는 서양문학관의 충격으로 『시경』「배비장전」「어부사시사」「열녀 춘향 수절가」를 '문학'이라는 테두리 속에 같이 넣고 보게 되었고, 문학은 표현이면서 모방이기도 하다는 포괄적인 시야를 가지게 되었다.

이제는 우리가 서양인들에게 오히려 이 포괄적 시야를 가지도록 설득할 차례가 되었다고 본다. 그러기 위해서는 그들이 우리더러 소설을 문학의 기본 형태로 인정하도록 설득했던 것 못지않게, 우리는 마음속을 터놓는 서정시가, 사물에 대한 피부적 접촉의 여운과 표현이, 문학의 기본 형태임을 힘껏 설득해야 한다.

오늘날 그들의 서정시는 일반 매체의 서평란에서는 물론 신간 서적 목록에서조차 자취를 감추고 있는데, 서정시가 「공무도하가(公無渡河歌)」 이래 언제나 왕성했고, 특히 오늘날 폭발적으로 분출되고 있는 우리 시 문학이 그들의 사실주의, 극사실주의 소설 일변도의 문학을 반성하고 교정하도록 타이를 위치에 올라서고 있다고 믿어도 좋겠다. 이것은 어쩌면 텔레비전을 모르고 살던 우리에게 어느 날 갑자기 텔레비전을 갖다놓으며 꼭 필요한 물건이라고 우리를 설득했던 그들에게 우리가 그들이 만드는 것보다 훨씬 더 좋은 텔레비전을 만들어 그들에게 제공하게 된 것과도 비슷한 사정인지 모르겠다.

서두에서 필자는 '국문학'과 구별되는 '한국문학' 얘기를 했다. 한국문학은 세계의 문학에서 바라본 국문학이다. 중국이나 일본보다 한국은 그 문화사회학적 위치로 보아 동양의 여러 갈래 문학을 더 포괄적으로 바라볼 수 있는 입지에 있다. 중국인이 한국문학에 대해서 알기보다는 한국인이 중국문학에 대해서 더 잘 알 수 있는 것 같다. 마찬가지로 일본인이 한국문학을 아는 것보다는 우리가 일본문학을 더 잘 알 수 있는 처지인 것 같다. 이러한 유리한 입지에서, 우리의 문학적 경험과 충실히 훈련된 포괄적 관념으로 독문학 불문학 영문학 노문학을 바라볼 때 그들이 자부하던 보편성의 어느 쪽이 국지성을 못 벗어났는지, 어느 쪽이 아직 쓸 만한지를 상당히 자신 있게 말할 수 있겠다는 말이다.

허황한 생각일 뿐인가? 어느 민족이나 고유한 문학이 있다. 우리에게는 국문학이 있다. 그러나 그것이 한국문학이 되면서 세계문학의 일원이 되고, 뿐만 아니라 우리의 노력 여하에 따라 가장 중요한 일원이 될 만한 조건을 갖추고 있다는 생각에 큰 무리는 없다고 믿는다.

그것은 문학의 세계를 넓히는 일이며 또한 세계의 문학을 하나로 아우르는 일이다. 이 큰 일을 앞에 놓고 우리 문학이 국문학으로만 머물러 있을 수는 없다. 새해 벽두에 이런 생각 좀 해보자.

(『문학사상』 1989년 1월호)

미메시스와 문학과 시, 하나의 비평사적 반성

공자는 2천5백 년 전 당시에 입에서 입으로 전하던 노랫가락 중에서 도덕적 함양을 위하여 사용할 수 있을 만한 3백여 편을 골라 문자화하고 "이 3백 편 시에는 사악한 것이 없다"고 자평했다. 그는 또 지나간 시대의 사람들의 행위에 관한 기록들을 골라 모았다. 그가 집대성한 역사적 기록은 거의 전부 그가 이상적 국가로 생각하여 그리워하던 하, 은, 주, 특히 주 문왕의 치세에 관한 것이니 역시 사람의 도덕적 함양에 도움이 되는 내용이었다. 그 뒤로 그 노랫말 모음은 『시경』이라는 경전이 되고, 역사 기록 모음은 『서경』이라는 경전이 되어 진시황의 분서갱유 시기를 용케 살아남아 오늘에 전해지고 있다. 음양과 오행의 이치를 따라 세상사의 운세를 알아보는 『주역』을 그가 편찬하였다는 전통적 설에 대해서는 반론이 만만치 않다. 그의 『논어』에 『주역』에 대한 언급이 전혀 없다는 것이 그 가장 중요한 증거라는 것이다. 하여튼 『주역』은 사람을 포함한 우주 삼라만상의 생성 변화의 이치를 알아보는 일이니 오늘날의 말로는 형이상학, 자연철학, 나아가서는 과학이라고 할 수 있다. 공자가 『주역』까지 편찬하였다면 그는 요샛말로 인문학의 세 분야인 문학 역사 철학, 즉 문·사·철을 한데 아우르는 학문의 조상이 된다고 하겠다. 『주역』이 그의 편저가 아니라 해도 적어도 시와 역사를 구별한 사실은 중요하게 남는다.

우선 시는 운문이요 역사는 산문이라는 사실을 그는 중요시한 듯하다. 그는 둘 다 사람을 가르치는 데 쓸 수 있는 글이라고 보았다. 그런데 그가 편찬한 『시경』에서 그는 "시는 언지(言志)요, 가(歌)는 영언(咏言)"이라는 말을 했다. 시는 속마음을 말하는 것이요, 노래는 말을 읊는 것이라는 말이다. 시가 반드시 노래가 되는 것은 아니지만 마음을 말하되 노래처럼 운율이 있게 말하는 것이라는 전제가 성립된다.

그런데 2천4백여 년 전, 유럽문화의 요람인 헬라에서는 플라톤이 시를 비진리, 부도덕, 미혹을 이유로 배격하고 철학을 내세웠다는 사실은 잘 알려져 있다. 그의 제자 아리스토텔레스가 시를 옹호한 사실 역시 잘 알려져 있고, 아마도 우리가 현재 문학에 대하여 갖는 생각은 우리도 모르는 사이에 공자 사상보다는 주로 그 두 서양사상의 근원에 줄을 대고 있을 것이다. 둘은 다 철학자였고 당연히 바람직한 국가공동체의 구성(절대적 귀족주의 정체 또는 민주주의 정체)이 그들 철학의 귀착점이었다. 이 점은 공자도 마찬가지였다.(이는 오늘의 철학과 근본적으로 다른 점이다.)

오늘의 우리, 특히 한국의 우리가 역시 잘 모르는 채로 지나치는 서양 문학사상은 유대-기독교 전통이다. 근세 유럽이 15, 16세기에 이른바 르네상스 시대를 거치면서 고대 헬라와 로마의 문화를 되살린 것으로 알려져 있는데 실상 유럽은 이미 1천 년 이상 기독교 사상에 젖을 대로 젖어 있었고 그 위에 헬라-로마 사상이 겹쳐진 것이므로 두 줄기의 사상은 제3의 독특한 흐름을 이루었다고 할 수 있다. 따라서 르네상스 이후의 플라톤과 아리스토텔레스에 대한 논의에는 기독교가 거의 언제나 명확히 살아 있다.

특히 우주 만물의 절대적 창조자이며 역사의 섭리자인 신이나 죄와 은혜와 사랑과 희생과 구원에 관련된 주제는 헬라-로마 전통에서 찾아볼 수 없는 것이다. 또한 히브리인들이 시인이라는 말 대신 선지자(예언자)라는 말을 쓴 사실과 시작과 종말이 있는 역사관을 내세운 사실들은 유럽의 문학관을 근본적으로 바꾸어놓았던 것이다. 2천9백 년 전의 탁월한 왕이었던 솔로몬이 아직도 선지자로 추앙받는 이유는 그가 '아가' '전도서' '잠언' 같은 후세에 길이 읽히고 감동을 주는 '말씀'을 남겼기 때문이다. 요샛말로 하면 그는 정치가 겸 시인이었다.

앞에서 우리는 공자가 시와 역사를 구분한 것을 보았다. 시는 주로 마음을 표현하는 노래요 역사는 사람의 행위에 관한 이야기이다. 즉 노래와 이야기를 구분한 것이다. 그런데 헬라에서는 애초부터 시는 이야기를 뜻했다. 다만 지어낸 이야기라는 점에서 역사와 구별되었다. 이처럼 '지어낸 것'이라는 뜻에서 시를 '미메시스(mimesis)', 즉 '모방'이라고 했던 것이다. 이리하여 모방은 문학의 가장 기본적인 전제가 되었다. 동양 문학론에서는 모방은 관련이 없든가 아주 지협적인 의미를 가질 뿐이다. 이는 매우 중요한 점이다.

'지어낸다'는 것은 실제에 없는 것을 꾸며낸다는 말이 될 수 있다. 꾸며내는 데에는 적어도 세 가지 이유가 있다. 첫째는 진실을 잘 알지 못해서 본의 아니게 거짓말을 하는 것이다. 둘째는 진실을 알면서도 덮어두고 다른 말로 남을 속이는 것이다. 셋째는 진실은 아니더라도 듣기 좋게, 재미있게 꾸미는 것이다. 플라톤은 시는 어차피 미메시스, 즉 지어낸 이야기일 수밖에 없는데 시인은 진실(철학, 과학)을 전문적으로 탐구하는 사람이 아닌 고로 첫째 부류의 거짓말을 하는 사람이며, 악의를 가지고 남을 속이는 사기꾼은 아니라 해도 단지 재미만을 위해서 남을 매혹하는 이야기를 꾸며내는 자이니 도덕적 가치를 가르칠 수 없다고 하였던 것이다.

아리스토텔레스는 플라톤이 시를 공박하기 위해 사용한 미메시스의 개념을 버리지 않고 다시 이용했다. 다만 그는 미메시스의 개념을 확대

했다. 예술적 미메시스는 사람의 현실적 소용에 알맞게 사실을 정리하고 조정하여 재구성하는 일이라고 했다. 이 재구성된 사물은 사람에게 즐거움을 줄 뿐 아니라 그 특유의 진실을 전달한다는 것이다. 사실을 그대로 전달하지 않고 재구성한다는 것은 결국 지어내는 일, 즉 허구를 만들어내는 일이다. 이렇게 지어내는 일을 그는 무식의 소치나 부도덕한 속임수나 무책임한 놀이로 보지 않고 진실을 나타내기 위한 효과적 방법으로 보았던 것이다. 역사적으로 수십 년에 걸쳐 일어난 복잡다단한 역사적 사실을 2천 행의 잘 정돈된 글로 정리하고 짜임새 있게 마무리한 희곡이나 서사시는 사실적 역사가 도저히 따를 수 없이 가치 있는 진실을 효과 있게 전달한다고 주장했던 것이다. 심지어 그는 '뿔 달린 암사슴'(본시 암사슴은 뿔이 없지만)을 그린 그림조차도 그림의 법칙에 맞게만 잘 그렸으면 좋은 그림이 될 수 있다고 했다. 그림과 동물학의 가치 판단 기준은 서로 다르다는 것이었다. 이렇게 하여 그는 플라톤이 사용한 미메시스라는 용어를 그대로 가져다 사용하면서도 플라톤의 주장을 따르지 않았던 것이다. 아리스토텔레스에게 시는 반드시 사실, 또는 사실 비슷한 이야기를 예술 자체의 목적을 위하여 재구성한 허구이며 이런 의미의 허구는 거짓말이 아니라 창조이다. 그러나 그러한 창조에다 미메시스라는 이름은 그대로 붙여두었다. 그가 미메시스라는 용어를 그대로 썼기 때문에 그후의 서양문학론이 이제껏 미메시스라는 개념을 맴돌고 있다고 해도 과언이 아니다. 이리하여 르네상스 이래 재개된 서양문학 담론에서 미메시스는 기이하게도 플라톤과 아리스토텔레스의 두 극단, 즉 허위와 창조 사이를 불안하게 왔다갔다하는 개념으로 남게 되었던 것이다.

　명백한 사실은 그 옛날에 플라톤과 아리스토텔레스는 미메시스를 말하면서 희곡이나 서사시만을 상정하였지 노랫말, 즉 서정시는 거의 안중에 두지 않았다는 것이다. 그 두 대표적 장르는 물론 운문으로 씌었기 때문에 당연히 시는 운문 이야기 문학이고 이야기 문학은 으레 운문이므로 시라고 부르는 것이 아무런 무리가 없었다. 다만 아리스토텔레스는 운문이 시의 요건이 아니라 이야기의 엮어짜기(플롯)가 가장 중요한 요건이라고 하면서, 산문도 '시'가 될 수 있는 것처럼 지나가는 말로 했다. 이렇게 되면 짧은 서정시는 더더욱 '시'로 간주될 가망이 없어진다. 귀로 듣는 문학의 시대에 살던 그들에게 짧은 서정시는 오히려 음악의 일종으로 간주되었다. 그래서 플라톤은 거짓말쟁이 시인을 추방하면서 영웅을 예찬하는 노래는 허락될 수 있다고 했다. 그에게 음악에 대한 반감은 없었다. 그래서 그는 음악에 딸리는 노랫말을 허용했던 것이다. 음악은 "거짓을 지어내는 짓", 즉 미메시스라고 보지 않았던 것 같다. 그러나 아리스토텔레스는 분명히 음악을 미메시스의 범주에 넣었다. 다만 그것이 무엇을 '모방'하는 것인지는 확실하게 설명하지 않고 다소 얼버무린다는 인상을 준다. 그림과 이야기를 모방이라고 할 수 있는 근거는 명백하지만 음악은 그렇지 못하다. 그는 당시의 노랫말(Dithyrambos)은 시학의 대상이 아니라 오히려 음악론의 대상이라고 하며 미메시스 논의에서 제외했다. 그가 노랫말, 즉 서정시를 미메시스의 예술이 아니라고 본 것이 확실하다.

그런데 오랜 중세를 거치는 동안 유럽 사람들은 이야기뿐 아니라 서정시, 특히 사랑을 주제로 하는 노랫말을 굉장하게 발전시켰다. 이탈리아의 페트라르카는 그 절정이었다. 동시에 기독교는 신앙적 고백적 참회적 찬양적 노래, 곧 종교적 서정시를 발전시켰다. 이러한 중세적 서정문학의 바탕 위에 특히 로마의 카툴루스(Catullus), 마르티알(Martial) 같은 서정시인들의 재발견은 아리스토텔레스 문학론이 전혀 다루지 않았던 새 영역을 열어 보였다. 그러나 그들의 서정시에 관한 논의는 독자적으로 개발되지 못했고 아리스토텔레스의 권위는 절대적이어서 '미메시스'의 범주에 불안하게 서정시를 소속시키든가 아예 그에 대해서는 침묵을 지키는 어정쩡한 상태에 있었다. 서정시는 무엇을 '지어낸' 허구 이야기란 말인가? 근본적으로 모든 예술을 '미메시스'로 본 아리스토텔레스 사상에 문제가 있음이 분명했다.

　이러한 사정은 서양 문학비평사를 보면 잘 알 수 있다. 영국 르네상스의 대표적 문인이었던 필립 시드니는 "그러므로 시는, 아리스토텔레스의 '미메시스'라는 용어가 나타내듯이, 모방의 기술이다. 다른 말로 하면 재현, 꼭 닮게 꾸며냄, 형상화이다. 비유적으로 말하자면 말하는 그림으로서 그 목적은 가르침과 즐거움을 주는 것이다"라고 했다.[1] '재현'은 있던 사실을 그대로 다시 해 보이는 일이다. 오늘날의 문학론에서는 '모방'이라는 말 대신 주로 이 '재현'이라는 말을 쓴다. '대표' '대신'한다는 뜻도 포함된다. '꼭 닮게 꾸며냄'은 마치 위조지폐를 만들듯이 능숙한 흉내의 기술을 보이는 일이다. 배우가 무대 위에서 한 인물의 언행을 박진하게 흉내내는 것 같은 것이다. 치밀한 사실주의 소설도 그런 일을 한다. 시드니는 미메시스의 그 세 뜻 중에서 '형상화'를 가장 적합한 뜻으로 해석하려 했다. 그의 "말하는 그림"이라는 비유는 사실상 '형상화'에만 해당되는 비유이다. 그는 사랑, 충성, 지혜, 경건 같은 사람의 도덕적 성품을 눈으로 볼 수 있는 그림을 그리듯이 말로 나타내는 것을 철학이나 역사가 도저히 따를 수 없는 시의 우수한 능력으로 보았던 것이다. 즉 사랑이라는 추상적 관념을 가르치려 할 때 가장 모범적으로 사랑을 실천하는 사람으로 '형상화'하여 보여주는 것이 가장 적절한 의미의 미메시스라고 보았던 것이다. "말하는 그림"으로서의 시는 그림처럼 구체적인 형상을 말로 그려준다는 말이다. 이리하여 "말로 그린 그림", 즉 심상(이미지)이 근대 서양 시론의 가장 중요한 개념으로 떠오르기 시작하였고 그림과 시는 서로 유추적 관계에 있는 '자매 예술(sister arts)'이라는 통념이 생겨났던 것이다.(그림은 "말 없는 시"가 된다.) 18세기에 독일 문인 레싱이 "말하는 그림"으로서의 시와 진짜 그림의 절대적 차이를 역설했어야 할 만큼 두 예술은 혼동되기까지 했다. 그러나 시는 시간 속에 존재하는 예술이요 그림은 공간 속에 존재하는 예술이라는 그의 양식론

---

1) 졸저, 『영미비평사 1 : 르세상스와 신고전주의 비평 —1530~1800』(민음사, 1996), 44쪽에서 재인용. 이에 관한 논의 참조.

적 구분은 명쾌하고 적절하지만 유럽인의 관념 속에는 이미 시는 일종의 그림이라는, 이미지라는, 즉 대상의 모방이라는 생각이 강력하게 뿌리박고 있었다.

17세기에 프랑스의 이론가들이 희곡의 '3통일 원칙'을 세운 가장 중요한 이유는 연극에서 한 사람이 벌이는 이야기(행동의 통일)가 한 장소(장소의 통일)에서 하루 동안(시간의 통일)에 일어나는 것이라야 사실과 닮아서 건전한 상식을 가지고 있는 사람에게 받아들여질 수 있다는 것이었다. 즉 연극은 관객이 착각할 만큼 실제의 사실과 닮아야 한다는 것이었다. 진짜로 속아넘어갈 만큼 '꼭 닮게 꾸며내기'를 추구했던 것이다. 이러한 사실적 경향이 19세기에 다른 경향들과 합해져 이른바 사실주의 문학으로 발전되었을 것이다.

한편 17세기 말의 영국 문인 존 드라이든은 희곡을 정의하여 "인간 본성의 정확하고도 생생한 영상으로서, 그 감정과 기질, 그리고 그것이 겪게 되는 인간사의 변화들을 재현하며, 뭇사람의 즐거움과 가르침을 목적으로 한다"고 하였다.[2] 여기서 '영상'이라고 한 것은 '이미지'를 옮긴 말이다. 인간 본성의 '그림'을 보여준다는 뜻이다. 기독교 이상주의자인 시드니는 도덕적 관념을 '형상화'한 그림을 강조했는데 합리주의-계몽주의 시대의 드라이든은 인간성, 특히 인간의 감정과 기질(성격)과 인간의 행태를 보여주는 그림을 강조한다. 강조점이 달라져 있지만 그림, 즉 명백한 미메시스를 강조하는 면에서는 같다고 할 수 있다. 형상이나 영상이나 둘 다 객관적 대상의 여실한 '그림'을 뜻한다. 대상에 대한 충실한 그림은 대상에 대한 올바른 지식을 주므로 자연히 교훈적이며 닮음이 주는 흥미와 감각적 호소는 저절로 즐거움을 준다는 것이었다.

이 문학관은 사실상 1800년 전후에 이르기까지 별탈 없이 유럽 사람들을 지배했다. 그런데 근대 유럽문학사상 가장 중요한 변화는 이즈음에

---

2) 졸저, 앞의 책, 133쪽에서 재인용. 이에 관한 논의 참조.

이른바 낭만주의가 일으킨 것임을 우리는 잘 안다. 일단의 문인과 독자들이 객관적 대상의 형상화나 그림 그리기, 재현에 심한 염증을 느꼈다. 고대로부터 유럽인들이 묵수하여온 모방의 이념에 반발하였던 것이다. 그들은 객관적 대상을 충실히 '모방'한 그림을 싫어하고 자신들의 주관을 내세웠다. 이리하여 외부적 대상의 그림 대신 내적 주관의 투사, 곧 '표현'이 관심의 초점이 되었다. 모방은 외부의 존재에 대한 충실이 요구되는 행위이므로 모방자는 되도록 자기 자신을 죽이고 대상을 잘 알아보고 정확하게 재현해야 한다. 그러나 모방과 반대로 표현은 내부에 있는 것을 밖으로 내놓는 행위이므로 표현자는 되도록 자기 자신을 살리고 진실하게 자기를 표현해야 한다. 둘은 서로 방향이 완전히 다른 행위이다. 바로 1800년에 워즈워스는 "시는 힘찬 감정이 저절로 넘쳐흐르는 것"이라는 유명한 말을 했다. 시는 힘찬 감정을 풍부하다 못해 넘쳐흐를 만큼 지니고 있는 시인의 자연발생적 표현이라는 말이다. 심상(이미지)은 낭만주의자들에게도 계속하여 중요한 개념이 되었지만 이미 그것은 객관적 대상의 충실한 그림을 뜻하는 것이 아니라 주관적 자아의 투사로서, 시인 자신의 상징적 모습을 뜻하는 것으로 변했다. 한 걸음 더 나아가 그러한 '이미지를 만들어내는 힘', 즉 상상력(이매지네이션)은 정확한 모방에 필요한 이성이나 판단력을 훨씬 능가하는 시인의 고유한 능력으로 내세워졌다. "시는 상상의 표현이다"라고 낭만파 시인 셸리는 열렬히 외쳤다. 셰익스피어의 희곡이나 밀턴의 서사시도 단순히 그 이야기만을 중심으로 보는 게 아니라 위대한 시적 정신의 표현으로, 상상력의 발휘로, 시인 자신의 내적 이미지로 읽는 새로운 읽기 방법이 개발되었다.

이처럼 강조점이 표현 쪽으로 기울었을 때, 희곡과 서사시와 같은 이야기의 요소를 위주로 하는 문학은 문제가 안 될 수 없었다. "아무개가 무슨 일을 했다"는 이야기, 즉 행위의 미메시스는 표현으로서의 시와 어울리기 어려웠다. 아리스토텔레스는 이야기(헬라어로 mythos, 영어로 plot)를 희곡의 '영혼'이라고 했고 바로 이야기를 구성하는 것이 미메시스라고 했던 것이다. 앞에서 언급했듯이 그는 이야기의 요소를 갖추지 않은, 따라서 미메시스의 범주에 들 수 없는 노랫말을 '시학'의 논의에서 거리낌없이 제외했었다. 그런데 낭만주의자들은 모방의 이념을 거부하면서 자연히 이야기 문학을 의심쩍은 눈으로 바라볼 수밖에 없게 되었다. 그와 동시에 모방이 주는 교훈성 내지 지식의 요소를 제거하고자 했다. 그리고 주관의 표현인 서정시를 문학의 대표적 장르로 내세우고 18세기 말까지 최고의 권위를 누리던 아리스토텔레스에 반발했다.

서정시를 시의 주된 장르로 내세우기 위해서는 아리스토텔레스의 모방이론에 필적할 권위가 필요했다. 그러나 서양 문학사상은 그런 권위를 제공할 수 없었다. 잘 알려져 있다시피 당시의 문학론자들은 거의 모두 시인들이었다. 더구나 산문소설의 엄청난 발전은 시를 독자의 사회에서 수세에 몰리게 했다. 소설은 아리스토텔레스의 권위를 빌리지 않고서도 적극적으로 '모방'의 기술을 개발하여 저절로 문학의 대표적 장르로 군림했다. 뿐만 아니라 전통적으로 운문으로 쓰이던 희곡 장르에도 차차 산문희곡이 섞이기 시작하더니 18세기부터 산문희곡도 매우 높은 수준에 이르렀다. 따라서 아리스토텔레스 시대부터 사용되어오던 '시'에서 산문소설과 산문희곡은 어쩔 수 없이 떨어져나왔다. 그리하여 시학(poetics)은 문학에 대한 일반적 담론의 도구가 되지 못하고 주로 서정시에 관한 것으로 축소되었다. 따라서 이 시대부터 시 아닌 '문학'에 대한 논의가 시작되는 것을 본다. 실상 '리터러처'란 말은 1812년경부터 우리가 아는 대로의 '문학'이라는 뜻으로 통용되었다.[3] 우리가 태곳적부터 써온 것으로 착각하는 '문학'이라는 용어의 역사는 그러므로 2백 년도 못 된다. 더구나 동양에서는 19세기 말에 이 새로운 서양 용어를 번역하여 쓰기 시작한 것이니 더더욱 역사가 짧다. 이야기 문학, 곧 미메시스의 문학이 산문문학으로 크게 발전하면서 시는 운문을 뜻하는 말로 의미가

---

3) *Oxford English Dictionary*에서 'literature'를 '문학'이라는 뜻으로 쓰게 된 것은 "매우 근래에 생긴 일"이라고 평하고 있다.

축소되기 시작했으므로 '문학'이라는 새로운 용어로 운문과 산문을 다 아우르는 개념을 나타낼 필요가 생겼던 것이다. 그러면서 소설이 '문학'의 대표적 장르의 자리를 차지했고, '문학'에서 가지는 시의 위상이 차차 줄어들다 못하여 20세기 중엽에는 문학은 희곡 소설 평론만을 뜻하고 시는 문학이 아니라는 주장도 나왔다. 실제로 오늘날 문학에 대한 논의는 주로 미메시스의 이념을 수행하는 소설 희곡 영화에 집중되고 시는 주변으로 밀려난 감이 없지 않다. 서양은 전통적으로 미메시스의 기반을 벗어날 수 없는 것 같다.

그러한 형편에 불구하고 우리는 19세기 영미 사회에서 소설이 각계각층의 독자를 매혹하고 희곡이 통속적 오락물로 전락한 시기에 일단의 시인과 사상가 들이 서정시를 중심에 둔 시학의 수립을 시도한 사실에 주목하지 않을 수 없다. 이들의 주장은 금세 침묵 속에 가라앉았지만 서양문학사에서 서정시가 주도적 역할을 한 시기는 19세기 전반의 한 시기뿐이라는 사실은 매우 중요하다. 열 살 전부터 철저한 분석적 비판적 지식인으로 훈련을 받은 철학자 존 스튜어트 밀은 스무 살 때 인생의 허무를 느껴 절망하던 중에 워즈워스의 시를 읽고 온전한 사람으로 회생하였음을 고백하고서 자기와 같은 정신적 회생의 경험을 줄 수 있는 시는 결코 긴 서사시가 아닌 짧은 서정시라고 주장했다. 호메로스나 밀턴의 권위가 있다면 모르나 셸리나 테니슨이 쓴 장시는 오늘날의 독자에게 달갑지 않을 뿐 아니라 외면당할 수밖에 없다고 했다. 그는 시에서 긴 이야기나 지적인 문제에 대한 긴 논의를 듣고 싶어하지 않았다. 순간적이면서도 강하고 깊은 감명을 주는 서정시야말로 오늘의 진정한 시라고 주장했다. 그러면서 그는 인류문화의 초창기부터 시는 본시 서정시였다고 암시했던 것 같다.

이 비슷한 주장을 밀뿐 아니라 칼라일, 조지 헨리 루이스, 존 뉴먼 같은 당대의 대표적 문필가, 사상가 들도 하고 있다. 이런 주장에 동조하여 매우 용감하게 서정시학을 떠받든 시인은 미국의 에드가 앨런 포였다.

그는 장시란 어불성설이라고 하고 세상에 유포되고 있는 장시들도 실상은 일련의 짧은 서정시들로서 사이사이에 불필요한 산문적 부분이 끼어 있는 것이라는 기발한 주장을 폈다. 그는 우상 파괴적 용기로 밀턴의 『잃어버린 낙원』도 실은 짧은 서정시들의 모음이라고 주장했다. 그에 따르면 시는 "아름다움의 율동적 창조"일 뿐이고 무엇에 대한 이야기나 논의는 아니며 더더구나 도덕적 교훈과는 전혀 관계가 없다. 우리는 그의 반도덕적 태도에 거부반응부터 보이기 전에 그의 서정시학적 의도에 주목해야 한다. 그의 반도덕적 태도는 오히려 오늘날의 포스트모던한 경향에 썩 잘 어울린다. 밀이나 포의 시론은 유럽에서는 아리스토텔레스의 모방론에서 가장 멀리 떨어진 생각임에 틀림없다.[4]

이제 애초에 언급했던 동양 시학으로 돌아간다. 공자가 시의 대표로 내세운 것은 짧은 노랫말, 서정시였다. 나중에 유학자들이 그 노랫말들을 매우 도덕적으로 해석했지만(솔로몬의 '아가'를 신학적으로 해석했듯) 우선은 그것들이 보통 사람의 감정을 매우 율동적으로 표현한 것이라는 사실은 부정할 수 없다. 이처럼 동양은 시학을 표현론으로 시작했다. 동양에서 시는 어디까지나 짧은 서정시였다. 장시라고 해도 서양의 서사시같이 기나긴 것은 없다. 서양과는 정반대의 축에서 시론을 시작했던 것이다. 아무개가 무슨 일을 하였다는 내용의 역사는 물론 역사서에서 다루는 것이고, 역사 비슷하게 지어낸 이야기는 가전체(假傳體)라 하여 그냥 이야기로 다루었지 '시'에 포함한 적이 없다. 가락과 이야기를 한데 아우르지 않았던 것이다. 그렇다고 해서 시인은 시만 쓴 것이 아니라 이야기도, 역사도, 수필도, 상소문도 썼다. 그러나 어떤 논의에서도 모방이나 허구가 시의 최고 요소로 내세워진 일은 없다. 동양의 시학에는 심상, 그림 등 대상과의 닮음을 추구하는 재현이 중요시되지 않았다.

신유학, 즉 성리학을 창도한 주희는 『시경』의 서문에서 이렇게 쓰고

---

4) 이에 관한 논의는 졸저, 『영미비평사 2 : 낭만주의에서 심미주의까지 — 1800~1900』, 289
~316쪽에서 비교적 자세히 하고 있다. 일반적으로 비평사에서 소홀히 다루는 문제이다.

있다. "사람이 사물에 접촉하면 움직이는 것이 인성의 욕구이다. 일단 욕구가 생기면 생각이 없을 수 없고, 일단 생각이 생기면 말이 없을 수 없고, 일단 말이 있으면 말로 다 할 수 없는 것이 있어 차탄, 영탄의 여운으로 터져나와 자연히 소리와 마디가 생겨 그침없이 이어지는 것이다. (……) 시란 사람의 마음이 사물과 접촉하여 느끼는 것이 말의 여운에 나타나는 것이다." 주희의 이 생각을 우리는 동양의 정통적인 시관이라고 할 수 있다. 사람의 마음이 세상을 경험할 때 어떤 '바람(욕망)'이 일어나서 생각이 생기고 말이 생기지만 그냥 말로는 다 할 수 없는 감탄이 길게 이어지게 마련이고 감탄은 소리와 가락(리듬)을 이루어 터져나오는데 이것이 시라는 말이다. 이것이야말로 시는 "아름다움의 율동적 창조"라고 주장한 포를 비롯한 19세기의 유럽 사람들이 하고 싶었던 말이다. 아리스토텔레스의 권위에 필적할 권위를 주희가 지닌 것을 그들은 알 턱이 없었다. 시의 본질은 "그치지 않는 감탄의 여운"에 있다. 짧은 시라도 일단 사람의 마음을 두드리면 사람의 심금은 길이 그 여운에 반향한다. 이처럼 '감탄'의 가락으로서의 시가 교훈성마저 가지게 되는 이유를 주희는 잘 설명하고 있지만 지금 우리에게는 중요하지 않다.

　이러한 감탄으로서의 시, 곧 서정시가 이야기와 함께 '문학'이라는 테두리 속에 쉽게 묶일 수 없는 것은 명백하다. 그러나 감탄과 이야기, 다시 말하면 표현과 모방은 서로 가장 멀리 떨어진 항목들이지만 못내 찜찜한 대로 그냥 막연히 '문학' 속에 자리를 같이하는 것이다. 흥미진진한 『삼총사』 이야기가 어떻게 "하늘의 무지개를 보면 내 마음은 뜁니다"라는 감탄과 함께 '문학'이라는 같은 우산을 받고 서는지를 설명하기는 사실상 불가능하기 때문에 유럽인들은 때로는 이야기(미메시스)를 중심으로 해서, 때로는 감탄(표현)을 중심으로 해서 '문학'이란 무엇이다라는 소리를 해오고 있다. 동양에서도 서양으로부터 '문학'이라는 용어를 도입하여 쓰자니까 갑자기 「어부사시가」가 「홍길동전」과 불안한 자리를 함께하게 되었다. 이는 분명히 동상이몽의 관계이다.

오늘의 문학이론이 집요한 추궁 끝에 밝힌 것은 '문학'이라는 실체는
없다는 것이다. 그도 그럴 것이 그 말은 19세기에 임시로 만들어 썼던 말
이기 때문이다. 이제 우리는 그 말을 버리고 동양의 오랜 지혜를 따라 시
는 감탄을 나타낸 또는 표현한 서정시이고 소설은 사람의 행위를 꾸며낸
또는 모방한 이야기라는 생각으로 돌아가야 할 것이다. 동양의 우리는
너무 오랫동안 서양의 그릇된 문화 유산에 집착했었다. 시와 소설은 각
각 할 일이 따로 있는 서로 다른 것들이다. 이를 혼동하는 바람에 둘 다
손해를 보아왔다. 적어도 이 문제에 관한 한 빛은 동양에서 다시 비칠 수
있을 것이다.

(『인문과학』 2000년 12월호)

허구, '사실'을 '이야기'로 만들기

서양 철학의 가장 중요한 문제의 하나는 사람이 어떻게 '사실'에 대한 올바른 지식, 즉 진실에 도달할 수 있느냐 하는 것이다. 넓게 말하여 인식론이다. 플라톤이 그의 이상적인 공화국에서 시인을 몰아낸 가장 중요한 이유는 시인이 사실에 대한 올바른 지식이 없으면서도 갖은 아름다운 현혹적인 말과 이야기로 진실을 아는 척할 뿐이라고 믿었기 때문이다. 시인은 특히 청소년을 현혹하는 위험한 거짓말쟁이라는 것이었다.

근본적으로 무척 시적인 풍모가 있는 플라톤이 문학을 그처럼 철저히 배격한 데 반하여 그의 제자인 아리스토텔레스는 훨씬 세속적이고 즉물적인 성격을 띤 '비문학적' 사실주의자 같은 인상을 줌에도 불구하고 문학을 옹호하고 나서, 후세인에게 적잖은 당혹감을 준다. 그는 문학이 진짜 있었던 일, 즉 사실이 아닌 있음직한, 그럴싸하게 꾸민 이야기로 진실을 말할 수 있다고 했다. 더 나아가, 화가가 동물학 지식이 모자라서 암사슴이 뿔이 없는 줄을 모르고 뿔 달린 암사슴 그림을 그렸을 경우, 그 그림만 잘 되었다면 좋은 그림이고, 그 뿔 때문에 그림으로서의 가치가 없어지는 것은 아니라고 하였다. '뿔 달린 암사슴'은 세상에 실재하지 않지만 '그럴싸한 그림'이 될 수 있다는 것이다. 다만 그림 자체로서는 잘 되어야 한다. 그런데 실재하지 않는 형상을 꾸며내어 그린 그 그림이 내포하고 있는 진실이란 무엇일까? 다른 말로 하면 거짓말이 내포하는 진실이란 어떤 것일가?

플라톤은 그의 철저한 논리에 따라, 어떠한 거짓말로도 진실을 전달할 수 없다는 입장이었다. 거짓말이 진실을 내포한다는 말은 논리 형식상 어불성설로 들리는 것이 사실이다. 그러나 문인은 물론 대부분의 상식인들은 꾸며낸 이야기, 예컨대 비유 우화 옛날이야기 등을 통하여 진실이 전달될 수 있다고 믿어 의심치 않는다. 그러나 플라톤의 정통적 후예인 관념적 인식론자들은 물론 아리스토텔레스의 후예인 사실적 경험론자들은, 적어도 그들이 철학적 의미의 진실을 말하려고 할 때에는 문인이나 보통 사람들처럼 비유나 꾸며낸 이야기(허구)를 수단으로 쓰지 않는 것이 전통으로 되어 있다.

그들이 2천수백 년 동안 연마한 것은 우주 만물에 대한 객관적 지식을 정확히 기술할 논리적 언어였다. 철학과 과학의 언어와 문학의 언어가 그리도 서로 달라진 것에는 그런 연유가 있다. 문학의 언어는 기실 아득한 예로부터 지금에 이르기까지 별로 변하지 않았다. 2천 년 이상 묵었다는 『시경』은 아직도 우리가 시에서 만날 수 있는 언어이며 오늘의 소설가가 꾸며낸 이야기나 3천 년 전에 호메로스가 꾸민 서사시의 이야기나 다 비슷한 이야기 방식을 가지고 있다.

그러나 철학-과학의 언어는 시대를 따라 무척이나 변했다. 사실에 대한 지식이 시대마다 달라지면서 새로운 말, 새로운 기술 방법을 요청하기 때문이다. 사실(레알리타스, 리앨러티, 리얼리티)은 불변하는 것이지만 그것을 말하고, 기술하고, 이야기하는 방법이 시대적으로 조금씩 또는 크게 오류를 범하여왔다고 지적하고 오류가 제거됐다고 주장하는 방법을 제시하는 것이 인식론의 긴 역사라고 해도 과언이 아니다.

　20세기 안쪽에 들어서면서, 사람들은 유일 불변하는 객관적 사실의 존재를 전제하는 것이 과연 옳은 일인가 의심하기 시작했다. 그리하여 객관적 사실에 대한 기술 방법보다도, 사람들이 시대마다 어떤 경로로 하여 이른바 '객관적' 사실을 구성하게 되는지에 관심을 기울이기 시작했다. 이것은 합리주의적 관념론적 인식론에서 인류학적 심리학적 인식작용 연구로 방향 전환이 생겼음을 뜻한다고 할 수도 있다. 즉 사람들이 '사실'을 어떻게 구성하느냐를 밝히는 것은 사람의 인지적 습관을 알아보는 일이니 그것은 순수 철학의 문제라기보다는 인류학 또는 심리학의 문제가 되는 것이다. '사실'이란 과연 무엇이냐가 문제가 아니라 사람들이 '사실'이라고 믿는 것을 어떻게 구성하고 설명하느냐가 문제가 된다. 이 관점에서 보면 인식론자들이 그리도 날카롭게 세련시켰던 논리, 추론, 인과율의 적용 등도 많은 경우에서 '사실'의 발견을 위한 것이라기보다 사실이라고 믿은 바를 구성하고 설명하는 '이야기의 방식'이었음이 드러난다.

　"사실을 구성하는 이야기와 방식"이라는 개념에서 '사실'보다도 '이야기'에 무게를 두면 '구성'이라는 말은 '꾸미기' '지어내기' '허구'라는 말에 가까워진다. 결국 사실을 구성하는 이야기란 '꾸민 이야기', 즉 허구가 되는 것이다. 다만, 처음부터 의도적으로 꾸며낸 이야기가 아니라 '사실'을 이야기하려 했는데, 그만 사실을 '빙자한' 이야기가 되어버린 결과이다.

　소설이나 동화나 야담은 물론이고, 철학적 역사적 '사실의 구성'도 이야기 본래의 관습과 요건의 지배를 받는다. 이리하여 요즘 서양 학계에서는 이야기학 또는 서사이론(narratology)이 크게 유행하게 되었는바이는 바로 사람의 인지 내용이 언어로 표현될 때에는 '이야기'의 형태를 취한다는 관점에서 생긴 연구 분야인 것이다. 소설이나 동화만이 이야기의 형태를 취하는 것이 아니고, 우주론도, 생리학도, 형이상학도 모두

‘이야기’ 형태를 가지고 있음에 착안하여, ‘이야기’의 요건이 무엇인지를 밝히려는 것이다. 이는 종래의 허구론이나 소설론이나 설화학과는 달리, 이야기가 사실을 구성함에 있어 어떻게 정신의 도구로 작용하는가를 알아보고자 하는 일이다.

아래에서 문학이론가가 아니고 심리학자인 브루너가 제안하는 이야기의 요건들을 생각해보기로 한다.

1) 이야기는 시간성이 있다.

금방 알아들을 수 있는 말이다. 이야기는 시간이 걸리면서 발생하는 사건들에 관한 것이다. 시간적 지속성은 절대로 빼놓을 수 없는 요건이다. 그런데 이야기의 시간은 물리적 시간이 아니라 이른바 ‘인간적’ 시간이다. 인간적 의미의 차원에서 시간은 일정한 속도로 한결같이 진행되지 않는다. 시간의 선후관계에 따라 사건이 이어지지만 ‘인간적’ 시간의 제시 방법은 ‘앞지르기’ ‘되돌아가기’ ‘끼어들기’ 등 다양하다. 통상적으로 글자를 왼쪽에서 오른쪽으로, 위에서 아래로 배열하는 것도 시간의 지속성을 암시하기 위한 관습이다. 이들은 모두 이야기를 제시하는 형식으로서, 이 형식들은 시간상에 사건들을 배열하고자 하는 정신적 모델의 지배를 받는다. 사건에 대한 인지는 이처럼 시간상의 배열이라는 구성 원칙을 따른다. 다시 말하면 사건들은 시간상에서 얻어지는 이야기를 이루게 된다.

2) 이야기는 개별적이다.

모든 이야기는 개별적인 사건에 관한 것이다. 적어도 표면상으로 개별적인 특수한 사건에 관련되지 않은 이야기는 없다. 그런데 순전히 개별적인 사건 그 자체에 관한 이야기는 없는 듯하다. 확실히 모든 이야기는 개별성과 특수성을 뛰어넘어 많은 유사한 사건에 관한 것이다. ‘신데렐라가 왕자의 아내가 되다’라는 이야기는 부자와 결혼하게 되는 많은 보통 여자의 이야기가 된다. 이른바 이야기의 보편성이라는 것이다. 을지문덕 장군이 지략과 용맹으로 수나라 군대를 격퇴했다는 개별적인 이야

기는 쉽게 지략과 용기로 적을 물리치는 보편적인 이야기의 상징이 된
다. 나아가서는 개인이 난관을 헤쳐나가는 다분히 통상적인 이야기가 된
다. 이러한 상징성은 한 이야기가 포괄적인 요소를 지닐수록 더욱 활발
하게 발생한다.

반대로 추상적인 이야기, 예컨대 '용기로써 민족을 보위하다' 라는 이
야기는 쉽게 '강감찬이 거란군을 물리쳐서 고려왕조를 보호하였다' 로
개별화될 수도 있다. 이야기는 본질상 그 개별성이 상징성을 내포하고
있어 더 포괄적인 이야기를 자연스럽게 암시한다.

3) 이야기는 사람의 의식상태와 관련이 있다.

이야기는 어떤 처지에 처해 있는 사람들에 관한 것으로서, 사건들은
그들의 생각이나 욕망이나 감정에 어울리는 것이어야 한다. 사람 아닌
짐승이나 로봇을 주인공으로 삼았을 경우에도 사람의 의식을 적절한 정
도만큼 부여해야 한다. 이야기에서 다루는 모든 자연물은 사람의 속성을
부여받는다. 과학은 사람의 속성을 암시하는 말을 자연물에 관한 이야기
로부터 배제하려는 피나는 노력을 하고 있음을 우리는 잘 알고 있다. '생
존경쟁'이라는 말은 본시 사람에게나 쓸 수 있지만 식물에 대해서 쓸 때
에는 억지를 부린다는 인상을 채 지울 수는 없다. 그러나 사람의 사실에
비한 이야기로 읽을 때 식물의 생존경쟁은 분명한 뜻을 가진 이야기가
된다.

4) 이야기는 해석이 가능해야 한다.

'해석' 이란 한 사람이 어떤 뜻을 표현하고자 하여 구성한 한 덩어리의
말(이른바 텍스트, 덩이글)로부터 어떤 뜻을 뽑아내고자 하는 정신적 행
위이다. 덩이말 또는 글에 표현된 것과 그 글이 뜻함직한 것은 서로 같지
않으며 그 표현의 유일한 뜻을 확정지을 일정한 방법은 없다.

해석(hermeneutics)은, 잘 알려진 바와 같이, 한 편의 글의 의미를 그
덩이를 구성하고 있는 부분들에 비추어 설명하는 일이다. 역시 잘 알려
진 바와 같이 그러한 해석은 이른바 '해석의 순환 논리' 에 봉착한다. 이

것은 합리적 추론이나 경험적 증거에 의한 설명과는 달리 한 읽기의 정당함을 다른 읽기로써 확인하는 것이니까, 읽기로써 읽기를 정당화한다는 순환 논리가 되는 것이다. "이 이야기의 전체의 뜻은 이러이러하다. 왜 그러냐 하면 그 부분들이 이러이러하기 때문이다. 부분들이 이러이러한 이유는 그 전체의 뜻이 이러이러하기 때문이다." 이러한 논리의 순환은 부분에서 전체를, 전체에서 부분을 파악하는 사람 특유의 인지 능력이 있는 한 제거할 수 없다. 그러한 순환이 몇 번 거듭된 끝에 놀랍게도 부분들은 전체를 구성하기 위한 특별한 기능들을 부여받는다. 그러한 기능의 부여가, 즉 해석의 기본 작업이다.

실제 세계에는 그냥 널려 있는 단편적 사실들만이 있을 뿐이고, 그것들이 스스로 한 덩어리의 이야기를 구성하지는 않는다. 세상에 의미가 '자명한' 사실은 없다. 하나의 이야기를 꾸미기 위한 기존의 관습들을 비교적 용이하게 발휘할 만한 사실들이 주어져 있을 때 그것을 통상적으로 '자명하다'고 할 뿐이다. 자명하다는 것은 그냥 널려 있는 사실들을 가리켜 하는 말이 아니라 그것들을 한 이야기의 기능적 부분들로 꾸미기가 쉽다는 뜻일 뿐이다.

'해석이 가능하다'는 말은 위에서 말한 것처럼 주어진 부분들이 하나의 전체에 속해 있는 것으로, 또한 그 전체는 그 부분들로써 구성되어 있는 것으로 '처리'될 수 있음을 말한다. 사람의 지식이란 바로 그런 처리의 결과물인 이야기이다. 합리론자들은 사람의 정신을 한 편의 글을 이루는 명제들 속에 들어 있는 진실을 추출하기 위한 정확한 추론의 도구로서만 간주하였고, 경험론자들은 한 편의 글에 들어 있는 각각의 명제들의 진위 확인의 기능만을 사람의 정신에 부여했다. 둘 다 부분과 전체, 전체와 부분을 이야기로 처리, 구성하는 인간의 능력을 도외시했던 것이다.

해석의 문제는 덩이글 작성자(이른바 저자)의 '의도'의 문제와 직결된다. 덩이글은 누가, 왜, 언제, 누구를 위해 작성한 것인가를 어떻게 추정하느냐에 따라 해석, 즉 이야기의 수용이 달라진다. 그래서 어떤 종류의 말이나 글은 그 작성자의 의도를 고려함이 없이 해석되는 것이 바람직하다는 '의도론의 오류' 같은 주장도 생긴다. 저자의 의도가 그 말 혹은 글의 뜻이냐 아니냐, 아니라면 그 뜻과는 어떤 관계에 있느냐는 문제는 논란거리로 남아 있다.

또하나의 문제는 한 덩이말―글의 배경을 이루고 있는 사실들에 대한 지식의 문제이다.

「3·1 독립선언서」라는 덩이글을 해석하기 위해서 1919년 당시의 국내외 사실들을 어느 정도까지 알아야 하는지가 문제가 되는 것이다. 배경 지식이 아주 부족하든가 부정확할 경우에, 독립선언서를 처리하여 얻은 이야기는 기이한 왜곡이 될 것이다. 그렇다고 해서 그 당시의 모든 사실들이 독립선언서의 해석에 다 긴요하든가 적절한 것은 아니다. 긴요하고 적절한, 즉 필요충분한 사실들의 선정은 어떻게 할 것인가? 바로 그런 사실들의 선정이야말로 독립선언서라는 이야기를 구성하는 부분이된다.

5) 이야깃거리가 되어야 한다.

세상에서 생기는 일마다 이야기가 되는 것은 아니다. 아침에 일어나 세수하고 조반 먹고 회사에 출근한 이야기는 직장 경력 10년의 회사원에게는 일상이 되어버린 것이지만 이야깃거리는 되지 못한다. 학생 신분을 벗어나 첫 출근을 한 날의 일이라면 이야깃거리가 될 것이다. 이 말은 일상성의 깨어짐이 이야기할 만함의 필요조건이라는 말이다. 법에 따라 행동하는 것은 이야깃거리가 되지 않으나 법을 어긴 행동은 이야깃거리가 된다.(하도 많이 어기는 법은 어겨도 이야깃거리가 안 된다. 그런 경우에는 위법이 일상이 되어 있기 때문이다. 예컨대 '금연' 표지 바로 앞에서 담배를 피우는 것은 그것대로 하나의 법처럼 되어 있다.)

따라서 모든 이야기는 무슨 일이 생겼는가, 왜 그 일은 이야기할 만한가라는 두 요소를 내포하고 있다. 이야기하는 사람의 '이야기할 만함'이라는 가치 판단이 전제되는 것이다. 어떠한 일상성, 법칙, 관습이 어떻게 깨어졌는가, 특히 '어떻게 깨어졌는가'에서 관심을 끌어야 이야기할 만한 것이 된다. 실상 일상성에 대해서 사람들은 의식하지 못하고 살기 때문에, 그것이 어떤 형태로든 깨어지는 이야기를 듣고서야 비로소 그것의 일상성을 인식하게 되고, 그것이 왜 일상성으로 존속해야 하는지 반성하게도 된다. 이야기는 일상 경험의 반성을 촉구한다. 이는 일상성을 '낯설게' 하는 것이다.

6) 이야기 속의 사실들과 바깥 세상의 사실들과의 관계가 문제가 된다.

이야기 속의 사실들이 그럴듯하다고 해서 그것들이 실제의 사실들을 정확히 가리키고 있음을 뜻하지는 않는다. 바로 이 점을 아리스토텔레스가 '뿔 달린 암사슴' 그림의 예로써 말한 것이다.

그럴싸하다는 것은 정말 그렇다는 말은 아니다. 소설이라는 이야기와 역사라는 이야기의 차이가 여기서 결정적으로 벌어진다. 사실을 '가리킴'과 사실을 '뜻함'의 차이가 생기는 것이다. 뜻함과 가리킴은 서로 아주 다르다. 과학이나 역사에서는 사실을 가리키는(또는 가리킨다고 믿어지는) 이야기를 구성하지만, 소설에서는 사실을 닮은 듯한 그럴싸한 이야기들을 꾸민다. 역사가는 사실들에 충실해야 하나, 역사소설가는 사실들에게 자기 이야기에 알맞은 기능을 부여한다.

소설 속의 서울특별시 종로구는 허구적 인물인 김 아무개나 마찬가지로 허구적 지명이다.(그 두 가지의 다른 세계를 의도적으로, 또는 엉겁결에 혼동하는 것을 필자는 다른 글에서 지적한 바 있다.) 소설 속의 서울특별시 종로구는 개별적 특수 지명으로 남아 있지 않고 큰 도시의 한 구역이란 뜻으로 포괄적 보편적 유추적 의미를 띠기 때문이다. 이에 관해서는 바로 위에서 논했다.

7) 모든 이야기는 각각 어떤 종류(장르)에 속한다.

모든 이야기는 농담, 경험담, 고백, 소설, 단편소설, 연극, 희극, 비극, 탐정소설 등 어떤 특정 종류에 속한다. 이 말은 한 덩이말이나 글을 작성할 때 그 저자가 이미 정해져 있는 어떤 종류(장르)의 관습과 방식을 따랐다는 말도 되고 — 예컨대 탐정소설을 지었다면 저자는 범죄 사실, 범죄자, 추적자, 못난 경관, 단서, 거짓 단서 등 탐정소설이 되기 위한 요건들을 적절히 구비한다 — 또 한편으로는 이야기의 해석자(듣는 이나 읽는 이)가 그 이야기를 바로 해석하기 위해서는 그것이 어떤 종류에 속하느냐를 미리 판단해야 한다는 말도 된다.

친구지간에도 "그거 농담이냐?"고 되묻는 경우가 있는데, 상대방의 이야기를 진담으로 해석할 경우와 농담으로 해석할 경우에 그 차이는 엄청날 수 있다. 진담과 농담은 서로 다른 이야기의 종류들로서, 이야기 자체는 똑같아도 뜻의 해석은 정반대가 된다. 말글의 종류가 사건을 처리(구성)하고 이야기를 처리(해석)하는 주요 요건이라는 사실은 최근에야 이론적으로 명확하게 되었으며, 이는 서사이론뿐 아니라 언어 사용의 모든 면에서 큰 중요성을 띠고 있다. 그런데 종류(장르)의 경계선이 언제나 가변적이라는 것이 또한 중요한 사실로 인식된다. 자연 까다로운 문제가 많이 생긴다.

8) 이야기는 기준을 내포한다.

앞에서 '할 만한 이야기'는 일상성을 깨뜨리는 사건에 관한 것이라고 하였다. 깨뜨림에만 주의를 기울이면 그 새로운 사건만이 이야깃거리가 된다고 보기 쉬우나 깨뜨려진 일상성, 법칙, 관습, 기준이 또한 부각되지 않는다면, 다른 말로 해서 '낯설게' 되지 않는다면 그것을 깨뜨림의 이야기스러움 역시 부각되지 못한다. 이를테면 소설의 흔한 이야깃거리인 남녀의 삼각관계는 남녀의 일상적 정상적 관계가 두 사람 사이의 관계임을 강력히 전제하지 않고서는 별로 할 만한 이야기가 되지 못한다. 따라서 이른바 정상, 일상성, 기준이 무엇이냐에 대한 반성이 필요한 것이다. 오늘의 이론에 의하면 모든 이야기는 한 사회의 '문화적 합법성', 즉 행동의 기준에 관한 것이다. 합법성의 위반으로부터 할 만한 이야기가 시작되는 것이니, 합법성은 이야기의 발단이 되는 만큼 중요하다.

문제는 이른바 합법성의 기준도 완만하게나마 가변적이라는 데에 있다. 이 가변성이 증대하는 것으로 믿어지는 오늘날 이야기의 결말은 그 가변성을 확인하는 것인 경우가 많다. 이른바 '열린' 결말이라는 것이다. 과거에는 깨어졌던 합법성이 다시금 회복되는 비극(슬픈 결말)이나 희극(행복한 결말)이 되곤 했다.

9) 이야기의 해석에는 '협상'의 여지가 있다.

앞서 해석 가능성에 관한 논의에서 보았듯이 해석자(듣는 이, 읽는 이)는 이야기와 배경에 대한 지식을 필요한 만큼, 가능한 만큼 동원한다. 빈 마음으로 이야기를 듣는 법은 없다. 그건 불가능하다. 누구나 이야기를 자기 차원에서 해석, 수용, 소화한다.

그렇다고 해서 내 해석과 네 해석이 서로 완전히 다른 채 교섭할 가능성이 전혀 없는 것은 아니다. 사람에 따라 해석은 각양각색일 수 있으나, 서로 내 해석과 네 해석을 비교하여 화해 설득 수정할 수 있다. 즉 해석은 사회적으로 '협상'이 가능한 행위이다. 종래의 합리론자나 경험론자들은 하나의 진실은 확고부동한 것이므로 논리적 추론이나 진위의 확인 과정에 의하여 여러 해석 중 하나만이 옳고 나머지는 틀렸다고 하는 수밖에 없다고 보았으나, 우리의 이야기의 모형에 따르면 모든 이야기의 해석은 완전한 일치를 목적으로 하는 게 아니라 협상의 가능성을 재확인하는 일이다. 이 역시 인류학적 심리학적 관점을 살린 결론이다.

의미는 사회적으로 협상과 합의의 대상이지 확정의 대상이 아니다. 이는 진실을 명제가 아닌 이야기의 기능이라고 보는 데에서 가능하다.

10) 이야기들은 축적되어 큰 이야기를 이룬다.

과학에서는 일반 원리로부터 도출하는 일, 개별적 발견 사항을 중심적 모형에 관련시키는 일 등을 통하여 과학의 큰 이야기를 축적해간다. 뉴턴이나 아인슈타인의 이야기는 그러한 과정을 통하여 작은 이야기들이 축적된 큰 이야기들이다.

사람의 이야기들도 축적되어 문화, 역사, 전통이라는 것을 이룬다. 법률에서는 판례들이 축적되어 합법성, 법적 정의의 전통을 이룬다. 일단

법적 정의의 전통이 이루어지면 모든 개별적 법률문제는 그 큰 전통에 비추어 판단된다. 큰 이야기가 작은 이야기들을 흡수하는 것이다.

대체로 개별적인 역사적 사실에 대한 해석은 큰 역사 이야기의 한 기능적 부분으로 수용되어야만 그 뜻을 나타낼 수 있게 된다. 큰 역사 이야기에 잘 흡수되지 않는 특수한 사실은 예외의 본보기로 남는다. 그것을 '예외'로 만드는 객관적 이유가 그 사실 자체에는 포함되어 있지 않다. 큰 이야기의 한 기능적 부분으로 삼기에는 껄끄럽지만 아주 없던 것으로 치는 것보다는 그 존재를 인정하되 예외의 이야기에 소속시킴으로써 오히려 큰 이야기를 보강할 수 있다. 한 나라의 공식적 역사는 그러한 온갖 이야기들의 축적으로 이루어진 큰 이야기인 것이다.

이렇게 이야기의 열 가지 요건들을 되새겨보았다. 소설 쓰는 사람이나 역사서를 저술하는 사람이나 우선은 부분들로 전체를 구성하고 다시 전체의 측면에서 부분들을 구성하면서 각기 말글의 종류-장르에 따라 특유의 관습과 방식을 응용하고 있음을 의식해야 할 것이다. 소설과 역사는 다같이 이야기이되 장르에 따른 요건이 서로 다르다. 그 다른 요건에 대한 인식을 독자로 하여금 되도록 명확히 가지게 해야 한다. 이 일에는 평론가가 더 힘써야 할 듯하다. 그것은 사람의 지적 성장을 돕는 아주 중요한 일이다.

(『현대문학』 1992년 6월호)

나의 글쓰기 공부

글은 글에서 나온다. 글 많이 읽은 사람이 아니고는 글을 쓸 수 없다. 그래서 무슨 글을 얼마나 어떻게 읽었는지가 중요하다.

나는 유독 글을 많이 읽었다거나 특별한 방법으로 읽은 사람은 못 된다. 거의 누구나 그랬듯, 나도 국민학생 시절에는 아동잡지와 동화책을 읽었고 중학생 시절에는 역시 학생잡지와 소설을 읽었다. 나와 같은 시기에 자란 사람치고 『소학생』과 『학원』의 애독자가 아니었던 사람이 있을까? 내가 남과 좀 다른 소년기의 독서 경험을 가졌다면 대학 영문학과 학생이던 형님의 영향으로 우리말로 번역된 외국 명작과 『리더스 다이제스트』를 탐독하였다는 사실일 듯하다. 그리고 좀 특별하게도 역시 형님의 영향으로 동요집을 꽤 많이 읽었다는 사실일 것이다. 고교 시절에는 우리말로 옮긴 세계 명작이 별로 없어서 어쩔 수 없이 영어로 된 명작 소설들을 읽기 시작하여 졸업 때까지 대학 영문학과에서 배우는 소설은 거의 다 읽었었다. 세계문학전집이 우리말로 번역되어 나올 때쯤에는 나는 그중 몇 작품의 번역에 참여하는 나이가 되어 있었다. 일어를 배우기 전에 해방을 맞아 우리말로 된 읽을거리가 별로 없던 시절에 중고등학교를 다녀야 했던 우리 세대는 혹독한 책 기근을 겪었다. 영어를 비롯한 외국어를 익혀서 읽는 수밖에 없었다. 다만, 대학 입시가 지옥 같은 몹쓸 시절은 아니어서 우리는 상당히 자유롭게 책을 읽을 수 있었다—책만 있었다면 말이다.

그러나 글을 많이 읽은 사람이라도 그것을 밑천으로 하여 다시 글로 풀어낼 수 있는 사람은 많지 않다. 읽기만 해서는 안 되고 많이 써봐야 한다. 이에는 그야말로 왕도가 없다. 나의 경우 첫 글짓기 선생님은 형님이었다. 형님은 나와 동생에게 국민학교 삼사학년 때부터 글을 짓게 하였다. 한번은 "가을에는 단풍이 곱게 물들어 향기를 떨치고 있다"고 어른 흉내를 내어 작문을 해 바쳤더니 가을 단풍잎은 꽃처럼 향기가 나지 않는다고 지적해주던 일이 아직도 기억에 남아 있다. 유독 그것이 기억에 남아 있는 것은 글쓰기뿐 아니라 글읽기에도 '사실 원칙'이라고 할 만한 것이 오늘날 나의 글쓰기의 지배적 원칙의 하나가 되고 있기 때문이다.

6·25전쟁중에 부산 근교의 시골에서 한참 놀다가 피난지에 임시로 개교한 중학교를 찾아갔더니 너무 늦게 왔다며 시험을 봐야 한다고 했다. 국어 선생님은 글을 한 편 지으라고 했는데, 바닷가에서 내가 당한 일을 써 바쳤더니 썩 잘 썼다고 했다. 글재간이 아예 없이 태어난 것은 아니었나보다. 그러나, 예나 지금이나 우리나라에서 글쓰기는 국어 교육을 포함한 정규 학교 교육을 통해 배우는 것이 아니라 거의 혼자 익히는 것이 되어 있다. 나는 문단의 대표적인 시인, 작가들에게 국어 과목을 배웠지만 그분들에게서 글쓰기나 글읽기를 배운 것 같지는 않다.

혼자 쓰는 글은 주로 일기이다. 나도 중학교 2학년부터 일기를 쓰기 시작했다. 언젠가 어느 선생님이 책을 읽고 그에 대한 감상과 비평을 적는 독서 일기야말로 진정한 일기라는 내용의 말을 해서, 내 고등학생 시절과 대학생 시절의 일기는 '평론집' 같은 데가 많다. 일기는 외국 유학생 시절부터 끊었다가 사십이 넘어서 다시 계속하고 있는데 이제는 평론집 같은 데가 거의 없어졌다. 기이하다면 기이한 변화이다.

나는 책읽기를 좋아하는 모든 소년이 그렇듯 역시 시와 이야기를 끼적여보기도 했다. 교우지 같은 데에 발표를 할 만큼 숫기는 없었지만, 학교를 오가는 꽤 먼 길을 혼자 걸으며 소설을 구상하는 게 버릇처럼 되어 있었다. 내가 구상하는 소설은 거의 모두 '심리' 소설이었다. 고교 시절의 내 일기에 내가 쓸 장편 심리소설의 플롯들이 군데군데 적혀 있다. 왜 그랬을까? 내 어떤 성향과 관계가 있을 터이나 잘 모를 일이다.

소설을 구상하던 버릇은 대학생이 되면서 사그라들고 말았다. 그 대신 종교, 철학, 문화사, 사회학 같은 본격 학문의 낯선 말투를 익히는 일이 더 시급했다. 그런 글읽기는 교과서와 일반 소설만을 읽은 나에게 무척 어려웠다. 그런데 그런 글이 차차 낯익어가면서 재미가 붙게 되었고, 나도 그런 글을 흉내내기도 했다. 대학 2학년 때에는 최재서 교수에게 문학개론을 배웠다. 잘 알려진 바와 같이 최 교수의 글은 논리적이면서도 평이하여 해설력이 뛰어나다. 최 교수는 나중에 '문학원론' 이라는 제목으로 출판된 저서의 원고를 천천히 읽어주어 우리더러 받아적게 했는데 교과서도, 복사기도 없던 시절이라 최 교수의 말씀 한마디 한마디를 놓치지 않고 적는 교실 분위기는 무슨 엄숙한 종교 행사 같기도 했다. 그것은 일본인들이 남겨준 강의 방법의 하나라고 나중에 들었다. 누구나 다 웃기는 강의법이라고 할 터이지만, 지금 회고하여보면, 한마디 한마디 잘 쓴 글을 놓치지 않고 받아쓰는 동안 나는 기계적으로 손만 움직인 것이 아니라 글을 쓰는 법도 나도 모르게 배웠다고 생각한다. 좋은 문장을 베끼는 일을 글쓰기의 필요한 훈련으로 권장할 이유가 있다고 나는 믿는다.

그 학기가 끝날 때쯤 되어서 드디어 그 책이 출판되었다. 내게는 여간 어렵지 않던 그 책을 나는 다시금 참 열심히 읽고 읽었다. 이 읽음이 쓰기의 훈련이 된 것은 두말할 것도 없다. 그후의 영국비평사도 같은 방식으로 강의되었고, 나도 같은 방식으로 읽고 씀의 훈련을 계속하였다. 내 평문 수업에는 최 교수의 영향이 가장 크고 직접적이었다고 생각된다.

앞서 말했듯, 나는 비교적 일찍 영어책을 읽기 시작하여 영어 문장의 맛을 좀 일찍 알게 되었다. 대학 1학년 때 나는 위트와 유머가 넘치는 영국 수필에 매료되어 그 흉내를 좀씩 내보기도 했다. 특히 신고전주의 시대 산문의 대가 조지프 애디슨의 글이 멋있었다. 아직도 내게는 영국의 18세기 산문 문장이 가장 귓맛이 좋다. 내 잡문에 그 흔적이 적게나마 들어 있을지 모른다.

내 글쓰기 훈련에는 번역이 빼놓지 못할 큰 구실을 했다. 나는 대학 1학년 때부터 용돈벌이로 영어책을 우리말로 옮기는 일을 시작하였는데, 아직도 조금씩은 계속하고 있다. 1학년 때 타고르의 단편집을 번역하여 그중 한 편을 대학신문에 낸 적도 있다. 그게 내가 처음 세상에 발표한 글이었다. 그 단편집 원고는 아직도 그대로 남아 있다. 나는 일찍부터 번역 투에 대한 큰 혐오감을 가지고 있었던 터여서 나 자신은 의식적으로 그것을 피하려고 하였다.

타고르 단편집 번역은 용돈벌이와는 관계없이 순전한 재미로 한 것이었지만, 해마다 한두 권의 영어책을 번역하여 책값 등 용돈을 벌어 썼다. 그런데 모두 남의 이름으로 출판되었다. 대학원 시절에는 세계문학전집의 출판이 대대적으로 벌어지던 때라 나도 번역 일꾼으로 동원되었다. 물론 내 이름이 번역자로 나타날 수는 없었다. 전임강사 시절에 오화섭 교수가 나더러 『돈 키호테』를 번역하라고 했다. 당시 그분은 무척 어려운 처지에 있었는데도 원고료를 절반씩 나눠가지자고 했다. 이것은 무명 번역 일꾼으로서는 생각도 할 수 없는 호조건이라 나는 선뜻 일을 맡았다. 아홉 달 동안에 이백자 원고지 5천5백 장이나 되는 큰 글덩어리를 만들어냈다. 내가 그때까지 배워 알고 있는 우리말을 다 써보았다고 해도 과언이 아니다. 자주 나오는 운문은 우리의 율격에 맞춰 옮겨보느라고 고심하기도 했다. 힘은 들었지만 나 자신이 창작한다는 기분으로 해내니 즐거웠다. 그때 받은 원고료가 지금까지 내 가족이 살고 있는 집터 값의 거의 절반을 충당했으니 대단한 돈벌이였을 뿐 아니라 내게는 거의 창작에 가까운 즐거운 일이기도 하여 글쓰기의 본격적 훈련이 되었다.(이 책은 오늘날에는 내 이름으로 시중에 나와 있다.) 번역도 글쓰기의 매우 중요한 훈련 방법이라는 것을 강조하고 싶다.

대학생 시절부터 이른바 문학 논문이라는 것을 쓰기 시작했다. 그때쯤 해서는 시나 소설을 향한 창작 의욕은 멀리 뒷전으로 물러나 있었다. 3학년 때 매슈 아놀드에 관한 글을 써서 발표했는데 그 원고는 아직도 그대로 남아 있다. 4학년 때에는 '아키타이프와 시' 라는 유식한 제목의 글을 발표하고 대학생 논문집에도 냈다. 최재서 교수의 글투를 흉내냈다는 것을 아는 사람은 금방 알아볼 것이다. 나는 직접적으로는 영미 문학평론 공부를 통하여, 간접적으로는 최재서 교수의 글을 통하여, 문학에 대한 논의를 전개하는 방법을 배웠다. 나의 글쓰기 형성 시기에 최 교수의 글 이외의 우리 평문은 거의 읽은 것이 없다. 그러나 번역투나 외국 글투는 극구 피하려고 하였다. 외국문학 전공자는 어느 나라 문학을 전공하느냐에 따라 그 나라 글투의 영향을 다소나마 입을 수밖에 없다고 생각한다.

진짜 내 말투가 자리잡기 시작한 것은 유학에서 돌아온 서른 살 이후, 순 한글로 글을 쓰면서부터이다. 그전에는 자전을 보면서 한자를 그려 넣는 우스운 짓을 하기도 했다. 나는 한글 제1세대임을 어지간히 의식하고 읽고 쓴다. 그 의식은 내 스승들의 세대와의 한 중요한 단절을 뜻한다. 한글 세대라는 의식 없이 그냥 한글로 쓰기를 하는 오늘의 세대는 아마 우리가 가졌던 것 같은 갈등을 느끼지 않을 것이다. 어쨌건 내가 쓰는 문학론이 쉽다고 하는 말을 많이 듣는바, 나로서는 그 이상의 찬사가 없다. 내 딴에는 그것이 영미문학론에서 배운 것을 한글로 표현하느라고 애쓴 결과라고 믿는다.

(『좋은 글, 잘된 문장은 이렇게 쓴다』, 문학사상사, 1993.)

제4부 몇 가지 글 읽기

제4부 몇 가지 글 읽기

소로의 『월든』

내가 읽고 나서 흥분하여 며칠 밤잠을 설친 책의 하나가 소로의 『월든 (*Walden, or Life in the Woods*)』이다. 사람들 틈에 끼어 산다는 것이 괜한 속박으로만 느껴져서 무지무지하게 혼자 있고 싶던 이십대 청년 시절 한때, 호숫가에 제 손으로 지은 오두막에서 누구에게도 간섭받지 않고 읽고픈 책 마음대로 읽고 자연과 인생에 대하여 마음대로 사색하고 숲과 물가를 마음대로 산보한 사람이 얼마나 사무치게 부러웠던지! 더욱이 개울에서 멀지 않은 곳에 나무로 둘러싸인 집을 그려보며 다소 엉뚱한 꿈에 젖곤 하던 때였기에 더 그랬다. 그로부터 수십 년이 지난 오늘날에도 그 생각을 하면 그때의 감격이 거의 그대로 되살아난다. 실상 지금도 물가 숲속의 작은 집 그려보기는 계속하고 있다.

『월든』은 미국 문인 헨리 데이비드 소로(Henry David Thoreau, 1817~1862)가 쓴 미국문학의 최대 걸작 중의 하나이다. 미국의 걸작이라면 세계적 작품의 하나임이 틀림없겠으나 우리에게는 그닥 잘 알려지지 않은 것은 퍽 이상하고 또한 아까운 일이다.

44세에 폐결핵으로 죽은 소로가 생전에 출판한 책은 많지 않다. 그는 얼마간의 시와 많은 산문을 썼으나 발표에 급급하지는 않았다. 그보다는 자기의 삶 자체를 시처럼 살기를 원했다. "나의 인생이 바로 내가 쓰고자 한 시였다. 그러나 그것을 살면서 동시에 읊을 수는 없었다"고 그는 술회했다. 그는 옛 청교도 고장인 매사추세츠 주의 콩코드란 데서 나서 자라고 죽었다. 그는 자연을 좋아하여 여러 곳을 여행하기도 했으나 훨씬 더 넓은 세계를 생각 속에 가지고 있었다. 콩코드는 작은 곳이었지만 위대한 사상가 에머슨을 비롯한 당대 미국의 최고 지성인들이 '초월주의 클럽' 모임을 가지던 곳이었다. 초월주의란 물질에 대한 정신의 절대적 우위를 믿는 철학으로서 19세기의 미국 동부 지성인들 사이에 널리 퍼져 있었다. 자연 현상은 사람의 정신을 신비롭게 상징 또는 암시한다고 믿었으므로 그들은 깊이 자연을 사랑하고 관조했다. 그들이 힌두교, 불교, 유교 등 동방의 경전들을 읽었다는 것도 특기할 만한 사실이다.

소로의 부친은 별로 성공적이지 못한 연필 제조업자였다. 네 자녀 중 셋째였던 소로는 공부를 잘하여 고향 마을에서 조금 떨어진 하버드 대학을 다녔으나 졸업 후에 형과 더불어 고향에서 잠시 교사 노릇을 한 것 외에 이렇다 할 세속적 성공의 기미를 보이지 못했다. 우연히 형제가 동시에 한 여성을 사랑하게 되었다가 동시에 퇴짜를 맞았고 얼마 후 형이 파상풍에 걸려 죽자 헨리 소로는 더욱 내면적인 인간이 되었던 것 같다. 그러는 중에 그는 에머슨을 만났고 이어 다른 초월주의자들을 만나 그들의 철학적 담화에 끼고 글도 발표하기 시작했다. 이후 그는 에머슨의 집에서 기거하기도 하는 등 에머슨과 각별한 사이가 되었다.

1845년 7월 4일 28세의 소로는 콩코드의 교외에 있는 월든이라는 이름의 호수 기슭에 헌 재목으로 손수 오두막을 지어 살기 시작했다. 땅 임자는 다름아닌 에머슨이었다. 소로는 집터 외에 약 3천 평의 땅을 빌려 개간하고 콩밭을 일궜다. 1847년 9월 7일에 오두막을 떠나기까지 그는 2

년 2개월간 그곳에 혼자 살면서 콩밭을 가꾸고 호수와 숲을 돌아다니며 자연을 꼼꼼히 관찰하고 사색하고 찾아오는 사람을 만나고 책 읽고 글 쓰면서 살았다. 그 기이한 생활의 기록이 『월든』인 것이다.

소로는 괜한 기벽 때문에 혼자 오두막에서 산 것은 아니었다. 콩코드 읍내에 살면서 그는 사람들이 가게, 사무실, 밭 등 일터에서 갖가지 '고행'을 하고 있음을 발견했다. 특히 자기 또래의 젊은 사람들이 "불행히도 농장, 주택, 창고, 가축, 농기구 등을 상속받았는데 그런 것들은 얻기는 쉬워도 벗어나기는 힘들다. 오히려 넓은 들판에 태어나 늑대의 젖을 먹고 자랐더라면 지금 저들이 땀 흘려 일하는 들녘을 더 맑은 눈으로 바라다볼 수 있었을 것이다. 그들을 땅의 노예가 되게 한 것은 누구인가? 어째서 그들은 10만 평이나 되는 땅을 먹어야 되는가, 겨우 자기 몫의 흙덩이나 먹도록 저주받은 인간이거늘. 어찌하여 그들은 나자마자 무덤 파기를 시작해야 하는가? 그들은 그런 물건들은 겨우겨우 밀고 가면서 인간의 삶을 살아야 한다. 짐에 짓눌려 거의 으스러지고 질식되어, 1백 평짜리 곳간, 한 번도 청소하지 못한 광막한 외양간, 20만 평짜리 농토, 경작, 추수, 목장, 연료림 따위를 떠밀며 인생의 내리막길을 기어가는 불쌍한 영혼들을 나는 많이도 많이도 보았다. 분깃을 받지 않은 자는 그런 불필요한 상속의 족쇄와 투쟁하지 않는다. 몇 뼘의 살덩이를 개간하고 경작하는 것만으로도 넉넉한 노동이 된다." "인생의 가장 무가치한 기간에 의심쩍은 자유를 누리기 위하여 인생의 가장 좋은 기간을 돈을 버느라고 소모해버린다는 것은 어떤 영국 사람이 나중에 고국에서 시인의 생애를 살기 위하여 먼저 인도에 재산을 모으러 갔다는 이야기를 생각나게 한다. 그 사람은 그 즉시 지붕 밑 골방으로 올라갔어야 했다."

이처럼 소로는 많은 재산을 행복한 특권이 아니라 가련하기 이를 데 없는 질곡으로 보았다. 재산의 유지 경영은 일부 종교에서 실행하는 무의미한 고행과도 같다고 본 것이다. 무의미한 고행이 불멸이라는 영혼을 빛나게 할 수는 없는 노릇이다. "인간의 신성을 운위하는가! 밤낮으로

장터에 다니느라고 행길에 나선 몰이꾼을 보라. 그 속에 신성의 흔적이 보이는가? 그의 지고한 의무는 말에게 여물 주는 것이 고작이다!"

생각의 완전한 전환이 필요하다. "내 이웃들이 좋다고 하는 것의 대부분을 나는 마음속 깊이 나쁘다고 믿으며, 내가 만일 뉘우치는 것이 있다면 그것은 나의 '방정한 행실' 일 터이다"라고 그는 말한다. 사람이 목숨을 유지하기 위해 정말 필요한 것은 무엇들인가? 어떤 생물은 먹을 것만 있으면 된다. 거기에 더하여 잘 데가 필요한 생물도 있다. 사람은 좀 나약하여 먹을 것, 잘 데, 입을 것, 땔 것이 기본적으로 필요하다. 필요한 만큼을 넘으면 사치가 된다는 것이 소로의 생각이다. "사치와 생활의 안락이라는 것의 대부분은 없어도 좋을 뿐 아니라 인간의 향상에 직접적인 장애가 된다." 소로가 동서고금의 성현들의 행적을 두루 공부하고 얻은 결론은 "사치의 생활은 농업이나 상업이나 문학이나 예술이거나 간에 사치라는 열매를 맺을 뿐이다. (……) 철인이 된다는 것은 지혜가 명하는 대로의 삶, 단순함, 독립성, 관용, 신뢰의 삶을 사는 것이다. (……) 사람이 땅에 튼튼히 뿌리박고 사는 까닭은 머리 위의 하늘로 그만큼 솟아오르기 위함이 아니라면 무엇인가?" 즉 사람이 땅에 사는 이유는 나무처럼 하늘을 향하여 자라기 위함이라는 것이다. 나무는 사치하지 않는다. 그 성장에 불필요한 것을 축적하지 않는다.

소로는 특히 입을 것에 대한 사람들의 사치를 꼬집는다. 옷이 얼마나 중요한지 "사람들은 찢어진 바지를 입고 읍내로 걸어들어가기보다는 차라리 부러진 다리로 걸어들어가는 것이 쉽다고 하는 판이다. (……) 우리가 아는 사람이란 별로 없다. 우리가 아는 것은 많고 많은 바지와 저고리들뿐이다. 당신이 옷을 갈아입을 때 당신 옷을 허수아비에게 입히고 당신은 벗고 그 옆에 서 있어보라. 그럴 때 먼저 허수아비에게 인사를 안 할 자가 누구인가? 접때 옥수수밭을 지나다보니 막대기에 모자와 저고리를 걸쳐놓은 게 있었다. 나는 대번 그 농장 임자를 알아봤다. 지난번 봤을 때보다 약간 더 비바람을 맞은 듯했을 뿐이다." 그러므로 "옷을 입은 새 사람이 아니라 새 옷을 입을 것을 요청하는 직장이나 일거리는 위험하다." 짐승이 털갈이를 하듯 우리가 정말 새 옷을 입어야 하는 때는 우리 인생의 중요한 위기로 보아야 한다고 소로는 말한다. 사람은 단지 옷걸이가 되어서는 안 된다.

사람이 들어가 잘 데에 대해서도 깊이 되새길 필요가 있다. 본디 잘 데란 비바람과 추위를 막아줄 덮개에서 시작된 것이다. 덮개가 자꾸 커지면서 온갖 사치가 더해졌다. 그사이에 사람은 그만 확 트인 공간에서 살 줄 모르게 되었다. "우리와 하늘의 해, 달, 별 사이에 아무 가로막는 것이 없이 밤과 낮을 더 많이 보낼 수 있다면, 시인이 지붕 밑에서 하는 소리가 적어진다면, 성자가 방 속에 사는 시간이 적어진다면 썩 좋을 것이다. 소위 문명사회에서는 주택의 소유가 어려워서 셋집 살림을 하는 것이 보통인데 이른바 야만인들은 모두 제 집이 있다. 저마다 돈 안 들이고도 제 집을 만들어 가질 수가 있기 때문이다. 부유한 문명인은 셋방 신세인데 가난한 야만인은 자택 소유자이니 허울 좋은 문명은 실상 집없는 가난뱅이를 양산하는 셈이다. 문명인은 제 집을 소유하려고 수십 년 셋방 살림을 하고 제 농지를 소유하려고 또한 수십 년 노예처럼 일해야 한다. 일단 소유해도 그것의 유지에 노예처럼 매달려야 한다. 그러므로 사람이 주택과 토지를 소유하는 것이 아니라 반대로 주택과 토지가 사람을 소유하고 학대, 착취한다고 할 수 있는 것이다. 재산은 사람을 가두는 감옥이 된다."

이런 생각은 소로 같은 기발한 천재만이 할 수 있는 것은 아니다. 안락한 서재에 앉은 보통 문인도 어쩌면 할 수도 있다. 실상 재산을 소유한, 또는 소유하려고 애쓰는 문명인이나 그런 생각을 할 줄 알지, 아마존 숲 속의 '야만인'은 그런 생각을 할 필요도 없다. 문제는 생각이 아니다. 보통 문명인, 사색가, 철학자가 할 수 없는 일을 소로는 실천했기 때문에 그의 이런 말들이 큰 뜻을 가지는 것이다.

소로는 1845년 3월 말에 이웃에게서 도끼를 빌려가지고 월든 호숫가 숲으로 가서 오두막을 지을 자리를 고르기 시작했다. 나무를 베어 기둥과 서까래를 다듬었다. 콩코드에서 손에 잡히는 대로 일을 하여 받은 일삯으로 빵과 버터를 사서 신문지에 싸들고 산 속에 들어와 일을 했는데 절대로 괴로울 정도로 오래 수고스럽게 일하진 않았다. 콩코드 동네 어귀에 판잣집을 짓고 살던 사람이 판자를 떼어 팔고 이사한다기에 소로는 그 헌 판자들을 싸게 사서 벽과 지붕을 만들었다. 마지막으로 사면의 벽과 지붕을 모아 세울 때 초월주의자들을 불러 같이 일했다. "장차 어느날 그보다 더 높은 건축물을 세울 때 도와줄" 사람들이었다. 구전에 의하면 에머슨을 비롯하여 철학자 올컷, 시인 채닝 등이 참여했다고 한다. 그리하여 7월 4일(미국 독립기념일)에 입주를 했다.

제 손으로 제 집을 짓고 나서 소로는 이렇게 말한다. "사람이 제 살 집을 제 손으로 짓고 자기와 가족의 먹거리를 단순하고 정직한 방법으로 마련한다면 모든 사람에게서 시적인 능력이 발현할는지 누가 알랴! 마치 새들이 그런 일을 할 때 모두 노래하듯 말이다. (……) 우리는 집짓기의 즐거움을 영원히 목수에게 넘길 것인가? (……) 이른바 분업이란 것이 어디서 그칠 것인가? 그것의 최종 목적은 무엇인가?" 사람이 제 손으로 할 수 있는 일이 점점 줄어드는 것이 사실 아닌가! "이른바 발명이라 하는 것은 예쁜 장난감이 되기 십상이어서 심각한 사실에서 우리 시선을 앗아간다. 발명이란 개선되지 않은 목적에 대한 개선된 수단일 뿐이다."

도시의 사치스런 집보다도 산골의 오두막이 왜 화가의 화폭에 더 잘 어울리는가? 이 사실을 보아도 진실로 아름다운 것은 사치가 아니라 자연스러운 것임을 알 수 있다. 소로는 이를 "삶의 무의식적 아름다움"이라고 했다. "이 나라에서 가장 흥미를 끄는 집은 화가들이 잘 아는 바와 같이 가장 수수한 집, 가난한 사람들의 통나무집과 토담집이다. 집이란 그들의 껍질일 뿐, 그 껍질이 이채로워서가 아니라 그 속에 사는 사람들의 삶이 그들의 집을 '그림처럼' 아름답게 만드는 것이다." "내게는 농부들이 가난하면 가난할수록 더 존경스럽고 흥미롭다. 가난한 농부!"

소로가 지은 오두막은 길이가 열다섯 자, 너비가 열 자에, 높이가 여덟 자 되는 기둥을 세운 것이었다. 우리 식으로 셈하면 네 평 남짓한 진짜 오두막이었다. 초월주의적 사상에 깊이 파묻힌 그였지만 또한 실증적이고 과학적인 지성의 소유자였던 그는 그 집을 짓는 데에 든 비용을 정확히 기록해 보이고 있다. 널, 창문, 회, 벽돌, 철물 등 건축재는 앞서 말했듯이 거의 중고품이었다. 운반도 자신이 했다. 총비용이 28달러 12센트 반이었다. 땔감 창고는 남은 부스러기로 지었다. 이 비용은 당시 하버드 대학 기숙사의 일 년 방값 정도였다고 한다.

소로는 살림에 보태기 위하여 주변 땅 3천 평에 주로 콩을 심었다. 감자, 옥수수, 완두, 무도 좀 심었다. 농사는 집이 완성되기 전에 시작했다. 땅을 갈기 위해서 말 두 필과 쟁기를 빌렸다. 첫해 소출에서 자기가 먹은 것을 빼고 내다 판 수입이 23달러 44센트였고 거기서 영농비를 제하니 순이익금이 8달러 72센트 반이었다. 이것은 당시 콩코드의 보통 농민보다 훨씬 좋은 성과라고 소로는 주장한다. 그가 심은 콩은 벌레도 좀 먹고 산짐승도 좀 뜯어먹었지만 자기 콩이 그와 같은 자연적 필요를 충당했으니 좋은 일이라 믿었다. 소나 돼지 같은 가축을 안 기르니 그런 짐승의 노예가 되지도 않았고 큰 집과 농장을 소유하지 않음으로써 몸과 마음의 수고도 없었다. 보통 사람은 자기 속의 동물(식욕)을 위해 일할 뿐 아니라 자기 밖의 동물(가축)을 위해 노동하며, 굉장한 문명들이 고생고생 돌을 다듬어 세운 것은 피라미드 같은 무덤일 뿐인데 자기는 그러지 않았다는 것이다. 그가 콩을 팔아 대신 사먹은 먹거리 중에는 단 22센트어치의 절인 돼지고기와 66센트어치의 돼지기름이 들어 있었다. 밀가루는 옥수수가루보다 비싸고도 불편하다는 것을 알게 되었다. 콩밭 가꾸기 어간에 읍내에 가서 토지 측량을 해서 용돈을 좀 벌기도 했다. 당시 인근에서 그는 최고의 측량사였다고 한다. 그는 인도의 철학에 심취해 있었기 때문에 인도의 주식인 쌀을 좋아했다. 목수일, 갖가지 하루벌이 등으로 13달러 34센트을 벌었다고 한다. 이른바 농외 소득인 셈이다. 나중에 셈을 맞추어보니 애초에 집 짓느라고 들인 돈과 후에 농사짓고 일해 번 돈이 거의 비슷한 액수가 되었다. 2년 2개월의 경험에 비추어 그는 "자기에게 필요한 먹거리를 얻는 데에는 믿기지 않을 정도로 힘이 안 들며 짐승들처럼 단순한 먹거리만 가지고도 건강과 힘을 얻을 수 있다"는 결론에 도달했다. 차, 커피, 버터, 우유, 쇠고기를 먹지 않았으므로 그 값을 벌려고 일을 더할 필요가 없었다. 그는 흔한 물고기도 잡아먹고 혹간 들짐승도 잡아먹었으나 육식에는 어딘가 깨끗하지 못한 데가 있다고 느꼈다. 그래서 그는 육식을 되도록 삼갔고 곡류와 푸성귀 음식까지도 많이 먹지 않았다. 왕성한 식욕을 가진 벌레는 나비가 되면 거의 먹지 않고 가볍게 날아다닌다. 게걸스레 많이 먹는 자는 벌레상태에 머물러 있는 자이다. 사람은 자기 속의 벌레를 빨리 벗어나야 한다. "나는 열심히 먹지 않았으므로 열심히 일하지도 않았다"고 그는 술회한다. "먹고사는 것이 그대의 직업이 되게 하지 말라. 그대의 놀이가 되게 하라. 땅을 즐기고 소유하지 말라."

소로는 이 책을 쓸 때까지 5년간을 자기 스스로 일을 해서 살았다고 술회하고 있다. 그의 셈에 의하면 한 해에 6주간만 일하면 생활비 전부를 충당할 수 있었다. "나의 가장 뛰어난 재주는 필요한 것이 적은 것"이라고 하는 그이니까 그런 말을 할 수 있겠다. 겨울 전부와 여름의 대부분을 혼자 공부하는 데에 쓸 수 있었다. 그가 한때 했던 교사 노릇은 남에게 좋은 일을 베풀기 위함이라기보다는 밥벌이를 위한 것이었기 때문에 실패할 수밖에 없었다고 그는 솔직히 털어놓는다. 그가 알게 된 사실은 직업은 접촉하는 것마다 저주를 가져온다는 것이었다. 그래서 그가 보기에는 일용 노동자가 가장 독립적이었다. 노동자의 하루는 해가 떨어지면서 끝나 일에서 해방되지만, 고용주는 일 년 내내 쉴 수가 없다. "단순하고 현명하게 살기만 하면 이 땅 위에서 내 한 몸 지탱하는 것은 질곡이 아니라 소일거리이다."

집 안에 들여놓는 가구에 대해서도 그는 물론 할말이 있었다. 그는 침대와 의자 셋과 탁자와 책상 하나로 충분했다고 한다. "마차에 실은 이삿

짐을 뭇사람의 시선과 백일하에 노출시키고서 부끄럽지 않은 사람이 누굴까! (……) 이삿짐만 보고서는 그 임자가 부자인지 가난뱅이인지 알 수가 없다. 언제나 찢어지게 가난한 사람처럼 보이게만 할 뿐이다. 실상, 그런 짐이 많으면 많을수록 더 가난한 것이다. 판잣집 여남은 채에서 끌어내다 실은 것 같기 때문이다. 즉 가난한 판잣집의 여남은 배나 가난한 셈이다." 아무리 부자라도 이삿짐 꼴은 너저분한 것을 꼬집는 말이다. 부자는 그런 게 많을 뿐이다. 인생이 계속 움직이는 것은 실상은 우리의 '가구', 즉 낡은 껍데기를 벗어버리기 위함이 아닌가? 헌 집, 헌 가구를 버리고 새 집, 새 살림으로 가기 위함이 아닌가! 남루한 가구를 끌고 다닌다는 것은 덫을 끌고 절뚝거리며 다니는 것과 같다.

소로는 매일 아침 일찍 일어나 호수에서 목욕을 했다. 그것을 종교적 의식처럼 했다. "그것은 내가 한 일 중 가장 좋은 일 중의 하나였다"고 그는 말한다. 그는 중국 고전 『서경』의 한 구절, "매일 새롭게 되고 또 새롭게 될지어다(日新又日新)"를 인용한다. 초월주의자인 그가 생각하기에 잠에서 깬다는 것은 "잠들 때보다 더 향상된 삶으로 깨어남"을 뜻한다. "아침이란 내가 깨어 있는 시간이고 내 속에 새벽이 터옴을 뜻한다." 그러한 아침을 맞은 사람의 낮 동안의 삶은 단순할 수밖에 없다. "집에 머물러 제 할 일만 한다면 기찻길이 무슨 소용이랴? 우리가 기찻길을 달리는 것이 아니라 기찻길이 우리 위를 달린다." 소로의 오두막에서 멀지 않은 곳에 기찻길이 나 있었다.

우리가 아침이면 반드시 펴들곤 하는 신문은 우리를 새롭게 해주는 글이 아니라 벌써 지난날의 '소문', 즉 잡담거리일 뿐이다. "그걸 편집하고 읽는 사람은 차나 마시고 앉아 있는 늙은 부인네일 뿐이다." 젊은 남자도 아침에 신문을 읽으면 차 한잔 마시며 소문에 귀 기울이는 노친네가 된다는 말이다. 소로에 의하면 영국의 경우 최근의 진짜 뉴스는 1649년에 발생했다. 그해는 영국의 청교도 혁명이 달성된 해였다. 그 뒤에는 진짜 소식감이 안 생겼다는 말이다.

시간이란 하찮은 뉴스거리나 만들어주는 것인가? "시간은 내가 고기 잡이하러 가는 냇물에 지나지 않는다. 나는 그것을 마신다. 그러나 마시면서 모래 깔린 바닥을 본다. 바닥이 얼마나 얕은지를 알 수 있다. 엷은 물결은 미끄러져가지만 영원은 남는다. 나는 더 깊이 마시고 싶다. 하늘에서 고기를 잡고 싶다. 하늘 바닥의 조약돌은 별들이다. 그 하나도 셀 수가 없다. 그 문자의 첫 글자도 모른다."

그래서 글을 읽는다. "재산을 모으거나 명성을 얻을 때에 우리는 죽을 존재들이다. 그러나 진리를 다룰 때 우리는 불멸의 존재가 된다." 글읽기란 그토록 엄숙한 행위이다. "책은 씌어질 때처럼 정성 들여 신중하게 읽어야 한다." 기록된 한마디 말은 억만금의 유물보다도 귀하다. 사람들은 학교에서만 읽고 마는데 소로는 "우리 마을들이 대학교가 될 때가 되었다"고 한다. 생활 자체가 책읽기가 되어야 한다는 것이다.

숲속의 생활은 외롭다. 그러나 소로에게는 홀로 있음이 절대로 쓸쓸함을 뜻하지 않았다. 홀로 있는 것과 같이 있는 것의 다름은 물리적 거리에 있지 않다. "내가 발견한 사실은 아무리 두 사람의 다리를 힘껏 움직여도 두 마음을 별로 가깝게 가져오지 못한다는 것이다. 우리가 가장 가까이 있고 싶어하는 것은 무엇인가? 많은 사람도, 정류장도, 우체국도, 술집도, 마을회관도, 광화문도, 신촌 로터리도 아니고 우리 삶의 영원한 원천이 아니냐? (……) 인생의 큰 부분을 혼자 있는 것이 건강에 좋다고 느낀다. (……) 고독처럼 정다운 친구를 찾지 못했다. 생각하든가 일하는 사람은 언제나 혼자이다. (……) 하나님은 혼자이시다. 마귀는 혼자 있는 법이 없다. 레기온(큰 무리)이라 자칭하지 않았는가! (……) 들에 혼자 핀 민들레가 외롭지 않은 것처럼 나도 외롭지 않다." 하기는 찾아오는 사람이 없지는 않았다. 오히려 진짜 올 만한 일이 있어서 방문하는 사람들은 콩코드에서보다 많았다고 한다.

그는 산 속만을 배회하진 않고 마을에 나가기도 했다. 한번은 마을에 갔다가 관헌에게 붙잡혀 옥에 갇혔다. 죄목은 주민세를 내지 않았다는

것이었다. 그는 당시 정부가 노예를 해방하지도 않고 멕시코와 부당한
전쟁을 벌이고 있는 데에 반발하여 그런 국가에는 충성할 필요가 없다고
세금 내는 것을 거부했던 것이다. 에머슨이 찾아와서 "자네 그 안에서 왜
그러고 있나?"라고 물으니 소로가 "당신은 밖에서 뭘 하시우?" 하고 되
물었다는 일화는 유명하다. 평생 아무에게도 시달림을 받은 일이 없었는
데 유독 정부의 대리인에게만 그런 대접을 받았으니 정부란 도대체 무슨
집단인가? 후에 이때의 경험과 사색을 바탕하여 그는 「시민 불복종론
(Of Civil Disobedience)」이라는 이름난 글을 썼다. 인도의 간디가 읽고
감격하여 자신의 무저항 불복종운동의 철학으로 삼았다고 한다. 최근에
는 미국 반체제운동의 길잡이가 되기도 했다.

소로의 월든 호수에 대한 사랑과 찬양은 극진하다. "호수란 지형의 가
장 아름답고 표현적인 모습이다. 그것은 지구의 눈이다. 그 눈을 들여다
보는 사람은 자기 본성의 깊이를 측량한다." 월든은 물이 맑기로 그때나
지금이나 이름 높다. 그는 동양의 순전한 관조적 지식인과는 달리 월든
호수의 수원, 호수 각 부분의 물깊이, 둘레의 길이, 물 속의 모래 둔덕의
위치, 호수에 사는 물고기의 종류와 생태, 결빙과 해빙의 과정과 상태 등
을 면밀히 관찰하고 추론하고 기록했다. 그리고 근처에 있는 다른 호수들
도 면밀히 관찰하였고 그 지역의 지형과 식생도 자연사 학자의 태도로써
조사하였다. 그의 오두막에 찾아오는 온갖 짐승들과도 아주 친숙해졌다.

소로는 자기가 그처럼 즐긴 호숫가 숲속의 생활을 2년 2개월만 살고
마을로 돌아왔다. 왜 그랬을까? 그의 말로는, 가야 할 이유가 있었던 것
처럼 와야 할 이유도 있었다. 그는 한 가지 삶을 살고 싶지 않았다. 2년이
되자 숲속의 생활도 습관이 되어갔다. 살기 시작한 지 일 주일도 못 되어
오두막에서 물가까지 걸어다니는 길이 생기더란 것이다. 습관은 창조성
을 죽일 위험이 있다. 그리고 그가 깨달은 것은 사람이 자기의 꿈의 방향
으로 굳건히 나아가면 평범한 환경에서도 뜻밖의 성공을 거둘 수 있다는
것이었다. 특히 단순하게 살면 살수록 성공 확률이 높아간다. "가난하여

도 그대의 삶을 사랑하라. (……) 가난을 뜰의 약초처럼 기르라. 옷이든 친구든 새것 가지려고 너무 애쓰지 말라. 옛것으로 돌아가라. 사물은 변하지 않는다. 우리가 변한다. 그대의 옷을 팔고 그대의 생각을 보존하라.”

피라미드 속에서 발견된 낟알 한 알이 수천 년 뒤에 싹을 틔웠다고 한다. 매미는 17년 동안 땅속에서 꼼지락대다가 어느 날 갑자기 광명천지에 나와 노래하며 날아다닌다. 사람도 그와 같은 불멸의 정신의 새벽을 맞을 수 있다고 그는 역설한다. “단지 시간이 경과하기만 하면 먼동이 트는 그런 아침이 아니다. 우리 육신의 눈을 닫아버리는 빛은 우리에게는 암흑일 것이다. 우리가 진정 깨어 있는 날에만 빛의 새벽이 온다. 새벽 뒤에는 더 큰 날이 있다. 해는 아침별에 지나지 않는다”라는 말로 소로는 이 위대한 책을 끝맺는다.

이 책은 내용도 내용이려니와 그 문체에서도 압권이다. 예리한 말 한 마디로 의표를 찌르는 수사법, 기상천외한 상상적인 비유들, 물질계와 정신계를 천의무봉하게 넘나듦…… 원문을 꼼꼼히 음미하며 읽어들어가는 사람에게 『월든』은 더없는 찬란한 세계를 열어준다.

필자는 1976년 여름, 월든 호숫가 소로의 오두막이 섰던 자리를 순례자의 심정으로 찾아갔었다. 화덕이 있던 자리에 불에 그을린 돌들이 놓여 있었다. ‘무교병’(누룩 넣지 않은 맨 빵)을 구워 먹던 그의 모습이 보일 듯도 했다. 월든 호수는 아직도 맑디맑았다. 그러나 관광객으로 붐비는 콩코드 읍내에서 소로의 흔적을 내 범상한 눈으로는 찾지 못했다.

최대 시인의 한 사람인 예이츠는 그의 이름난 시 「이니스프리 호수의 섬」에서 “나 이제 일어나 가련다. 이니스프리의 섬으로. / 거기서 진흙 이겨 오두막 짓고, / 아홉 이랑 콩밭 갈고, 꿀벌 한 통 치고……” 하고 읊었는데 바로 『월든』을 읽고 감격하여 지은 것이라고 고백하고 있다. 그 책 읽고 감격한 사람은 나 이외에 적어도 한 사람은 더 있었나보다.

(『책, 어떻게 읽을 것인가?』, 민음사, 1994)

바다의 문학 ─ 서양문학의 경우

섬나라라고 해서 반드시 바다의 문학이 발달하는 것은 아니다. 또한 바다에 관련된 생활상을 반영한다고 해서 반드시 모든 인류가 공감하는 보편적인 문학이 되는 것도 아니다. 바다로 둘러싸인 섬나라나 3면이 바다로 둘러싸인 반도국에서 호방한 바다의 문학이 창조되기보다는 바다의 두려움을 나타내는 문학이나 바다를 아예 외면하는 문학이 생기는 경우가 더 흔하다. 우리나라는 반도국인데도 「춘향전」이나 「구운몽」에 맞먹을 만한 바다의 문학은 낳지 못한 듯하다. 「심청전」이나 「별주부전」에 동화적으로 등장하는 바다 밑의 용궁 이야기가 고작이다.

옛 헬라 사람들은 오늘의 발칸반도 남쪽에 자리잡고 살면서 자연히 바다와 싸우는 생활을 아니할 수 없었다. 더욱이 농사를 지을 땅이 풍부하지 않은 관계로 일찍부터 바다 건너 나라들과 무역을 하게 되었다. 지금부터 약 3천 년 전에 일어났던 것으로 추정되는 트로이전쟁은 헬라의 도시국가들의 하나였던 스파르타의 왕 메넬라오스의 아내 헬레네를 바다 건너편의 트로이의 왕자 파리스가 유혹하여 갔기 때문에 일어난 것으로 전설은 이야기하고 있지만 실상은 두 지역 간의 무역 분쟁이었던 것으로 추정되고 있다. 따라서 서양문학의 시조인 호메로스의 『일리아스』를 보면 아름다운 여인을 되찾아오기 위하여 수많은 용사들이 목숨을 버리는 낭만적인 이야기뿐 아니라 바다와 싸우는 실제생활에 관련된 이야기가 많이 섞여 있다.

헬라의 군대는 오늘날의 육군이 아니라 해병대였다고 할 수 있다. 그들은 우선 능숙한 항해자들이었다. 그들은 배를 건조하는 방법은 물론, 응급 수리법과 운행법을 잘 알았고 바다의 지리와 일기를 잘 판단하였다. 『일리아스』는 그러한 실제생활상을 보여주는 여러 작은 장면들로써 사실감을 높인다.

『일리아스』보다 더욱 본격적인 해상 모험을 다룬 것은 두말할 것 없이 『오디세이아』이다. 10년간에 걸친 트로이전쟁을 승리로 이끈 주역인 헬라 장군 오디세우스는 다른 헬라 왕들과는 달리 헬라반도 서쪽에 있는 이타케라는 험준한 섬나라의 왕이었다. 바다와의 대결은 그의 숙명이었던 것이다. 섬나라의 왕이니만큼 오디세우스는 스스로 배를 만들 줄도, 운행할 줄도 안다. 오랫동안 그를 짝사랑하여 그를 외로운 섬에 붙들어 두었던 여신 '칼립소'가 제우스의 명령에 따라 하는 수 없이 그에게 도끼와 깎귀를 주면서 뗏목을 만들어 타고 가라고 한다. 그 장면을 호메로스는 다음과 같이 묘사한다.

  이제 여신이 섬의 한쪽 키 큰 나무 자라는 해안으로 그를 데려가니, 그곳에는 오리나무, 미루나무, 하늘에 치솟은 소나무가 오랜 풍상에 바싹 말라 있어 가볍게 물에 뜨겠더라. 하늘 여신 칼립소는 키 큰 나무 자라는 곳에 그를 데려다놓고는 집으로 돌아가고, 그는 나무를 자르기 시작했다. 일은 빨리 끝나서, 그는 스무 개를 잘라, 도끼로 잔가지를 치고, 재주껏 매끈히 다듬고 줄에 맞춰 반반하게 깎았다. 그사이에 하늘 여신 칼립소는 나사

송곳을 갖다주어, 그는 나무마다 구멍 뚫어 맞추고, 나무못과 가름대로 모든 나무를 한데 엮었다. 능숙한 대목이 넓은 짐배의 밑창을 만들듯, 그만큼한 크기로 오디세우스는 들보가 너른 뗏목을 지었다. 가름대 많이 넣고, 꼭대기에 긴 재목을 얹어 튼튼한 선실 세우고, 돛대 만들고 거기에 가름대 붙이고, 방향잡이 키도 만들었다. 그리고는 물이 스미지 않게 뗏목 한 끝에서 다른 끝까지 실버들 가지 듬뿍 가져다 틈새를 막았다. 그사이 하늘 여신 칼립소 돛 만들 천을 가져오니, 그는 그 일까지도 해냈다. 버팀줄, 돛줄, 밧줄을 달고 지렛대로 배를 들어 거룩한 바다 위에 내려놓았다.

한 나라의 왕이요 전략가요 장수인 오디세우스가 또한 배 짓는 대목 솜씨도 가지고 있으니 사람으로서는 전능자라 할 수 있겠다. 게다가 그는 배의 운항 솜씨도 대단하다. "즐겁게 오디세우스 미풍에 돛을 펴고, 능숙히 키를 잡아 앉은 채로 배 몰았다." 나침반이 없던 그 당시에는 별자리를 잘 보는 것이 항해술의 전부였는데, 그는 그 기술마저 익숙하다. "잠 한잠 안 자고 칠성무리(묘성) 바라보고 늦게 지는 목동자리 쳐다보고, 수레자리라고도 하는, 사냥꾼자리 향해 한 곳에 맴돌며 바다 속에 잠기지 않는 북두칠성 올려다보며 배를 몰아갔다." 『일리아스』에 등장하는 기라성 같은 영웅 중에 오디세우스처럼 다재다능한 사람은 없다.

그렇게 17일이나 항해하여 파에아키아라는 해양 왕국에 도착할 찰나에 그를 늘 미워하는 바다의 신 포세이돈이 온갖 바람을 몰아와 배를 깨부수고 만다. 우수한 헤엄꾼이기도 한 그는 살인적인 암초들을 피하여 모래톱을 찾아 뭍에 올라 드디어 구조를 받는다. 여기서 그곳 왕의 딸인 나우시카의 도움을 받게 되는 이야기가 시작된다. 육지와 바다의 용사인 그는 가는 곳마다 미녀들의 사랑을 받는 낭만적 영웅이기도 한 것이다.

헬라 문학에는 위에서 말한 두 위대한 고전 이외에도 수많은 바다의 영웅에 관한 작품들이 있다. 그중에서 이아손이라는 영웅이 50인의 헬라 용사들을 인솔하여 위험한 바다를 항해하여 콜키스라는 왕국에 도달,

'황금의 양털'이라는 보물을 탈취해오는 전설을 다룬 작품들이 유명하다. 그 50인을 '아르고노트'라 불렀는데, 이는 '아르고'라는 배를 탄 항해 용사들이란 뜻이다. 오늘의 미국 우주 탐험대원을 '애스트로노트'라 하는데, '애스트로'는 별이란 뜻으로 예전에 위험한 바다 모험을 한 용사들과 비슷한 이름을 부여한 것이다.

바다의 문학이 다시금 활발하게 씌어진 것은 콜럼버스가 신대륙을 발견한 15세기 후이다. 이 시대에 온갖 종류의 항해 모험담이 나와 사람들의 호기심을 한없이 자극하였다. 그중에는 허황된 것도 많았다. 우리가 잘 아는 토마스 모어의 '유토피아'도 히들로데이우스라는 바다의 모험가가 항해중에 방문한 이상한 섬나라로 되어 있다. 당시의 해양문학을 흉내내어 자신의 정치철학을 표현하고 당시의 사회를 비판한 것이다. 히들로데이우스는 바다의 자유를 얼마나 좋아하는지 "무덤이 없는 자는 하늘이 덮어준다" "지구의 어느 지점에서나 천국까지의 거리는 같다"는 말을 하면서 바다에서의 죽음을 두려워하지 않고 돌아다닌다.

유럽인들의 해상 모험에는 본시 진기한 보물을 얻으려는 현실적 목적이 개재되어 있었다. 그러한 목적은 금방 달성되어 16세기 이후 유럽은 전에 없는 물질적 풍요를 누리게 된 것을 우리는 안다. 동서양의 경제력의 차이는 그때부터 차차 생기기 시작했다. 그러나 부의 축적이라는 현실적 목적을 달성하기 위하여서는 목숨을 내거는 모험이 필요했다.

영국 작가 다니엘 디포의 『로빈슨 크루소』를 모르는 사람은 없으리라. 그러나 우리나라에 아동소설로 소개된 이 작품은 실은 근대인의 현실적 기업정신을 적나라하게 보여주는 성인용 저작이다. 이 책은 오디세우스나 히들로데이우스 같은 영웅이나 자유사상가가 아니면서 현실적 이득을 위해 바다에서 모험하는 근대인을 주인공으로 삼고 있는 것이다. 영국 한 지방의 유복한 상인의 셋째 아들인 로빈슨은 부모의 간곡한 만류를 뿌리치고 바다로 가겠다고 우긴다. 부친의 말은 다음과 같은 것이다.

아버님 말씀은, 절망적인 상황에 처한 사람이거나 특별히 야심과 재산이 많은 사람만이 모험을 찾아 해외로 나가 투기사업으로 출세하고 평범한 인생 행로에서 벗어나는 일을 하여 이름을 내는 것이며, 그런 일은 내 처지를 훨씬 능가하든가 또는 내 처지보다 훨씬 저급한 것이며, 내 처지는 바로 중간으로서, 다른 말로 하면, 하류의 상층생활이라 할 수 있는 것으로서, 당신의 오랜 경험상 그것이야말로 세상에 가장 좋은 위치이며, 인간의 행복에 가장 알맞은 처지이며, 노동자 부류의 가난과 궁핍, 고역과 고통을 맛보지도 않고, 상류층의 교만 사치 야심 질투의 시달림도 받지 않는다는 것이었다.

안정된 생활을 최고의 행복으로 아는 이른바 중산층이 바다의 모험에 뛰어들 이유란 없는 것 같다. 그러나 로빈슨은 18세가 되기까지 아무런 생업 준비를 하지 않고 바다 생각만 하다가 결국은 부모 몰래 친구 아버지의 배를 처음 타본다. 그 배는 영국 연안 항구들에 물건을 실어다주는 배였는데도 심한 풍랑에 휩싸여 모두들 죽을 뻔한다. 그럼에도 불구하고 그는 이번에는 아프리카로 가는 배를 타고 배 다루는 법도 익히고 또 가졌던 돈으로 물건을 사가지고 가서 팔아 큰 이윤을 남기는 중산층 특유의 현실주의 정신을 발휘한다. 즉 그 이후 세상에 많이 생긴 배꾼 겸 상인이 된 것이다. 그러다가 그는 모로코의 무어인에게 붙잡혀 그곳에서 노예생활을 하다가 탈출에 성공, 모험 끝에 구출되나 고향으로 가지 않고 지구의 끝인 브라질에 상륙, 농장을 경영하여 일시 부자가 된다. 근세 유럽인들의 식민지 경영에 한몫 끼어든 것이다.

가출한 지 8년이나 되어 브라질의 포르투갈 식민지 경영자들 사이에서도 명망 있는 사업가가 된 그는 다시금 노예 장사를 하자는 주위 사람들의 말에 혹하여 바다에 나섰다가 큰 풍랑을 만나 그 혼자만 겨우 헤엄쳐 무인도에 상륙한다. 그곳에서 28년이나 살았다는 이야기는 우리가 다 기억하는 부분이다. 물질적 욕망에 이끌려 바다로 나간 그이지만 그는 분명 안락한 육지생활에는 염증을 느끼고 바다 건너 미지의 세계를 찾아 보고자 하는 용감한 모험가의 면모를 갖추고 있다.

『로빈슨 크루소』와 거의 같은 시기에 조나단 스위프트가 『걸리버 여행기』라는 유명한 책을 썼다. 다들 아는 바와 같이 이 이야기도 항해를 하다가 난파당한 사람이 이상한 나라에 도착하는 이야기이다. 환상적인 이야기를 통하여 인간의 죄악과 어리석음을 신랄히 풍자하는 글이지만 이야기의 틀은 그 당시 인기가 드높던 항해 모험담을 채택하고 있다. 주인공 걸리버도 시골 농부의 다섯 아들 중 셋째로서 대학 공부를 채 못 하고 일찍 의사의 조수가 되어 의술을 익히고 틈틈이 항해 공부를 해두었다가 나중에 큰 배의 선의가 된다. 여러 번 난파를 당하여 겨우 목숨을 건지면서도 계속하여 난쟁이나라, 거인나라, 과학나라, 말나라 등 여러 곳을 구경하는 그는 분명히 바다의 역마살이 낀 사람이다.

여기서 특기할 사실이 있다. 1726년에 출판된 이 우화적 풍자소설의 190쪽에 실린 옛 지도를 보면 일본 열도가 그려져 있고, 그 서쪽에 있는 바다, 즉 우리의 동해 이름이 'Sea of Corea'로 명기되어 있다. 그 옛날 동양 항해를 꿈꾸던 서양 항해사들을 위해 만든 지도이다. 한국 부분은 잘려 나가서 보이지 않는다. 요즈음 동해를 'Sea of Corea(Korea)'로 적은 옛 지도가 새로 발견되었다는 소식이 가끔 보도되는데, 필자는 벌써 거의 30년 전에 『걸리버 여행기』의 원문을 읽으면서 알아본 사실이다. 스위프트는 당시의 동양 지도를 그대로 베껴서 자기 이야기를 그럴싸하게 꾸몄던 것이다. 이 책은 1726년 이후 수백만 권이나 인쇄되었을 터이니, 동해가 'Sea of Corea'란 사실은 그때부터 이 책 덕분에 온 세상에 알려진 셈이다. 이 사실은 국내에서는 아마 필자가 처음 여기서 밝히는 것일 터이다.

19세기에 들어오면 해양 모험을 다룬 낭만적인 문학이 꽃피는 것을 보게 된다. 프랑스의 쥘 베른의 『15소년 표류기』는 『로빈슨 크루소』를 모방하여 소년들을 주인공으로 삼은 소년소설이며, 그의 『바다 밑 2만 리』

는 그 당시로서는 선구적인 공상과학소설로서, 한국 청소년으로서 아마도 안 읽은 사람이 없을 것이다. 영국의 로버트 루이스 스티븐슨의 『보물섬』 역시 우리들이 즐겨읽은 잊지 못할 해적 이야기이다. 해적이 등장하는 해양모험소설은 19세기에 큰 인기를 끌기 시작했다. 그런데 이들은 모두 소년문학이거나 대중문학이라 오늘날까지도 애독되고 거듭 영화화되어 많은 관객을 동원하지만 심각한 본격문학으로 평가받지는 못한다.

근대문학사에서 가장 위대한 본격 해양문학작품은 미국 소설가 허먼 멜빌의 『모비 딕』일 것이다. 1851년에 발표된 이 소설은 단순한 해양모험담이 아니고 바다가 뜻하는 모든 것과 그에 대결하는 사람의 모든 것에 최대한의 상징성을 부여하여 인간 존재의 의미를 한없이 깊이 통찰하는 사상적 소설이다. 해양문학을 진정으로 알아보려는 사람에게 이 작품은 결코 빠뜨릴 수 없는 것이다. 여기서 비교적 자세히 짚어보고자 한다.

이야기의 줄거리는 비교적 간단하다. "나를 이스마엘이라 불러달라"는 기이한 문장으로 이 소설은 시작된다. 이스마엘은, 구약성경에 보면, 아브라함의 서자로서 적자가 태어나자 집에서 그 어미와 같이 쫓겨나 사막에서 떠돌아야 하는 자이다. '주인공인 나의 이름은 이스마엘이라' 하지 않고 방랑자인 자신을 그런 고풍스런 말투로 소개한 것이다. 그는 미국 동해안의 한 항구에 도착하여 고래잡이 원양어선인 피쿼드 호에 승선한다. 수년 동안 오대양을 누비며 고래잡이를 할 이 배는 세계 각처에서 모여든 선원들로 가득 채워진다. 특히 험한 해양생활에 익숙한 남태평양 제도 출신의 토인들도 적지 않다. 그래서 피쿼드 호는 일종의 인간 소우주를 형성한다. 당시 미국의 동부 지역은 청교도 사회로서 기업가들도 모두 성경, 특히 구약의 어투를 흉내내는 종교인들인데, 그들에게 고용되어 피쿼드 호를 지휘할 선장은 아합(영어식 발음으로는 에이햅)이다. 아합은 구약에 나오는 악한 왕으로 이름 높은 자였다. 등장인물들의 이름과 행색이 모두 기괴하고 상징적이다.

선장은 선주와의 계약대로 되도록 많은 고래 기름과 고래 향료를 배에 신고 돌아오기로 되어 있는데, 고래를 잡다가 다리 하나를 잃은 아합 선장은 배가 바다 한가운데에 도달하자마자, 이번 항해는 자기 다리를 잘라먹은 고래를 잡는 일이 주업무가 될 것이라고 선언한다. 그 고래는 하얀 고래로서 '모비 딕'이란 이름이 주어질 만큼 유명한 공포의 대상이라는 것도 밝혀진다. 모비 딕을 추격하기 위하여 그는 선주들 몰래 남태평양 출신의 유능한 배꾼들과 작살잡이들을 배 안에 숨겨두었었다. 다리가 하나 없는 아합 선장은 냉혹하고 엄격한 인상으로 모든 선원들을 압도하는 카리스마를 가지고 있으나 뭍에 가족을 두고 있는 수부장 등 간부들은 인간적이고 상식적이다.

선원 노릇이 처음인 이스마엘은 모든 것이 신기롭고 두렵기까지 하지만, 오히려 제3자의 입장에서 주위의 사건과 사물을 신선한 눈으로 관찰할 수 있어 경험담을 말할 적절한 이야기꾼이 된다. 그가 처음 부딪치는 인물은 퀴퀙이라는, 온몸에 무시무시한 문신을 한 남양 출신의 배꾼이다. 처음에는 겁이 났지만 차차 그와 가장 친밀한 사이가 된다.

그처럼 인종 전시장 같은 선원들을 실은 피쿼드 호는 고래들이 많이 모이는 어장들을 두루 찾아다니며 고래잡이를 하는 한편, 아합 선장은 계속 모비 딕의 행방을 다른 배꾼들에게 수소문한다. 모비 딕은 오대양을 누비며 간간이 출몰하지만 피쿼드 호가 급히 달려가면 어느새 사라지곤 한다. 모비 딕을 만나 아들을 잃은 선장을 만나기도 한다. 수부장 등 간부들은 그러는 아합에게 항의를 하지만 그의 악마 같은 강한 집념을 꺾을 수 없다.

드디어 모비 딕이 발견된다. "눈산 같은 등허리! 모비 딕이다!"라고 누구보다도 먼저 아합이 소리친다. 아합은 몰래 승선시켰던 특공조와 함께 작은 보트에 올라 손수 작살을 잡고 접근한다. 다른 공격조들도 작은 배에 갈아타고 뒤를 따른다.

바다의, 나아가서는 자연의, 어떤 불가사의한 강한 의지를 나타내는 것으로 보이는 그 흰 고래에 대한 묘사는 이 작품의 압권이다.

소리없는 앵무조개처럼, 공격 보트들은 바다 위를 달렸다. 그러나 적수에게는 아주 천천히 접근했다. 가까이 가자, 바다는 더욱 잔잔해지고 물결 위에 융단을 깔아놓은 듯 한낮의 들판 같았다. 그토록이나 고요히 펼쳐져 있었다. 마침내 숨죽인 사냥꾼은 아무 눈치도 채지 못한 듯이 떠 있는 목표물에 가까이 다가갔다. 고래의 눈부신 등허리 전부가 환하게 눈에 들어왔다. 놈은 주변에 아무것도 없는 양 바다 물결 따라 미끄러져가면서 양털처럼 가는, 연초록 거품의 둥그런 물결을 그려내고 있었다. 아합은 약간 튀어나온 그 머리의 큰 주름살들을 바라보았다. 그 앞에는 터키융단 같은 수면 위로 놈의 넓은 젖빛 이마가 던진 번득이는 흰 그림자가 멀리 뻗어 있었고, 그 그림자와 함께 잔물결이 리듬 맞춰 노닐고 있었다. 그 뒤에는 놈이 천천히 움직이며 만드는 골짜기 속으로 양 켠의 푸른 물이 서로 엇갈려 흘러들고 있었다. 놈의 양쪽 옆구리에서는 반짝이는 물방울들이 생겨 춤추었다. 물위를 스쳐 날다가 솟구쳐오르곤 하는 수백 마리 경쾌한 새의 가벼운 발가락으로 물방울들은 부서졌다. 그리고 마치 채색 화려한 큰 배에 세운 깃대처럼, 오래되지 않은 부러진 긴 작살대가 하얀 고래 등에 솟아 있었고, 고래 위에 넓은 막을 치는 듯 이리저리 낮게 날며 구름처럼 떠도는 발가락 가벼운 물새 무리의 하나가 이따금씩 막대 꼭대기에 살짝 내려앉아 흔들거리며 긴 꼬리깃을 깃발처럼 나부끼기도 하였다.

필자의 능력으로는 이 부분의 긴장된 감흥을 다 전할 수 없어 유감이다. 흰 고래는 그토록 유유하고 유순한 인상마저 풍긴다. 바로 이 때문에 사냥꾼들은 공격을 했다가 "그 고요함이 폭풍의 겉옷에 불과함을 죽음과 함께 발견했던 것이다."

아합의 일행이 살금살금 접근하자 모비 딕은 대리석같이 흰 몸집을 공중으로 솟구쳐 무지개꼴을 그리면서 물 속으로 들어가버린다. "웅장한 신은 자신을 드러내어 상황을 살피고는 사라졌다." 아합은 한 시간쯤 지나면 고래가 다시 떠오를 것이라고 하며 기다린다. 고요하기 이를 데 없는 숨막히는 순간이 이어진다.

돌연 아합의 배 주변에 흰 새들이 우짖으며 몰려든다. "그러나 갑자기 그가 물 속을 힘껏 들여다보았을 때, 저 깊숙이에서 흰 족제비만한 점이 움직이다가, 놀라운 속도로 솟아오르며 점점 커지더니 몸을 뒤집는 것이었다. 그러자 길다란 두 줄의 흉측스레 번들거리는 흰 이빨들이 알 수 없는 물 밑으로부터 분명하게 나타났다. 그것은 모비 딕의 벌린 아가리와 주름진 턱이었다. 놈의 그늘진 엄청난 몸피는 아직은 바다의 푸름에 섞여 있었다. 번쩍이는 아가리는 문을 활짝 연 대리석 무덤처럼 배 아래에 쫙 벌려 있었다."

눈 깜짝할 사이에 아합이 탄 배는 고래의 아가리 속에서 성냥갑처럼 부서지고 고래의 이빨에서 한 뼘 차이로 가까스로 피한 아합이 고래가 빙빙 주위를 돌면서 만드는 소용돌이에 휘말릴 순간 피쿼드 호가 달려와 구출한다. 고래는 다시 사라진다. 아합은 더욱 복수심에 불타오른다.

대결 제2일. 아합 일행의 눈앞에서 모비 딕이 다시금 물 밑으로부터 무서운 속력으로 솟구쳐 공중에 거대한 아치를 그리며 자맥질한다. 확실한 도전이다. 피쿼드 호는 수부장에게 맡기고 아합과 사냥꾼들이 탄 세 척의 배가 공격을 개시한다. 그러나 배들이 채 가까이 가기 전에 고래는 뒤로 돌아 배 사이를 누비며 선제공격을 감행한다. 배들은 고래를 피하면서 작살들을 난사하지만 고래는 까딱도 않고 배들을 부수고 공중에 까불려버린다. 작살에 달린 밧줄 때문에 배들은 자승자박이 된다. 이번에는 인명 손실도 있다. 다시금 피쿼드 호가 달려와 구출한다.

수부장은 아합에게 무모한 짓을 그만두자고 한다. 그러나 아합은 더욱 집념을 굳힐 뿐이다. "한번 아합은 영원한 아합이다. 이 모든 일은 바꿀 수 없이 정해진 거야. 이 바다가 늘실거리기 억만 년 전에 이미 너와 나는 연습을 했어, 이 멍청아! 나는 운명의 대리인이야. 명령대로 움직인다."

대결 제3일, 마지막 날. 오후 늦게 등에 부러진 작살들이 박히고 밧줄이 얼기설기 감긴 채, "하늘에서 신에게 패하여 추락한 반란 천사들의 혼을 모두 합친 듯한" 모비 딕이 나타난다. 전날 죽은 작살잡이의 시체가 반쯤 찢긴 채 밧줄에 휘감겨 고래 몸에 붙어 있다. 오늘은 유난히도 상어 떼가 아합 주변에서 극성이다. 그 옆구리에 다가간 아합이 저주와 함께 작살을 던져 꽂는다. 그러나 고래는 자기를 괴롭히는 작은 배들의 어미가 큰 배인 줄 알아차린 듯, 피쿼드 호로 돌진하여 배 옆구리에 치명적인 구멍을 낸다. 아합은 다시금 작살을 던지나 작살 줄에 목이 걸려 순식간에 사라지고 배는 가라앉으면서 큰 소용돌이를 이루어 주변의 부스러기들을 물 밑으로 끌어당긴다. 아합이 끌려들어간 뒤 남은 보트도 수부들을 태운 채 소용돌이에 끌려든다. 기이하게도 배가 가라앉는 순간까지 큰 돛대에 아합의 깃발을 박아 달던 망치에, 돛대 끝에 앉으려던 보라매가 붙들려 배와 함께 수장된다. "마치 사탄처럼 하늘의 살아 있는 한쪽이라도 같이 끌어넣기 전에는 가라앉지 않으려는 듯이."

이 모든 일은 누가 목격하고 기록하였는가? 이스마엘이다. 그는 배가 충격을 받았을 때 멀찍이 바다로 떨어져나갔기 때문에 소용돌이에 직접 휘말리지 않을 수 있었다. 토인 퀴퀙이 자기가 죽으면 써달라고 하며 만들어두었던 관이 마침 떠올라 그는 바로 주검을 담는 관 속에서 다시금 목숨을 찾게 된 것이다.

이 위대한 해양문학의 깊은 뜻에 관하여서는 여기서 논하지 않으려 한다. 상징성이 극도로 함축되었음에도 불구하고 이 소설에는 고래잡이의 실재에 관한 세밀한 묘사와 설명이 곁들어 있고 인물들의 성격도 사실적으로 부각된다. 막연한 관념적 소설이 아닌 것이다.

작자 멜빌은 일찍 아버지를 여의어 학교 공부를 중단한 채 혼자 많은 책을 탐독하고는 20세에 뜻한 바가 있어 짐배, 고래잡이배, 군함의 선원으로 5년 이상 온갖 모험을 겪었다. 이스마엘의 입을 통하여 그는 바다가 그의 "하버드 대학이요 예일 대학이라"고 선언했다. 그는 남태평양을 배경으로 한 여러 소설을 발표했으나 『모비 딕』이 가장 뛰어나고, 미남

수병을 주인공으로 한 『빌리 버드』는 그의 가장 유명한 중편이다.

폴란드의 독립운동가의 아들로 태어난 조지프 콘래드(1857~1924)는 17세에 배를 타기 시작, 정식으로 선장의 면허까지 받은 뱃사람으로 20년간을 바다 위에서 보낸 다음 영국 런던에 정착하여 뱃간에서 익힌 영어로 자기의 해양 경험을 살린 우수한 소설을 썼다. 아마도 직업적 선원으로서 가장 성공한 소설가일 것이다. 『나르시소스 호의 깜둥이』『로드 짐(짐 추장님)』『태풍』『어둠의 속』 등 해양생활 또는 해양을 배경으로 한 수많은 명작들을 발표하였는데, 우리말로도 다수 번역되어 있다.

미국 소설가 헤밍웨이의 중편 「노인과 바다」(1952)는 실상 앞서 거론한 해양문학에 비하여 특별히 뛰어나다고는 할 수 없으나 가장 널리 알려져 있다. 이 작품은 작은 배 한 척에 의지하여 고기잡이로 생계를 꾸려나가는 늙은 어부가 오랜 흉어 끝에 마침내 감당할 수 없을 만큼 큰 고기를 잡았으나 끌고 오는 도중에 상어떼에게 고기를 다 뜯기고 뼈만 싣고 온다는 이야기이다. 끝없이 어려운 일을 견뎌내기만 해야 하는 시시포스의 신화를 고기잡이에 의탁하여 다시 이야기한 셈이다. 행복을 가져다주는 결과가 중요한 것이 아니라 극악한 운명을 참아내는 데에 인간의 위대성이 증명된다는 견인주의(스토이시즘) 사상이 구현된다.

끝으로 영국의 계관시인이었던 존 메이스필드(1878~1967)의 「바다의 열병」을 읽기로 한다. 메이스필드는 가정 사정으로 일찍 선원 훈련을 받아 16세에 원양선을 탔다. 그후 떠돌이생활을 한 뒤에 시를 쓰기 시작, 1902년에 해양시집 『짠물 민요집』으로 문단에 나섰다. 이어서 소설도 쓰고 희곡도 썼다. 1930년에는 영국의 계관시인으로 임명되었다.

그의 「바다 열병」은 『짠물 민요집』에 수록된 것으로 전 세계에 널리 알려져 있다.

　　다시 바다로 가야겠어, 외로운 바다, 그 하늘로.
　　바라는 건 오직 높다란 배 한 척, 길라잡이 별 하나,

팽팽한 키, 바람의 노래, 떨리는 흰 돛,
물위에 떠도는 흐린 안개, 희미한 먼동.

다시 바다로 가야겠어, 치닫는 물결이 부르는 소리,
거역 못 할 소리, 분명한 소리.
필요한 건 다만 흰구름 날아가는 바람 찬 날,
놀치는 물보라, 나부끼는 물거품, 우짖는 갈매기.

다시 바다로 가야겠어, 떠돌이 집시의 삶으로.
갈매기의 길, 고래의 길, 칼날 같은 바람으로.
마냥 웃는 떠돌이 동무의 즐거운 이야기,
긴 항해 뒤에 있을 고요한 잠, 달가운 꿈.

죽음을 무릅쓰며 바다를 경험한 사람에게 바다는 열병 같은 그리움을
일으키는 모양이다. 사람의 피가 짠맛이 있는 것을 보아도 바다는 사람
의 고향임이 분명하다고 하는 말을 곰곰이 생각해보게 된다.

그런 바다뿐 아니라 바다문학이 그립다. 뭍에 발이 매였던 동양의 문
인은 바다의 문학을 개척하지 않았었다. 명나라의 시조 주원장의 명을 받
아 정화가 동남아와 아프리카까지를 지배하는 해상제국을 30여 년이나
다스렸지만 정화가 죽자 유학자들의 성화로 명 정부는 모든 큰 배를 불사
르고 다시는 바다로 진출하지 않았다는 역사가 남의 역사 같지만 않다.

(『해양과 인간 ― 해양과학총서 2』, 한국해양연구소, 1994)

시간과 무시간의 교차점 — 엘리엇의 안티휴머니즘

엘리엇(T.S. Eliot, 1888~1965)은 필자의 소견으로는 20세기 세계 최고 시인의 한 사람일 뿐 아니라 가장 뛰어난 기독교 시인이다. 우리에게는 주로 "4월은 잔인한 달"이라는 기발한 말을 한 모더니스트 시인으로 알려져 있고, 그 유명한 말로 시작되는 그의 『불모지』(1922, 일인들이 '황무지', 즉 '가꾸지 않은 채 버려둔 땅'으로 번역하여 그렇게 알려져 있으나 '바짝 말라 아무것도 안 자라는 땅', 곧 '불모지'라 해야 옳다)는 19세기 말 이래 그리도 흔한 허무주의적 문인의 작품일 것이라고, 따라서 기독교인은 읽어서는 안 될, 또는 읽을 필요가 없는 글귀일 것이라고 치부해 버리는 경향이 없지 않다.

엘리엇 자신도 직접 말한 바 있거니와, 그의 상념은 애초부터 거듭남, 부활, 인간적 차원에 머무른 역사의 초극 등을 싸고돌았다. 그는 1927년, 즉 39세 때에, 자기가 영국 교회의 입교인이 된 것을 공식적으로 선언하고 그 이후에는 공개적으로 정통파 기독교인으로서 활약하였지만, 그 이

전에도 기독교적 세계관의 틀 안에서 평론과 시를 통하여 인간 문명을 비판하였던 것이다. 『불모지』도 기독교적 관점에서 읽지 않으면 뜻이 통하지 않는다. 기독교 지식인이라면 이 유명한 시를 한번쯤 자세히 읽어볼 만도 한 것이다.

여기서는 20세기 최고의 기독교 시인의 면모가 가장 잘 드러나는 그의 원숙기의 역작 『네 개의 사중주곡』(1935~1942) 중에서 무시간의 신비 체험에 관한 부분들을 읽어보고자 한다.

『네 개의 사중주곡』의 제1곡은 「불 탄 노턴」이라는 시인데 그 시작은 이렇다.

> 현재에 있는 시간과 과거에 있은 시간은
> 아마 미래의 시간에도 있을 터이며,
> 미래의 시간은 과거의 시간에 포함되었음직하다
> 모든 시간이 영원히 있는 것이라면
> 모든 시간은 구원받을 수 없다.

시간의 문제는 서양 사상의 가장 중심적인 문제의 하나이다. 실상은 서양에서도 기독교 사상, 특히 성 아우구스티누스 이래 그것이 최고로 중요한 문제가 되어왔다. 사람은 시간 속에서 살 수밖에 없으나 단지 시간 속에서만 산다는 것은 생물학적 현상으로서의 일정 기간을 흘려보내고 다시 흙으로 돌아간다는 것을 의미한다. 시간이란 언제나 있는 것이라고 우리는 쉽게 생각할 수 있으나, 그런 시간에서 벗어날 가능성이 전혀 없다면 시간 속의 사람의 생은 무의미할 뿐이다. 기독교에서는 시간과 공간으로 이루어진 이 세상에서의 삶을 귀중하게 여기지만 또 한편 그러한 일상적 존재 양식에서의 초탈을 중시한다. 시간 속에 어쩔 수 없이 살면서도 시간으로부터의 해방을 경험하기를 기독교인은 희구한다. 그러나 다른 종교의 수도자들처럼 언제나 초탈하여 있는 상태를 희구하

는 것은 아니다. 비록 일순간이나마 언제나 있는 이 일상성의 시간이 지
배하지 않는 상태를 경험하고자 하는 것이다. 그 일순간이 인류의 역사
적 시간 전부에 값할 수도 있다. 그 한순간으로도 이 세상은 시간이 절대
적으로 지배한다는 생각을 지양하기에 넉넉하다고 믿는다.
　그러한 초탈의 순간을 엘리엇은 다음과 같이 표현하고 있다.

> 빙글빙글 도는 세상 한가운데 고요한 점. 몸의 있음도 몸의 없음도 아님.
> 어디로 감도, 어디서 옴도 아님. 그 고요한 점에 춤, 그것이 있다.
> 하나 정지도 동작도 아니다. 그것을 고착이라 하지 말라.
> 어디로 가는 것도, 어디서 오는 것도 아닌 동작.
> 오름도, 내림도 아님. 그 점, 고요한 점밖에는,
> 춤은 없으리라, 그리고 오직 춤만 있을 뿐.
> 내가 할 수 있는 말은 우리가 거기 있었다는 것뿐 :
> 그러나 그게 어디였는지,
> 얼마나 오래 있었던지 알 수 없다. 하나 그것은 그 점을 시간 속에 가두
> 는 짓.

　엘리엇은 신앙인이라면 누구나 시간을 초탈하는 순간을 경험한다고
믿는다. 다만 그것을 금방 잊든가, 일상의 한 부분으로 생각해버리든가
한다는 것이다. 그 순간을 일상의 세상에 속한 말로 표현하려니까 '옴'
도 아니요 '감' 도 아닌 그 무엇이라는 모순된 말을 할 수밖에 없다. 그러
나 그 순간이 정지상태가 아니라 가장 아름다운 동작인 진정한 '춤' 이라
고 그는 말한다.
　우리 연약한 사람에게는 참으로 다행하게도, "과거와 미래가 하나로
결속된 초탈의 상태가 우리 몸의 나약함과 함께 어우러지는 까닭에 사람
은 육체가 감당할 수 없는 천국과 지옥으로부터 보호를 받는다"고 그는
말한다. 순간적으로나마 무시간성의 경험을 시간 속에서 육체를 가진 상

태로 하기 때문에 연약한 우리가 견뎌낼 수 있다는 것이다. "시간 속에서만 시간은 정복된다." 하나님조차도 사람의 육체 속에서만 사람을 위한 그리스도가 되었다고 몸됨(성육신, 인카네이션)의 교리는 가르치고 있다.

제2곡인 「이스트 코커」에서 시인은 사람의 과거와 현재는 나고 자라고 늙어 죽는 일의 무의미한 되풀이를 보여줄 뿐이라고 말한다. "남자와 여자의, 그리고 짐승들의 교미의 시간. 오르고 내리는 발. 먹고 마심. 똥무더기와 죽음." 이러한 삶과 죽음의 되풀이의 의미를 가르쳐주겠다고 약속한 모든 현자들이 의심스럽다. 그러한 현자들의 인본주의는 전혀 믿을 게 못 된다. 실상 사람이 일상적인 과거를 돌아보면 한스럽고 불만스러운 것이 대부분이다. 과거는 미래를 설계할 바탕이 된다고 현자들은 말하지만, 한스러움과 불만스러움의 과거가 미래에 반드시 되풀이되는 것을 보면 사람이 과거에서 배워 만족스런 미래를 살 수 있다는 말은 허위인 것이다. 과거 역사에서 배운 것으로 더 나은 미래를 살 수 있다면 인류사회는 지금쯤 낙원이 되어 있어야 할 것이다. 인본주의의 발전론적 역사관은 분명 허위인 것이다.

목소리 나직한 선배들이
우릴 속인 것인가? 또는 그들 스스로 속은 것인가?
속임수만을 우리에게 물려주었는가?
저들의 초연함은 위장된 마비일 뿐,
저들의 지혜는 죽어버린 비밀의 지식,
슬쩍 들여다보고는 외면해버린 암흑,
암흑 속에서는 아무 쓸데도 없는 것.
경험에서 얻은 지식은 기껏해야
제한된 가치만이 있을 뿐이다……
듣고 싶지 않다,
노인들의 지혜. 오히려 그들의 어리석음을,

그들의 두려움에 대한, 흥분에 대한, 몰입에 대한,
남에게 속함, 하나님께 속함에 대한 공포를 듣고 싶다.
우리가 희망할 수 있는 지혜는 오직
겸허의 지혜. 겸허는 영원하다.
집들은 모두 바다 밑으로 사라졌다.
춤꾼들은 모두 언덕 밑으로 사라졌다.

인류의 스승들의 지혜란 경험, 즉 있는 그대로의 시간 속에서 얻은 것
이므로 시간 속에서 시간을 살아가는 사람에게 큰 도움이 안 된다. 인본
주의적 지식이 언제나 미흡하게 여겨지는 이유가 거기 있다. 그런 지혜는
인간을 구원할 수 없다. 지혜자의 초연함은 실상은 정신적 마비상태를 위
장한 것이기 쉽다. 세상에서 아노라 하고 실제로는 우매하였으니 도리어
그들의 우매함을 아는 것이 필요하다. 그들은 궁극적으로 남, 나아가서는
하나님께 속하는 것이 두려웠던 것이다. 따라서 기독교인의 제1 덕목이
었던 '겸허'('겸손'보다 더 좋은 말이다)를 다시금 내세우는 수밖에 없다.
인간적인 모든 것은 반드시 사라진다.
  겸허한 마음으로 시인은 이렇게 말한다.

내 영혼에게 말했다. 잠잠하라. 소망 없이 기다리라.
소망은 그릇된 것에 대한 소망일 터이니. 사랑 없이 기다리라.
사랑은 그릇된 것의 사랑일 터이니. 믿음이 남아 있다.
그러나 믿음 사랑 소망은 모두 기다림에 있다.
생각 없이 기다리라. 아직 생각할 준비가 안 됐으니.
그리하여 어둠은 빛이 되며, 고요는 춤이 되리라.

  겸허는 빈 마음이다. 그것이 채워지기를 기다려야 한다. 인본주의자의
지적 교만은 그것의 근간을 이루는 과거에 대한 지식을 반성, 부정함으

로써 교정될 수 있을 뿐 아니라, 신앙인의 최고의 경험인, 시간으로부터
의 해탈의 순간을 파악할 수도 있는 것이다.

사람은 호기심으로 과거와 미래를 탐색하여
그 차원에 집착하고 만다. 그러나
무시간과 시간의 교차점을 깨닫는 것,
그것은 성자에게나 합당한 일 —
아니, 일이 아니라, 무언가 주고받는 것,
평생 동안 사랑 안에서의 죽음,
열심, 자기의 소멸, 자기를 버림.
우리 보통 사람은 단지 무심하게
흘려보내는 순간, 시간 안, 시간 밖의 순간……

반쯤 짐작되는 암시, 반쯤 깨달아지는 선물, 그게 '성육신'
여기에 실존의 두 차원이
불가능한 결합을 실현하다.
과거와 미래가 정복되고, 화해되다.
세상에서는 행동이란 단지
움직여지는 것의 움직임일 뿐
스스로 움직임의 근원은 못 가진 것.
악마적 혼돈적 힘에 떠밀리는 것뿐.
그리고 올바른 행동은 또한
과거와 미래에서 해방됨이다.
우리 보통 사람에게 이것은
여기서 실현할 수는 없는 목표.
다만 늘 힘썼다는 이유로
우리는 패배하지는 않는다.

　우리의 대부분은 시간과 무시간의 교차점을 파악하는 경험을 할 수 없다. 그것은 성자가 평생 동안 삶에 대한 열렬한 사랑 속에서 자신을 죽이는 대가로 받는 선물이다. 우리는 다만 짐작할 뿐인 그 상태가 '성육신'의 경험이다. 바로 이 상태에서 시간 안의 존재와 시간 밖의 존재가 합일한다. 과거와 미래의 구별이 없어지는 순간이다. 그것이야말로 진정한 '행동'이며, 지상의 우리가 알고 있는 '움직임' 과는 전혀 다른 차원의 것이다. 행동과 움직임의 차이는 그처럼 엄청나다. 우리가 전적으로 패배하지 않는다면 그것은 단지 노력했다는 것 덕분이다. 이러한 노력도 인본주의적 교만으로는 불가능하다.

　마지막 '사중주곡' 인 「리틀 기딩」은 17세기 영국에서 종교분쟁이 극심하던 시기에 신앙인들이 모여 기도생활에 전념하던 시골마을 '리틀 기딩' 을 제목으로 삼고 있다. 네 편 중에서 이 마지막 편이 최고 작품으로 알려져 있다.

　'리틀 기딩' 은 구체적인 동네 이름임을 벗어나서 마음을 다하여 기도할 장소로 변한다.

어느 길이라도 좋소.

출발점은 어디라도 좋소. 어느 때, 어느 계절이라도 좋소.

당신이 이리로 오시려면 언제나 한 가지요.

감각과 생각을 유예해야 한다는 것이외다.

확인하려고 여기 온 것이 아니요,

보고 자료를 얻으려는 것도 아니요,

기도가 진실하였던 이곳에 무릎 꿇으러 온 것이요.

기도는 말의 연속도, 기도하는 마음의 의식도,

기도하는 목소리도 아니외다.

죽은 자들이 살았을 적엔 말로 할 수 없었던 것을

이제 죽었으니 당신에게 말해줄 것이요.
산 자의 언어를 초월하여, 죽은 자들의 말은
불의 혓바닥이요. 바로 여기,
무시간의 순간의 교차점, 영국이면서 아무 데도 아닌 이곳.
언제나이면서 아무 때도 아닌 이때.

오늘의 인간이 대체로 잊고 있는 기도의 참다운 태도를 다시금 촉구한
다. 기도는 확인이나 보고서 작성 같은 20세기 특유의 언어 사용과는 전
혀 다른 상호소통의 방법이다. 그것은 산 자와 죽은 자, 시간과 무시간,
장소와 무장소의 구별을 초탈하는 경지이다.
　다음은 이 세상에의 집착의 무의미함을 날카롭게 표현한 부분이다.

노인의 소매에 묻은 재는,
타버린 장미가 남긴 전부.
공중에 떠도는 먼지는,
하던 이야기가 끝난 지점.
먼지에 바람이 들었던 것이 집.
그 담과 벽과 그리고 생쥐.
희망과 절망의 끝장.
이것이 공기의 죽음.

홍수와 가뭄이
눈과 입을 덮었다.
죽은 물, 죽은 모래가
서로 힘을 겨룬다.
파헤쳐 메마른 땅이
노동의 헛됨을 비웃는다.

즐겁지 않은 웃음.
이것이 흙의 죽음.

물과 불이 사람의 도시와
목장과 잡초의 임자가 된다.
물과 불이 조롱한다,
우리가 거부했던 희생을.
물과 불이 썩히리라,
우리가 잊어버렸던
성소와 찬양대석의
부서진 기초를.
이것이 물과 불의 죽음.

자세히 읽어보면 세상을 구성한다고 믿었던 네 원소, 공기 흙 물 불이 합당한 정신적 생활을 하지 않고 산 사람을 다시금 네 원소의 물질로 환원시키고 말 것임을 말하고 있다. 청춘을 상징하는 장미는 정신적 가치가 수반되지 않으면 소진되어 재가 되어버린다. "노인의 소매에 묻은 재"는 타버린 장미가 남긴 것이니, 무가치한 청춘은 연기처럼 사라진 것이다. 마찬가지로 한 사람이 산 내력은 하다가 만 이야기처럼 맴도는 헛바람 같은 것이다. 큰 집은 흙먼지를 풍선처럼 부풀려 만들었던 것인 셈이다. 모두 빈 공기로 환원된다. 죽은 사람은 다시 단지 흙으로 돌아갈 뿐이다. 사람이 건설한 도시도 그냥 자라는 잡초와 구별되지 않고 물과 불의 삼킨 바 된다.

이러한 운명에서 벗어나기 위해서는 합당한 자기 희생, 자기 부정이 있어야 하며 우리 삶의 기초가 되는 '성소'를 잊지 않아야 한다.

사람이 하나님과의 관계를 삶의 기초로 삼지 않고 합당한 희생을 하지 않는 한, 사람은 네 원소가 지배하는 물질의 세계에 속한, 무의미한 죽은 존재인 것이다.

> 우리가 처음이라 하는 것이 끝이 되는 수가 많다.
> 끝내는 것은 시작하는 것.
> 끝은 우리의 시작 지점……
> 죽는 자들과 더불어 우리는 죽는다.
> 보라, 그들이 떠난다. 우리도 함께 떠난다.
> 죽은 자들과 함께 우리는 태어난다.
> 보라, 그들이 돌아온다. 우리와 함께 온다.
> 붉은 장미의 순간과 검은 향나무의 순간은
> 길이가 같구나. 역사가 없는 민족은
> 시간에서 구원되지 못한다. 역사란
> 무시간의 순간들이 빚는 형상인 까닭이다.

시간이 처음도 끝도 없이 오로지 물리적으로 계속되는 것이라면, 또 그런 것이 인간의 역사라면, 시간 속에 살아야 하는 사람은 시간에서 벗어날 수 없는 물리적 존재, 즉 물질적인 무의미한 존재일 뿐이다. 그러므로 사람은 스스로, 시작이 끝이며, 끝이 시작이며, 탄생이 죽음이며, 죽음이 탄생이라는 의식 전환이 필요하다. 시간의 초월은 그런 의식에서만 가능하다. 붉은 장미의 순간은 삶의 순간, 검은 향나무의 순간은 죽음의 순간을 상징하는데 시간 속에 파묻히면 장미의 순간(삶)이나 향나무의 순간(죽음)이나 무의미한 순간이라는 점에서 동일하다는 것이다.(여기서 '향나무'로 옮긴 것은 서양의 무덤 주변에 심는 검푸른 잎의 '주목 yew'을 뜻하나 우리나라의 향불과의 연상을 위하여 이렇게 옮긴 것이다.)

인류의 역사는 분명히 물리적 시간의 무의미한 연속 현상이 아니었다. 우리가 너무도 자주 잊고 살지만 인류 역사는 아주 크게는 예수의 역사적 삶, 아주 적게는 한 개인의 예상 외의 선의의 발휘 같은 시간의 초월,

무시간성의 성취 경험으로 점철되었기 때문에 의미가 있다는 것이다. 신앙인은 그러한 무시간의 순간을 체험함으로써 무의미하게 되기 쉬운 시간을 구속하는 기능이 있는바, 오늘날 그것은 자칫하면 잊기 쉬운 책임이기도 하다.

엘리엇의 시는 기독교적 역사관에서 현대인을 비판한 탁월한 철학적 시로서, 오늘의 생각 있는 지식인들이 반드시 음미해야 할 작품이라 믿는다.

(『기독교 사상』 1992년 7월호)

야곱 이야기는 어떤 '문학' 인가?

창세기는 기독교뿐 아니라 유대교와 이슬람교의 최고 경전이다. 사실대로 하자면 그것은 우선 유대교의 경전이고 기독교 이상으로 이슬람교도 그것을 높이 떠받든다. 경전은 물론 문학이 아니다. 그러나 서양에서 르네상스 이후 인문학이 발달하면서 성경을 문학으로 읽는 경향이 늘어가는 것이 사실이다. 사람들은 헬라인들의 고전인 호메로스의 서사시들을 읽듯이 창세기를 읽는 방법을 개발했으며, 더욱이 오늘날에는 현대적인 서사이론이나 소설론의 원칙을 따라 성경의 이야기를 분석하고 비판하며 신을 포함하여 등장인물들의 성격과 행위를 심리학적으로, 사회학적으로, 정신분석학적으로 자세히 따져읽는 방법이 발전했다. 예컨대 장일선의 『히브리 설화의 문학적 이해』(대한기독교출판사, 1985)는 현대적 서사이론을 이용하여 구약의 이야기들을 분석하고 감상한다. 이 책은 물론 아주 잘 쓴 책이다. 그러나 성경 이야기의 가치를 보증하기 위하여 일반 서사문학을 평가하는 데에 쓰는 서사이론이 꼭 필요한 것은 아니다.

오늘날 서양의 국공립대학에서 성경을 기독교나 유대교의 경전으로 떠받들며 공부시키는 것은 정경 분리 원칙에 따라 불법으로 되어 있다. 그러나 성경을 고전문학이나 고문헌으로 가르치는 것은 얼마든지 가능하다. 따라서 '문학으로서의 성경'과 같은 제목의 강의가 많은 대학에서 교과목으로 등장하는 것을 보게 되며 그에 관한 책들도 많이 씌어지고 있다. 이러한 경로로 오랫동안 유럽 사람들의 가장 중요한 책이었던 성경이 다시금 세속의 공식적 교육과정에 포함되게 된 것이다.

그러나 창세기, 욥기, 아가, 시편, 이사야 등을 문학으로 읽는다는 것은 경전으로 받들며 읽는 것과는 완전히 다르다. 성경을 위대한 문학으로 읽는다는 것은 성경을 『일리아스』나 「햄릿」 「춘향전」 『전쟁과 평화』 같은 본격적인 문학과 동급에 놓고 본다는 말이 된다. 창세기 이야기 중의 하나인 야곱의 이야기를 모파상이나 조이스의 작품들과 같은 부류에 속하는 단편문학으로 본다는 말이다. 그러나 오늘날의 서사이론의 바탕이 된 모파상이나 조이스 등의 소설작품들에 대한 평가에 쓰는 개념들을 그대로 사용하여 야곱 이야기가 서사적으로 잘 구조화되었다든가 인물구성이 탁월하다든가 서사적 기교를 부렸다든가 주제를 잘 부각시켰다는 말을 하기는 어렵다. 단편소설의 이론을 연구하기 위해서는 야곱 이야기나 요셉 이야기보다는 모파상이나 조이스나 체호프 등의 작품들을 본보기로 삼아야 할 것이다. 다시 말하면 성경의 이야기들은 세속적인 의미의 문학적 '작품'으로 볼 수 없다. 성경의 이야기를 기록한 사람들은 문학예술적 기교를 발휘한다는 의식을 가지고 있지 않았다.

사람들이 성경의 이야기에서 큰 감동을 받는 이유는 무엇인가? 이 질문은 먼저 성경의 이야기에서 큰 감동을 받는 사람들이 누구인지를 묻는 질문으로 바꿀 필요가 있다. 성경의 이야기에서 큰 감동을 받는 사람은 누구인가? 그것은 두말할 것도 없이 기독교나 유대교를 믿는 사람이다. 성경 이야기는 하나님의 뜻이나 하나님과 사람과의 관계를 나타낸다고 믿는 사람, 또는 적어도 종교적인 의식이나 감수성을 가진 사람이 읽을 때 감동적일 수 있는 것이다. 모든 사람이 성경 이야기를 읽고 감동하는 것은 아니다. 상당한 흥미를 느낄 수는 있겠지만 그것은 종교인이 느끼는 감동과는 매우 다른 것이다.

그렇다면 그러한 감동은 톨스토이의 『전쟁과 평화』나 도스토예프스키의 『죄와 벌』을 읽을 때의 감동과 같은 것인가? 확실히 많은 독자들이 이들 위대한 문학작품을 읽고 감동한다. 어떤 이들은 『전쟁과 평화』나 『죄와 벌』을 읽고 감동한 나머지 그러한 위대한 문학이 사람을 '구속(救贖)' 하는 기능이 있다는 말까지 하고 있는데 일반 문학이 과연 그러한 구원, 구속의 능력이 있는가? '구속'이라는 말은 남의 종이 된 사람의 몸값을 대신 치러주고 해방시켜준다는 말인데 문학이 과연 죄의 노예가 되어 있는 인간을 대신하여 자기를 희생하고 그를 죄의 속박에서 풀어줄 수 있는가? 물론 어불성설이다. 죄에서의 구속은 기독교에서는 오직 그리스도를 믿음으로 말미암아 얻는 하나님의 은혜로써만 가능하다. 문학의 감동은 분명히 성경의 감화 감동과는 그 종류가 다르다고 아니할 수 없다.

우리는 19세기 말에 영국 사상가 매슈 아놀드가 다음 시대에는 문학이 종교를 대신할 것이라고 자신 있게 예언했던 사실을 기억한다.[1) 그는 기독교의 성경이 아직도 감동을 주는 것은 성경에 기록된 이야기나 사실들에 대한 믿음 때문이 아니라(그것들은 이미 역사적 과학적 진실이 아니라는 것이 확실하게 증명되었으므로) 바로 그 속에 내포된 문학성 때문이라고 선언했다. 즉 성경은 그 종교성 때문이 아니라 문학성 때문에 내내 감동을 주며 살아남을 것이라고 했던 것이다. 그래서 종교가 다 사라지더라도 성경은 문학이 되어 문학적 감동을 계속하여 줄 것이라는 말이었다.

그러나 물론 그의 예언은 적중하지 않았다. 성경은 당시보다 더 많은 사람에게 신앙의 중심적 경전으로 남아 감동을 주고 있다. 성경의 감동은 무엇보다도 신앙과 관계가 있는 것이지 문학처럼 사람의 미적 윤리적

---

1) 그의 「시의 연구(The Study of Poetry)」라는 평론 참조. 졸저, 『영미비평사 2』(민음사, 1996), 279~280쪽에 해설이 들어 있다.

감수성과 관계가 있는 것이 아니다. 성경은 신앙인에게만 감동적이다. 시인 엘리엇이 말하듯 문학으로서의 성경이 감동적이라면 그것은 성경이 문학적인 까닭이 아니라 신앙의 말씀이라는 믿음 때문이다.[2] 그러므로 매슈 아놀드는 자기 마음을 스스로 깨닫지 못했다. 그가 성경에서 감동을 받았다면 그것은 그때까지도 그가 어린 시절에 그 부모에게서 받았던 기독교 교육의 바탕이 남아 있었기 때문이다. 장성한 그는 인본주의자가 되어 어느새 전통적인 신앙을 스스로 버렸다고 자부했지만 그의 깊은 의식은 성경의 종교성에 감동받은 감수성을 그대로 간직하고 있었던 것이다. 그가 만일 한국의 유교 전통에서 태어났다면 기독교 성경에서 그처럼 자연스럽게 감동을 받았을 리가 없다. 그는 자기가 성경에서 받는 감동을 성경의 문학성에서 받는 것으로 오해했던 것이다. 19세기 유럽에서 인본주의 사상의 영향으로 일부 지식인은 신이 없는 인간의 종교를 만들어 철인, 사상가, 문인 들의 글과 기독교의 성경을 인간에 의한 인간을 위한 인간에 관한 최고의 글로 떠받들기까지 했다. 이는 성경을 인간적인 글로 낮춘 것인 동시에 세속의 문학을 경전의 지위로 올려놓은 것이었다. 즉 창세기와 꼭 같이 밀턴의 『잃어버린 낙원』을 위대한 인간의 문학적 '경전'으로 숭상하는 것이다. 조금 희화화한다면 마태복음이 있듯이 '밀턴 복음' '셰익스피어 복음'이 있는 셈이다. 그러나 밀턴이나 도스토예프스키의 문학이 주는 감동도 연원을 따져보면 궁극적으로 성경을 바탕으로 한 기독교적 인생관에 뿌리를 박고 있다. 종교적이라고 할 만큼 깊은 감동을 주는 문학은 궁극적으로 세속적 인간적 순문예적 가치가 아닌 반드시 어떤 종교적 의미를 바탕으로 하고 있다.

이제 이러한 전제를 가지고 창세기의 야곱 이야기를 읽어본다. 기독교인에게는 아주 익숙한 이야기이다.

야곱의 이야기는 다음의 몇 줄거리로 요약할 수 있다.

---

2) 그의 「종교와 문학(Religion and Literature)」이라는 평론 참조. 여러 번역 평론집에 들어 있다.

1) 어머니 리브가의 태 속에서도 에서와 야곱 쌍둥이 형제는 서로 다퉜다. 태어날 때 야곱은 형 에서의 발뒤꿈치를 잡고 나왔다. 발뒤꿈치를 붙잡았다 하여 야곱이라고 했다. 에서는 몸에 털이 많고 활동적이어서 산과 들에 나가 사냥을 즐기고 야곱은 살갗이 매끄럽고 성격이 얌전하여 집 주변에서 농사짓고 가축을 돌보았다. 아버지 이삭은 에서를, 어머니 리브가는 야곱을 편애했다.

2) 어느 날 에서는 사냥하러 갔다가 배가 고파서 마침 야곱이 끓여놓은 붉은 죽을 달라고 했다. 야곱은 맏아들의 권리를 넘겨주겠다고 맹세하면 그러겠다고 했다. 에서는 별로 생각하지 않고 야곱과 약속했다.

3) 이삭이 늙어서 앞을 잘 보지 못하게 되었을 때 에서더러 산짐승을 잡아다가 별미 요리를 만들어주면 축복을 하겠다고 했다. 그것을 엿들은 리브가가 얼른 야곱에게 염소 새끼로 요리를 해서 아버지에게 바치고 에서의 옷을 입고 몸에 양털 가죽을 써서 에서인 척하라고 일렀다. 그리하여 야곱은 형의 몫인 모든 축복을 가로챘다. 늦게 돌아온 에서는 동생에게 복속될 민족의 조상이 될 것이나 애쓰면 그 속박에서 벗어날 것이라는 아버지의 예언을 얻었을 뿐이다. 에서는 아버지만 죽으면 야곱을 가만두지 않겠다고 결심한다.

4) 야곱이 외삼촌의 집으로 달아나는 도중 들에서 돌베개를 베고 자다가 꿈에 하늘까지 뻗은 사다리를 보고 그 위에 하나님이 선 것을 본다. 하나님은 그의 후손이 큰 민족을 이룰 것이며 그 민족으로 말미암아 모든 사람이 복을 받을 것이라고 약속한다.

5) 야곱은 외삼촌의 딸, 즉 외사촌 누이동생 둘과 그들의 여종들을 아내로 삼는다. 외삼촌은 야곱의 목축 기술 덕택으로 큰 부자가 되었으므로 되도록 그를 붙잡아두려고 한다. 야곱은 속임수를 써서 자기 몫을 불려가고 외삼촌 몰래 가솔과 가축을 이끌고 20년 만에 고향을 향하여 탈출한다.

6) 야곱이 에서 만날 일을 근심하면서 식구들과 재산을 먼저 강 건너로

보낸 후에 혼자 밤에 천사를 만나 씨름을 하여 자기에게 복을 주지 않으면 놓지 않겠다고 버틴다. 하나님-천사는 그의 엉덩이뼈의 힘줄을 쳐서 그를 절룩거리게 하지만 그를 축복하고 그에게 이스라엘, 즉 '하나님과 겨룬 자'라는 뜻의 이름을 지어준다.

　7) 야곱은 뛰어난 외교적 수완으로 에서와 화해하고 가나안으로 돌아온다. 이삭이 죽었을 때 형 에서와 함께 장사를 지낸다.

　8) 가나안과 애굽에서 열두 아들, 특히 요셉과 잘 산다.(이 부분은 주로 요셉의 이야기이다.)

우리 중 많은 사람이 야곱의 이야기를 주일학교에서 여러 번 거듭 들었지만 들을 때마다 재미있었다. 그런데 나이가 들면서 야곱이라는 인물에 대하여 다소 착잡한 느낌이 들기 시작했다. 우리는 야곱이 과연 도덕적으로 모범적인 사람인가에 대하여 의심을 갖는다. 우리의 이 의심을 어떻게 처리할 것인가?

　이 이야기를 성경의 말씀으로 떠받들어 읽기를 잠시 그치고 문학적으로 비평적으로 읽어보기로 한다. 우선 이 이야기는 어머니와 둘째아들이 짜고서 눈먼 아버지와 맏아들을 속여 집안의 재산권을 빼돌리는 이야기로 볼 수 있다. 물론 신이 어머니에게 둘째가 상속자가 될 것이라는 말을 미리 했지만 늙고 약한 아버지와 남을 의심할 줄 모르는 우직한 형을 속이는 짓은 확실히 얄밉다. 자기가 속은 것을 알고 "방성대곡하며 아비에게 이르되 내 아버지여 내게 축복하소서 내게도 그리 하소서. 이삭이 가로되 네 아우가 간교하게 와서 네 복을 빼앗았도다. 에서가 가로되 그의 이름을 야곱이라 함이 합당치 아니하니이까 그가 나를 속임이 이것이 두 번째니이다. 전에는 나의 장자의 명분을 빼앗고 이제는 내 복을 빼앗았나이다 또 가로되 아버지께서 나를 위하여 빌 복을 남기지 아니하셨나이까. 이삭이 에서에게 대답하여 가로되 내가 그를 너의 주로 세우고 그 모든 형제를 내가 그에게 종으로 주었으며 곡식과 포도주를 그에게 공급하였으니 내 아들아 내가 네게 무엇을 할 수 있으랴. 에서가 아비에게 이르되 내 아버지여 아버지의 빌 복이 이 하나뿐이리이까 내 아버지여 내게 축복하소서 내게도 그리하소서 하고 소리를 높여우니"(창세기 27장 34~38절) 이삭이 그에게 줄 수 있는 유일한 축복은 척박한 땅에서 칼에 의지하여 살고 아우에게 복속될 것이나 심히 노력하면 그 멍에를 벗을 수 있을 것이라는 것뿐이다.

에서와 야곱 같은 형제의 갈등은 창세기뿐 아니라 여러 나라의 설화에 자주 나타난다. 가인과 아벨, 흥부와 놀부 이야기와 비교해볼 수 있을 것이다. 대개 욕심 많고 사나운 형이 망하고 꾀가 많든가 착한 동생이 행복하게 된다는 것이 보통 설화의 구조이다. 그런데 에서와 야곱의 이야기는 보통 설화처럼 단순하지 않고 훨씬 복잡하다. 근대소설에서는 야곱처럼 어머니가 편들어주며 겉으로 얌전한 척하면서도 자기 이익을 위하여서는 거침없이 속임수를 쓰는 자보다는 자유분방하고 단순하며 감정적이고 우직한 자가 주인공이 된다. 배가 고프니까 앞뒤를 재지 않고 팥죽한 그릇에 장자 상속권을 판다든지 부모의 허락 없이 이방 여자들을 아내로 삼고 나중에 부모가 그 때문에 걱정을 한다니까 다시 일족 중에서 또 여자를 구하여 아내로 삼은 에서는 확실히 즉흥적이고 방탕기가 있지만 인간적으로는 훨씬 흥미롭다. 근대적 소설의 낭만적인 주인공이 될 만한 인물이다. 이 이야기의 기록자도 그런 에서를 아주 밉게 보지는 않은 것 같다. 기록자는 남자다운 에서가 방성대곡하면서 아버지에게 조금만이라도 남은 복이 있으면 내려달라고 간청하는 장면을 간결하면서도 감동적으로 기록하고 있다. 그는 비극적 인물이다.

그런데 하나님은 형에게 큰 죄를 범하고서 무서워서 도망하는 야곱을 황야에서 꿈속이지만 왜 만나주며 그가 간구하지도 않았는데 왜 "나는 여호와니 너의 조부 아브라함의 하나님이요 이삭의 하나님이라 너 누운 땅을 내가 너와 네 자손에게 주리니, 네 자손이 땅의 티끌같이 되어서 동서남북에 편만할지며 땅의 모든 족속이 너와 네 자손으로 인하여 복을 얻으리라. 내가 너와 함께 있어 네가 어디로 가든지 너를 지키며 너를 이끌어 이 땅으로 돌아오게 할지라 내가 네게 허락한 것을 다 이루기까지 너를 떠나지 아니하리라"(창세기 28장 13~15절) 하고 약속하는가? 기독교인뿐 아니라 보통의 윤리관을 가진 사람이라도 복을 받기 전에 먼저 야곱이 참회하고 회개해야 옳다고 느낄 것이다. 그러나 그는 단지 하나님을 본 것을 처음에는 무서워하다가 곧 정신을 차리고는 마침 잘됐다 여기고서 "하나님이 나와 함께 계시사 내가 가는 이 길에서 나를 지키시고 먹을 양식과 입을 옷을 주사, 나로 평안히 아비 집으로 돌아가게 하시오면 여호와께서 나의 하나님이 되실 것이요, 내가 기둥으로 세운 이 돌이 하나님의 전이 될 것이요 하나님께서 내게 주신 모든 것에서 십분의 일을 내가 반드시 하나님께 드리겠나이다"고 한다. 즉 그는 하나님이 거저 주겠다는 복을 그냥 감사히 받는 공손한 태도를 보이는 것이 아니라 조건을 붙여서 만일 하나님이 자기를 잘 지켜주면 하나님을 받들어 섬기고 성전을 짓고 또 재물의 십일조를 드리겠다고 약속한다. 그는 일방적으로 손해를 보겠다는 생각이 조금도 없는 약삭빠른 사람이다.

야곱이 외삼촌 라반의 집 근처에 처음 도착하였을 때 양치기를 하는 라헬을 보자 반하여 그 아버지 라반에게 그를 아내로 달라고 하며 그 값으로 7년 동안 일을 잘해주겠다고 한다. 오늘날의 데릴사위가 된 것이다. "야곱이 라헬을 위하여 칠 년 동안 라반을 봉사하였으나 그를 연애하는 까닭에 칠 년을 수일같이 여겼더라."(창세기 29장 20절) 야곱의 낭만적 면이 드러난다. 그러나 신방을 차리고 보니 색시는 라헬의 언니 레아였다. 라반은 맏딸을 두고 둘째딸부터 출가시킬 수 없어서 그랬다고 변명한다. 7일 후에 라헬과도 결혼하게 하고 그 값으로 다시 7년 동안 일해주어야 한다고 한다. 라헬을 아내로 맞기 위하여 야곱은 무려 14년 동안 데릴사위 노릇을 마다하지 않았다. 레아는 "안력이 부족하고 총이 없어서" 야곱이 사랑하지 않았지만 아들을 여섯이나 낳고 딸도 낳았다. 우리 옛 글 성경에 나오는 "안력이 부족하다"는 말은 표준어 성경에는 "눈매가 부드러웠다"로 번역되어 있는데 아마 표정은 착하게 보이나 곱게 생기지 못했다는 말일 터이고 "총이 없다"는 말은 "총애를 받을 만한 매력이 없다"는 뜻일 것이다.[3] 레아는 아이는 잘 낳을 여자이나 잘생기지 못해서 결혼 상대자가 없었던 모양이다. 두 아내와 두 첩실을 두어 자식들이 많아진 야곱이 다시 6년 동안이나 재산을 몰래 모은 끝에 그의 장인과 처남들의 수탈 계략을 이기고 탈출에 성공한다.

야곱이 20년 전에 아버지와 어머니에게 반드시 올바르게 가정을 이루어 돌아오겠다고 한 약속을 지키기 위해서는 그사이 추장이 되어 막강한 세력을 구축한 에서의 본거지를 지나야 한다. 이 이야기는 자연히 문학적이고 극적인 장면이 될 조짐이 있다.

야곱은 먼저 자기가 가진 가축 중에서 잘생긴 놈들을 종류별로 골라 몇 마리씩 무리를 지어 차례로 에서의 진지 쪽으로 나아가게 한다. 그렇게 좋은 짐승들을 긴 열을 지어 가게 하면 한꺼번에 몰고가는 것보다 훨씬 많아 보인다. 야곱은 에서의 부하들이 보고 웬 짐승이냐고 물으면 에서 형님에게 드리는 선물이라고 대답하라고 이른다. 그런 선물의 대열이 자꾸만 이어지면서 4백 명의 부하를 거느린 에서의 마음이 눅어지리라는 영리한 계산에서이다. 그리고는 자기의 가족을 두 부대로 나누어 맨 앞에 레아와 그 일행이 가게 하고, 그 뒤에 사랑하는 아내 라헬과 그 일행이 따르게 한다. 앞선 일행이 에서의 공격을 받더라도 뒤의 일행이 도망할 여유를 얻을 수 있게 하려는 기막힌 배려이다. 그런데 가족과 재물의 대열을 위험한 압복 강 나루를 다 건너보내고도 자기 자신은 뒤에 처진다. 가족과 재산이 다 없어져도 혈혈단신이나마 남을 수 있다는 타산인 것이다. 20년 걸려서 얻은 아내들과 재산도 자기 자신보다 귀하지는

---

3) 오늘날 한국 개신교에서 사용하는 성경전서(개역 한글판) 대신 속히 '공동번역 성서'나 '표준 새번역 성경전서'를 사용해야 한다. 우선 옛 글 성경은 오역도 많고 지금 쓰지 않는 고어가 많으며 맞춤법과 띄어쓰기가 안 맞으며 구두점이 없다. 노인들이 괜한 고집을 부리지 않아야 한다. 그러나 필자는 여기서 일부러 옛 글 성경을 인용했다.

않은 것 같다.

그런데 얍복 강가에 홀로 남아 근심하고 있는 이기적인 야곱을 여호와는 일부러 찾아와 만나주는 것이다. 20년 전에도 형에게 보상할 수 없는 손해를 끼치고 형을 피해 도망하던 야곱을 만나주었을 뿐 아니라 자청하여 큰 복을 주겠다고 약속한 신이 또다시 그를 만나준 것이다. 이번에는 신이 씨름하는 사람으로 나타나 야곱을 붙들고 씨름을 한다. 하지만 야곱을 이길 수 없자 그의 엉덩이뼈를 쳐서 절룩거리게 했는데도 놓지 않으며 축복해주지 않으면 안 놓겠다고 한다. 이 이야기의 기록자는 히브리인들이 그래서 소의 엉덩이 부근에 있는 굵은 힘줄을 먹지 않는다고 했다. 오늘날에도 이 관습은 지켜지고 있어서 그 힘줄 끝에 붙은 필레 미뇽이라는 최고급 스테이크도 안 먹는다고 한다. 그 사람은 야곱이라는 이름 대신 하나님과 사람과 겨루어서 이긴 자란 뜻의 '이스라엘'이라는 이름을 지어주고 축복을 해준다. 매사를 깐깐히 따지는 야곱이 그의 이름을 묻자 그는 어찌 내 이름을 묻느냐고만 반문하고 만다. 신과 사람이 서로 만나 통성명을 하는데 신은 자기 이름을 말하지 않고 사람만이 자기 이름을 댈 뿐 아니라 새 이름을 지어 받는 것이다.

이 한없이 뜻깊은 장면에서 둘째아들로서 형의 발뒤꿈치를 잡고 나온 자라는 뜻의 야곱은 신과 겨루어 이긴 자라는 뜻의 이스라엘이 된다. 이스라엘은 헬라 민족의 영웅인 헤라클레스처럼 신과 겨루어 이긴 사람이다. 그러나 그가 탈골까지 되면서 하나님을 붙들고 간절히 원한 것은 에서 형의 노여움을 벗어나려는 아주 개인적이고 현실적인 필요일 뿐이다. 결코 영웅적이지 않다. 그런데도 하나님은 왜 그에게 일부러 져주고 그가 생각지도 못하는 민족적 축복까지도 해주시는가? 이득이 있는 상거래에 귀신같이 달라붙는 오늘의 유대인의 전형을 유감없이 보이는 야곱을 하나님이 특별히 선택한 이유는 무엇인가?

하여간 이스라엘은 하나님이 자기에게 복을 주시리라고 믿고 강을 건너 가족들과 합세하여 드디어 에서를 만나는데 하나님과 씨름하여 큰 복의 약속을 얻어냈음에도 불구하고 의심이 많은 그는 여종과 그 소생들을 맨 앞에 세우고 그 다음에 레아와 그 자식들, 그리고 맨 끝에 라헬과 요셉을 세운다. 그는 앞에 나서서 일곱 번이나 에서 앞에 엎드려 절을 한다. 에서는 절을 받으려고 기다리지 않고 그를 보자마자 "달려와서 안고 목을 어긋맞기고 그와 입맞추고 피차 우니라."(창세기 33장 4절) 이 장면에서 확실히 영웅적인 인물은 에서이다. 그 지역 일대를 호령하는 추장인 그가 20년 전에 당한 억울함을 다 잊어버리고 다정하게 지내지도 않던 동생을 단지 오랜만에 다시 만난다는 이유 때문에 큰 그리움과 사랑을 나타내는 것이다. 야곱이 기막히게 준비한 선물 따위에는 관심이 없다. 피차 붙들고 울었다고 하지만 야곱보다는 에서가 진정한 마음으로 운다. 야곱은 처음부터 끝까지 에서가 갑자기 마음이 변하여 옛날 일을 들먹일까봐 조마조마하다. 한참 울고 나서 에서가 야곱의 가솔을 보고 누구냐고 물으니 야곱은 "하나님이 주의 종에게 은혜로 주신 자식이니이다"고 하고 선물 짐승들에 대해서는 "내 주께 은혜를 입으려 함이니이다"고 대답한다. 여기서 그는 형을 '주'라고 부르면서 자신을 '종'이라 비하하고 자기가 하나님의 은혜로 가족을 얻은 것처럼 '주님' 안에서의 은혜를 얻으려고 짐승들을 선물로 드리는 것이라고 말한다. 즉 그는 에서를 자기에게 은혜를 입힐 하나님과 같은 존재로 떠받든다. 그래서 "내가 형님의 얼굴을 뵈온즉 하나님의 얼굴을 본 것 같사오며"라고 아첨의 극치를 보인다. 그리고는 에서가 선물을 사양하자 '강권하여' 받게 한다. 일단 뇌물성 선물을 받은 사람은 약점이 잡히게 된다. 20년이 지난 다음에도 에서는 다시금 야곱에게 당하는 셈이다. 에서가 자기에게 지금 당장 원한을 품고 있지 않다는 것을 확인하자 야곱은 한시라도 빨리 에서에게서 멀리 떨어지기를 원한다. 에서가 다시 마음을 고쳐먹지나 않을까 의심하고 있는 것이다. 그래서 에서가 친절하게도 길 인도를 해주겠다고 하자 자기 짐승들은 빨리 갈 수 없으니 형이나 빨리 먼저 가라고 하며 사양하고, 호위 부대를 남겨주겠다고 하자 죄송 천만이오나 그럴 필

요가 없다고 이유를 정확히 대지 않은 채 얼버무리며 거절한다. 에서는
야곱의 이런 속셈을 간파할 수 없을 만큼 순진하다.

이렇게 하여 야곱은 평생 원수였던 형 에서를 꾀로써 완전히 물리치고
가나안에 정착한다. 그런 뒤에야 비로소 그는 그의 가족들이 개별적으로
섬기던 이방의 신을 다 버리게 하고 여호와를 섬기게 한다. 즉 하나님이
그를 안전하게 인도해준다는 조건으로 자기와 그의 자손들이 하나님을
섬기겠다고 했던 약속을 지키는 것이다. 아버지 이삭이 죽자 형 에서와
더불어 장례를 치르는데 그는 이미 형을 무서워하지 않는다. (이 다음의
이야기는 주로 그의 아들들에 관한 이야기이다.)

야곱 이야기에서 우리는 민족의 아버지가 될 영웅적인 사람, 예컨대
뒷날 로마 제국의 선조가 된다는 아이네이스 같은 사람의 모습이 아니라
생존 전략에 우수하고 철저하게 이기적인 피카로를 보는 것이다. 야곱은
라반이 속임수를 쓴 데 대하여 자기의 꾀로 대응하여 결국은 이기며 그
의 아내 라헬도 그와 한편이 되어 아버지를 멋지게 속인다. 이 이야기는
본격적인 피카로와 피카라의 이야기이다. 그는 요즘 말로 안티히로이다.

야곱 이야기의 기록자는 근대적 의미의 소설가가 아니었다. 그는 이야
기를 매끈하게 만들려고 하지 않았다. 야곱과 리브가를 두둔하기 위하
여, 더 잘 보이게 하기 위하여 솜씨 좋게 다듬지 않았다. 그는 이스라엘
민족의 조상을 이야기하는 사명을 가지고 있으면서도 야곱과 리브가와
라헬을 미화하지 않았다. 그런 관점에서 보면, 그는 진정한 의미의 '사실
주의자' 였다. 기록자에게는 야곱의 명백한 결함과 부도덕성과 범죄에도
불구하고 여호와가 그를 선택했다는 사실만이 중요했던 것이다. 여호와
가 그와 같은 '피카로' 를 대표로 선택하여 하나의 민족, 나아가서는 인
류 전체와 서로 주고받는 관계를 맺기로 결정한 것으로 본 것이다. 이삭
과 리브가, 에서와 야곱, 모두가 거룩한 성인들이 아니었다. 모두 겁쟁
이, 판단 미숙자, 허풍쟁이, 난봉꾼, 사기꾼, 가정 파탄자들이었다. 그들
은 단지 목축, 농사, 사냥, 외교, 경제적 수완 등에 상당히 우수하여 모두

부유했다. 그들은 보통 사람들 중에서는 상당히 똑똑한 축에 드는 사람들이었지만 가족간에 서로 심한 고통을 주는 것을 마다하지 않았다. 부부, 부자, 모자, 형제가 서로 속였다.

그런 사람과 그의 자손들을 여호와가 선택하였다는 사실을 기록자는 말하고 싶었던 모양이다. 여호와가 주는 복은 일방적이다. 자기가 쓸 만하다고 점찍는 사람에게 일방적으로 복을 준다. 이때의 신은 사랑의 신도, 정의의 신도 아니고 다만 자기의 숨은 뜻을 실현할 사람을 일방적으로 점찍고 일정한 관계를 맺게 하는 독단적이고 두렵고 강력한 존재일 뿐인 것 같다. 일단 선택된 사람은 선택된 값을 해야 한다. 선택됨은 큰 영광이나 큰 부담이기도 하다. 이스라엘 민족은 박해를 받아가면서도 다른 민족과 아주 다르게 살아야 한다. 게다가 이스라엘 사람들이 여호와의 뜻이 무엇인지 확실히 알지 못할 때가 많다. 야곱 자신도 그것을 진정 이해했는지 의심스럽다.

야곱은 오늘의 도덕률에 비추어보아도 모범적인 선인은 아니다. 그런 이야기를 기록자는 아주 정직하게 털어놓는다. 그의 불완전함을 감추지 않는다. 오늘의 기독교인이나 유대교인은 되도록 야곱을 두둔하려고 하고 그의 결함을 호도하려 하며 그의 장점만을 내세우려 하지만 본래의 기록자는 그러지 않았던 것이다. 기독교인, 특히 개신교인은 야곱을 윤리적 모범으로 보고자 하는 경향이 강하다. 그러나 그의 그 불순함을 정화하여 읽는 것이야말로 이 이야기를 '문학'으로 개작하여 읽는 것이 된다.

이 이야기의 기록자는 전통적 유럽문학이 귀중하게 여기는 이야기 문학의 구조적 원칙과는 상관없이 민족의 조상을 정화하지 않은 채 보통 사람의 하나로서만 보여주고 있다. 두려울 정도로 솔직하게 불순함을 그대로 두었던 것이다. 바로 이런 꼴의 인간과 여호와는 '언약'을 맺는다. 타락한 인간을 대표하여 여호와와 처음 언약을 맺은 이스라엘과 그 자손들은 막중한 책임은 느낄 수밖에 없으나 도덕적 우월감을 가질 만큼 잘난 데가 전혀 없다.

오늘날의 기독교인은 유대인 못지않게 언약의 조상 이스라엘의 후손
이라고 자부하면서 또한 그 책임을 자임하지만 타종교인이나 불신자에
대한 윤리적 우월성을 보장받은 것은 아니다. 그러나 얼마나 자주 기독
교인은 그런 환상에 빠지는가? 야곱 이야기는 잘 짜여져서 카타르시스
의 쾌감을 조성하는 문학이 아니라 오히려 우리를 심란하게 하는 불순
한, 또는 불안한 텍스트이다.

성경은 부담없이 읽히는 즐거운 문학이 아니다. 누군가 말했듯이 우리
는 기도를 통해 하나님에게 말하고 성경을 읽으면서 하나님의 말씀을 듣
는다. 하나님의 말씀은 문학예술가의 달콤한 말과 전혀 같지 않다.[4]

(『연세 영어영문학 연구』 20집, 1998)

---

4) 이 글을 쓰면서 필자는 빌 모이어스, 『창세기 : 생생한 대화』(Bill Moyers, *Genesis : A Living Conversation*, New York : Doubleday, 1996)에 많이 힘입었음을 밝힌다.

문학동네 평론집
역사에 대한 불만과 문학
ⓒ 이상섭 2002

초판인쇄 | 2002년 2월 8일
초판발행 | 2002년 2월 15일

지 은 이 | 이상섭
책임편집 | 김현정 조연주 장한맘 손미선
펴 낸 이 | 강병선
펴 낸 곳 | (주)문학동네
출판등록 | 1993년 10월 22일 제22-188호

주   소 | 136-034 서울시 성북구 동소문동 4가 260번지 동소문빌딩 6층
전자우편 | editor@munhak.com
         하이텔 : podo1
         천리안 : greenpen
전화번호 | 927-6790~5, 927-6751~2
팩   스 | 927-6753

ISBN 89-8281-466-3 03810
* 잘못된 책은 바꿔드립니다.
www.munhak.com